황경창
진우
JN412080
“?!”

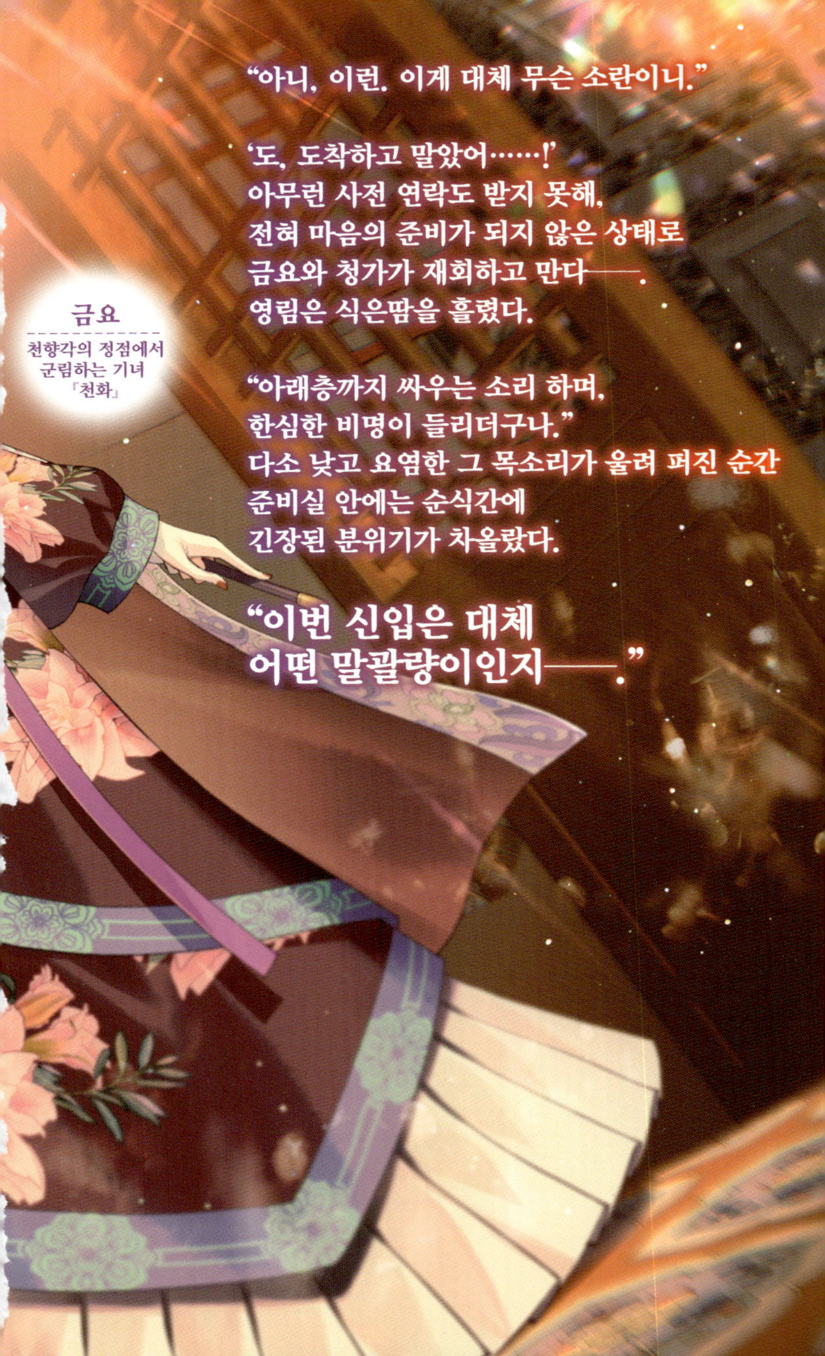
"아니, 이런. 이게 대체 무슨 소란이니."
'도, 도착하고 말았어……!'
아무런 사전 연락도 받지 못해,
전혀 마음의 준비가 되지 않은 상태로
금요와 청가가 재회하고 만다――.
영림은 식은땀을 흘렸다.
"아래층까지 싸우는 소리 하며,
한심한 비명이 들리더구나."
다소 낮고 요염한 그 목소리가 울려 퍼진 순간
준비실 안에는 순식간에
긴장된 분위기가 차올랐다.
"이번 신입은 대체
어떤 말괄량이인지――."
금요
천향각의 정점에서
군림하는 기녀
『천화』

주혜월
영혼…황영림

도 모르는군!”
고들 정도로 무거운 그것은
도 없는 자루였다.
여 있지 않은 주둥이를 통해 엿보이는 것은
만 한 크기의 금덩이였다.
대륙 최고의 부자다!
그런 하찮은 금을 가지고
찾아갈 생각이란 말이냐?!”
나디르

Satsuki Nakamura
일러스트 : Kana Yuki
옮김 : 김예진
못 미더운
악녀
~추궁접서 교체전~
입니다만
11

인물 소개

황영림

황가의 추녀. 아름답고 자애롭다.
만인에게 사랑받으며 '전하의 호접'이라 불린다.
병약해서 늘 누워 지낸다.

뒤바뀜

주혜월

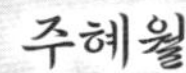

주가의 추녀. 주근깨투성이에 화장이 짙다.
'추궁의 시궁쥐'라 불리며 미움받는 존재.
영림을 질투한다.

영요명

황태자.
영림과는 사촌지간.

진우

후궁의 풍기를
단속하는 취관장.

리리

혜월 직속 상급 궁녀.

황동설

영림 직속 필두 상급 궁녀.

황견수

황후.
영림의 백모.

금청가

금가의 추녀.

현가취

현가의 추녀.

남방춘

남가의 추녀.

황경행

영림의 큰오빠.
황가의 무관.

황경창

영림의 작은오빠.
황가의 무관.

영현요

황제.
요명의 아버지.

나디르

셰르바 왕국의
제1 왕자

《상관도》

현가

(수(水)/북(北)/동(冬))

북령을 다스리며 물을 관장하는 일족.
상징하는 계절은 '겨울', 방향은 '북', 색은 '흑'.
불과 상극이며(이김),
또한 나무를 낳는다(도움).
냉담하고 비인도적인 행위를 태연하게
자행하는 자가 많다.
반면 특정 대상에게는 강하게
집착하는 일도 있다.
무예에 뛰어난 자가 많다.

금가

(금(金)/서(西)/추(秋))

서령을 다스리며 금을 관장하는 일족.
상징하는 계절은 '가을', 방향은 '서', 색은 '백'.
나무와 상극이며 또한 물을 낳는다.
현실적이고 상인 기질이 있는 자와
예술가 기질이 있는 자로 나뉜다.
직계일수록 예술가에 가깝고,
아름다움과 철학을 중시한다.
아름다움을 칭송하면서
그것으로 돈을 벌 수도 있는
사람들이 많다.

남가

(목(木)/동(東)/춘(春))

동령을 다스리며
나무를 관장하는 일족.
상징하는 계절은 '봄',
방향은 '동', 색은 '청'.
흙과 상극이며
또한 불을 낳는다.
평온하고 수동적,
온화한 학자 부류의
인간이 많지만 반면
계산이 빠르고 뱃속이
시커먼 일면도 있다.

추궁

황가

(토(土)/앙(央)/변(變))

직할령을 다스리며 땅을 관장하는 일족.
상징하는 계절은 '환절기', 방향은 '중앙', 색은 '황'.
물과 상극이며 또한 금을 낳는다.
순박하고 솔직하며 남 돌보기 좋아하는 사람들이 많다.
직계일수록 개척정신이 왕성하고,
대지처럼 꿈쩍하지 않는다.
어떠한 천재지변도 '저런' 하고 넘기는 사람들이다.

주가

(화(火)/남(南)/하(夏))

남령을 다스리며 불을 관장하는 일족.
상징하는 계절은 '여름', 방향은 '남', 색은 '홍'.
금과 상극이며 또한 흙을 낳는다.
과격한 성격이며 화려한 것을 좋아하는 자가 많다.
감정의 기복이 격심하고 이치보다 정을 우선한다.
격렬하게 미워하고 격렬하게 사랑하는 사람들이다.

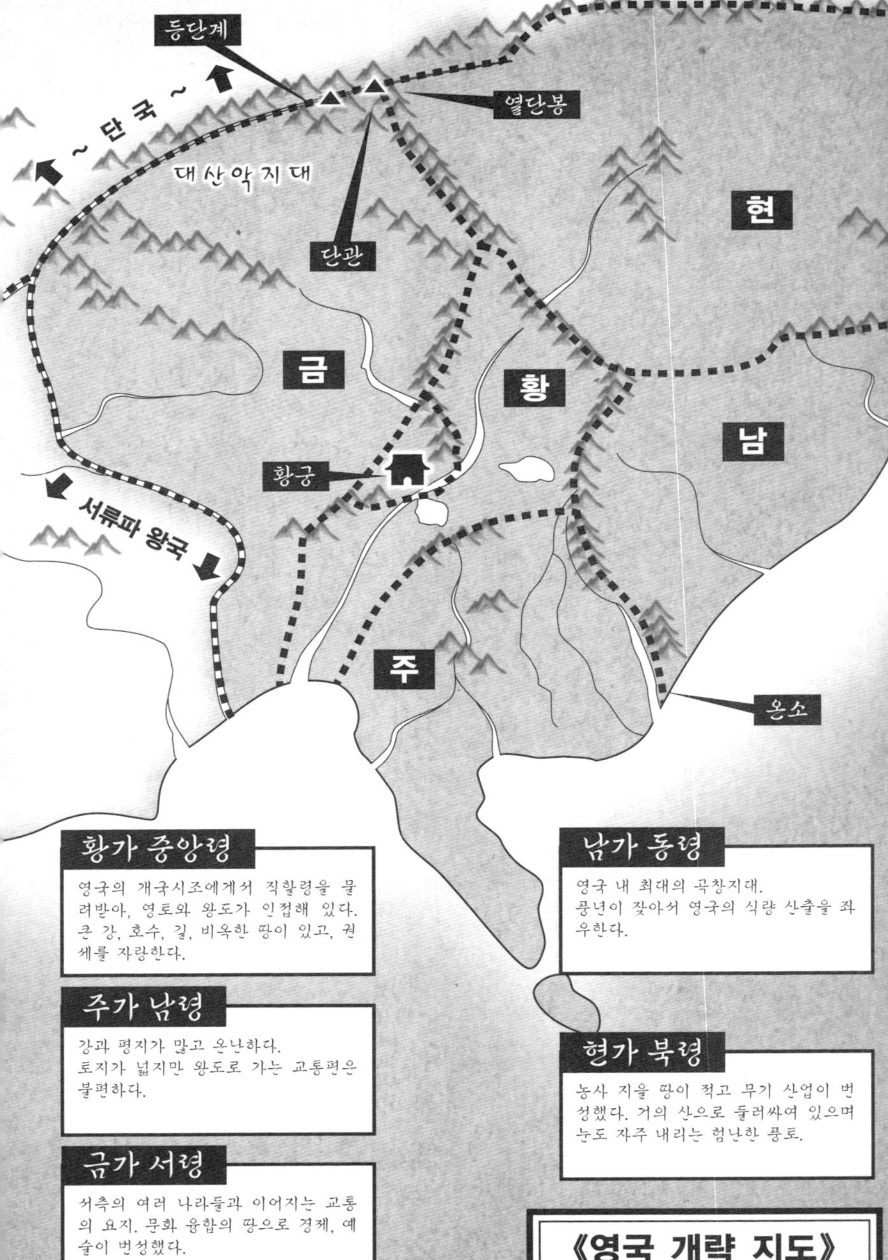
등단계
~ 단국 ~
열단봉
대산악지대
단관
현
금
황
남
황궁
서류파 왕국
주
온소
황가 중앙령
영국의 개국시조에게서 직할령을 물려받아, 영토와 왕도가 인접해 있다. 큰 강, 호수, 길, 비옥한 땅이 있고, 권세를 자랑한다.
주가 남령
강과 평지가 많고 온난하다.
토지가 넓지만 왕도로 가는 교통편은 불편하다.
금가 서령
서측의 여러 나라들과 이어지는 교통의 요지. 문화 융합의 땅으로 경제, 예술이 번성했다.
남가 동령
영국 내 최대의 곡창지대.
풍년이 잦아서 영국의 식량 산출을 좌우한다.
현가 북령
농사 지을 땅이 적고 무기 산업이 번성했다. 거의 산으로 둘러싸여 있으며 눈도 자주 내리는 험난한 풍토.
《영국 개략 지도》

지난 권까지의 줄거리

도술로 가끔 몸과 영혼을 바꾸던 황영림과 주혜월. 수많은 위기를 극복하는 동안, 영림과 혜월 사이의 신뢰도 점차 깊어진다.

그런 가운데 장기간 바꿔 지낸 몸을 원래대로 되돌리고 나자 영림의 건강이 급격히 악화된다. 그럼에도 병세를 감추며 혜월과 금청가와 함께 금령을 찾아가 셰르바 왕국의 왕자, 나디르의 환대를 성공적으로 마친 영림.

하지만 그날 밤, 혜월이 유곽에서 제히르(췌류)라 불리는 마약을 대량으로 섭취하게 되고, 영림은 중독 증상에 괴로워하는 혜월을 몸을 바꿈으로써 구해준다.

프롤로그

천향각은 금령에서 1, 2위를 다투는 고급 기루다.

호화찬란한 금령에서 최고의 부류에 들어간다는 말은 당연히 영국 내 최상의 부류에 들어간다고 바꿔 말할 수 있다.

바다를 향해 우뚝 솟은 절벽에 세워진 누각은 마치 자신이 바로 영국의 현관, 이국을 향해 열린 최초의 문이라고 선언하는 듯하다.

지붕에는 궁전 같은 유약 기와가 빽빽이 깔려 있고, 기와 끄트머리 와당(瓦當)에는 잘게 부순 보석이 흩뿌려져 있다. 밤이 되면 눈부시게 켜지는 네 줄짜리 등롱은 웬만한 등대보다 환하다는 평판이 자자했다.

전통적인 영국 건축 양식을 자랑하면서도 한편으로는 서국식 욕실과 실내 장식품을 갖추어, 바다를 건너 찾아오는 손님들도 결코 놓치지 않는다.

영국 남자들이 이상적으로 생각하는 정숙한 미녀와 서국 남자들이 좋아하는 호화로운 공간.

이곳 천향각은 그야말로 서로 다른 문화가 교차하는 무역의 요충지, 금령의 최고봉에 어울리는 기루라 할 수 있다.

심지어 이곳 기녀들은 콧대 높은 다른 기루와 달리 돈만 내면 예기(芸妓)와도 잠자리를 가질 수 있는——즉, 실질적으로는 모두가 창기인 독특한 형태였다.

그러면서도 유곽 사람들이라면 누구나가 두려워하는 매독 환자가 최근 몇 년 간 단 한 명도 나온 적이 없으니, 정말이지 남자들의 꿈이 꽉꽉 들어찬 장소라 할 수 있었다.

그런 천향각의 높은 누각, 연회장이 있는 최상층 바로 아래층.

상급 기녀만이 출입할 수 있는 저녁 무렵의 준비실에서 나른하게 화장을 하는 여자가 있었다.

창백한 피부에 높은 콧날, 뚜렷한 이목구비와 가늘게 치켜올라간 눈썹은 백분을 바르지 않아도 충분히 아름다웠고 살짝 찌푸린 표정이 매우 잘 어울렸다.

"언니. 금요(琴瑤) 언니. 저녁 연회 전 요깃거리예요, 드세요."

금요라 불린 여자는 '꽃봉오리'라 불리는 견습 소녀들이 내미는 식사를 받아들고, 백분 붓을 들고 있던 손을 멈추었다.

"——안 보이니? 아직 화장 안 끝났어."

스무 살쯤 되어 보이는 외견과 달리 위엄 있고 싸늘한 목소리와 밀쳐내는 듯 쌀쌀한 말투.

꽃봉오리들은 위축된 듯 어깨를 움츠렸지만 주위를 흘끔 둘러보고는 조심스럽게 말을 붙였다.

"하지만 언니, 천화(天花) 언니께서 먼저 드시지 않으면 다른 언니들이 식사를 못 해요."

"다른 언니들은 낮일이 끝나서 모두 무척 피곤해요. 하지만 천화 언니보다 먼저 먹을 수가 없어서 계속 기다리고 있어요."

기루 안은 엄격한 서열사회다.

천향각만 해도 기녀 서른 명, 견습 스무 명, 허드레꾼 쉰 명이 넘는다.

기녀 서른 명은 용모와 벌이에 따라 상급, 중급, 하급으로 분류되며 주어지는 의상과 식사 내용, 침실 넓이까지 엄격히 구별된다. 일곱 명 있는 상급 기녀는 아랫사람들을 아무리 괴롭혀도 벌을 받지 않기에 하급 기녀들은 이를 갈며 올라갈 날만을 꿈꾼다.

그리고 그 상급 기녀들보다 더욱 위.

백 명이 넘는 여자들의 정점에 군림하는 것이 '천화'라 불리는 최상급 기녀다.

천화인 금요를 제쳐두고 위치가 아래인 여자들이 먼저 식사를 드는 일은 허락되지 않는다.

"제발 부탁드려요, 금요 언니. 저희는 천화인 금요 언니의 자비가 없으면 배도 채우지 못하는 불쌍한 아랫것들이에요."

"맞아요. 술을 마시고 향을 피우고 뜨거운 물에 목욕하는 일 모두 천화 언니의 자비 없이는 할 수가 없는 처지예요. 부디 저희를 구한다 생각하시고 제일 먼저 식사를 시작해 주세요."

꽃봉오리들은 아무리 어려도 천화를 달래는 데 여념이 없었다.

이곳 천향각에서 그만큼 천화가 강대한 권한을 갖고 있기 때문이기도 하다.

사실 이 천향각은 경영 부진이었던 몇 년 전, 서국의 거상에게 매입되었다. 서국식 욕실이 갖춰져 있는 것도 그 때문이다.

기루의 주인이 된 그 거상은 늙은 관리인 할멈 등 마음에 들지 않는 자들은 쫓아내는 한편, 순종적인 지배인을 주인 대리로 세우고 총애하는 기녀를 천화의 자리에 앉혀 지나칠 정도의 권력을 주었다.

술창고 관리, 고급 향 관리, 명물인 욕실 출입 통제 권한까지 전부 천화에게 위임한 것이다.

즉, 이 기루에서 쾌적하게 지낼 수 없을지는 오로지 금요의 마음에 달렸다.

그래서 여자들은 그야말로 기루 주인에게 아부할 때처럼 열심히 천화의 비위를 맞추려 들었다.

아니, 아첨하는 여자들은 견습 꽃봉오리나 중급, 하급 기녀들이 전부가 아니었다.

준비실에 함께 있던 상급 기녀들 중에도 금요에게 아부하는 눈빛을 보내는 자들이 있었다.

상급 기녀 일곱 명 중 서쪽 벽에 나란히 앉아 있는 네 명의 기녀들이 바로 그랬다.

“오늘은 언니께서 단골손님에게 고급 과자를 선물 받으셨다고 들었어요. 게다가 새로운 허리띠도. 정말 호화로운 물건이네요!”

“아아, 정말. 금요 언니――천향각이 자랑하는 금요 언니에게 푹 빠지지 않는 남자는 없을 거예요.”

“금요 언니는 저희의 자랑이고 목표예요. 식사 후에는 꼭 꽃꽂이 지도를 부탁드릴게요. 이쪽의 모란도 단골손님이 선물로 주신 거라고 해요. 꽃봉오리들아, 어서 가져오렴!”

친위대 같은 꽃봉오리와 기녀들은 식사 외에도 과자와 옷, 꽃 등을 열심히 들이밀었으나 당사자로 말할 것 같으면 손톱만큼도 마음이 움직이는 기색을 보이지 않았다.

호화로운 선물에 기뻐하기는커녕 미간에 잡힌 주름이 더한층 깊어졌고, 한숨을 쉬며 관자놀이를 문지를 뿐이었다.

자꾸만 두통이 느껴졌다.

금요는 화장하던 손길을 멈추고 선명한 빛깔을 띤 꽃을 집어들었다.

"선물이라……. 하나같이 비슷비슷한 과자며 옷들뿐이네. 그래도 유일하게 이 계절에 피어나지 않는 모란만은 조금 신기하다고 할 수 있겠지만."

"맞아요. 모란은 초여름 꽃이지만 조금이라도 빨리 피우기 위해 온실에서 키운다지요. 역시 언니는 예기 출신이시다 보니 꽃에 대해서도——."

"흥, 정말 눈 뜨고 봐줄 수가 없네!"

그때 천화와 친위대의 대화를 가시가 잔뜩 돋친 목소리가 가로막았다.

돌아보니 그곳에는 준비실 안에서도 금요 일행과는 반대편, 동쪽 벽을 따라 앉아 있는 상급 기녀 세 명이 있었다.

눈앞에 가벼운 식사가 차려진 쟁반이 있는데도 천화가 식사를 시작하지 않는 바람에 여태껏 손을 대지 못해 신경이 날카로워진 모양이었다. 다리 없는 등받이 의자에 편한 자세로 앉아 짜증스럽게 탁자 한구석을 두들겨댄다.

"잘난 척에도 한도가 있지, 예기 출신은 무슨."

"맞아, 어차피 고상한 척해봤자 결국 베갯머리 장사로 얻어낸 자리잖아. 우리랑 뭐가 다르다는 거야?"

한 명이 시작하자 다른 기녀들도 금세 뒤를 이었다.

예기 소양을 갖고 2년 전에 나타난 금요는 눈 깜짝할 사이 천화의 자리에 올랐다.

어린 나이에 꽃봉오리가 되고 천천히 시간을 들여 여기까지 올라온 다른 기녀들과는 상당한 불화가 있는 듯했다.

현재 천화의 자리가 기루 주인의 총애를 받아 얻어낸 위치이니 더더욱 그럴 수밖에.

노골적인 비난을 듣고 서쪽에 앉아 있던 기녀 네 명――즉 금요의 친위대는 상대를 무시하는 웃음을 띠었다.

그리고 금요를 향할 때와는 완전히 다르게, 한참이나 낮아진 목소리로 상대를 매도했다.

"어머나, 세상에. 손님도 제대로 못 받는 너희에게 천화 언니를 깎아내릴 자격은 없는 것 같은데."

"맞아. 이번 달 꽃값, 얼마나 벌었니? 이 천향각의 수입은 거의 대부분 천화 언니와 우리가 짊어지고 있는 것 같던데."

"상급 기녀라는 말이 얼마나 우스운지. 밥만 축내는 벌레들은 빨리 꺼져 줬으면 좋겠네."

기루 안에서의 위치는 오로지 수입에 좌우된다.

천화 금요와 그 추종자들이 벌어들이는 매상은 기이할 정도로 거액이었기에, 그 부분을 들먹이자 반금요파 기녀들은 정면으로 맞설 수가 없었다.

3인조 중 대표격인 여자가 분한 듯 바닥을 내리쳤다.

"어차피 더러운 수를 써서 손님들을 쥐락펴락하고 있는 거겠지!"

"후훗, 쥐락펴락? 오히려 손님들이 우릴 주물러대는 입장인데?"

반면 금요파의 서쪽 자리 기녀들은 유쾌한 듯 농담까지 던졌다.

한껏 기분 좋은 미소를 지으며 행복한 분위기까지 뿜어내고 있었다.

"너희도 빨리 천화 언니 옆에서 일하는 게 좋을 거야. 천화 언니는 정말 자상하신 분이거든. 술도 향도 따뜻한 목욕물도, 우리가 원하는 거라면 뭐든 다 주셔."

"저런, 저런."

하지만 그런 친위대의 아부를, 오히려 당사자인 금요가 한쪽 눈썹을 치켜올리며 가로막았다.

"나도 선택할 권리가 있어. 이렇게 귀염성 없는 애들까지 누가 챙겨 주겠니? 저 애들한테는 욕실의 더운물 한 잔도 안 줄 거야."

"그래, 됐어! 누가 당신처럼 천화의 품격이라고는 손톱만큼도 없는 여자한테서 떨어지는 떡고물을 얻어먹는다고!"

하지만 상대도 만만치 않은 듯, 긍지를 갖고 늠름하게 금요를 거부했다.

그 말을 들은 금요는 키득 웃으며 "그래" 하고 중얼거렸다.

"너희의 그 드높은 자존심, 나도 꽤 마음에 들어."

거만함이 배어나는 발언에 기녀 세 명은 얼굴을 새빨갛게 붉혔다.

"무슨 저런 여자가 다 있어? 천화가 되자마자 모든 권리를 다 틀어쥐다니. 우리는 대체 무슨 죄야? 목욕도 제대로 못 하고 술도 못 마시는 상급 기녀는 생전 들어 본 적도 없어!"

"자기편한테만 잘해 주고 말이야. 천화 지위를 다지는 데 얼마나 집착하는 건지.”

“반대로 자신이 없다는 뜻이야. 오로지 주인 어르신의 총애로만 얻어낸 자리니까!”

소리를 질러대는 세 사람 앞에서 금요는 시끄럽다는 듯 관자놀이를 꾹 눌렀다.

“그래, 반대로 자신이 없다는 뜻이라. 자기가 천화가 될 일 따위는 평생 없다는 사실을 알고 있으니까 너희도 그만큼 떠들어댈 수 있는 거야.”

비아냥거리는 금요에게 결국 참지 못한 한 명이 손가락을 들이밀었다.

“하, 그 여유도 적당히 부리는 게 좋을걸. 네 천하는 이틀 후의 패향연(覇香宴)까지니까 말이야!”

“그래, 맞아. 패향연에서 주인 어르신의 눈에 들기만 하면 누구든 천화가 될 수 있어!”

패향연——기녀들이 총출동하여 기루의 주인을 접대하는 연회——이라는 말이 나온 순간 기녀들이 갑자기 기세등등해졌다.

세 사람은 승리에 찬 미소를 지으며 금요를 도발하기 시작했다.

“지금 지배인님이 패향연을 앞두고 처녀들을 열심히 모으고 있다잖아. 네가 갑자기 천화가 되어버린 것처럼 풋내기 처녀가 갑자기 널 제치고 올라올 수도 있어.”

“최근 보름 사이에 신입이 열 명이나 천향각의 문을 두드렸지. 내일은 세 명쯤 더 온다고 하고.”

“그중 두 명은 천녀 같은 미인과 모란 같은 미인이라고 하더라.

지배인님은 어느 정도만 예의범절을 알면 금방이라도 패향연에 내보내 주인 어르신의 환심을 사겠다는 꿍꿍이야. 네 천하도 앞으로 과연 얼마나 갈까!"

자신보다 젊고 아름다운 신입 기녀는 본래라면 상급 기녀들에게 얼마든지 적이 될 수 있는 존재다.

하지만 이 기녀들은 금요를 끌어내릴 수만 있다면 뭐든 상관없다는 생각까지 할 정도였다.

이 이상 금요의 파벌이 커지면 정말로 천향각에서 쫓겨날 수 있기 때문이었다.

"네가 몰락하는 꼬락서니가 벌써부터 기대되네!"

짜증을 이기지 못한 기녀 한 명이 탁자에서 술잔을 집어 들었다.

천화가 아직 식사에 손을 대기 전이었으나 더는 알 바 아니라는 태도였다.

하지만 술을 마시기도 전, 소매를 노리고 무언가가 휙 날아오는 바람에 기녀는 저도 모르게 비명을 질렀다.

"꺄악!"

"누가 멋대로 술에 손을 대도 좋다고 했지?"

소매에 맞은 것은 고급 입술연지.

그리고 던진 사람은 맞은편 자리에 앉아 있는 금요였다.

"몇 번을 말해야 알겠어? 내 허락 없이는 술을 마시면 안 돼. 식사도, 향도, 목욕도. 내가 허락한 것을 허락했을 때만 너희는 얻을 수 있어."

물건이 날아와 부딪힌 충격으로 술이 다 쏟아졌다.

"어떻게 감히……."

기녀가 분노를 담아 으르렁거렸지만 금세 표정이 확 달라졌다.

금요가 훗 웃더니 어째서인지 탁자 위의 물주전자를 들고 제자리에서 일어났기 때문이었다.

"내가 정한 규칙을 따르지 않겠다면 여기서 나가면 그만이야. 몸을 파는 일 외에 살아갈 재주가 없다면 다른 기루에 가면 돼. 내가 자리를 알아봐 줄 테니."

천천히 이쪽을 돌아보는 그 동작은 마치 나긋나긋한 맹수 같았다.

쌀쌀맞게 치켜든 턱과 고귀한 고양이처럼 가늘게 뜬 눈동자에는 맹렬한 박력이 넘쳤다.

"나를 향해 언젠가는 몰락할 거다, 끌어내릴 거다, 입으로는 마음껏 떠들어대지만 너희는 절대 천화가 될 수 없다는 사실을 이미 잘 알잖아? 너희에게는 매력이 없으니까."

칠칠치 못한 차림새의 기녀들과는 정반대로 금요의 전신은 한 점의 맨살도 드러내지 않고, 옷깃을 꽉꽉 여민 옷으로 휘감겨 있었다.

하지만 긴 소매 아래로 뻗어 나온, 백분을 꼼꼼히 바른 손가락 끝에는 오히려 색기가 흘렀다.

그것이 이쪽을 향해 천천히 다가오자 무언가에 홀리는 듯, 또는 등골이 오싹 얼어붙는 듯한 기분에 사로잡혀 일동은 아무 말도 못 하고 그저 멍하니 바라보기만 할 뿐이었다.

기녀들 앞에 도달한 금요가 일부러 쪼그려 앉아 천천히 입꼬리를 올렸다.

"물론 아무 것도 모르는 처녀가 느닷없이 천화가 되는 일은 더더욱 불가능하지. 기녀조차 되지 못해. 왜냐하면 내 말을 듣지 않는 아이들은 홀딱 벗겨서 뒷골목으로 내쫓아버릴 테니까. 지금까지처럼 말이야."

전혀 난폭하지 않고 굳이 따지자면 차분한 말투였다.

하지만 말 구석구석에서 배어난 박력이 모든 사람으로 하여금 '이 여자라면 충분히 가능하다'라고 생각하게 만들었다.

실제로 최근 보름 사이 천향각을 찾아온 '신입'의 절반 가까이가 금요에게 괴롭힘을 당하고 쫓겨났기 때문이다. 남은 절반은 금요의 추종자가 되었다.

아무리 허세를 부리며 짖어대 보았자 이 여자의 재능, 그리고 박력에는 이길 수 없다――.

"너희에게 지금 허락되는 건 이 물뿐이야. 자, 실컷 먹으렴."

금요는 일부러 그러는 양 달콤한 말투로 고쳐 말하며 기녀들 앞에 물주전자를 내밀었다.

그러고는 추종자들을 돌아보며 싸늘하게 명령했다.

"너희는 식사를 시작해. 그리고 내일이면 신입이 들어올 테니 그 애들도 최대한 엄격하게 교육해 두고."

"네에, 천화 언니."

식사를 허락받은 추종자 기녀와 꽃봉오리들은 서둘러 밥상으로 손을 뻗었다.

"아아, 기분 잡쳤네. 연회 시작 전까지 쉬고 있을 테니까 손님이 오면 불러 줘."

정작 당사자인 금요는 실컷 협박하고 나니 속이 풀렸는지 잽싸게 발길을 돌리며 꽃봉오리들에게 그렇게 말했다.

준비실에서 기다리지 않고 기루 안에서 시간을 때우려는 모양이었다.

술 창고에 향당에 욕실. 천향각에는 천화만이 출입할 수 있는 공간이 몇 군데 있다.

"자아, 창고에 가서 술을 마실까, 천천히 향이라도 피울까……."

그렇게 방을 나가려던 금요가 문득 제자리에서 관자놀이를 꾹 눌렀다.

아무래도 두통이 심해진 듯했다. 다리가 휘청거리는 모습을 보니 현기증이라도 난 모양일까.

"천화 언니?! 괜찮으세요?"

"피곤하신가요? 천화 언니도 가볍게 뭐라도 드시는 게……."

꽃봉오리들이 후다닥 일어섰다.

그 목소리에는 진심어린 걱정이 담겨 있었다.

이 천화는 자신에게 맞서는 자들에게는 엄격하지만, 한 번 자기 사람이라 생각한 상대에게는 관대하고 자비로운 주인이 된다.

"아참, 그렇지. 선물 받은 꽃이라도 바라보며 쉬시는 게 어떨까요? 향이 좋으니 분명 마음도 편안해질——꺄악!"

쾅!

하지만 꽃봉오리 한 명이 선물로 들어온 모란을 들고 뛰어서 다가온 순간, 금요는 상대를 거세게 밀쳐냈다.

"건드리지 마!"

방금 전까지 조용하게 협박하던 어조는 마치 거짓말이었던 양, 금요는 거칠게 언성을 높였다.

뿐만 아니라 그 자리에 쏟아진 꽃을 내려다보고는 마구 발로 걷어차댔다.

"아아, 싫어, 끔찍해! 구역질 나!"

"처, 천화 언니……?"

갑작스러운 격노에 추종자들도 목을 움츠리고 서로 모여들었다.

이렇게 화를 내는 모습은 처음이었다.

쨍그랑!

심지어 금요는 꽃을 꽂기 위해 준비되어 있던 호화로운 꽃병까지 발로 차서 넘어뜨렸다.

유행에 민감한 천향각답게 서국풍의 호화로운 금채(金彩)가 들어간 꽃병이었으나, 산산조각으로 부서지는 바람에 원래 형태는 찾아볼 수도 없었다.

"천화 언니! 죄, 죄송해요! 제가 쓸데없는 말씀을 드려서!"

꽃봉오리들이 울먹이며 무릎을 꿇자 금요는 숨을 헉헉 몰아쉬더니 겨우 차분한 목소리를 되찾고는 중얼거렸다.

"……나는 온실 속에서 자란 꽃 따위 정말 싫어. ……그래서, 그래서야."

어딘가 모르게 스스로에게 설명하는 듯한 말투였다.

하지만 꽃봉오리들은 너무 겁을 집어먹은 나머지 무슨 뜻인지 캐물을 겨를도 없었다.

"아, 아, 네에. 정말 죄송해요. 금방 치울게요."

"……."

물주전자를 받았던 상급 기녀들도 압도당해서 새파랗게 질린 얼굴로 그저 상황만 지켜볼 뿐이었다.

추종자 기녀들만은 옷자락을 잡아당기며 걱정스러운 표정으로 금요의 곁에 달려갔다.

"큰일이네요, 천화 언니. 머리가 아프신가요? 아니면 다른 곳이?"

"오늘 밤 연회는 저희끼리 잘 해볼 테니 언니는 잠시 쉬시어요."

"그렇지, 욕실에서 피곤을 푸시는 건 어떨까요? 몸이 아플 때는 그곳에 가는 게 제일이지요."

하지만 그 말을 들은 금요는 피식 웃으며 거만한 태도로 기녀들을 쫓아냈다.

"말도 안 되는 소리 마. 이제부터 연회 무대에 올라야 하는데 그 전에 **목욕**을 하라고?"

"하지만……."

"방에서 쉴 거야. 아무도 오지 마."

추종자들의 말을 단호하게 끊어낸 금요는 이번에야말로 방을 나갔다.

쌀쌀맞게 턱을 치켜들고 우아한 걸음걸이로 높은 누각의 좁은 계단을 내려간 그녀는 복도를 건너 본채로 향했다.

아직 저녁인데도 벌써부터 어두웠다. 촛대의 불꽃이 타들어가며 흔들리는 복도를 걷던 금요는 가장 깊은 곳, 중후한 문을 열고 안으로 발을 들였다.

바로 옆에 욕실이 구비되어 있는 특별히 호화로운 이 공간은 천화에게만 주어지는 개인실이었다.

금요는 문을 꽉 닫고 안에서 걸어 잠갔다.

"……흐윽."

다음 순간, 그때까지 의연하던 태도가 무너지더니 금요는 제자리에 무릎을 꿇었다.

"크…… 하아……."

하얀 관절이 도드라질 정도의 힘으로 문에 매달려 어떻게든 일어나 보려 했다.

하지만 금세 다시 무너졌고 바닥에 웅크리고 말았다.

"젠…… 장……."

백분을 바른 피부 위로 엄청난 양의 비지땀이 배어났다.

금요의 전신을 견디기 힘든 격통이 꿰뚫었기 때문이다.

"젠, 장……. 움직여, ……움직여."

금요는 거친 숨을 몰아쉬며 바닥에 내팽개쳐진 자신의 다리를 주먹으로 때렸다.

고통으로 떨리는 다리는 완전히 힘을 잃었고 더는 제어조차 되지 않았다.

"움직여……."

다리를 때리던 손에서 힘이 쭉 빠져 바닥만 힘없이 긁었다.

"……."

엎드린 금요는 그 자세 그대로 눈만 움직여 선반 위를 올려다보았다.

세밀하게 조각이 된 그 장식 선반에는 고가의 장식품 속에 섞여 연푸른색 액체가 담긴 작은 유리병이 놓여 있었다.

금요는 무언가에 홀린 듯 손을 뻗다가——문득 주먹을 불끈 쥐었다.

깊이 숨을 들이마시고, 내쉰다.

이것을 마시면 육체가 금세 편안해지는 정도를 넘어 극락 같은 기분을 맛볼 수 있다는 사실을 알고 있다.

하지만 그 대가로 의식이 흐려지고, 몸의 중심을 잃고, 기억도 말도 혼탁해져——마치 자신이라는 인간이 손가락 끝에서부터 천천히 썩어 들어가는 듯한 감각에 빠지리라는 사실 또한 알고 있다.

"안 돼……."

웅크린 채 고개를 가로저었다. 그 머리 또한 격렬한 고통에 갉아 먹히고 있었다.

고통을 잊기 위해 정신없이 선반에 팔을 내리치다 보니 곱게 개어 끄트머리에 놓아두었던 피백이 스르륵 흘러내려 바닥에 떨어졌다.

——딸랑…….

춤출 때 쓰는 피백 자락에는 일정한 간격으로 방울이 꿰매어져 있었기에 바닥에 떨어지자 딱딱한 소리가 울려 퍼졌다.

금요는 그 소리를 듣자마자 마치 얻어맞은 듯 숨을 들이켜며 바닥에 펼쳐진 하얀 피백을 돌아보았다.

"'아름다움을'……."

땀에 젖은 얼굴로 주문 같은 한 마디를 힘없이 중얼거린다.

매달리듯 손을 뻗어 피백을 움켜쥐고 몸을 웅크린 채 가슴팍에 그것을 바짝 붙였다.

"괜찮아……나는 강해……. 나는, 아름다워."

그리고 자신을 타이르듯 같은 말을 수도 없이 반복했다.

조금씩 전신의 통증이 물러가는 느낌에 금요는 안도로 가슴을 쓸어내렸다.

자세를 바꿔 바닥에 아무렇게나 벌렁 드러누운 채, 금요는 잠시 눈을 감았다.

다음으로 눈을 번쩍 떴을 때 금요는 깜짝 놀랐다.

문 앞 마룻바닥에 잠시 누워 있었을 뿐이었는데 어째서인지 침대에 몸을 맡기고 있었던 것이다.

좋아하는 향을 피우기 위해 이불에서 몸을 일으키자 어질어질한 느낌이 온몸을 덮쳤다.

다리와 머리에서 완전히 통증이 사라졌을 뿐만 아니라 전신이 따뜻한 물에 잠겨 있는 듯 편안한 기분마저 들었다.

술에 취했을 때처럼 머리가 멍하고 모든 것이 옅은 비단으로 덮여 있는 듯 보인다.

천천히 고개를 돌리자 방 안의 모습이 완전히 달라져 있었다.

꽃봉오리들이 정돈해 놓았던 장식품 대부분이 바닥에 내던져져 있었고, 정갈하게 꽃병에 꽂아 놓았던 꽃들도 처참하게 꽃잎이 다

뜯겨 있었으며, 과자가 탁자와 마룻바닥 여기저기에 흩어져 있었다. 불을 켠 기억도 없는 촛불은 대량의 촛농을 뚝뚝 흘리며 타올랐다.

방금 전까지 석양이 비추고 있었는데 창 밖은 완전히 새까맣게 물든 상태였다.

그리고 유일하게, 활활 타오르는 촛불에 비친 탁자 위에는――뚜껑 열린 작은 병이 있었다.

"……하아."

양이 어느샌가 줄어 있었다.

동시에 입 안에서 묘한 단맛이 느껴졌다.

"천화 언니. 쉬, 쉬시는 데, 정말 죄송해요. 혹시 일어나셨나요……?"

마침 그때 문 밖에서 잔뜩 겁먹은 꽃봉오리가 말을 걸었다.

"여, 연회가, 어느덧 한창이에요. 단골손님이 천화 언니의 춤을 기대하고 계시는데…… 어떻게 하시겠어요?"

연회가 한창.

잠깐 눈을 감았을 뿐인데 시간이 그렇게나 흘렀다니, 등골이 오싹해졌다.

"……."

금요는 산발이 다 된 머리를 손으로 짚으며 말없이 마룻바닥을 내려다보았다.

깨진 실내 장식품과 흩어진 과자 속에 섞여 아끼던 피백이 방울을 매단 채 힘없이 펼쳐져 있었다.

"……안 나가."

작은 목소리로 나지막이 중얼거렸다.

"어……? 저, 정말 죄송해요, 천화 언니. 방금 뭐라고——."

"연회에 안 나간다고."

문 너머로 목소리를 제대로 듣지 못한 꽃봉오리를 위해 단호하게 잘라 말한 뒤, 금요는 탁자에서 작은 병을 집어 문을 향해 내던졌다.

"너나 어서 가!"

"꺅! 죄, 죄송합니다!"

와장창 하고 유리병 깨지는 격렬한 소리가 울려 퍼지자 꽃봉오리가 기겁을 하고 그 자리에서 달아났다.

잔뜩 겁먹은 목소리에 한순간 가슴이 묵직하게 아파 왔다.

약한 자를 괴롭힐 생각은 없었다. 기댈 곳 없는 견습이나 하급 기녀, 허드레꾼들에게는 이래 봬도 항상 잘해 주려고 애썼는데.

최근 들어서는 감정이 문득문득 폭풍우 치는 파도처럼 날뛰는 바람에 제어가 되질 않는다.

하지만 그렇게 가슴이 아팠다가도 순식간에 통증이 윤곽을 잃고 어딘가로 녹아 사라져버린다.

금요는 한동안 문 밖을 향해 귀를 기울이다가 결국 한숨을 내쉬고 침대에서 일어났다.

전혀 아프지 않은 다리.

하지만 마치 둥실둥실 구름 위를 걷는 듯한 이 감각으로는 씩씩하게 걸을 수도 없다.

이것을 마시면 항상 이 모양이다.

조금만 기다리면 감각이 돌아오겠지만 정상적인 몸과 마음을 갖추기까지 걸리는 시간이 점점 길어진다.

다음에 이것을 마시면 본래의 자신으로 돌아올 수 있을까——.

취객처럼 몸을 흔들며 걷다 보니 바닥에 펼쳐져 있던 피백이 발끝에 채였다.

딸랑…….

항의하는 듯 방울을 울리는 피백을 금요는 한동안 내려다보다, 휘청거리며 주워올렸다.

피백에는 드문드문 연한 복숭앗빛 얼룩이 나 있었다.

어두컴컴한 실내에서 금요는 무언가를 확인하듯 가냘픈 손가락으로 얼룩을 더듬었다.

연지를 칠한 입술에서 작은 목소리가 새어 나왔다.

"'아름다움을'."

하지만 다음 순간 피백을 구겨 쥐며 거기에 얼굴을 파묻었다.

"'그렇지 않으면'……."

금요의 다음 말을 피백 외에는 들을 사람이 없었다.

1. 영림, 회의하다

비주에서 가장 비싼 땅을 차지한 금가의 저택.

청량한 아침 햇살이 비쳐드는 시각이었으나 저택의 한구석, 내빈용 침실에는 여덟 명의 남녀가 모여 불온한 화제로 입씨름을 벌이고 있었다.

"기녀로 변장하고 기루에 잠입하겠다고? 영국 여자들은 하나같이 정신이 나갔군! 최고야!"

손뼉을 치며 박장대소하는 사람은 땋아 내린 금발이 특징적인 이국의 늠름한 장부.

방금 전까지 시종 하산인 척하고 있었지만 그 정체는 서류파 왕국의 제1왕자 나디르다.

나디르는 신분을 밝힘과 동시에 자신이 정체를 숨겼던 이유는 금령에 만연한 마약인 '췌류'——서국풍으로 발음하자면 '제히르'——를 수사하기 위해서라고 고백했다.

"혹시 허락을 받게 된다면 부디 이 마약 사건의 전모를 알려주실 수 있을까요?"

그 말을 듣고 침대에 기댄 채 온화하게 묻는 사람은 주근깨가 특징적인 추녀——즉 혜월과 몸이 바뀐 황영림이다.

영림은 본래 다른 두 추녀들과 함께 국빈 나디르를 접대하기 위해 금령을 찾아왔다.

무사히 의식을 마친 후 이국의 상인 때문에 '췌류'라는 마약을 복용하고 만 혜월을 대신하여 이 하룻밤 동안 고통을 이겨내고 드디어 궁지에서 탈출한 참이었다.

덕분에 낯빛은 아직 시원찮다.

"잠깐, 너 계속해서 이야기에 참견할 생각이야? 제발 조금이라도 좋으니 더 쉬란 말이야."

그런 연유로 침대 바로 옆 의자에 앉아 있던 천녀처럼 아름다운 추녀가 도저히 못 참겠다는 듯 몸을 내밀었다. 물론 이것은 영림과 몸이 바뀐 주혜월이다.

"맞습니다, 영――주혜월 님. 조금 더 쉬시지요."

"왜 일어나자마자 바로 복수하러 뛰어가려는 건데요!"

"냉정해지도록."

재빨리 충실한 궁녀 동설과 리리, 그리고 취관장 진우도 속속 제지했으나 영림은 다정한 미소만 지을 뿐 말을 듣지 않았다.

"이야기를 듣기만 할게요."

여동생의 성격을 잘 아는 황가 무인 경창은 두 손 들었다는 듯 어깨를 으쓱했고, 상식인을 자처하는 금가의 추녀 금청가는 입을 꾹 다문 채 허공에서 시선 둘 곳을 찾지 못했다.

눈을 뜨자마자 무모한 행동을 하려고 하는 영림을 타일러야 할지, 이대로 사정을 들어야 할지 결정할 수가 없다는 표정이었다.

"흐음, 훌륭한 마음가짐이군! 영국인들의 협력적인 태도에 이나디르, 고개 숙여 감사를 표한다! 물론 자세한 이야기도 할 생각이고."

대세는 협력에 부정적이었지만, 나디르는 미묘한 분위기 따위는 완전히 무시하고 이 마약 사건의 세부사항을 이야기하기 시작했다.

"아까도 이야기했다시피 나는 제히르가 이 금령의 유곽에서부터 퍼져나갔다고 보고 있어. 구체적으로는 '천향각'이라는 기루에서부터."

"천향각……."

영림은 뺨을 손으로 감싸며 이름을 되뇌었다.

어디서 들은 이름이다 했더니, 아까 그 남자가 혜월에게 마약을 먹이면서 와 달라고 권유하던 기루의 이름이 아닌가.

게다가 야시장에서 예기 행렬로 주목을 받은 기루이기도 하다.

'청가 님의 소꿉친구분이 계실지도 모른다는 장소……?'

흘끔 시선을 던지니 아니나다를까 청가가 복잡한 표정으로 생각에 잠겨 있었다.

이야기를 재촉하는 일동의 시선을 받은 왕자가 유유히 두 손을 벌렸다.

"좋아, 순서대로 이야기하지! 우선 우리나라에는 아주 끔찍한, 자인이라는 이름의 수상이 있는데 말이야. 이 녀석이 금령의 '천향각'이라는 기루를 매입한 데서부터 이야기가 시작된다."

나디르의 이야기는 이러하다.

셰르바 왕국에는 유능하기로 유명한 수상인 자인이 있다.

그는 본래 해운업으로 재산을 축적한 거상으로, 왕은 그 경영 수단을 높이 사서 수상으로 발탁했다.

하지만 이 자인이라는 자는 매우 야심가여서 제1왕자 나디르를 밀어내고 차기 왕 자리를 차지하겠다는 계획을 세워, 이미 반 이상의 태수들을 매수하는 데 성공했다.

뇌물 규모도 막대하여 아무리 거상이라고는 해도 해운업자가 벌어들일 수 있는 액수를 이미 아득히 넘었다.

그렇다면 그 막대한 부의 출처는 과연 어디일까.

비밀리에 조사를 진행한 나티르는 자인의 씀씀이가 기묘하게 커진 것이 2년 전 영국의 기루 '천향각'을 구입했을 때부터라는 사실을 알아냈다.

자인은 수상이지만 경영자이기도 한 이상 이국의 기루를 매입한다 해도 법에 어긋나지는 않는다. 하지만 기루를 이용하여 악랄한 방식으로 돈을 벌 경우 국제문제로도 발전할 수 있는 중죄다.

나디르는 우선 기루에서의 인신매매를 의심했다.

하지만 아무리 엄격하게 검문해도 자인의 상선이 수상한 사람들을 실어 나르는 기색은 없었다.

그렇다면 사치품 밀수일까.

하지만 아무리 짐 검사를 해도 상아나 보석 등은 나오지 않았고, 자인의 배는 셰르바의 특산품인 목재만을 견실하게 실어 나를 뿐이었다.

한편 금령에 심어 놓은 밀정으로부터는 유곽을 중심으로 마약 중독 증상을 보이는 사람들이 나타나기 시작했다는 보고가 올라왔다.

특히 경영시찰이라는 핑계로 자인이 천향각에 얼굴을 내밀 때마다 중독자가 퍼져나간다고 말이다.

동시에 자인은 영국에서 돌아올 때마다 부유해졌다.

즉 자인은 사치품이 아니라 기루를 통해 마약을 팔아서 돈을 벌고 있다는 뜻이었다. 서국에서 금지된 위험 약물을 감시의 눈이 닿지 않는 영국에서 제조하여 팔아치워 막대한 돈을 벌고 있었다.

나디르는 그런 결론을 내렸다.

"그런데 말이지, 마약으로 돈을 벌고 있다는 사실까지는 알아냈지만 놈이 도무지 꼬리를 내놓지 않는 거다!"

금발 왕자가 개탄스럽다는 듯 길게 땋아 내린 머리를 어깨에서 털어내며 한숨을 내쉬었다.

"제히르의 원료가 야광화라고 하기에 꽃이나 종자 수출시 엄격한 검문을 하고 있는데 놈의 배에서는 수상한 원료가 통 나오질 않아. 놈은 분명 제히르를 갖고 있지 않은데, 놈이 천향각을 방문하면 제히르가 주위에 퍼져나가지. 그야말로 연금술이야! 영국 내에 제조 거점이나 유통 거점이 분명히 있을 텐데……."

"그 거점이 천향각이라고 생각하시는군요?"

"그래! 유곽은 관리들의 입김이 잘 닿지 않아서 뒤가 구린 장사를 하기에는 딱이니 말이지."

영림이 이야기를 정리하자 나디르가 가볍게 고개를 끄덕이며 대답했다.

"천향각…… 자인……. 앗!"

그때 조용히 이야기를 듣던 리리가 퍼뜩 놀란 표정으로 고개를 홱 치켜들었다.

"리리?"

"마, 말씀하시는 중에 죄송합니다. '자인'이라는 이름을 어디서 들어 본 것 같아서 계속 생각하고 있었는데요."

고귀한 사람들에게서 일제히 주목받는 바람에 리리는 다급히 예를 취했으나, 영림이 이야기를 재촉하자 마른침을 꿀꺽 삼키고 증언했다.

"혜월 님께 마약을 먹인 남자가 처음에 저를 보고 이렇게 말했어요. '우리 주인은 비주에서 다양한 가게를 운영하는 부호다', '서국풍의 외모를 가진 너는 우리 주인의 취향에 딱 맞으니 금방이라도 천화가 될 수 있다, 천향각으로 와라'라고 말이죠. 더 안쪽 자리에는 상인 같아 보이는 셰르바인이 앉아 있었는데——."

셰르바의 피를 물려받아 서국의 언어도 알아들을 수 있는 리리가 이렇게 말을 이었다.

"그 사람이 분명 '자인 님'이라고 불렀어요."

그리고 남자 쪽은 '츄겐'이라고 불렀던 것 같아요, 라는 말도 덧붙였다.

일동이 얼굴을 마주 보며 고개를 끄덕였다.

역시 자인과 천향각과 마약 사이에는 긴밀한 연결고리가 있는 것이 틀림없었다.

"천향각에서 췌류를 만들고 있거나, 아니면 단순히 거래 장소로 사용되고 있거나……."

영림이 생각을 정리하며 중얼거리자 나디르가 어깨를 으쓱했다.

"제조 거점인지 유통 거점인지는 나중에 알아봐도 돼. 셰르바에서는 마약을 만드는 것과 그냥 팔기만 하는 것 모두 똑같이 중죄니까! 아무튼 놈이 천향각에서 마약에 관여하는 현장을 잡고 싶어."

"자인이 굳이 현장을 찾아오길 기다릴 필요도 없이 지금 당장 천향각을 단속해서 취조 심문을 진행하면 자인의 꼬리를 잡을 수 있지 않을까요?"

이야기를 듣던 경창이 냉정하게 지적하자 나디르는 개탄스럽다는 듯 압수품인 작은 제히르 병을 흔들며 "쯧쯧" 하고 혀를 찼다.

"나도 빨리 움직이고 싶지! 하지만 정말 통탄스럽게도 자인은 재판을 관장하는 태수와도 가까운 사이야. 놈을 착실하게 재판하기 위해서는 어지간히 명확한 증거를 손에 넣거나 또는 현행범으로 포박하는 수밖에 없어."

천향각을 먼저 단속했다가는 자인이 꼬리를 자르고 도망칠 우려도 있다는 뜻이었다.

"공교롭게도 사흘 후, 천향각에서는 '패향연'이 열리지. 나는 자인이 거기에 나타난 바로 그때 기루를 적발할 생각이다."

"패향연?"

영림 일행이 고개를 갸웃하자 나디르는 지금까지 조사한 성과를 자랑스럽게 설명했다.

"설명하지. 패향연이라는 건 기루의 주인인 자인이 방문하는 반년 주기에 맞춰 기루 측에서 여는 연회다! 보통은 월초에 이루어지는 모양이지만 내가 금령을 방문한 탓에 자인이 경계심을 품고, 내 '출발' 후에 열리도록 날짜를 늦추었다더군."

패향연은 기루의 주인을 환대하고 기루의 상황을 보고할 뿐만 아니라 큰손 고객을 초대하여 기루 주인과 손님 사이의 관계를 돈독히 하는 의미도 있는 모양이었다.

마약을 퍼뜨리고 싶다면 더할 나위 없이 좋은 기회다.

"놈은 패향연 자리에서 제히르를 뿌리거나, 돈을 회수하고 있는 게 분명해. 나는 그 현장을 잡고 싶어, 바로 거기서!"

나디르가 만지작거리던 마약 병을 탁자에 쿵 내려놓고는 추녀들을 휙 돌아보았다.

"추녀들이 단속에 앞서 기루의 내부 사정을 조사해 주었으면 한다. 뭐, 할 일은 간단해. 기루 안을 며칠 돌아다니며 내부 구조를 확인해서 알려주는 것뿐이야."

뒷문이 어디 있는지 알면 적발시 범인의 도주를 막을 수 있고, 제히르의 저장 장소를 사전에 알면 그곳을 우선 봉쇄할 수 있으니 증거인멸도 예방이 가능하다.

"나도 유곽에 부하들을 여럿 배치해 놓았지만 기루 안까지는 쉽게 잠입할 수가 없더군. 여자들이 협력해 준다면 아주 고마울 거야. 앗, 물론 난투극까지 바라는 건 아니다! 어디까지나 단속의 보조라고나 할까, 만에 하나를 위한 일이지."

나디르는 아직도 안색이 좋지 못한 추녀가 걱정이 되었는지 부담이나 위험이 별로 없는 일이라는 사실을 강조했다.

"그렇군요."

하지만 영림은 순종적으로 고개를 끄덕이면서도 마음속으로는 이런 생각을 하고 있었다.

'내부 구조만 알아내면 된다고? 그렇게 미적지근하게 끝나도 되

는 걸까?'

췌류를 먹은 당사자는 혜월이자 자기 자신이다. 마약에 시달리는 나라는 영국이다.

그렇다면 영국의 추녀로서 비열한 마약사범에게 쓴맛을 똑똑히 보여주어야 하지 않을까.

적어도 영림은 췌류가 어떻게 만들어지고 어떻게 팔려나갔으며, 누가 얼마나 어떤 식으로 관여하고 있는지 알고 싶었다. 그러지 않으면 적절한 강도로 보복할 수 없으니 말이다.

'무사히 기루에 잠입한다면 독자적으로 더 자세히 조사해 봐야겠어.'

아무도 모르게 마음속으로 무서운 결심을 하고 있는데 마치 그것을 알아차리기라도 한 듯 날카로운 목소리가 날아들었다.

"잠시만 기다리십시오, 나디르 님."

취관장 진우였다.

"귀국의 사정은 잘 알았습니다. 하지만 이런 조사에 추녀를 끌어들이다니 말도 안 됩니다."

진우는 푸른 눈동자를 가늘게 뜨며 험악하게 덧붙였다.

"미래의 국모를 기녀로 변장시키다뇨."

"에이— 하지만 먼저 말을 꺼낸 건 그쪽이라고!"

흥이 식었다는 표정의 나디르에 이어 영림도 침대에서 몸을 내밀었다.

"나디르 전하의 말씀이 맞아요. 이건 제가 먼저 제안한 일이에요. 다른 추녀님들까지 끌어들일 생각은 없어요. 어디까지나 위험하지 않은 범위, 그리고 저 혼자 할 수 있는 범위 내의 일을 생각하고 있는 거예요."

"아뇨."

하지만 그때 뜻밖에도 금청가가 제지했다.

입을 다물고 이야기를 듣던 청가는 한숨을 한 차례 내쉬더니 늠름하게 고개를 들고 잘라 말했다.

"이것은 금령에서 일어난 문제. 그것을 다른 영지의 추녀님께 맡겨만 둘 수는 없습니다. 이분께서 마약 수사에 협력하시겠다면 저는 그 이상의 열의를 갖고 이 문제에 도전해야 합니다. 저도 천향각으로 가겠습니다."

"청가 님."

언제나 상식인의 위치를 유지하던 청가가 기루 잠입이라는 대담한 계획에 가담하려 하는 모습을 보고 영림은 적잖이 놀랐다.

진우 또한 짧게 숨을 들이켰다.

"금청가 님까지……."

고지식한 성격의 진우는 청가까지 폭주하기 시작했다는 사실에 짜증이 난 모양이었다.

"경창 공, 공도 이 무모한 추녀들에게 뭐라고 한마디 해."

"으음—."

진우는 재빨리 동생 바보로 유명한 황경창을 끌어들였으나 뜻밖에도 경창은 맹렬하게 반대하는 대신, 수려한 얼굴을 살짝 갸웃할 뿐이었다.

"황가의 인간으로서는 이럴 때 어떻게 반응해야 할지 난감하단 말이지."

"그게 무슨 말이지? 자기 동생——아니, 동생처럼 생각하는 추녀가 마약을 먹고 하마터면 죽을 뻔했는데. 이 이상의 위기에 처하도록 내버려둘 생각인가?"

"그래, 그 부분. 소중한 추녀가 마약을 먹고 죽을 뻔했잖아."

경창은 진우의 항의를 또박또박 복창했다.

"그렇다면 황가의 인간으로서는 '두 배로 갚아줘야 한다'가 된다고, 그러니 마음이 충분히 이해가 간달까……."

"왜 그렇게 되는 거지?"

"황가니까."

늘 태연자약해 보이는 황가 사람들은 본인들이 나서서 타인을 함정에 빠뜨리는 일은 거의 없지만 소중한 혈육이 해코지를 당할 경우 철저하게 보복이 끝날 때까지 결코 창끝을 내리지 않는다.

동생의 무모하고 겁 없는 행동이 난감하기도 하지만 친구 혜월 때문에 화가 난 그 마음을 이해 못 할 것도 없다는 황가 특유의 발상이었다.

"하지만 만일 기녀로 변장했다는 사실이 세간에 알려지기라도 하면 추녀로서의 평판에 큰 흠이 가게 돼. '주혜월'뿐만 아니라 이곳에 함께 있는 세 추녀들의 명성 전부가 땅에 떨어지겠지. 그 점은 알고 있어야 해."

몸이 바뀐 사실을 모르는 나디르 앞이기에 돌려 말하기는 했지만, 이 말은 요컨대 '몸이 바뀐 상태의 영림이 기루에 잠입했다가는 영림 자신뿐만 아니라 「주혜월」의 평판에도 영향이 간다'는 의미였다.

“너 혼자만의 의견으로 결정해도 되는 문제가 아니라는 뜻이야.”

잠입 작전을 혜월의 찬성 없이 진행해서는 안 된다——.

그런 의미를 담아서 경창이 말하자 뜻밖의 인물이 목소리를 높였다.

“그럼 문제없겠네. 나도 기루 잠입에 찬성이니까.”

뜻밖에도 혜월 본인까지 찬성파에 가담한 것이다.

“혜…… ‘영림’?”

놀란 경창이 눈을 부릅뜨자 호접의 얼굴을 한 혜월은 습관적으로 머리를 쓸어 올리며 흥 하고 코웃음을 쳤다.

“나야말로 맹세했단 말이야. 황——우리를 이런 꼴로 몰아넣은 놈들을 결코 용서하지 않겠다고, 여덟 조각으로 찢어버리겠다고. 어차피 마약에 당한 시점에서 추녀로서의 평판은 땅바닥에 내리꽂힌 거나 다름없어. 이제 와서 수상쩍은 비밀 한두 개쯤 늘어난다고 크게 달라질 것도 없지.”

“세상에, 너무 멋진 발언이에요……! 온몸이 저릿저릿해요!”

듣고 있던 영림이 저도 모르게 양손으로 입을 가렸다.

설마 이 국면에서 혜월까지 찬성하고 나서리라고는 상상도 못했다.

정말이지, 어쩜 이렇게 든든한 친구일까.

“그……그래요! 이렇게 된 이상 흑막을 찾아내서 철저하게 입막음을 하고, 이 사건 자체를 없었던 것으로 만드는 수밖에 없어요!”

“아니, 그렇게까지 말하지는 않았지만. 아무튼 ‘당했으니까 도와주세요'라면서 남자분들에게 매달리기만 하는 건 성미에 안 맞아. 직접 한 방 먹여줘야지."

흥 하고 입꼬리를 치켜올리는 친우를 보며 영림은 저도 모르게 침대 위에서 비틀거렸다.

굳이 따지자면 과거의 혜월은 자발적으로 권력자에게 빌붙어 아첨하면서 자기 자신은 안전한 곳에 머무르려 하는 성격이었던 것 같은데 지금은 꽤나 호전적으로 변했다.

'내 친구는 어쩜 이렇게 멋질까? 이 전투력, 나도 본받아야 해……!'

영림은 전투력의 총본산은 오히려 자신 쪽이라는 사실을 호쾌하게 무시했다.

"그럼 정해졌군! 추녀 세 사람이 기루에 잠입해 줘야겠어. 천향각은 패향연을 대비하여 기녀들을 확충하는 중이라고 하니 비교적 쉽게 숨어들 수 있을 거야."

세 추녀들이 합의한 모습을 보고 나디르는 이야기를 쭉쭉 진행했다.

"그럼 저는 경호원으로 들어가겠습니다."

재빨리 경창이 나섰으나 나디르는 안타깝다는 듯 양손을 내저었다.

"아니, 그게 일단 기루에 들어가기만 하면 새장 속의 새가 되는 여자들의 심사는 느슨하지만 외부와 접촉이 가능한 남자 하인을 심사할 때는 상당히 엄격하거든. 소개로만 받는다고 들었어. 그것 때문에 내 부하들도 상당히 애를 먹고 있지."

"예?"

경창은 당황했는지 뺨을 긁적거렸다.

"그럼 어쩔 수 없네. 내가 여장을 하는 날이 드디어 오고야 말았군……."

"뭐라고요?"

"뭘 그렇게 자연스러운 흐름인 것처럼 나불거리는 거야, 이 남자는?!"

저도 모르게 중얼거린 영림 대신 혜월이 크게 고함을 질렀다.

하지만 그러거나 말거나 경창은 놀랍게도 진우를 빤히 훑어보기 시작했다.

"취관장님은…… 으음…… 뭐, 얼굴만 봐서는 충분히 가능하긴 한데 아무래도 키가……."

"무슨 헛소리지?"

얼떨결에 말려들 처지에 놓인 진우는 결국 거기서 인내심의 끈이 끊어져서 언성을 높이고 말았다.

"멍청한 말도 적당히 해!"

"그 점에서 나라면 여성스러운 목소리도 낼 수 있으니 의외로 가능하지 않을까? '어떻게 생각하세요?'"

분개하는 진우를 무시하고 경창은 특기인 성대모사를 선보이며 여성진에게 물었다.

하지만 영림 이하 세 추녀들의 평가는 그리 좋지 못했다.

"마음은 감사하고 물론 목소리는 여성스럽지만……."

"하지만 경창 님, 기루라는 특성상 체격적으로 무리가 있지 않을까 싶습니다."

"그렇게 키가 큰 여자가 어디 있어!"

특히 혜월이 단호하게 잘라 말하자 경창은 어째서인지 유쾌한 표정으로 다시 물었다.

"그래? 키가 커?"

"당연하지. 그렇게 남자다운 체격을 대체 어떻게 얼버무리겠다는 거야?"

"흐응, 나는 남자답구나. 그럼 포기할 수밖에 없겠네……."

수수께끼의 이유로 물러나는 경창의 어깨를 진우가 노골적으로 짜증을 드러내며 움켜쥐었다.

"말해 두겠는데 나는 지금 여장에 대해 갑론을박하고 있는 게 아니야. 추녀를 기루에 잠입시킨다는 일 자체가 말도 안 된다는 거다! 애당초 우리는 추녀들이 앞으로 저지를 무모한 짓을 제지하기 위해 달려온 거라고."

"아니, 어쩔 수 없잖아, 취관장님."

하지만 그 말에 경창은 가볍게 어깨를 으쓱했다.

"이렇게 된 이상 말릴 도리가 없어. 당사자인 추녀들도 동의했으니, 우리가 할 수 있는 일이라고는 곁에 딱 붙어서 감시하는 것밖에 없지 않겠어?"

동생 바보로서의 면모를 십분 발휘하여 동생의 의견을 전부 긍정해줄 뿐만 아니라 뻔뻔하게도 주도권까지 잡아버렸다.

"신하로서 전하의 명령을 어길 수는 없지. 하지만 산사태가 일어나 와르르 쏟아지는 흙더미를 거스를 재주도 인간에게는 없어.

아아, 중간에 끼는 바람에 위장이 다 아프네. 내가 할 수 있는 것이라고는 기껏해야 전하께 빈틈없이 보고하는 것 정도뿐……."

"전혀 아파 보이지 않는데."

"그건 취관장님의 관찰력이 부족해서 그렇고."

직무에 충실한 진우는 눈을 번득이며 경창을 노려보았으나 황가의 남자가 그 정도로 끄떡할 리가 없다.

"패향연까지 앞으로 사흘밖에 안 남았어. 언제부터 움직일 수 있지?"

무관들이 옆에서 공방전을 벌이거나 말거나 나디르와 세 추녀들은 이미 얼굴을 맞대고 작전회의를 시작했다.

"글쎄요, 이제 췌류 기운도 거의 다 빠져나갔으니 오늘 오후 정도부터일까요?"

"아무리 그래도 하룻밤은 쉬란 말이야! 잠입을 한다 해도 계획을 짜고 준비를 해야 할 거 아냐!"

영림이 침대에서 내려오려고 하자 혜월이 단호하게 제지했다.

"어떤 준비가 필요할까? 기녀로 변장한다면 우선 화장 도구가 있어야겠네. 그리고 의상과 보석 장식품, 아아, 무용 도구도 있는 편이 좋겠지?"

"잠깐, 잠깐. 왜 그렇게 완벽한 기녀가 되려고 하는 거야? 준비물이라면 우선 호신용 무기가 있어야 할 거 아냐, 무기가!"

생각에 잠긴 표정으로 자신의 복장을 내려다보는 청가의 말에 나디르가 어처구니없다는 듯 "이 정도는 가져가"라며 서국식의 단도인 샴쉬르를 들이밀었다.

"이렇게 금빛 번쩍번쩍하고 보석 장식이 화려한 무기는 금방 압수당할 텐데요."

"바보 같으니! 장식품으로 보이는 게 오히려 당당히 갖고 들어갈 수 있는 거야. 기루에서는 항상 서국풍 물건이 유행하고 있다는 걸 몰라? 창피할 정도로 세상물정을 모르는군!"

"기루의 유행 같은 걸 모른다고 창피할 게 뭐가 있어요?"

청가와 나디르는 어지간히도 성격이 안 맞는지 계속해서 입씨름을 벌였다.

영림은 마지못해 단도를 집어 드는 청가를 흘끔 쳐다보았다.

"……."

무어라 말하려 했으나 결국 입을 다물고는 금세 다시 회의로 돌아갔다.

"……어떻게 하면 자연스럽게 기루에 잠입할 수 있을까요? 이미 천향각 사람들에게 얼굴이 알려진 저는 보주에 낚인 걸로 하고, 혜——당신께서는 '인신매매범에게 잡혀 팔려 온 마을 처녀'라는 설정은 어떨까요?"

"이 얼굴로 '마을 처녀'는 무리잖아. 하다못해 후궁에서 잘린 전직 궁녀는 어때? 어느 정도는 괜찮은 출신이어야 자연스러울 거라고."

신분 때문에 끼어들 수가 없는 동설과 리리는 그저 얼굴만 가릴 뿐이었다.

"방금 전까지 고통에 신음하셨잖아요? 조금은 쉬세요!"

"이 추녀들, 너무 호전적이야……!"

이리하여 날뛰는 세 추녀들과 계속해서 몰아붙이는 나그르, 그리고 언제나 동생 편인 경창까지 총 다섯 명에게 상식적인 궁녀들과 취관장 세 사람이 숫자로 패배하는 바람에 영림 일행의 기루행은 결국 성사되고 말았다.

* * *

그날 밤 심야.

아주 작은 소리를 들은 혜월은 문득 눈을 떴다.

멍한 눈으로 옆 침대를 돌아보니 그곳에서 자고 있어야 할 황영림의 모습이 보이지 않았다.

"——?!"

순식간에 잠이 확 깬 혜월은 이불을 걷어차고 벌떡 일어나서 황급히 실내를 둘러보았다.

그러자 지금 막 문이 아주 조심스럽게 닫히는 참이었다.

바로 옆방인 궁녀방에 있는 동설과 리리는 깊은 잠이 들었는지 나오지 않았다.

아무래도 영림은 잔뜩 지친 궁녀들을 깨우지 않도록 신경을 쓰며 굉장히 조심스럽게 방을 나간 모양이었다.

'뭐 하는 거야, 저 여자!'

측간에라도 가려는 걸까. 하지만 췌류 기운이 빠진 지 아직 하루밖에 지나지 않았는데 아무에게도 말을 걸지 않고 혼자 움직이려 하는 영림의 모습에 혜월은 분개했다.

혜월 자신은 간병이 끝나서 잔뜩 지쳐 있는데도 불구하고 일부러 영림의 방으로 침대까지 옮겨 옆에서 함께 자 주고 있는데 말이다.

걱정하는 마음도 이해해 주지 않고 멋대로 방을 나가다니, 정말 이지 소란 피우는 데에는 일가견이 있는 추녀다.

'……아니, 하지만 측간까지 따라가는 건 아무리 그래도 과보호 인가?'

따라가야 하나 싶어서 문에 손을 짚던 혜월은 다소간의 멋쩍음을 느끼고 멈춰 섰다.

하지만 금세 고개를 가로저었다.

아무리 그래도 바로 어제 이 시간에 죽을 뻔한 사람이다. 아직 조금은 췌류가 남아 있을 테니 비틀거리거나 열이 날지도 모른다. 그 여자는 툭하면 무리하려고 하니 말이다.

'내버려둘 수는 없어.'

마음을 굳힌 혜월이 문 밖으로 나와 좌우를 둘러보자, 영림이 한 손에 촛대를 들고 조금 앞에서 복도를 걸어가고 있었다.

모퉁이를 돌면 그 너머에는 청가가 묵는 방밖에 없다.

즉, 측간으로 향하는 것은 아닌 모양이었다.

"잠깐. 뭐 하는 거야, 너!"

"꺅!"

무심코 등 뒤에서 고함을 지르자 영림이 펄쩍 뛰며 놀랐다.

그래서였을까, 뒤를 돌아보려다 드물게도 발이 꼬이고 말았다.

"아차차……."

보아하니 팔다리가 아직 때때로 아프거나 또는 기운이 빠지는 눈치였다.

걱정이 된 혜월은 목소리를 낮추며 영림에게로 다가갔다.

"그것 봐. 아직 몸에 힘이 안 들어가잖아. 이런 새벽에 휘청거리면서 대체 어딜 가려는 거야?"

"혜월 님. 아니에요, 전 정말 기력이 넘쳐요. 그냥 측간에 좀 가려고――."

추궁당한 영림은 순간적으로 변명하려 했으나, 혜월이 노려보자 금세 난처한 듯 눈꼬리를 축 늘어뜨렸다.

"한 게 아니라, 그, 물론 조금 비틀거리기는 하지만 무슨 일이 있어도 꼭 해야 하는 볼일이 있어서……."

얼버무리기를 포기하고 사정을 정직하게 이야기한 점은 인정해줘야겠네, 하고 혜월은 생각했다.

"무슨 볼일인데?"

"그게……."

영림이 난처한 듯 입을 다물었다.

혜월이 툭하면 째지는 소리를 질러대는 것과 마찬가지로, 영림 또한 툭하면 뭐든 혼자 해결하려 하는 습관을 도무지 버리기가 힘든 모양이었다.

그렇지만 영림도 조금씩 변하고 있다.

각오한 듯 입을 꾹 다물었다가 조심스럽게 입을 열었다.

"실은 청가 님께 기루 잠입을 다시 생각해봐 주실 수 없을지 설득하려 했어요……."

"기루 잠입을 다시 생각해?"

"네."

혜월이 묻자 영림이 살짝 눈을 내리깔았다.

"기루라는 곳은…… 청렴을 기조로 하며 자라나신 청가 님과는 분명 가장 동떨어진 장소일 거예요. 아마도 천향각에는 청가 님이 상상도 하시지 못할 세계가 펼쳐져 있겠죠."

창으로 비쳐드는 달빛 아래로 떠오른 얼굴에는 의심의 여지가 없는 걱정 어린 표정이 드리워져 있었다.

"청가 님의 추녀로서 지니는 정의감은 저도 존경하지만…… 그렇기 때문에 기루에 고결한 그분을 모시고 가는 게 자꾸만 마음에 걸려서요……. 청가 님은 무기를 휴대하는 일조차 생각지 못한 분이니까요."

"그건, 뭐……."

우물쭈물하는 영림 앞에서 혜월 또한 진지한 표정으로 '무용 도구를 준비하는 게 좋겠네'라고 중얼거리던 청가의 모습을 떠올렸다.

진지한 태도는 인정하지만 실제로 청가가 세상물정을 지나치게 모르는 것도 사실이다.

영림은 잠입을 제안한 장본인으로서 자신의 계획에 청가를 끌어들이는 일이 망설여지는 모양이었다.

"하지만 세상물정을 모르는 걸로 따지자면 어린애가 갓난아기를 걱정하는 거나 다름없는데?"

그러나 혜월의 입장에서는 황영림이라고 크게 다르지도 않다.

다섯 가문 안에서 가장 큰 권세를 지닌 황가 직계. 그것도 막내여서 오빠 둘뿐만 아니라 친족 전체에게서 지극한 사랑을 받으며 자라난 온실 속 화초 같은 병약한 소녀.

시장에서 에누리도 제대로 할 줄 모르고 수상한 항아리나 변기 같은 걸 하마터면 살 뻔했던 인간이 청가를 걱정한다는 건 어린애들이 갓난아기를 향해 "있잖아, 아가들은 밖에 나가면 위험하대" 하고 심각하게 타이르는 모습이나 다름없었다.

혜월이 그 부분을 지적하자 영림은 충격을 받은 듯 비틀거리다가 상체를 내밀었다.

"무, 물론 제 경험치는 어린애 수준이지만, 그래도 이 어린애는 독극물도 다룰 줄 알고 화약과 호신술에도 조예가 있어요! 행동력이 있는 어린애예요!"

"행동력 있는 어린애랑 위험물을 조합하면 제일 골치 아픈 사태가 벌어지잖아……."

"골치 아프지만 무기는 무기예요. 혜월 님도 도술을 쓰실 줄 알잖아요. 하지만 청가 님은 무장이 전혀 없어요. 아무리 금령에서 일어난 사건이라고는 해도 이런 수사에 끌어들이다니 저는 정말 괴로워요."

혜월은 "뭐, 그건 그래" 하고 어깨를 으쓱했다.

생각해 보면 찬앙례를 앞두고 혜월을 협박했을 때도 단도를 쥔 청가의 손은 무척 불안해 보였다.

오히려 혜월 쪽에서 '뭐야, 고작 그 수준이야?' 하고 맥이 풀렸을 정도였다.

그런 청가가 천박함과 난폭함을 넣고 푹푹 끓인 냄비 같은 장소에 들어가는 건 무리일지도 모른다.

"저, 잠입하기로 마음먹은 이상 나디르 전하가 원하시는 것보다 췌류에 대해 더욱 깊이 조사할 생각이에요. 그러면 당연히 더욱 위험해지겠죠. 그러니까 청가 님은——."

"어머나, 걱정하실 필요없어요, 영림 님."

그때였다.

촛대가 비추는 범위 밖에서 느닷없이 목소리가 울려 퍼지는 바람에 두 사람은 사이좋게 펄쩍 뛰었다.

다급히 촛대와 함께 돌아보자 몇 걸음 너머 문 앞에는 잠옷 차림의 금청가가 서 있었다.

"처, 청가 님…… 들으셨어요?"

"네. 혜월 님이 고함치는 소리가 들려서 무슨 일인가 싶어 나와봤죠. 두 분은 완전히 이야기에 푹 빠져 계셔서 모르셨던 모양이지만요."

영림이 민망한 얼굴로 묻자 청가가 가볍게 대답했다.

아무래도 꽤 한참 전부터 듣고 있었던 모양이다.

"저……."

"일단 안으로 들어오세요."

영림이 머뭇거리자 청가는 한쪽 눈썹을 아름답게 치켜올리며 두 사람을 실내로 들였다.

"특히 영림 님은 이제야 겨우 자리에서 일어나신 몸이잖아요."

그것이 건강을 걱정하는 척하면서 실은 '영림 님이야말로 잠입하기에는 무리가 있는 상태가 아닌가요?'라는 가시가 돋친 공격이라는 사실은 물론 혜월도 이해할 수 있었다.

"자, 거기 의자에 앉으세요."

청가는 술을 마시고 있었는지 탁자에는 과일주가 담긴 동이, 그리고 마시다 만 술잔이 놓여 있었다.

'산사나무 열매로 빚은 산사자주(山査子酒)인가. 그야말로 여자들이 좋아하는 술이랄까, 금청가답네.'

외유를 나와서, 심지어 밤에 혼자 마시는 상황인데도 빈틈없이 같은 무늬의 술동이와 술잔을 갖추는——이런 부분이 그야말로 청가를 청가답게 하는 모습이었다.

청가는 두 사람에게도 술을 권했으나, 그녀의 권유를 거절한 영림이 의자에 앉자마자 말을 꺼냈다.

"이렇게 된 이상 단도직입적으로 말씀드리는 수밖에 없겠네요. 청가 님, 부디 기루 잠입 작전의 참가를 재고해봐 주실 수 없을까요? 저는 청가 님이 걱정돼요."

'진짜 직설적으로 말하네.'

"저도 확실하게 말씀드리겠습니다. 거절하겠어요. 이것은 금령의 문제예요."

'이쪽도 직설적으로 답하고.'

서로 마주보는 영림과 청가, 그리고 그 사이에 끼어 앉은 꼴이 된 혜월은 마치 실꾸리 공 던지기 시합이라도 관전하듯 고개를 좌우로 정신없이 돌려야 했다.

"당사자라는 이유라면 마약을 먹은 저와 혜월 님이 처리해야 할 문제죠. 췌류는 무시무시한 마약이어요. 만에 하나 청가 님이 수사 중에 드시기라도 하는 건 아닐지 정말 걱정이 돼요. 여기에 경험자가…….”

“췌류는 두 번 이상 입에 대면 의존의 위험성이 높아진다고 하니, 혜월 님의 몸에 들어가 계시는 영림 님이야말로 조심해야 하지 않을까요? 아무튼 저는 천향각에 갈 겁니다.”

영림이 심각하게 말했지만 청가는 한 걸음도 물러서지 않았다.

바로 반론하는 청가를 바라보며 영림은 안타까운 듯 미간을 좁히고, 혜월을 돌아보았다.

“아휴, 참……. 청가 님은 너무 고집이 세세요!”

이전에는 황홀한 얼굴로 이쪽을 올려다보며 무슨 말을 해도 ‘영림 님 말씀이 맞아요’라고 고개만 끄덕이던 청가가 지금은 도무지 말을 듣지 않는 모습에 당황한 모양이었다.

“영림 님이 겉모습과 달리 멧돼지와 같은 기세를 지닌 분이라는 사실을 알고 있으니까요. 멧돼지가 아무리 도리를 설득해 보았자 납득이 될 리가 없죠.”

“세, 세상에……!”

아무래도 금청가의 마음속에서 황영림은 호접을 탈피하여 멧돼지로 변신한 모양이었다.

“왜 여러분 모두가 저만 보면 다들 멧돼지, 멧돼지 하는 건지…….”

충격을 받은 친구를 보고 혜월은 일단 영림을 도와주기로 했다.

뇌가 온통 근육으로 이루어져 있는 데다 예민하고 섬세한 문제라고는 전혀 이해하지 못했던 이 여자가 그래도 자기 나름대로 이것저것 신경을 쓰고 있으니 말이다.

"저기, 물론 황영림은 멧돼지지만 그래도 선량한 멧돼지야. 도리 운운하기 전에 황영림 나름대로 청가 님을 걱정하는 거란 말이야. 그건 이해하지?"

생각해 보면 청가와 영림을 포함하여 셋이서 기루에 잠입할 경우 지난번 거리 산책과 똑같은 꼴이 된다. 세상물정 모르는 두 사람을 혜월이 혼자 인솔해야 한다는 뜻이다.

그렇다면 여기서 한 명 털어내는 편이 훨씬 낫다는 계산도 있었다.

"물론 이건 금령의 문제이긴 하지만, 추녀가 나설 일은 아니잖아. 익숙지 않은 잠입 수사에 동참하지 않는다고 아무도 청가 님한테 뭐라고 하진 않을 거야."

"체면 때문에 잠입 수사에 연연하는 게 아니야."

"그럼 왜 그렇게 기루에 가고 싶어 하는 건데?"

하지만 청가는 쌀쌀맞게 턱을 치켜들 뿐이었기에 혜월은 점점 짜증이 치솟았다.

"혹시, 말인데요."

그때 영림이 문득 조용한 목소리로 물었다.

"소꿉친구분이 천향각에 계시는지, 직접 확인하고 싶으신 건가요?"

"……."

청가가 숨을 살짝 들이켰다.

그것을 알아차리지 못한 혜월이 흥 하고 코웃음을 쳤다.

"설마. 어디로 이사 갔는지도 모를 정도의 사이라면서 그럴 리가——."

"맞아요."

하지만 청가가 말을 가로막는 바람에 혜월은 놀랐다.

돌아보니 청가는 과일주가 든 술잔을 움켜쥔 채 고개를 숙이고 있었다.

"저희 영지의 문제이기 때문이라는 말도 물론 사실이지만…… 저는 소꿉친구 금요가 마음에 걸려서 견딜 수가 없어요."

"뭐? 청가 님하고 그 금요라는 사람이 그렇게 친했어?"

혜월이 의아한 표정을 지었다.

물론 청가는 금요일지도 모르는 그 인물이 상당히 마음에 걸리는 눈치였지만 상대는 청가에게 주소도 알려주지 않았고, 애당초 두 사람은 연락하고 지내는 사이조차 아닌 듯했다.

그러나 청가를 따라간 덕분에 사정을 어느 정도 자세히 들은 영림은 납득한 표정을 지었다.

"같은 스승님께 가르침을 받은 언니뻘 제자분이라고 하셨죠. 어린 시절 꽤 오랫동안 함께 지낸 사이였다고."

"네. 함께 지낸 건 5년 정도지만…… 금요에게는 정말 많은 것을 배웠어요."

영림이 재촉하자 청가는 조용히 고개를 끄덕이며 술잔으로 시선을 떨어뜨렸다.

"금요를 처음 만난 건 제가 열 살 때였답니다."

그리고 소꿉친구와의 첫 만남 이야기를 시작했다.

●

직계의 딸로 태어난 금청가.

어린 시절의 청가는 한껏 번영한 금령에서도 가장 화려한 영도(領都) 천사(天砂)에서 황족 못지않게 금이야 옥이야 귀하게 자라났다.

어머니에게서 물려받은 화려한 이목구비. 경전 문답의 재능도 뛰어나고 자수도 노래도 흠 잡을 데가 없었으며 무엇보다 춤으로 따지면 타의 추종을 불허했다.

혈통, 그리고 황태자와의 나이 차이를 따져 보아도 차기 추녀에 걸맞은 재목임은 틀림이 없었기에 나아가서는 숙비를 뛰어넘어 귀비가, 아니, 어쩌면 황후가 될 수 있을지도 모른다고 모두가 기대를 걸었다.

"다음 대야말로 금가에서 황후가 나올 거라고, 그것도 우리 쪽에서 나올 거라고 직계 분들이 잔뜩 벼르고 계셨죠."

청가는 산사자주 잔을 양손으로 잡고 쓴웃음을 지으며 말했다.

직계와 방계의 응어리는 뿌리가 깊다.

방계들은 직계를 '실무 능력이 없고 세상물정 모르는 멍청이들'이라고 얕보는 한편, 직계 또한 방계를 '저속하고 품위 없는 자들'이라며 경멸했다.

직계 황후 옹립을 꿈꾸며 친족들은 어린 청가에게 미(美) 지상주의 가치관을 심어주는 것과 동시에 '금가 직계 외의 인간들은 모두 천박하다'고 가르쳤다.

"요컨대 방계에게 질 수는 없다고 생각한 거죠. 하지만 어린 저는 어리석게도 저 외의 모든 사람들은 방계도 상인도 서민도──모두가 비천하며 아무 가치도 없는 존재라고만 생각하고 만 거예요."

실제로 청가는 뭐든 다 해냈다.

또래 아이들 중 그 누구보다 총명했기에, 아니, 연상의 친족들과 비교해도 미모와 재능이 훨씬 뛰어났기에 청가 앞에서는 누구나가 무릎을 꿇었다.

그런 청가 입장에서 볼 때 주위 사람들은 하나같이 재능도 없고 제 분수도 모르는 자들뿐이었다.

"그럴 때 금요를 만난 거예요."

세계가 바뀐 것은 열 살 때였다.

금가에서는 직계와 방계를 가리지 않고 반 년에 한 번씩 자녀들끼리 교류하며 기예를 겨루는 행사가 열렸다. 그때 청가는 무용 실력을 겨루기 위해 비주를 방문했다.

하지만 청가는 과거 3년 동안 연속 최우수 평가를 따냈다. 어차피 자신과 맞서 싸울 만한 상대 따위는 없을 거라며 애초부터 우습게보고 있었다.

그래도 완벽주의 성격 때문에 열심히 연습한 최고 수준의 무용을 선보였고, 평가 같은 건 듣지 말고 그냥 돌아가버릴까 생각한 그때──청가는 말도 안 되는 풍경을 목격하고 말았다.

"숙부님이 말이죠, 최근 방계에서 양자로 들인 아이라면서 금요에게 춤을 추라고 지시하셨어요."

금요가 상대로 나선 순간에도 청가는 아직 실눈을 뜨고 상대를 쳐다보기만 했다.

방계 안에서도 말석 집안에서 거두었다고 하는 금요는 마치 허드렛일을 하는 하녀처럼 초라한 차림새였기 때문이다.

지나치게 날카로운 이목구비와 당당한 그 태도는 소녀라기보다는 오히려 소년에 가까웠다.

하지만 신기하게도 무대에 오른 순간 금요는 어른 뺨치는 요염함을 내뿜었다.

금요의 팔이 굽이치고 눈매가 가늘어질 때마다 그곳에는 지고의 미가 솟아났다.

곧게 뻗은 등과 쉼 없이 단련한 발놀림이 자아내는, 경탄할 수밖에 없는 힘찬 동작.

안정감이 있는데도 어딘가 모르게 야생미가 느껴져서 보는 사람의 흥분을 자극했다.

온실 속 화초 같은 아가씨로서는 도저히 표현할 수 없는 고뇌와 분노. 박력과도 같은 무언가.

어린 금요는 이미 그것을 지니고 있었다.

"깜짝 놀랐죠. 제가 자랑하던 우아한 아름다움이 그 순간 마치 소꿉장난처럼 보였어요. 쥐구멍에라도 숨고 싶은 브끄러움과 끓어오를 듯한 질투, 그리고 동경……. 그때까지 맛본 적 없던 감정이 단숨에 밀려와서 세계가 완전히 뒤집혀 버렸답니다."

직계의 딸만이 뛰어나고 아름다운 것만이 가장 고귀하며 그 이외는 전부 무가치한 존재라고 하지 않았던가.

그렇다면 이것은 대체 무엇이란 말인가. 직계가 아닌 방계의 비호 하에 있으며 심지어 본래는 서민 출신이라는 금요가 선보인 이

춤의 아름다움은 대체.

"눈물이 차올랐어요. 저는 도저히 그 자리에 가만히 있을 수가 없어서 무대에서 내려온 금요를 따라갔죠."

금요는 서민 특유의 말씨를 아직 벗지 못한 탓에 청가의 입장에서는 깜짝 놀랄 만큼 태도가 조야한 소녀였다.

자신보다 상위의 존재를 대하는 예의로서 청가가 겸손한 태도로 "스승님은 어떤 분이신가요?" "춤 연습을 어떻게 하셨는지 알려주셨으면 해요" "다음 교류회에서도 뵐 수 있을까요?" 하고 물어도 금요는 "어? 그 말은 혹시 나랑 친구가 되고 싶다는 뜻이야?" 하고 천연덕스럽게 대꾸하며 고개만 갸웃했다.

소탈한 태도 덕분에 그때까지 친구 한 명 없던 청가도 금요와는 순식간에 허물없는 사이가 될 수 있었다.

나이가 가깝다는 이유로 금요의 수양부모도 적극적으로 교류를 권했고 기예 중 하나인 무용 스승도 소개받아 두 사람은 자매 제자 사이가 되었다.

금요는 현명하고 심지 굳은 소녀였다.

두 눈은 언제나 새까맣게 빛났고, 싱글싱글 웃으면서 항상 자신만만하게 '춤을 잘 추는 요령? 내가 세상에서 가장 아름다운 여자라는 사실을 믿고, 긍지를 잃지 않는 거야. 오로지 이 얼굴과 이 몸 덕분에 난 지금의 삶을 손에 넣었으니까 여기서부터 더욱 위로 기어 올라갈 거야. 언젠가 내가 세상에서 가장 아름다운 여자로서 모든 사람들의 기억에 아로새겨질 수 있도록'이라고 자신의 꿈을 이야기했다.

"금요를 만날 때마다 세상이 넓어지는 것 같았어요. 저는 출신 같은 건 상관없이 그저 아름다움과 재능 앞에서 사람은 도두 평등하며, 또한 평등해야 한다는 사실을 금요 덕분에 배울 수 있었답니다."

말없이 이야기를 듣던 혜월은 영림과 시선을 교환했다.

중원절 의식 때 몸이 바뀐 영림이 멋진 무용을 선보이자, 상대를 '주혜월'이라고 생각하면서도 '뛰어난 아름다움은 만인에게 칭송받아야만 한다'고 평가했던 금청가.

생각해 보면 청가는 언제나 혜월에게 쌀쌀맞게 대했으나 그 이유는 혜월이 '아무리 시간이 지나도 때를 벗지 못하고' '재능이 없었기 때문'이지 '말단 귀족 출신'에 '시골뜨기'라는 태생 그 자체 때문은 아니었다.

그리고 그 예리한 공평함과 아름다움을 향한 성실함은 서민인 금요와의 우정 덕분에 키울 수 있었던 자질이었나 보다.

"두 분, 포서(布誓)를 아시나요?"

그리운 듯 눈을 가늘게 뜬 청가가 문득 자리에서 일어나더니 궤짝 속에서 어떤 물건을 꺼냈다.

모란 무늬가 들어간 얇은 천――혜월이 잘못 본 것이 아니라면 청가가 자주 두르고 다니는 피백이다.

어지간히 소중한 물건인지 한 차례 찢어진 것으로 보이는 자리도 꼼꼼하게 꿰매 놓았다.

"포서……요?"

"그게 뭔데?"

"천에 술로 맹세를 나누어 쓰는 시정의 놀이랍니다."

고개를 갸웃하는 두 추녀에게 청가는 다소 의기양양한 얼굴로 미소를 지었다.

"영원히 기억하고 싶은 내용을 서로의 옷에 먹 대신 술로 쓰는 거죠. 스며든 글자는 옷을 세탁할 때마다 옅어지고…… 마침내 완전히 읽을 수 없게 되었을 때는 맹세한 내용이 이미 당사자들의 영혼에 스며들어 있는 거예요."

청가는 드문드문 복숭앗빛으로 얼룩진 얇은 천을 탁자 위, 술잔 바로 옆에 펼쳤다.

"저와 금요도 옛날에 산사자주를 손가락에 찍어서 서로의 피백에 맹세의 말을 남겼답니다. 제가 추녀로 내정되어 그 준비를 하기 위해 왕도로 올라가기 전날 밤이었죠. 한참 만나지 못할 터였기에 연습실 한구석에 틀어박혀 몰래 산사자주를 마시며 밤새 이야기를 나누고……."

추억을 더듬듯 피백에 스며든 연분홍색 얼룩을 손가락으로 쓰다듬는다.

어른들 몰래 친구와 방에 숨어서 술을 마시며 밤을 지새운 그 일은 늘 행실이 바른 청가로서는 평생에 한 번뿐인 체험이었으리라.

다정한 미소를 띤 그 눈에는 한밤의 연습실 풍경이 반짝이는 기억으로 떠오른 듯했다.

"뭐라고 쓰셨나요?"

"'아름다움을. 그렇지 않으면 죽음을'. 금요와 저는 피백에 같은 말을 썼답니다."

청가의 대답을 들은 영림은 "어머나, 멋져라" 하고 양손을 모았으나 혜월은 얼굴이 일그러지고 말았다.

미의 탐구자를 자처하는 금가의 여자에게는 딱 맞는 격언이겠지만 아무리 그래도 너무 과격하다.

"그랬군……. 비슷한 사람들끼리 친해질 수밖에 없었겠네."

"그렇게 믿고 있었는데 말이죠."

하지만 거기서 청가가 문득 표정을 흐렸다.

청가는 입술을 살짝 깨물더니 말하기 어려운 듯 말을 이었다.

"제가 왕도로 오고 나서 한동안은 편지 연락이 이어졌는데 2년쯤 전, 쌀쌀맞은 답장이 온 후로는 연락이 뚝 끊어지고 말았어요."

"쌀쌀맞은 답장?"

"'모란은 궁전을 치장하고 국화는 들바람에 흔들리네'. 고작 그 한 문장이 적혀 있을 뿐이었죠."

혜월은 저도 모르게 미간을 좁혔다.

교양 있는 여자들 특유의 완곡한 화법은 그 진의를 읽어내기가 어렵지만, 단순한 풍경 묘사가 아니라는 사실은 알 수 있었다. 옛시의 인용일까 아니면 무슨 격언일까.

"어디 보자, 그러니까 '모란'인 너는 궁중에서 열심히 살아, '국화'인 나는 시정에서 열심히 살 테니까…… 라는 말인가?"

"……제게는 '모란과 국화는 같은 곳에서 피어날 수 없다'는 의미로 느껴지더군요."

그것은 마치 결별의 말 같았다.

실제로 그 이후 청가가 몇 번이고 편지를 보내도 금요에게서는 도통 답장이 오지 않았다고 한다.

"차츰 저도 의지가 꺾였고…… 금요가 바쁜 건지도 몰라, 예기로서 싹을 틔우지 못해 신경이 날카로워져 있을지도 몰라, 아니면 내가 뭔가 부주의한 발언을 해서 화나게 만든 걸지도, 라고 생각했어요. 어쨌거나 확인할 용기를 내지 못한 채 시간만 흘러갔죠."

그래도 이번 외유 중에 금요를 만날 수 있을 것이다. 직접 얼굴을 마주보면 분명 응어리도 다 녹아내릴 것이라는 기대가, 청가의 마음속에는 있었다.

하지만 막상 뚜껑을 열어 보니 금요는 만나지도 못했다. 방계 사람들은 금요가 어디 있는지도 몰랐고, 거리로 나가 찾아가 본 금요의 집은 이미 빈집이 되어 있었다.

"예기 행렬 속에서 금요의 모습을 발견했을 때, 어쩌면 이미 유곽의 주민이 된 금요가 행적을 들키기 싫을 수도 있겠다는 생각이 문득 들었어요. 그래서 굳이 찾아가지 말고 그냥 여기서 물러나는 게 좋지 않을까 싶었죠. 하지만……."

청가는 거기서 말을 끊고 영림과 혜월, 두 사람을 바라보았다.

"하지만 두 분이 췌류로 인해 괴로워하시는 모습을 보고 이대로는 안 되겠다고 생각했어요."

"저희를 보고……?"

"네."

가냘픈 손가락이 마치 긴장감을 버티는 듯 하얀 피백을 꽉 움켜쥐었다.

"부끄럽지만 저는 사람이 목숨을 잃을 뻔한 순간이라는 것을 처음 보았어요. 바로 몇 각 전까지 함께 웃으며 이야기를 나누던 상대가 얼굴이 흙빛이 된 채 신음하는 모습. 친구를 잃을 뻔한 인간이 머리카락을 흐트러뜨리며 고함을 지르는 모습. 전부 처음 봤어요……."

귀한 집 아가씨로 자라나 더러운 것, 천박한 것이 인생에서 전부 꼼꼼하게 배제되어 있던 금청가.

비천한 방계와 교류한 경험은 있었으나 직설적인 폭력과 병의 고통을 직면한 적은 없었으리라.

청가는 공포 때문인지 눈을 꽉 감고 숨을 토했다.

"마약이 유곽을 중심으로 퍼져나가고 있고 소꿉친구가 그 유곽 안에 있을지도 모른다는 이야기를 들었다 해도, 예전 같았으면 그 무서움을 그저 흐릿하게만 이해했을 뿐이겠죠. 하지만 지금은 세필로 그린 듯 자세히, 또 선명하게 금요가 췌류에 잠식당하는 광경을 상상할 수 있어요. 그걸 도저히 견딜 수가 없어요."

너무나도 세게 움켜쥐어서 구겨지고 만 피백에는 아직 희미하게 '아름다움'이라는 글자가 남아 있었다.

"사람을 잘못 봤다면 확인하고 싶어요. 하지만 만일 본인이라면 대화를 나누고 싶어요. 왜 그런 곳에 있는지. 그리고――금요를 위험한 곳에서 구출해서 데리고 나오고 싶어요."

"청가 님……."

영림은 멍하니 중얼거렸고 혜월 또한 눈을 부릅떴다.

자신들이 췌류에 희롱당하며 갈등하는 사이 청가 또한 가치관이 흔들리는 경험을 했을 줄은 상상도 하지 못했다.

"추녀 주제에 공공의 이익이 아닌 개인적인 감정 때문에 움직인다니…… 어처구니가 없겠죠."

두 사람의 침묵을 어떻게 해석했는지 청가는 자조적인 표정으로 시선을 돌렸다.

하지만 그런 청가의 손을 영림이 단호한 목소리와 함께 움켜쥐었다.

"아뇨, 청가 님. 전혀 그렇지 않아요."

눈에 진지한 빛을 띠고——아니, 그런 정도를 넘어 강렬하게 반짝반짝 빛나는 눈동자로.

"청가 님의 마음, 확실하게 이해했어요. 오만하게도 그만 청가 님의 마음을 바꿀 수 있을 거라 생각했던 일은 정말로 죄송해요. 그런 사정이 있었다면 그야 당연히 함께 잠입하셔야지요."

"뭐?! 황영림 너, 방금 전까지 막으려고 했잖아!"

"하지만 우정은 모든 것을 이기는 동기인걸요. 괜찮아요, 굳건한 의지 앞에서는 무기를 다루는 솜씨가 다소 서투른 것쯤은 사소한 문자예요."

손바닥을 힘차게 뒤집듯 태도를 바꾸는 바람에 어지간한 혜월도 기막혀하자 영림은 생글생글 웃으며 단호하게 말했다.

"저도 물론 영국의 백성들을 걱정하는 마음도 있지만, 혜월 님께 마약을 먹인 자들을 도저히 용서할 수가 없거든요."

"넌 공공의 이익보다 개인의 감정을 지나치게 우선하잖아!"

"공공의 이익과 개인의 감정이 대체로 같은 방향을 향하니까 괜찮아요."

언성을 높이며 화를 냈지만 봄에 부는 산들바람 같은 미소는 그것을 가볍게 흘려보냈다.

상식이고 뭐고 다 벗어 던지고 그저 친구를 위해 움직이려 하는 황영림 앞에서 혜월은 얼굴을 새빨갛게 붉히며 고함을 질러야 할지, 아니면 입을 다물어야 할지 언제나 판단이 서지 않았다.

"그럼 다시 한 번 기합을 넣어 볼까요. 마약 제조 과정과 그 관계자들을 전부 조사해서 나쁜 사람을 단 한 명도 남기지 말고 전부 적발하는 거예요. 그리고 금요 씨의 안부도 꼭 확인하고요."

영림은 혜월이 무어라 미처 말하기 전의 허를 찔러서 재빨리 산사자주 동이를 집어 들었다.

그리고 시원시원한 동작으로 혜월까지 포함하여 세 사람 몫의 술을 따른 후 작은 술잔을 높이 치켜들었다.

"그럼 목소리 한 번 내고 갈까요. 기루 잠입, 영차, 영차, 어기여차!"

"영……, 영차, 영차……?"

"겨우 병석에서 일어난 처지에 왜 술을 마시려 드는 거야!"

새벽녘의 침실에 그런 여자들의 목소리가 울려 퍼졌다.

2. 영림, 잠입하다

기루, 천향각.

유곽 전체가 내려다보이는 높은 누각이 있고, 손님을 맞이하는 숙박동과 기녀들이 사는 본동, 으리으리한 연못과 수로까지 설치되어 있는 광대한 그 장소는 거의 궁전이라 불러도 손색이 없을 만큼 화려했다.

우뚝 솟은 지붕에는 네 줄짜리 등롱이 줄줄이 늘어서 있고, 기둥에는 세밀한 조각이 새겨져 있다.

숙박동 안쪽 벽은 선정적인 붉은색 칠이 되어 있으며 복도를 한 걸음 나아갈 때마다 연지와 분, 그리고 침향의 달콤하고 묵직한 향기가 점점 짙어졌다. 건물 안은 어디든 숨이 갑갑할 정도로 습했으며 그것은 어딘가 모르게 잠자리에서 관능적으로 신음하는 기녀들의 숨결을 떠올리게 했다.

실제로 현란한 밤이 밝고 동녘 하늘에서 차츰 햇빛이 비쳐드는 시간이 되어도 귀를 기울이면 이별을 아쉬워하는 손님과 기녀가 사랑을 속삭이는 목소리가, 그리고 교성이 건물 곳곳에서 울려 퍼지곤 했다.

음란하고 퇴폐적인——.

순진한 사람이라면 긴장감으로 숨을 죽일 것만 같은 그 공간 한 구석, 상심을 드러내며 양손으로 얼굴을 가리는 여자가 있었다.

큰 키에 주근깨가 있는 얼굴.

주혜월의 몸 속에 들어가 있는 황영림이었다.

청가, 그리고 혜월과 맹세의 잔을 나눈 그 다다음날 새벽.

영차, 영차 하면서 그 누구보다 용맹하게 주먹을 치켜들었던 영림은 지금 스스로의 한심함에 이를 갈기라도 할 듯한 얼굴로 복도에 우두커니 서 있다.

그도 그럴 것이――.

"뭐야, 신입. 뭘 그렇게 멍하니 서 있어? 기루에서 대낮까지 자도 되는 건 기녀뿐이야. 우리 같은 하녀, 그것도 말단들은 새벽부터 일해야 하는 거야. 우선 손님이 나간 방 청소를 해야지."

"아, 네."

주근깨 얼굴을 가린 것은 백분이 아닌 하얀 얼굴수건.

키가 큰 몸에 착용한 것은 화려하고 아름다운 옷이 아닌 수수한 작업복.

그랬다. 영림은 함께 기루 잠입에 성공한 혜월과 청가와 떨어져서 혼자 기녀가 아닌 말단 하녀로 분류되었던 것이다.

'으으, 내가 지휘하기로 하고 들어온 거나 다름없는데 나 혼자만 하녀가 될 줄이야…….'

하녀 신분으로는 기루 안을 돌아다니는 데 오히려 유리할 수도 있지만, 그래도 '셋이 함께'라고 생각하며 들어왔는데 갈라지게 되니 다른 두 사람의 동향을 파악할 수가 없어 걱정이 되었다.

그리고 순수하게 '추녀를 기녀로 변장시키다니'라는 우려에 대해 열심히 설득했는데 정작 자신만 기녀 역할에서 벗어나게 되었다는 미안한 마음도 있었다.

'네 이놈, 지배인 충원(忠元)……. 생각하면 생각할수록 이렇게 무례할 수가.'

영림은 선배 하녀를 따라 조심스럽게 복도를 걸어가면서 지금까지 있었던 일들을 떠올렸다.

세 추녀가 이곳 천향각에 잠입한 것은 엄밀히 말하면 어제 저녁의 일이었다.

그저께 밤에는 금가 저택에서 하룻밤 쉬고, 그 후 아침 무렵 모두 함께 '왕도로 귀환하는' 척하면서 유곽 근처에 있는 여관으로 이동했다.

거기서 한나절 더 쉰 후 조사에 나선 남자들과 갈라져서 세 추녀들은 기루의 문을 두드렸다.

갑자기 기루에 들어오겠다며 찾아온 여자들을 천향각 사람들은 전혀 의심하지 않고 받아들였다.

오늘은 이 녀석들인가, 하는 반응을 보니 역시나 최근 들어 패향연인지 뭔지 때문에 인재를 계속 늘리고 있는 모양이었다.

세 사람은 지시받은 대로 이름을 쓰고, 읽고 쓰기가 가능하냐는 질문을 받은 후 바로 기루 주인 대리라는 사람에게 안내받았다.

"오오. 이거 보통 인재들이 아닌데? 흐음, 후궁에서 쫓겨난 전직 궁녀라고? 그거 불쌍하게 됐구만. 뭐, 우리 집에 오면 추녀님들도 깜짝 놀랄 만큼 호사스럽게 살게 될 거야."

그러면서 면접실에 나타난 사람은 천박한 눈빛의 소유자, 세르바인인 자인에게서 '츄겐'이라 불리던 인물——충원이었다.

혜월이 퍼뜩 놀라 숨을 들이켜는 모습을 보면 췌류를 건넨 인물이 분명했다.

다루에서 보았던 행동거지와 합쳐서 생각해볼 때 그는 영국에서 자인의 통역을 맡고 있거나 또는 부하이며, 기루에 자주 오지 않는 자인을 대신하여 천향각에서 인사권을 쥐고 있는 듯했다.

충원은 아름다운 얼굴의 청가, 그리고 영림의 몸에 들어 있는 혜월을 보고 혀를 날름거리는 한편 혜월의 몸에 들어 있는 영림을 보고는 귀찮다는 표정을 지었다.

"이쪽은 어디서 본 것 같기도 한데……. 뭐, 그만큼 평범한 외모라는 뜻이겠지."

놀랍게도 충원은 다루에서 마약을 먹였던 상대를 전혀 기억하지 못했던 것이다.

뿐만 아니라,

"이렇게 귀염성도 없고 덩치만 큰 주근깨투성이 계집한테는 제대로 손님도 안 붙어. 뭘 가르칠 시간도 없고. 이 녀석은 하녀면 충분해. 그럼 난 바깥을 돌아보고 올 테니 뒷일은 알아서 해라."

그렇게 말하며 영림만 하녀로 떼어 놓았다.

아마 그만큼 아무것도 모르는 젊은 여자들에게 습관적으로 마약을 먹이고 다녔거나, 아니면 돈줄이 될 만한 여자가 아니면 별 관심이 없는 모양이었다.

'말도 안 돼! 이 건강미 넘치는 혜월 님의 매력을 알아차리지 못하다니, 그 눈은 옹이구멍이 분명해. 신속히 수사를 마치고 한시라도 빨리 그 지배인을 단호하게 처단해야겠어.'

의심을 사지 않고 기루에 잠입한 것까지는 좋았으나 친구가 무시당한 일은 아무리 생각해도 화가 난다.

애당초 소중한 친구에게 마약을 먹인 남자 따위는 얼굴을 마주하자마자 칼로 찔러 죽여도 할 말이 없을 거라고 생각하지만, 수사 때문에 일단은 풀어 놓아야만 했다. 그것이 무척 답답했다.

“잘 들어. 창고는 저쪽, 주방은 그 너머야. 손님을 받은 언니들이 이제부터 본동에서 점심때까지 쉬셔야 하니까 본동을 청소할 때는 복도에서 절대 소리를 내면 안 돼. 심기를 거스르면 발로 걷어차일 거야.”

남몰래 어제 저녁의 분노를 되새기고 있던 영림에게 안내를 명령받은 하녀가 그렇게 속삭이며 알려주었다.

청소용 물통과 걸레를 든 하녀의 이름은 춘도(春桃)라고 했다.

농가 출신인 듯 가무스름하게 그을린 피부를 갖고 있지만 얼굴 생김새는 애교가 있어서, 정말 기녀가 아니라 하녀가 맞는지 의아해질 정도였다.

듣자하니 실제로 춘도는 바로 얼마 전까지 하급 기녀였지만 건강이 나빠져 며칠 동안 돈을 벌지 못하자 지배인이 그것을 불쾌하게 여기며 하녀로 쫓아냈다고 한다.

“지배인은 시키는 대로 하지 않는 여자를 제일 싫어해. 권력자 상대로는 굽실거리며 아첨하는 한편, 마음에 들지 않는 여자에게는 폭력을 휘두르고도 표정 하나 변하지 않지. 그 인간, 기녀 따윈 그냥 돈벌이 도구로밖에 생각 안 해.”

춘도는 지배인이 어지간히도 싫은지 이야기할 때 콧등에 계속 주름을 잡았다.

"뭐, 그래도……."

하지만 춘도는 거기서 본동으로 이어지는 복도로 시선을 주고는 황홀한 표정을 지었다.

"우리에게는 천화 언니가 계시니까."

"천화 언니……라는 분은 최상급 기녀분을 말씀하시는 건가요?"

"맞아. 몇 십 명이나 되는 기녀들, 거기다 하녀들까지 포함하면 백 명은 되는 여자들의 정점에 있는 분이지. 자기한테 맞서는 자는 용서하지 않지만 말단들에게는 참 잘해주셔. 벌이가 별로 없는 나한테도 신경 써주실 정도니까 그릇도 크고 기량도 뛰어난, 아주 각별하신 분이지."

눈동자에 떠오른 경애의 감정이 진심인 모양인지, 춘도는 천화의 방 쪽으로 여겨지는 복도만 유달리 성심성의껏 청소했다.

그러고는 영림에게도 똑같이 하도록 요구했다.

"천화 언니가 쓰실 장소는 특별히 더 신경 써서 청소해야 해. 하지만, 그렇지. 본동 대욕실과 술 창고, 숙박동의 향당과 높은 누각의 최상층. 이 네 곳은 기본적으로 출입이 금지되어 있어. 들어가려면 천화 언니께 허락을 받아야 해. 뭐, 들어가기 전에 경호원들이 가로막겠지만."

"대욕실, 술 창고, 향당, 높은 누각의 최상층 말씀이시군요."

"그래. 목욕물도 술도 향도 전부 천화 언니가 관리하시고, 최상층의 가장 화려한 연회장을 사용해도 되는지 판단하는 것도 전부 천화 언니셔."

"그만큼 권력 있는 분이신가 보네요."

영림은 걸레질을 열심히 하며 머릿속에 정보를 집어넣었다.

천향각에서는 천화라 불리는 기녀가 상당히 큰 권력을 갖고 있다는 점.

그리고 기루 내에서는 신분에 따라 출입이 제한되는 장소가 몇 군데 있다는 점.

'췌류는 공공연히 내놓을 수 없는 마약이니까 가능한 한 출입이 적은 장소에 숨겨 놓았을 가능성이 굉장히 크겠네.'

기루를 경유하여 살포되고 있다는 췌류.

이 기루에 다니는 손님들이 중독 증상에 고통을 받고 있으며 지배인 충원이 췌류로 기녀들을 모으고 있는 이상, 기루 안 어딘가에 마약이 있고 그것을 충원이 관리한다는 사실은 틀림없는 것 같았다.

'충원의 동향과 지배인실을 자세히 알아보기로 하고…… 그자가 밖에 나간 사이 관리를 맡은 자가 분명 더 있을 거야. 충원과 가까운 사람이라면 경호원일까? 그 사람도 찾아내야겠네.'

면접 때도 항상 바로 곁에 경호원을 놔두고 있던 충원의 모습이 떠올랐다.

경호가 삼엄한 충원에게 냅다 달려드는 일은 어려울 테니 우선은 마약 보관장소와 관계자 확인부터 진행하기로 했다.

'애당초 췌류를 어떤 방식으로, 어디에 감춰 놓았을까?'

혜월이 마셨다는 '보주'는 꽃잎과 금박이 든 파란색 액체였다고 들었다. 나디르는 검푸른 액체를 원액이라 불렀으니 액상 원료를

술이나 다른 무언가로 희석해서 '보주'로 만드는 모양이다.

가장 수상한 곳은 술 창고지만 완성품 보주를 만들어서 보관해 놓는 건 너무 눈에 띄기도 하고 자리를 많이 차지할 테니, 원액을 입수해서 기루 안에서 술과 조합하고 있을 가능성도 있다.

그렇다면 술 창고에서 완성품을 찾기만 하는 게 아니라 시커먼 원액이 있을 만한 장소를 전부 검토해야 한다. 조미료나 향수 등인 척 숨겨 놓았을 수도 있으므로 주방과 기녀들 방도 수사 대상이다.

'원료는 야광화라고 했지? 하지만 그런 극적인 마약작용을 지닌 꽃이 있었던가? 제조법은?'

영림은 걸레를 짜면서 지금까지 배운 약리지식을 총망라해 보았다.

독과 약은 종이 한 장 차이. 영국에 옛날 나돌던 마약에 대해서는 어느 정도 지식이 있다.

하지만 영림이 아는 제조법은 액상 상태이거나, 또는 잎을 건조시켜서 빻아 만든 하얀 가루 정도일 뿐 그런 색을 띤 액체 마약이라는 것은 들어 본 적도 없다. 지금은 솔직히 제조법도 모르는데다 유통 경로와 보관 장소도 도무지 짚이는 데가 없는 상태다.

'어쨌거나 작은 병 정도의 양으로 몇 십 병의 보주를 만들 수 있다면 보관 장소가 그리 넓지는 않아도 되겠지. 사람 눈에 잘 띄지 않는…… 그러면서도 술에 섞는 등의 작업을 하기가 쉬운 장소여야 해.'

그렇다면 역시 술 창고나 주방 부근을 우선 조사해 보아야 하지 않을까.

'허드레꾼들이 드나들기 쉬운 숙박동은 내가 조사하고, 본동에 있는 기녀들 방과 높은 누각에 있는 연회장 부근은 혜월 님과 청가 님께 맡기자.'

혜월과 청가와는 방도 멀리 떨어져 버렸으므로 세 사람은 '틈을 보아 염술로 연락을 취하자'는 말만을 속삭이고 헤어졌다.

잡일 담당인 영림은 그 후 빠른 소등을 강요당해서 불을 접할 기회를 얻지 못했으나, 기녀로서 어느 정도의 자유가 허락되는 혜월과 청가라면 오전 중에라도 촛대에 불을 붙일 수 있으리라.

'그때까지 어느 정도 정보를 입수해 놓아야 해!'

새삼 고개를 끄덕끄덕하던 영림에게 천장 근처 촛대의 그을음을 닦던 춘도가 물었다.

"바닥은 다 닦았어? 말해 두겠는데 청소가 어설프면 처음부터 다시——잠깐, 무슨 바닥이 저렇게 빛이 나?!"

"최선을 다해 임했습니다!"

바닥을 내려다보고 기겁하는 춘도를 향해 영림이 가슴을 펴고 말했다.

애당초 듣기로 기루는 그야말로 눈 뜨고 코 베어 가는 전장이나 다름없는 곳이라 했고 자신은 신참이다.

여기서는 일솜씨를 인정받지 못하면 쫓겨날 수도 있다는 생각에 기합을 잔뜩 넣고 청소에 임했다.

"어떤가요? 혹시나 필요할까 싶어서 늘 가지고 다니던 중조로 닦고 전체적으로 윤기를 내 보았답니다."

"가지고 다녀……?"

"물론 한 곳만 부자연스럽게 빛나지 않도록 기루 전체에 똑같은 처리를 할 생각이에요. 자, 다음은 어딜 닦을까요? 측간인가요, 주방인가요? 아니면 향당? 본동이든 뒷문이든 창고든!"

지나가는 이야기인 척 기루 수색도 시도해 보았다.

"아니, 그렇게까지 열심히 할 필요는……. 손님 눈에 띄는 장소만 깨끗하면 돼."

"아뇨, 아뇨. 허드렛일을 지시받은 이상 손님이 드나들지 않는 곳도 깨끗이 닦아야죠!"

영림은 팔을 걷어붙이며 대답하다 문득 생각난 것을 물었다.

"그러고 보니 이 기루에는 별채 같은 곳이 없나요?"

"별채?"

"네. 그…… 병이 난 기녀를 격리하는 장소 같은 곳 말이죠."

설명하려니 저도 모르게 우물쭈물하게 된다.

의약 지식을 익히기 위해 영림은 다종다양한 병에 관련된 문헌을 읽었으나, 거기에 따르면 일반적으로 기루라는 곳은 병의 소굴이다.

이국 손님들도 드나들며 심지어 사람들의 맨살이 밀착되는 곳이기에 전염병 발신지가 되기 쉽고 무엇보다 성병이 쉽게 퍼진다.

안타깝게도 기루에서는 병에 걸린 기녀를 사람 눈에 띄지 않는 방에 가둬 두고 격리시키는 예가 많다던가——.

'안내받은 곳만 보면 천향각에는 그런 장소가 없는……걸까?'

사람 눈에 띄지 않는 곳이라는 점을 고려하면, 그곳이 췌류를 숨겨 두는 장소로 활용될 가능성이 있다.

"——아아."

하지만 춘도는 통에 든 물로 손에 묻은 그을음을 씻으며 고개를 가로저었다.

"창독(瘡毒), 그러니까 매독 말이지?"

한동안 젖은 손을 내려다보나 싶더니 금세 이쪽을 홱 돌아보며 붙임성 있는 웃음을 띤다.

"없어. 여기 천향각은 최근 몇 년 동안 창독 환자가 한 명도 안 나온 걸로 유명하거든."

"네? 그런가요?"

"대단하지?"

그게 사실이라면 정말 훌륭한 일이다.

충원은 마약을 이용해 아무것도 모르는 처녀를 기녀로 끌어들이는 악당이지만, 적어도 위생관리를 담당하는 지배인으로서는 유능하다는 뜻일까.

"비결을 여쭤보고 싶네요……."

"훌륭한 욕실 덕분이야. 그리고 천화 언니의 가호."

춘도는 엄숙한 표정으로 고개를 끄덕였다.

위생을 확보하는 데 욕실이 중요한 것은 사실이지만 다른 요인으로 천화를 꼽는 것은 어디까지나 춘도가 천화를 신봉하기 때문이리라.

"뭐, 아무튼 손님이 드나드는 장소랑 언니 눈에 띌 만한 곳을 깨끗하게 닦아 둬. 천화 언니가 요즘은 굉장히 신경이 날카로우셔서 아주 조금의 먼지만 남아 있어도 갑자기 화를 내시곤 한다니까.”

“예.”

“여기서는 대답할 때 ‘네에’라고 해야 해.”

“네에.”

아무래도 이 기루에서 천화는 기녀들의 정점, 후궁으로 따지면 황후 같은 존재인 모양이다.

영림은 새삼 정신을 바짝 차리고 혼신의 힘을 다해 걸레질을 하면서 기루 이곳저곳을 둘러보았다.

***

하지만.

‘으음—. 수상한 장소가 통 보이질 않네.’

숙박동과 본동의 복도, 높은 누각의 아래층, 측간, 대문, 수로, 창고.

기루 안을 한바탕 수색한 영림은 손을 가볍게 털며 한숨을 내쉬었다.

새벽부터 청소를 시작해서 어느덧 3각이 지났다.

허드레꾼이 드나들 수 있는 장소는 대략 다 훑어보았지만 마약 보관 장소나 조합 장소는 도무지 눈에 띄지 않았다.

이제 천화의 허락이 없으면 들어갈 수 없는 장소나 기녀만이 출입할 수 있는 기녀들 방만 남았다.

물론 그런 방도 적지는 않지만.

'역시 여기서부터는 혜월 님과 청가 님께 맡기는 수밖에 없겠네. 우선 여기까지 알아낸 기루 내부 구조를 종이에 기록하고……오늘 오전은 주방까지 조사하고 끝내기로 하자.'

청소 도구를 지정된 헛간에 가져다놓은 영림은 무심코 팔짱을 끼며 복도에서 고개를 들어 위를 올려다보았다.

천향각은 중앙에 높은 누각이 있고 그 남쪽에 숙박동, 북쪽에는 본동이 있으며 각각 복도로 연결되어 있다.

그리고 기녀들의 방이 있는 본동과 누각을 잇는 복도에서 동쪽으로 넘어가면 커다란 단층건물이 있다. 그곳이 천향각의 식사를 준비하는 주방이다.

마약 은닉 장소로 의심하기에는 드나드는 사람이 다소 많지만 불과 물을 다루는 곳이라는 점에서 마약을 제조하기에는 가장 적합한 장소인지도 모른다.

"청소가 끝났으면 다음엔 낮 연회 준비야. 주방에는 왕언니——하녀장이 떡 버티고 있으니까 특히 태도에 주의해."

"예——네에, 춘도 언니."

마찬가지로 청소 도구를 정리하러 온 춘도가 그렇게 말했기에 영림은 진지하게 고개를 끄덕였다.

지금까지 일하면서 느낀 점이지만 기루 안에는 정말로 서열의식이 깊게 뿌리를 내린 모양이다.

아랫사람은 윗사람에게 절대복종하며 경력이 짧은 자일수록 많이 부려 먹힌다. 신입은 새벽부터 청소를 시작하지만 선배는 몇 각 후에 일어나 태평하게 식사 준비를 개시하고, 그것을 아무도 지적할 수 없는 처지인 듯했다.

그중에서도 하녀들을 통틀어 관리하는 '왕언니'라는 역할의 여자가 있는데, 춘도의 말에 따르면 신입을 상당히 못살게 구는 성격이라고 했다.

최근 들어 하녀가 된 춘도도 왕언니가 무서운지 그때까지의 소탈한 미소를 지우고 긴장한 얼굴로 주방 안으로 들어갔다.

"좋은 아침입니다."

영림도 춘도를 따라 깊이 고개를 숙이며 주방으로 들어갔으나——기루 안에서는 밤낮을 가리지 않고 언제나 '좋은 아침입니다'라고 인사하는 모양이었다——, 그 순간 정신없이 주방 일을 하던 여자들이 일제히 손을 멈추고 이쪽을 돌아보았다.

"흥, 그 애가 신입이야?"

제일 먼저 입을 연 사람은 눈매가 험악하고 지나치게 야윈 중년의 여성이었다.

혼자만 의자에 앉아 있었고 허리띠도 노란색인 것을 보니 아마도 이 여성이 왕언니라 불리는 하녀장인 모양이었다.

"키는 크지만 얼굴은 뽀얀 애네요, 왕언니."

그러자 금세 옆에서 무언가의 껍질을 까던 젊은 여성이 영림을 빤히 쳐다보고는 흥 하고 코웃음을 쳤다. 이쪽은 심복이라도 되는 모양이다.

채소를 다지는 자, 아궁이의 불을 입으로 부는 자, 동이에서 물을 뜨는 자. 주방에는 총 스무 명 정도가 있었으며 모두 여성에 나이는 제각각이었다.

하지만 차림새가 보잘것없고 얼굴에 공격적인 미소를 옅게 띠고 있다는 사실은 공통적이었다.

"이번에는 며칠이나 버틸까요, 왕언니?"

"너무 괴롭히면 안 돼요, 왕언니. 사람 손이 부족하니까."

"누가 들으면 오해하겠네. 그냥 좀 귀여워해 줄 뿐이잖아. 오늘도 가혹한 노동이 기다리고 있으니 나도 숨 좀 돌려야 하지 않겠어?"

왕언니는 인사를 받아 주지도, 또 통성명을 할 시간을 주지도 않고 영림에게 똑바로 다가와서는 턱을 덥석 움켜쥐었다.

"흐음, 주근깨투성이이긴 해도 피부는 하얗잖아. 원래는 귀한 집 아가씨였나 보지?"

주근깨가 흩뿌려진 뺨 주위를 빤히 들여다보나 싶더니 다음 순간, 왕언니는 깜짝 놀랄 만한 행동을 취했다.

"마음에 안 들어."

짜악!

놀랍게도 갑자기 따귀를 때린 것이다.

"꺅!"

이 행동에는 어지간한 영림도 놀랐다.

생각해 보면 자신은 지금까지 추녀에게 누각에서 밀려 떨어진 적도 있고, 읍 사람들에게 납치당해 포박된 적도 있고, 기둥에 깔릴 뻔한 적도 있고, 우물에 빠진 적도 있었다.

하지만 그 모든 공격에는 명확한 적의와 불온한 전조가 있었다.

설마 이렇게 아무런 예비 동작도 없이 얼굴을 처음 마주하자마자 마치 대화의 연장이라도 되는 양 가볍게 폭력을 휘두를 줄이야. 아무리 그래도 시비를 걸고 나서 손을 올리기까지의 전개가 너무 빠르다.

'이, 이것이 시정의 속도감……!'

영림이 미지의 세계에 압도당하고 있는데 왕언니가 "잘 들어" 하고 심술궂게 웃더니 다시 영림의 턱을 움켜잡았다.

"하녀에는 두 종류가 있어. 태어날 때부터 쭉 비천한 일만 했던 사람, 그리고 기녀나 아가씨로서 어화둥둥 예쁨을 받다가 하녀로 굴러 떨어진 사람. 후자는 내가 아주 똑똑히 교육을 시키고 있지. 자기가 더는 잘난 척할 위치가 아니라는 걸 세상물정 모르는 꼬마 계집애도 똑똑히 알아야 하니까."

그러자 뒤에서 이야기를 듣던 춘도가 움찔하며 몸을 움츠렸다.

아마도 춘도 역시 왕언니에게 사정없는 '교육'을 받은 모양이다.

"보아하니 너도 후자네. 이거, 우리 집 규칙을 단단히 가르쳐 놔야겠어."

험악하게 턱을 잡힌 채 영림은 마른침을 꿀꺽 삼켰다.

'내가 잘 대처할 수 있을까……?'

세상물정 모르는 온실 속 아가씨라는 말을 들어도 실제로 그렇다 보니 대꾸할 말이 없다.

하지만 여기서 괴롭힘에 굴복하면 잠입 수사가 끝나 버릴 테니 어떻게든 극복해야만 했다.

"자, 신입. 우선 고구마 개수부터 세어 놔."

왕언니는 영림을 쿵 밀쳐내고는 옆에 있던 자루를 발로 쳐서 자빠뜨렸다.

그 순간 속에 들어 있던 대량의 고구마가 기름과 채소 찌꺼기로 더럽혀져 있던 흙바닥 위로 데굴데굴 굴러갔다.

"자, 자. 엎드려서 주워 모아. 잘 들어. 넌 이제 예쁜 옷 따윈 더 이상 입을 수 없는 처지라고. 기껏해야 잔반 범벅이 돼서──."

"약 일흔 개예요!"

"응?"

왕언니는 소리 높여 깔깔 웃으려고 했으나 영림이 아무 망설임도 없이 흙바닥에 무릎을 꿇고 눈에 보이지도 않는 속도로 고구마를 주워 모으는 모습을 보고 말문이 턱 막혔다.

"참고로 제 나름대로의 기준으로 판정하자면 큰 것이 열다섯, 중간 것이 서른, 작은 것이 스물다섯 개네요."

"뭐?"

"조금만 시간을 주시면 크기별이 아니라 당도별로 구분하는 것도 가능해요."

영림이 애원하듯 덧붙였다.

어떻게 해야 합격을 받을지 알 수 없지만 어떻게든 왕언니를 만족시키려는 마음에 영림은 필사적이었다.

"뭐……어? 아니……."

왕언니는 고구마가 담긴 자루와 영림을 교대로 보더니 입을 뻐끔거렸으나, 주위 사람들이 동요한 표정으로 뒷걸음질 치는 모습을 보고는 재빨리 자세를 고치며 언성을 높였다.

"이, 이 정도로 잘난 척할 건 없어! 하녀 일은 아직도 잔뜩 있으니까!"

“물론이죠! 왕언니!”

영림은 마치 구령을 들은 무관처럼 기민하게 자세를 취했다.

“다음! 여기 있는 쌀을 전부 한 되씩 나눠 놔! 말해 두겠는데 사반각 안에 끝나진 않을——.”

“예——아니, 네에! 겸사겸사 불량 쌀이 섞여 있어서 선별해 놓았어요!”

계량을 명령하면 쌀가마니를 잡아먹을 기세로 됫박을 흔들어대고,

“다, 다음! 태워먹은 냄비를 깨끗이 닦아 놔! 잘 들어, 전부 다야! 말해 두겠는데 신입한테는 세제 따위——.”

“괜찮아요! 마침 중조가 있거든요!”

설거지를 시키면 품에 갖고 다니던 중조를 또다시 등장시켜 냄비를 반짝반짝하게 닦아 놓았다.

“주, 중조는 도대체 왜 갖고 다니는 거야……? 그럼 다음엔 화덕 돌을 전부 새로 쌓아 놓고——.”

“네에! 열이 균등하게 전달되도록 돌의 크기를 잘 조합해서 다시 쌓아 놓았어요!”

화덕 관리를 명령하면 과거의 창고 생활 경험을 살려 완벽한 형태로 돌을 쌓고,

“그럼…… 그럼, 이제 그냥 물이나 길어 와! 이 크기의 물동이를 꽉 채워 놔!”

“한 동이뿐만 아니라 세 동이 모두 채워 놓겠습니다! 저, 더 일할 수 있어요!”

물 긷기를 명령하면 우물 조사도 겸해서 세 동이분의 왕복을 자청한다.

"뭐, 뭐야, 너, 제법이잖아……."

쿵 소리를 내며 동이를 내려놓고 마지막 지시를 마치자 왕언니는 항복한 듯 중얼거렸다.

아무래도 일솜씨를 인정받은 모양이었다.

쫓겨나지 않아서 다행이라는 생각에 영림은 안도로 가슴을 쓸어내렸다.

"다행이에요……. 실은 병이 나은 지 얼마 안 돼서 한 동이 더 길어오라고 하셨다면 기절할 뻔했어요."

"병에서 막 나은 사람이 해도 되는 무리의 범위를 한참이나 넘었잖아?!"

"하지만 이럴 때 실수하면 손톱을 뽑히거나 곤장을 맞고 쫓겨나지 않을까 싶어서요."

"어느 세계 얘기야?!"

손으로 뺨을 감싸고 속마음을 고백하자 왕언니가 기가 막힌다는 듯 고함을 질렀다.

"그러니까, 그……."

영림은 눈을 깜박였다.

후궁 세계의 이야기다.

예전 후궁에서는 주인이 아끼던 꽃병을 깼다는 이유만으로 궁녀가 장형에 처해지고 추방당하는 일이 흔히 있었다고 하니——하지만 건수 대에 와서 개인적인 처형은 금지되었다——, 그 정도

각오는 하고 왔는데 생각보다 왕언니는 인도적인 가치관의 소유자였던 모양이다.

"다행이네요. 왕언니는 관대하시군요."

"너, 너무 무서워……."

영림이 감사의 의미를 담아 미소를 짓자 여자들이 슬금슬금 뒷걸음질을 쳤다.

그때였다.

"뭐가 그렇게 재미있어?"

주방 문이 다시 열리고 여자 한 명이 불쑥 들어왔다.

나른해 보이는 젊은 여자였다.

이목구비는 단정하지만 입고 있는 옷은 똑같은 작업복이었고 머리는 묶지 않았으며 화장기도 없다.

아무래도 하녀 동료인 모양이었다.

"어, 언니!"

"들어 주세요. 이 신입, 진짜 이상해요."

하지만 '왕언니'라 불리던 여자까지도 공손하게 '언니'라 부르는 모습을 보니 어쩌면 왕언니보다 위, 허드레꾼 총책임자일지도 모른다.

'언니'라 불린 여자는 하녀들 사이를 유유히 가로질러 이쪽으로 다가왔다.

그러면서 스쳐 지나가는 사람들에게,

"자, 약속했던 연고."

"감사합니다, 언니……!"

"이건 마황(麻黃)이야. 감기 걸린 애들한테 다 먹여."

"네에, 언니!"

이렇게 약을 차례차례 나눠주는 모습을 보고 영림은 눈을 깜박였다.

'혹시 후궁에서 말하는 의녀 같은 분일까?'

기루에 따라서는 기녀와 하녀뿐만 아니라 전문 요리사와 약사, 의사 등을 고용하는 곳도 있다고 들었다.

이 사람 또한 그 의사일지 모른다.

"처음 뵙겠습니다. 오늘부터 신세지게 된, 여…… 림림(琳琳)이라고 합니다."

흘끗 시선이 마주쳤기에 영림은 고개를 숙이고 가명을 댔다.

잠입할 때 만일을 대비하여 가문의 이름과 본명을 감추자고, 혜월과 청가와 약속했기 때문이었다.

마침 기루에서는 하녀나 아직 손님을 받은 적 없는 기녀는 별명으로 부르는 규칙이 있는 듯했기에 혜월은 혜혜, 청가는 가가(佳佳)라는 이름을 대기로 했다.

하지만 기루 등록부에 '혜혜'라는 이름을 적을 때 혜월이 복잡한 듯 얼굴을 일그러뜨리는 모습을 보니 어쩌면 별명이 마음에 들지 않았는지도 모른다.

"흐응, 림림이라."

"부디 앞으로 잘 부탁드립니다. 저…… 혹시 의사이신가요?"

중얼거리는 상대를 보고 영림이 조심스럽게 물었다.

그러자 상대는 얇은 입술에 문득 미소를 띠더니 낮고 아름다운 목소리로 말했다.

"나? 때때로 간병 비슷한 걸 할 때도 있지만 의사는 아니야. 글쎄, 굳이 따지자면 욕실 당번이라고 해야 할까?"

"욕실 당번?"

그런 직함이 있었던가, 하고 고개를 갸웃거리고 있는데 주위에서 와르르 웃음이 쏟아졌다.

"욕실 당번이라뇨, 언니!"

"뭐, 그래도 맞는 말씀이긴 해요. 그 욕탕——'요지(瑤池)'는 언니에게만 맡겨진 곳이니까."

"요지 당번이네요."

유쾌한 표정의 여자들이 나누는 대화를 통해 영림은 이 기루의 명물인 목욕탕의 이름이 '요지'라는 정보를 몰래 알아내어 가슴속에 잘 새겼다. 전승에 등장하며 천녀가 물놀이를 하러 내려온다는 샘의 이름이다.

마약과는 크게 관련이 없어 보이지만 기루 정보는 많을수록 좋다.

"당신께서는 '요지'라는 욕실의 관리를 단독으로 맡고 계신, 요지 당번이라는 말씀이시군요."

"그래. 욕실은 따뜻하니까 내 권한으로 환자를 거기서 쉬게 해 줄 수 있지. ——아, 찾았다. 춘도."

그때 요지 당번이라는 여자가 큰언니에게서 멀리 떨어져 주방 한구석에 웅크리고 있던 춘도를 흘끔 쳐다보았다.

"너, 아직 병이 나은 지 얼마 안 됐으니까 너무 무리하지 마. 그 후로 상태는 좀 어때?"

"아……! 감사합니다!"

이름을 불린 춘도가 눈을 반짝였다. 금방이라도 매달릴 듯한 태도였다.

"덕분에 무척 건강해요! 최근 다시 손이 조금 가렵기는 하지만…… 그래도 그게 다예요."

"그래. 재발하면 다시 요지로 와. 단, 몰래 와야 해."

"네에……! 정말 감사합니다!"

큰언니와 그 부하들은 전직 기녀인 춘도에게만 관심이 쏟아지는 게 달갑지 않은 눈치였으나 '언니가 신경 써 주신다면야'라는 듯 지금은 침묵을 지키고 있다.

그렇군, 이 요지 당번은 하녀들을 확실하게 통제하고 있는 모양이지.

"모든 분들을 골고루 돌봐 주고 계시는군요."

영림이 감탄해서 중얼거리자 나른해 보이는 여자가 재주 좋게 한쪽 눈썹만을 치켜올리며 어깨를 으쓱했다.

화장기도 없는데 동작 하나하나에서 요염함이 배어나는 여자였다.

"아니? 마음에 드는 애들만이야. 고생하고 살아 본 애들을 더 신경을 써 주는 거지. 그런 애들은 경우와 분수를 잘 아니까 사랑스럽거든."

단, 하고 여자는 목소리를 낮추며 영림의 턱을 곧지로 살짝 들어올렸다.

"아가씨는 아주 싫어. 고생 모르고 살면서 허울 좋은 말만 떠들어대니까. 보아하니 너도 그쪽 부류인 것 같은데?"

주근깨가 있기는 하지만 혈색 좋은 피부, 머릿수건 밑으로 엿보이는 윤기 있는 검은 머리를 빤히 관찰한 모양이었다.

"나는 세상물정 모르는 아가씨를 보면 말이지, 구역질이 나."

"하, 하지만 언니, 그 신입, 아무래도 다른 애들하고 좀 다른 것 같——."

이미 영림과 한바탕 공방전을 벌인 왕언니가 조심스럽게 입을 열었다.

그런데 그때, 정신없는 발소리가 울려 퍼지고 누군가가 난폭하게 문을 열어젖혔다.

"지금 뭐 하는 거야? 한가하게 수다나 떨 때야? 이제 곧 점심 연회다! 쉰 명치 식사를 당장 준비하지 않으면 가만 안 둬!"

건장한 덩치에 볕에 그을린 얼굴. 눈매가 천박하고 영양분은 뇌보다 근육 쪽에 더 많이 간 것으로 보이는 거만한 남자——지배인이자 기루 주인 대리인 충원이었다.

"지, 지배인님. 물론 바로 준비를 시작해야죠. 그런데 쉰 명이라뇨? 오늘 연회는 서른 명 아니었던가요?"

충원은 다급히 묻는 왕언니를 향해 문서를 한 장 내던지고는 침을 튀기며 화를 냈다.

"예약 받은 머저리한테 물어봐! 서면으로는 '쉰 명'이라고 적혀 있잖아! 어엉? 누구야, 5하고 3도 구별 못 하는 멍청이가! 한 달 전부터 예약을 잡아 두셨던 부자 손님이라고! 이걸 어쩔 거야!"

그 순간 고함 소리를 들은 춘도가 신음하듯 중얼거렸다.

"그, 그럴 수가……. 악필이라 도저히 읽을 수 없어서 여쭤봤을 때, '이건 3이다'라고 말씀하셨던 건 지배인님이시잖아요."

아무래도 연회 예약을 받은 게 춘도였던 모양이다.

일동이 휙 돌아보자 춘도는 얼굴이 새파래진 채 가슴 앞에서 양손을 마주 잡았다.

"만일을 대비해서 쉰 명분을 준비해 놓을까요? 하고 여쭈어 보았더니 그럼 아깝다고, 직접 확인하겠다고 하셨잖아요. 그래서 전……."

"시끄러! 네가 잘못 읽은 게 문제지!"

충원이 억지로 우겨댔다.

뿐만 아니라 성큼성큼 다가가서는 사정없이 춘도의 뺨을 내리쳤다.

"윽……."

"헛소리 마라, 이 멍청한 것. 식사 준비를 못 끝냈다간 때려죽일 거야. 아니면 홀딱 벗겨서 손님 앞에 내던져 버리든가! 그러면 조금쯤은 잘못을 반성——."

"그만하십시오."

욕설을 퍼부으면서도 춘도를 계속해서 때리려 드는 충원 앞에 영림이 다급히 뛰쳐나갔다.

"실수를 나무랄 때마다 계속해서 손찌검을 했다가는 동원할 수 있는 인력도 동원하지 못하게 됩니다. 지금은 우선 식사 준비를 하는 게 선결과제 아닐까요?"

영림은 뺨을 감싼 채 눈물이 그렁그렁한 춘도를 머리째 껴안아 감쌌다.

"넌 또 뭐야? 하녀 주제에 건방지게!"

분노한 충원이 이번에는 영림의 머리채를 움켜쥐었다.

"그럼 이 계집 대신 널 때려죽이면 되겠냐, 어엉?!"

"그만해."

머릿수건도 벗겨 버리고 난폭하게 머리를 잡고 흔들어대는 충원의 손을 요지 당번의 하얀 손이 붙잡았다.

"연회석 준비는 누가 봐도 지배인이 할 일이지. 확인하겠다고 해 놓고 직전까지 게으름을 피운 당신 잘못이잖아? 화풀이로 여자를 죽이려 들지 마."

"어엉? 넌 또 왜 주방 같은 데 와 있어?"

싸늘한 목소리로 지적하자 충원이 쳇 하고 혀를 찼다.

일단 동작을 멈추고 요지 당번의 말에 귀를 기울이는 것을 보니 그 정도로는 존재감을 인정하는 모양이었다.

하지만 두 사람의 관계가 결코 양호하지는 않은지, 충원은 이를 드러내며 비웃었다.

"말해 두겠는데 네가 아무리 잘난 척해도 사고 친 계집한테 벌 주는 걸 막을 권한은 없어."

그러고는 춘도와 영림을 턱짓으로 가리켰다.

"하녀들 밥을 줄여서라도 식사 준비를 해 놔. 안 그러면 이것들 둘 다 때려죽일 테니."

"주인 어르신께 허락도 없이 그런 짓을?"

요지 당번이 비웃듯 한쪽 눈썹을 치켜올리자 충원은 얼굴을 시뺄겋게 붉히며 노려보았다.

그렇게 눈싸움을 벌이길 잠시.

건장한 충원 앞에서도 요지 담당은 나른한 태도를 유지하며 한 발짝도 물러서지 않았다.

마침내 밖에서 사(巳)시 정각을 알리는 종 소리가 들려오자 충원은 "젠장, 시간이 없어" 하고 혀를 차더니 그 핑계로 승부에서 물러났다.

"아무튼 쉰 명이야!"

영림의 머리채를 놓자마자 내뱉듯 고함치고는 잽싸게 주방을 나가버렸다.

마치 부조리하게 몰아치고 간 폭풍우 같았다.

하지만 여자들이 놀라지도 않고 절망한 표정으로 고개를 푹 숙이는 모습을 보니 이런 일이 일상다반사인 모양이었다.

"저어……."

잠시 후, 주방을 가득 메운 침묵을 무너뜨리듯 춘도가 떨리는 목소리로 말했다.

"죄, 죄송해요. 저, 저 때문에……. 제 몫의 쌀을 연회석에 쓰셔도, 괜찮으니까——."

"하!"

하지만 잔뜩 굳은 왕언니의 목소리가 그 말을 가로막았다.

"너 한 사람 몫의 쌀이 뭐 얼마나 큰 도움이 된다고! 이런 식으로 우리 하녀들 전원이 먹을 쌀이 또 줄어드는 거야. 매번 이렇게 꼬투리를 잡고 구실을 달아서……. 그러니까 발목 잡는 신입 따위까지 떠안고 가기가 싫단 거야! 빨리 주방에서, 천향각에서 나가!"

보아하니 충원은 툭하면 일에 생트집을 잡고 하녀들의 식재료를 손님용으로 가져다 씀으로써 경비를 절약했던 모양이다——인색한 경영자가 떠올릴 만한 발상이다.

부조리하게도 궁지에 몰린 여자들이 새파래진 얼굴로 고함을 질러대기 시작했다.

"우리가 제대로 못 먹은 지 벌써 얼마나 된 지 알아?"

"가게는 이렇게 훨훨 잘 나가는데 일하는 사람들 입에 들어오는 쌀이라고는 한 주먹도 안 돼!"

"그 얼마 안 되는 쌀도 실수했다는 이유로 더 줄이고!"

큰언니와 주방 사람들은 춘도를 사납게 몰아붙였으나, 그들 역시 뺨이 홀쭉하고 작업복 속으로 엿보이는 팔도 비쩍 말라 가느다랄 뿐이었다.

울분은 약한 자에게서 그보다 더 약한 자에게——.

야단치는 이 여자들 역시 결국은 고통을 겪고 있을 뿐이다.

분노가 한 몸에 쏟아지자 춘도는 울먹이며 주위에 호소했다.

"하, 하지만 손님들은 술이 들어가면 밥에는 거의 손을 대지 않으니까 남은 걸 얻어 먹으면……!"

"아, 그래! 몇 인분이나 남을지도 모를, 영감탱이들의 더러운 침이 잔뜩 튄 잔반이나 기대하란 말이지!"

"우린 우리를 위해 준비된 1인분의 식사를 먹고 싶은 거야! 그게 그렇게 사치스러운 소원이야?!"

"결국 우리는 빚만 잔뜩 지고 이 가축 같은 삶에서도 도망치지 못해!"
"흑, 왕언니, 죄송해요, 때리지 마세요……!"
과열되어 가는 소란 속에서 문득 찬물을 끼얹듯 손을 드는 자가 있었다.
"저……."
물론 영림이었다.
일제히 돌아보는 여자들 앞에서 영림은 흐트러진 머리 그대로 생각에 잠긴 듯 뺨을 손으로 감쌌다.
"확인하고 싶은 게 있는데, 반찬 재료는 충분할까요? 30인분을 50인분으로 늘려야 하니 반찬의 양을 반 정도로 줄이고 여백은 꽃으로 장식해도 괜찮지 않을까요? 마침 물을 길러 갔을 때 개나리가 예쁘게 피어 있는 걸 봤거든요."
묘하게 냉정한 그 말투에 왕언니는 맥 빠진 얼굴로 고개를 끄덕였다.
"아, 뭐, 반찬은 그렇지만 밥은 속일 수가 없잖아. 밥그릇 속에 꽃 장식을 할 수도 없고."
"하지만 바닥을 높이면 어떻게든 될지도 몰라요."
영림이 생긋 웃으며 말하자 여자들이 "뭐?" 하고 소리를 질렀다.
"바닥을 높이다니 대체 어떻게? 이제 와서 밥그릇을 새로 주문하라고?"
"아뇨……."
영림은 대답하면서 두리번두리번 주위를 둘러보았다.
그리고 화덕을 발견하더니 혼자 고개를 끄덕끄덕하고는 망설임

없이 그쪽으로 다가갔다.

"**이걸로** 들어 올리면 돼요."

그러고는 화덕 속에 손을 넣어 어떤 것을 꺼냈다.

"그게 뭔데……?"

"달군 돌이죠."

방금 전 화덕 청소를 할 때 새로 쌓았던, 둥글고 납작한 돌이다.

천향각의 화덕에는 고구마나 채소를 찔 때 쓰는 이런 돌이 잔뜩 보관되어 있다.

"고구마를 푹 찌는 데 중요한 돌이에요. 이것을 뜨겁게 달궈서 밥그릇 바닥에 넣고, 그 위에 후박나무 잎사귀 같은 것을 깔고서 밥을 올리면 밥이 반 이하로 줄지 않겠어요?"

소위 말하는 온석(溫石)이에요, 라고 덧붙인 영림이 느긋하게 고개를 살짝 갸웃했다.

"돌로 데워진 밥은 연회장 안에서도 계속 따뜻한 김을 피워 올릴 테니 오히려 더 맛있어 보일 거예요. 손님들에게는 더 맛있고 따뜻한 식사를 제공하기 위한 방법이라고 설명하면 되고요. 어차피 술만 마실 뿐 식사에는 젓가락을 잘 대지 않는다면 많은 양을 제공하는 것보다 질을 높이는 걸 더 반길 테죠."

밥그릇에 돌을 까는 일은 결국 임시방편에 지나지 않지만 우선은 지금 이 상황을 타개하는 게 먼저다.

'잔재주를 들키면 더 엄하게 야단맞을지도 모르지만, 그러기 전에 지배인을 빨리 적발해서 일꾼 착취 등의 악행까지 포함해 벌을 내리면 되니까.'

일
이
삼

뒤에 생각한 내용은 가슴속에 감추고 영림이 단호하게 말하자 왕언니, 아니, 여자들 전원이 입을 딱 벌렸다.

달군 돌이나 후박나무 잎 등은 지금껏 주위에 계속 있던 물건인데도 그런 발상은 한 번도 해 본 적 없었다.

"너, 용케 그런 생각을……."

"따끈따끈 김이 피어나는 하얀 밥은 그 무엇도 이길 수 없는 진수성찬이니까요."

이것은 독이 들었는지 확인하는 사람이 하도 여럿이라 도무지 따뜻한 음식을 먹을 수가 없다는 귀인 입장에서의 불평이었다.

차게 식은 흰 쌀밥이 식사로 나올 때마다 밥그릇 속에 따뜻한 돌을 넣어 두면 안 될까, 하는 몽상을 예전부터 꽤 자주 했다.

무심코 뺨을 손으로 감싼 채 생각에 잠겼던 영림은 퍼뜩 정신을 차리고 고개를 흔들었다.

"아무튼 이렇게 하면 내야 할 밥의 양을 절반 이하로 줄일 수 있어요. 50명분이라면 20명분 정도만 하면 돼요. 그럼 30인분을 확보해 놓았으니 쌀이 10인분 남죠. 그걸로 여러분이 식사를 하면 되지 않을까요?"

생긋 웃으며 말하자 큰언니 이하 주방 사람들은 반발하는 것도 잊고 화색을 띠었다.

"우리 몫이 오히려 늘어난다는 뜻이야?!"

"굉장한데! 오히려 우리가 손님한테서 뜯어내다니!"

방금 전까지의 험악했던 분위기가 단숨에 날아가고 모두가 손뼉이라도 칠 기세였다. 사람들은 금세 돌을 주워 모으기 시작했다.

"훗."

이야기를 듣던 요지 당번도 유쾌한 듯 웃음을 터뜨렸다.

"제법이잖아, 너——림림."

영림의 어깨에 나긋나긋하게 툭 기대면서 묘하게 색기 있는 눈짓을 던진다.

"나는 개인 물건을 팔아서 쌀값을 보충하는 방법밖에 떠올리지 못했는데, 설마 지배인의 눈을 속여서 쌀을 확보할 줄이야. 세상 물정 모르는 아가씨인 줄로만 알았는데 이거 생각보다 꽤 악랄한 부류인걸."

"아, 과, 과분한 칭찬이세요……."

스스로는 상당히 성실한 성격이라고 생각했는데 악랄하다는 평가를 받다니.

영림이 동요하자 유난히 요염한 기색을 흘리던 요지 당번이 충원 때문에 완전히 흐트러진 영림의 머리를 보고는 문득 눈을 깜박였다.

"어머나, 이런. 머리가 산발이 다 됐네."

내던져져 있던 머릿수건을 줍고 풀려 있던 머리카락도 조심스럽게 귀 뒤로 넘겨주었다.

"……."

요지 당번은 어째서인지 손가락으로 집은 영림의 머리카락을 한참 들여다보았으나, 마침내 얼굴을 들고는 고개를 살짝 갸웃했다.

"그런데 넌 어쩌다 천향각 같은 곳에 왔니? 달리 일할 곳이 있었을 텐데."

"네? 아아, 저어, 여기 오면 **특별한 술**을 마실 수 있다고 해서……."

설정상 그렇게 대답할 수밖에 없었으나 이래서는 한심한 술꾼으로 보이지 않을까.

우물쭈물 대답했지만 금요는 뜻밖에도 "……그래" 하고 납득한 듯 고개를 끄덕이고는 영림의 눈을 들여다보았다.

"마음에 들었어. 너, 내 옆에 와서 일해. 요지에도 언제든 놀러 오고."

"네?"

갑작스러운 그 말에 영림은 눈을 깜박거렸다.

할 말을 잃은 영림 대신, 이야기를 듣고 있던 큰언니와 주방 사람들이 환호성을 질렀다.

"세상에. 잘 됐다, 신입! 언니 마음에 들었네!"

"이제 넌 여기서의 삶을 보장받은 거야."

아무래도 이 요지 당번의 마음에 드는 게 천향각에서는 그만큼 중요한 의미를 지니는 모양이었다.

"참고로 마음에 들지 않았을 경우 어떤 처우를 받게 되나요?"

"응? 그야 뭐, 내 권한 전부를 동원해서 괴롭힌 다음 뒷골목에 내다버리지."

혹시나 해서 묻자 요지 당번은 양쪽 입꼬리를 치켜올렸다.

도저히 하녀라고는 생각할 수 없을 정도의 박력이 있는 동작이었다.

"지배인은 싫어하지만, 술도 향도 따뜻한 목욕물도 여기서는 전부 내 허락 없이 손댈 수 없거든. 주방도 반 정도는 내가 장악하고 있는 거나 다름없잖아? 여긴 내 앞마당이야."

"어머나, 요지 당번님은 기녀들보다 훨씬 강력하게 이 기루의 권력자로서 군림하고 계시는군요."

이곳이 후궁이었다면 비빈과 추녀들이 절대적인 존재이며 궁녀 따위는 길바닥에 굴러다니는 돌멩이나 다름없는 취급을 받곤 하는데 기루에서는 다른 모양이다.

'그렇구나, 이게 시정의 실태였던 거야. 진짜 실력자는 뒤에 따로 있는 거지.'

영림이 감탄하며 고개를 끄덕이고 있는데 요지 당번이 풋 하고 웃음을 터뜨렸다.

"아핫, 무슨 소릴 하는 거니?"

"세상에, 이 신입 좀 봐!"

"금요 언니의 진짜 신분도 모르고!"

주위를 둘러싸고 있던 주방 사람들도 웃었다.

단숨에 허물없는 분위기가 된 것은 좋지만 영림 입장에서는 도저히 그냥 들어 넘길 수 없는 단어가 있었다.

"**금요 언니**?"

금요.

그것은 청가가 생이별했다는 소꿉친구의 이름.

천향각에서 예기 또는 창기 노릇을 하고 있을 인물의 이름이다.

"후, 실컷 웃었네. 좋아, 이 기루에서 내 얼굴을 모르는 아이를 만나기가 쉽지 않아서 꽤 신선했어."

"그나저나 천화 언니의 모습을 보고도 정말로 하녀라고 믿는 애는 처음 봤네요."

"그러게 말이야. 천화 금요 언니를 붙잡고 욕실 당번이라니! 뭐, 요지에서 더운물 목욕을 할 수 있는 건 천화의 특권이긴 하지만."

여자들이 깔깔 웃어댔고 위축되어 있던 춘도까지도 키득키득 웃으며 영림에게 말했다.

"언니는 이 기루의 정점에 계신 분이야. 나 같은 건 언니 덕분에 겨우 목숨이 붙어 있는 거나 마찬가지고."

절대적인 신뢰와 존경으로 가득한 말투였다.

숭배에 찬 여자들의 시선을 당연하다는 표정으로 젊어진 채 요지 당번――아니, 천화 금요는 요염하기 그지없는 동작으로 영림을 향해 턱짓했다.

"소개가 늦었구나. 나는 이 천향각의 천화, 금요. 천화 언니라고 불러도 좋고, 금요 언니라고 불러도 좋아. 원하는 대로 해."

'궁녀가 아니라 황후에 해당하는 분이셨구나…….'

자신이 상대하던 사람이 최고위 권력자였다는 사실을 알게 되자 어지간한 영림도 얼굴이 굳어졌다.

"어디, 그럼 주방 신입 품평은 대충 끝났으니까 다음은 어딜 가 볼까."

이쪽의 충격은 손톱만치도 모른 채, 금요는 그렇게 말하며 기지개를 켰다.

아무래도 여기 온 이유가 신입 영림이 어떤 인물인지 확인하기 위해서였던 모양이다.

"소문이 사실이라면 기녀 쪽에도 신입이 두 명 정도 온 것 같더라고. 같은 시기에 면접을 보고 싶은데, 너 혹시 아니?"

나른하게 묻는 금요의 말에 영림은 정신이 바짝 들어서 등을 곧게 폈다.

기녀 쪽으로 들어간 '신입'이란 혜월과 청가를 가리키는 게 분명하다.

"저, 그 두 사람도 확인하러 가실 건가요?"

영림이 몸을 내밀며 묻자 금요는 "물론이지"라며 어깨를 으쓱했다.

"여긴 내 앞마당이야. 마음에 안 드는 인간은 한 명도 남기지 말고 다 쫓아내야지. 밤 연회 전에 저녁 몸단장 준비를 하느라 모두 준비실에 모일 테니 거기서 확인해 볼 거야. 뭐, 그 전에 내 추종자들한테 괴롭혀 놓으라고 명령했지만."

'그건 안 돼.'

신입 둘 중 소꿉친구 청가가 있는데 그런 식으로 재회해서야.

"저, 저기, 천화 언니! 꼭 드려야 하는 말씀이 있는데요."

한시라도 빨리 '신입'의 정체가 소꿉친구라는 사실을 금요에게 전해야만 한다.

두 사람이 친한 사이였다면 청가가 달려왔다는 사실을 알면 마약수사에 협조해 줄지도 모른다.

애당초 정체도 모르는 채 괴롭혔다가 두 사람 사이에 균열이라도 갔다가는 큰일이다.

영림은 몸을 내밀었으나 아주 잠깐 고민하던 그 시간 때문에 금요는 이미 주방 밖으로 발을 돌려버렸다.

"저, 저기, 천화 언니!"

"뭐 하는 거야, 신입. 빨리 점심 연회 준비를 해야지!"

다급히 따라가려 했으나 등 뒤에서 왕언니가 팔을 붙잡고 끌어당겼다.

"이제 연회까지 시간이 별로 없어. 빨리 달궈진 돌을 모아서 밥그릇에 넣을 준비를 해야 해."

"그, 그러네요. 그건 그렇지만, 전 천화 언니랑 더 많은 이야기를 나눠 보고 싶다고나 할까……."

"하, 그런 핑계로 농땡이를 피우려는 거야? 애당초 신입이 천화 언니랑 느긋하게 이야기를 나눌 처지나 되겠어?"

"하, 하지만……."

왕언니와 입씨름을 벌이는 동안 금요의 모습은 점점 멀어져 갔다.

'아아!'

팔을 툭 떨어뜨린 영림은 고개를 가로젓고 생각을 바꿨다.

'하다못해 「천화 언니」의 정체와 신입 괴롭히기가 벌어질 가능성이 있다는 사실만이라도 혜월 님과 청가 님께 전해야 해.'

천화와 이야기할 수 없다면 혜월과 염술을 통해 이야기하면 된다.

주먹을 불끈 쥔 영림은 왕언니와 주방 사람들을 향해 상체를 내밀었다.

"저기! 저, 빨리 일을 시작하고 싶어요! 구체적으로 불 피우기를 담당하겠어요! 혼자서! 그 외에도 장작 관리와 화덕 지켜보기, 그을음 청소 등 불에 관련된 일이라면 뭐든 다 맡겨 주세요! 저 혼자

한테만!"

"뭐? 아, 그래……."

방금 전과 태도가 완전히 바뀌어 의욕적으로 일을 달라며 덤벼드는 신입을 보고 주방 사람들은 몸을 뒤로 살짝 뺐다.

3. 혜월, 잠입하다

해가 서쪽으로 기울고 기루의 유약 기와가 붉게 물들 무렵, 처마에 매달린 네 줄짜리 등롱에 불이 켜지기 시작했다.

아침에는 고요하기 그지없으며 욕실에서 피어오르는 수증기 때문에 축축하게 가라앉아 있던 기루 안 분위기도 이 시각이 되면 음탕한 향이 섞이며 금세 요염함이 감돈다.

등롱을 반사하며 금빛으로 빛나는 복도와 선정적인 붉은 벽.

화사함과 활기가 차츰 커져 가는 모습은 마치 밤을 향해 기루가 천천히 눈을 뜨는 듯하다.

그러한 밤에 열리는 연회 때문에 다른 곳보다 훨씬 불을 밝게 밝힌 건물이 있었다.

바다를 내려다보는 높은 위치에 지어진 '천향각' 안에서도 더욱 높은 5층짜리 누각.

최상층에 눈이 번쩍 뜨일 정도로 호화로운 연회장이 있는, 금령유곽 안에서 가장 높은 건물이었다.

달이 뜨기에는 아직 다소 이른 시각, 긴 옷자락 때문에 애를 먹으며 그 누각 안의 계단을 오르는 한 여자가 있었다.

투명하리만치 새하얀 피부과 안쪽에 딱 한 방울 연지를 머금은 듯한 복숭앗빛 뺨.

긴 속눈썹에 가냘픈 몸, 젖은 까마귀 깃털처럼 새까만 머리카락과 촉촉한 눈동자.

호화로운 금비녀에도, 금색과 붉은색을 기조로 한 화려한 의상에도, 창으로 비쳐드는 저녁노을에도 전혀 지지 않을 만큼 천녀처럼 아름다운 그 여자의 본래 이름은 황영림.

하지만 지금은 그 내면에 주혜월의 혼이 깃들어 있다.

"혜혜 언니, 발밑을 조심하세요. 옷자락을 자꾸 그렇게 밟으면 굴러 떨어질 거예요."

"그리고 서두르세요. 신입이 인사드릴 시간이니까 다른 언니들보다 먼저 가 있어야 해요."

"준비실은 연회장 아래층이니까 4층이에요. 앞으로 두 층 더 올라가면 돼요. 빨리요."

"정말, 시끄, 럽네……. 준비실이라니, 결국 대기실이란 소리잖아? 대기실이 이렇게 높은 층에 있을 이유가 뭔데?! 동선 손 좀 봐! 아아, 정말! 또 밟았잖아!"

혜혜라는 가명을 쓰기로 한 혜월은 꽃봉오리라 불리는 견습 기녀들의 안내를 받으며 숨을 헐떡거리면서 이동하는 중이었다.

추녀로서의 정식 복장도 만만치 않지만 신입 기녀의 옷차림으로 말할 것 같으면 하여튼 옷자락이고 소맷자락이고 피백이고 길지 않은 것이 없어 방심했다가는 밟고 자빠지게 된다.

그만큼 천이 잔뜩 들어간 옷인데 가슴만큼은 크게 파여 있고, 다리 아래를 감싸는 천도 너무 얇아서 마음이 불안했다.

뭐니 뭐니 해도 신입은 아직 '반푼이'이기 때문에 상급 기녀들처럼 애간장을 태우듯 몸을 가려서는 안 된다는 것이 이 기루의 방

침이라고 한다.

몸매가 다 드러나지 않을까 생각하니 수치심이 솟구쳐서, 혜월은 벌써부터 이 잠입 수사를 후회하기 시작했다.

'아아, 정말. 대체 뭐야, 이 옷은! 파, 파렴치하잖아. 그야 예전에는 나도 요염한 복장을 좋아하긴 했지만 아무리 그래도 이건 뭐랄까…… 뭐랄까……!'

황영림과 깊은 교류를 갖기 전의 혜월은 화장과 옷에 대해 잘 몰랐기에 무조건 관심을 끌면 된다는 생각으로 화려하고 노골적인 의상을 입고 다녔다.

솔직히 말하자면 기녀들의 화사한 차림을 동경하는 마음도 있었다.

하지만 자신에게도 기품이라는 이름의 매력이 있다는 사실을 이해한 지금, 어깨를 드러내거나 가슴을 강조하는 옷차림에서 혜월은 위화감과 무어라 형언하기 힘든 수치심을 느꼈다.

게다가 실제로 기녀 옷을 입어 보고서야 알았다. 이것은 남자의 성욕을 자극하는 데 특화된 옷차림이라는 것을.

손을 집어넣기 편한 가슴팍, 다리를 벌리기 쉬운 옷자락, 풀기 쉬운 허리띠와 얇은 천.

이런 옷을 입은 채로 남자 손님들 앞에 서야 한다니 상상만 해도 등골이 오싹했다.

'황영림, 너 진짜! 네 얼굴이 너무 아름다운 게 문제야! 나도 차라리 하녀 일을 하고 싶었다고!'

혜월은 야무지게 혼자 하녀 자리를 차지하고 내려가버린 영림에게 마음속으로 분노를 퍼부으면서 번득이는 눈으로 계단 위 준비실을 노려보았다.

혜월 일행이 지배인 충원의 면접을 본 것이 어제 저녁.

그때 혜월과 청가는 중급 기녀로 배정을 받았다.

기녀가 될 경우 보통은 견습이나 하급 기녀부터 시작하기 때문에 느닷없이 중급 기녀가 되어 소인원 방을 쓸 수 있다는 것은 파격적인 대우이리라. '황영림'의 어마어마한 미모 덕분인 듯했다.

기녀들은 상급에서 견습까지 총 50명.

상급은 두 명씩, 중급은 다섯 명씩, 하급과 견습들은 열 명씩 방을 나눠 쓰며 본동의 서쪽과 동쪽으로 갈라져 지내고 있다. 상급이 서쪽이고 중급이 동쪽, 하는 식의 구분이 아니라 상급에서 견습까지 동서에 각각 한 조씩 배치된 횡적 구분방식이었다.

중급 기녀의 두 방 중 혜월은 서쪽 방, 청가는 동쪽 방으로 안내받았다.

그로부터 하루가 지나고 밤 연회를 앞둔 저녁 무렵이 되어서야 혜월은 처음으로 본동 밖에 나온 것이다.

잘은 모르겠지만 밤 연회 전 준비실에서는 상급 기녀들이 한 방에 모여 최상급 기녀인 천화에게 인사를 드리는 것이 예의이므로, 신입 기녀인 혜월과 청가도 누각을 찾아가 얼굴을 보여야 한다고 한다.

여자들끼리만 있는 공간에서 신입이 상급자에게 얼굴을 보이러 간다니, 괴롭힘을 당할 거라는 생각밖에 들지 않는다.

하지만 기루 안 상태를 빈틈없이 파악하고 싶은 입장이다 보니 이 기회를 놓칠 수도 없었기에 혜월은 한나절이나 걸려 몸단장을 마치고 이 자리에 도전하게 되었다.

"여기서 잠시 기다려 주세요. 상급 언니들과 천화 언니를 모셔 올게요."

"새로 오신 저쪽 분——가가 언니 옆에 계세요."

입구 바로 옆에서 익숙한 여자——즉 금청가의 모습을 발견하니 마음이 놓였다.

혜월은 하루 꼬박 만나지 못했을 뿐인데도 사이 나쁜 추녀를 보고 안도할 정도로 불안해하고 있었다는 사실을 자각하며 서둘러 청가 옆에 가서 앉았다.

다행히 지금 이 공간에는 청가와 자신, 둘뿐이었다.

"평안하신지요, 청가 님. 아니면 여기서는 가가 님이라고 불러야 할지——."

"그 차림은 뭐야? 세상에, 천박하기도 해라. 그 몸의 품위를 떨어뜨리지 말아줘."

하지만 얼굴을 마주하자마자 날아드는 여전한 청가의 공격에 혜월은 입꼬리가 얼어붙는 것을 느꼈다.

이 자리의 유일한 동지라 해도 난 역시 이 여자가 싫어!

하지만 청가로 말할 것 같으면 혜월과 같은 곳을 입고 있는데도 활짝 열린 가슴을 자연스럽게 피백으로 가리고, 옷자락도 너무 넓게 퍼지지 않도록 의연하게 앉아 있으며 실제로 태도도 당당했다.

자신의 화사한 이목구비가 더욱 두드러지도록 금과 은으로 된 비녀를 꽂고 심지어 나디르가 준 호신용 샴쉬르까지 천연덕스럽게 허리띠에 꽂았다.

'확실히 이 여자가 들고 있으니 호신용 단도까지 최신 유행으로 보이네…….'

청가의 샴쉬르는 날이 크게 구부러져 있고 금으로 된 칼자루에는 다양한 보석들이 박힌 서국풍 물건이어서 실용품이라기보다는 장식품으로 보이니 그 탓일 수도 있겠다.

천향각에서는 서국 장신구와 실내 장식품이 유행하고 있어서 다른 기녀들도 이국취향의 향이나 의상, 장신구 등을 많이 착용하고 있기 때문에 나디르 말대로 청가의 차림새에서 위화감은 느껴지지 않고, 오히려 매우 잘 어울리며 분위기에 녹아들었다.

'매번 이렇게 금가의 미적 감각을 과시하는 것 봐, 진짜 싫은 여자라니까.'

뭐가 그렇게 다른 걸까, 하고 남몰래 노려보고 있는데 시선을 느낀 청가가 작은 소리로 속삭였다.

"그 특기라는 염술은 어떻게 된 거야? 어젯밤에 연락이 올 때까지 기다렸단 말이야."

비난하는 듯한 말투――라기보다는 다소 토라진 말투였다.

혜월은 저도 모르게 눈을 깜박였다.

'뭐야, 이 여자도 불안했던 거잖아?'

그 말에 완전히 독기가 빠져버린 혜월은 만일을 대비해 목소리를 낮추고 소곤소곤 대답했다.

"미안하게 됐네. 본동 서쪽은 사람이 워낙 자주 드나들어서 도무지 술법을 쓸 틈이 없었어."

"그래도 오늘 낮에는 연락할 수 있었던 거 아냐? 지금까지 뭘 했던 거야?"

"같은 방 기녀들과 이야기해서 정보를 수집했어. 기녀들 중 마약에 중독된 자가 없는지, 또 손님들 중에 수상한 자는 없는지."

"그거라면 나도 같은 방의 기녀들에게서 이런저런 이야기를 들었어."

청가도 빨리 정보를 공유하고 싶었는지 몸을 내밀며 말을 시작했다.

청가의 말에 따르면 이러한 내용이었다.

"이미 알고 있겠지만 나는 중급 기녀가 쓰는 동쪽 방에 배정되었는데, 같은 방 기녀들 중에 중독 증상을 보이는 사람은 없었어. 수상한 손님을 받거나 반대로 자기가 손님에게 마약을 파는 기색을 보이는 사람도 없었고."

기루가 마약의 발원지라는 사실을 알고 왔으니, 당연히 기녀들이 손님들에게 마약을 권할 거라고 청가는 생각했다.

신기한 술이 있다며 손님을 속여 췌류를 먹이거나 또는 선물이라며 들려 보낸다.

완전히 의존하게 만들고서 그때 췌류의 가격을 올리는 것이다.

손님들은 췌류 없이 살 수 없는 몸이 되었으니 아무리 고가라 해도 췌류를 마시기 위해 천향각에 계속 드나들게 된다.

그런 방식으로 말도 안 되는 폭리를 취한다——는 방법이다.

하지만 적어도 청가와 같은 방을 쓰는 기녀들은 손님에게 수상한 식품을 권하는 기색이 없었다.

사전에 세운 계획에 비추어 볼 경우, 중독 증상을 일으키는 손님들이 끊임없이 밀려왔어야 했지만 어째서인지 오히려 이 기녀들에게는 손님이 도통 찾아오질 않아서 언제나 찻잎만 갈고 있다고 한다.

"동쪽 기녀들은 지금의 천화를 계속 원망만 하고 있어. '그 여자와 추종자들이 더러운 수단으로 손님들을 다 빼앗아간다'느니, '천화가 먹고 마시는 것까지 제한하는 바람에 배고파 죽을 것 같다'느니, '춤으로 주인 어르신을 유혹해서 네가 천화를 끌어내려줘'라느니."

마약 이야기를 묻고 싶었는데 기녀들은 입만 열면 '천화'라는 존재만 매도할 뿐이었기에 청가는 정보 수집에 애를 먹고 있었다. 방 분위기도 꽤나 살벌하다고 한다.

"적어도 동쪽 방의 중급 기녀들 중에 확신을 갖고 마약에 관여한 자나 사정을 아는 자는 없어 보여."

"그 '천화와 추종자들이 쓰는 더러운 수단'이라는 게 마음에 걸리네."

이야기를 듣던 혜월이 이번에는 자신이 들은 내용을 늘어놓기 시작했다.

"나도 중급 기녀 방에 배정됐는데…… 서쪽 분위기는 그쪽하고는 전혀 달라."

"그래?"

"응. 우선 기녀들 전원에게 끊임없이 지명이 들어와서 밤에는 거의 다 나가고 없어. 심지어 새벽녘이 되면 손님 상대를 마친 기녀들이 방으로 돌아오는데, 그 대부분이 손님에게 얻어맞거나 발로 걷어차인 상태야. 난폭한 손님만 받고 있는 거지."

생생한 이야기를 듣고 청가가 숨을 들이켰다.

"……끔찍하네."

"그런데, 여기서부터가 이상해."

혜월이 목소리를 낮추고 말을 이었다.

"멍투성이가 되었는데도 다들 깔깔 웃어대는 거야. 위태롭다고나 할까…… 취한 느낌이야. 아마 그게 바로 보주를 마시고 천향각으로 끌려온 여자들이 아닐까 싶어."

청가가 숨을 헉 들이켰다.

"리리가 자칫했다가는 그렇게 되었을지도 모른다는 뜻이구나?"

"맞아. 다른 향을 독하게 피워서 숨기려는 것 같지만, 기녀들의 머리카락과 몸에서 달콤한 계피 같은 향기가 나. 나는 계속 간호했기 때문에 알 수 있어. 그게 바로 췌류 냄새야."

그리고 여기서부터가 중요한데, 하고 혜월은 한층 더 목소리를 낮추었다.

"기녀들이 입을 모아서 이렇게 말하더라. 천화 언니는 참 자상하셔, 정말 최고야, 라고. 천화 언니 말씀대로만 하면 의식주를 해결하는 데 아무런 문제도 없고 돈도 쉽게 벌 수 있다고 말이야."

"즉 그 기녀들——서쪽 방 사람들이 천화의 추종자라는 뜻이네. 어쩌면 동쪽과 서쪽으로 방을 나눈 건 천화파와 그렇지 않은 세력이라는 뜻인 걸까?"

"어쩌면 그럴지도 몰라. 그리고 서쪽——천화파 기녀들이 '더러운 수단'으로 손님을 독점하고 있어. 그 더러운 수단이 바로 췌류라고 생각해."

청가는 고개를 끄덕였다.

하지만 천화의 추종자들이 췌류를 현물로 소지하고 있는 것은 아니었다.

손님에게 제공되는 식사는 전부 주방에서 준비하며, 기녀들이 손님에게 건네는 사소한 선물 역시 전부 연회 전에 천화가 나눠준다고 한다.

"추종자들은 천화의 지시를 따를 뿐 그야말로 손발이나 다름없는 상태네. 흑막을 캐내려면 천화에게 접촉해야만 해야겠어."

"흥. 잠입하자마자 바로 수사 대상이 확실해지다니 차라리 잘됐네. 오늘 첫 대면에서 천화를 만나면 대체 어떤 식으로 췌류를 손님에게 먹이는지 그 방법을 캐내야겠다."

청가는 어깨를 으쓱하고는 잠시 침묵하다가 잠시 후 억누른 목소리로 물었다.

"그래서…… 서쪽 방에 혹시 금요라는 이름의 기녀가 있었어?"

말을 꺼낸 직후 청가는 긴장을 감추듯 빠른 말투로 덧붙였다.

"실은 나, 어젯밤에 측간을 찾는 척하면서 기루를 돌아다녔어. 그랬더니 이 기루에는 역시나 예기용 방이라는 게 따로 없었던 모양이야. 천향각에서는 모두가 창기라는 거지."

애써 냉정한 척했지만 목소리에서는 고통이 배어 나왔다.

만일 이곳에 소꿉친구가 있다면, 그것은 기예를 파는 예기가 아니라 몸을 파는 창기라는 말이 되기 때문이다.

"그래서 근처에 있던 기녀방도 조사해 봤어. 왜, 입구에 명패가 걸려 있잖아. 하지만 적어도 동쪽 방에는 상급부터 견습까지 다 합쳐도 금요라는 기녀가 없었어. 그러니 남는 건 서쪽 방밖에 없다는 말이 되는데——."

"없었어."

혜월은 청가의 옆얼굴을 흘끔 쳐다보고는 단호히 말했다.

"나도 서쪽 기녀방의 명패를 다 찾아봤지만 금요라는 이름은 없었어."

청가는 잠시 침묵한 후 참고 있던 숨을 토했다.

"……그래."

만일 천향각에서 금요가 발견된다면 그것은 곧 창기로 전락했다는 의미이며, 심지어 서쪽 방에 있다면 마약에 관여하고 있을 가능성이 높다는 뜻이 된다.

찾지 못했다는 말에 진심으로 안도한 듯했다.

"그렇겠지. 금요가 창기라니, 그건 말도 안 돼."

청가는 양손으로 가슴을 눌렀다. 동시에 냉정을 되찾았는지 지금까지의 자신이 창피한 듯 눈을 내리깔았다.

"부끄러워라. 수사 중인데 개인감정만 앞세우다니. 솔직히 말하자면 지금 이 순간까지 도무지 집중할 수가 없었어. 염술이 연결되지 않은 건 반은 내 탓이었는지도 몰라."

청가로서는 드물게도 고분고분 반성하는 표정이었다.

하지만 그 말을 들은 혜월은 눈을 깜박이더니 겸사겸사 어깨를 살짝 으쓱했다.

"집중 못 했던 건 오히려 난데, 뭐."

"뭐?"

"아무것도 아냐."

되묻는 청가의 말을 재빨리 가로막고 생각에 잠겼다.

'기루에 잠입까지 해 놓고서 난 자꾸만 마약 외의 다른 것을 생각하게 돼…….'

혜월은 황영림을 잃을 뻔했던 밤 이후로 툭하면 영림 생각에 빠지곤 했다.

자기 사람이 무시당하거나 해코지를 입었을 경우 그 어떤 무모한 짓이라도 무리해서 저지르고 마는 골치 아픈 여자, 황영림.

그 몰상식한 성격은 대체 어디서 온 걸까, 하고 어이가 없었지만 이런 상황에 이르고 보니 혜월은 영림의 마음을 알 것 같은 기분이 들었다.

황영림은 병약하다. 바로 등 뒤에서 죽음의 발소리가 울려 퍼지고, 영림은 그것을 들으면서 필사적으로 앞만 바라보며 살아가고 있다.

걷다 보면 등 뒤에서 길이 무너진다. 같은 일을 반복하거나 제자리걸음을 할 여유가 없다. 분명 영림은 혜월이 상상하는 것의 몇십 배로 마음이 급할 것이다.

빨리. 살아 있는 동안에. 할 수 있는 일을.

자신의 몸 따윈 어떻게 되든 상관없다. 양식이나 세상의 눈 따위를 신경 쓸 때가 아니다. 불쾌한 적은 보이는 순간 걷어차고 소중한 사람들이 행복할 수 있도록, 빨리. 자신이 무언가를 할 수 있을 때.

아마도 그런 절실함이 지금까지 영림이 저지른 수많은 대담한 행동들을 이끌어냈을 것이다.

지금 영림의 죽음을 두려워하는 혜월이 추녀로서의 평판 따위는 전부 내다버리고 기루에 잠입하게 된 것처럼.

'누군가를 잃는다는 게 이렇게 두려운 일이었구나.'

혜월은 등받이 달린 바닥의자에 앉아 자세를 고치며 조용히 생각에 잠겼다.

처음 몸이 바뀐 직후, '눈에 거슬리니까 수심의 의식에 던져서 죽여버리자'라는 생각을 했던 자신은 사람을 죽인다는 일이 얼마나 무거운지 이해하지 못했다.

항상 자기 자신만이 중요할 뿐 자신은 이렇게나 불쌍하고 피해자이고 이런 꼴을 겪게 만든 세상에 복수해야 한다고 생각했다.

행복하게 미소 짓는 여자가 그 내면에 얼마나 처절한 지옥을 키우는지 알지도 못한 채.

췌류 때문에 겪은 위기는 어떻게든 모면했으나 몸이 원래대로 돌아갈 경우 영림은 또다시 병고와 싸우는 나날을 마주해야 한다.

'바뀐 몸을 쭉 유지하면…….'

혜월은 멍하니 자신의 양손을 내려다보았다.

금방이라도 부러져 버릴 듯 가냘픈 '황영림'의 손.

하지만 딱히 열이 나지도 않고 혈색도 좋은 손이다.

'그렇게 하면 황영림은 더 오래 살 수 있을까?'

혜월의 혼이 들어 있는 지금, 이 몸은 건강 면에서 아무 문제도 없다.

맥박도 체온도 안정되어 있으며 구토기나 두통도 없어서 이 몸이 늘 곁에 죽음을 끼고 산다고는 도저히 믿을 수 없을 정도였다.

'아냐, 그러고 보니 바뀐 직후에는 나도 몸이 굉장히 안 좋았는데. 그게 황영림의 평소 몸 상태였다는 뜻인가?'

구토기에 권태감에 두통. 동설이 늘 말하던 그 증상이다.

'맞아. 우물에서 강제로 바뀌었을 때도 그 직후 거의 죽을 정도의 오한이 느껴졌어. 온소에서 폭주하는 바람에 바뀌었을 때도 첫 순간에는 축 늘어졌지.'

하지만 그때도 지금도 혜월의 혼이 안에 들어가자마자 그 증상은 사라졌다.

계기가 무엇이었더라. 기억이 나지 않는다.

'한순간 상태가 안 좋아지지만 금방 나아. 그렇다면 몸이 다른 혼을 받아들일 때 느껴지는 마찰 같은 걸까? 아니면 내가 안에 들어오면 병마가 달아나는 걸까?'

영림으로서 바뀌어 본 적이 없으니 알 수가 없다.

그러나 단 하나.

몸이 바뀌면 이 몸을 갉아먹던 건강 문제가 단숨에 사라진다는 것만은 확실하다.

'아냐……. 반드시 그렇다고 할 수는 없어. 그냥 지금까지가 특별했고, 내일부터는 내가 들어 있어도 건강이 나빠질지 몰라. 그런 불확실한 상태에서 누군가에게 이런 이야기를 할 수는 없어.'

무의식적으로 손톱을 깨물고 말았다.

혜월은 몸을 바꾸면 황영림을 구할 수 있을지도 모른다는 이야기를 아직 아무에게도 하지 않았다.

오라비인 황경창이나 약혼자 요명은 영림이 이만큼이나 빈사의 상태에 놓여 있다는 사실을 아직 모를 테니 말이다.

경창과는 염술로 췌류 문제를 의논했지만 그때는 너무 절박했던 나머지 '황영림의 몸 상태'에 대해 언급할 여유가 없었다.

즉, 영림과 교류가 있는 인물 중 동설과 리리는 사정을 파악하고 있으나 요명과 오라비들, 진우와 청가는 영림이 이렇게까지 죽음 가까이에 내몰려 있다는 사실을 모른다.

영림도 중간에 남을 끼우기보다는 자기 자신의 입으로 말하고 싶을 것이다.

'아주 신중하게 말을 꺼내야만 해. 왜냐하면…….'

이유는 또 하나.

'몸을 계속해서 바꾼 채 산다는 건――내가 황영림이 된다는 뜻이니까.'

지금의 혜월은 그것이 두려워서 견딜 수가 없었다.

아아, 예전의 자신은 정말이지 겁을 상실했던 모양이다.

'주혜월'로서의 인생을 살지 못해도 잃을 거라고는 하나도 없으리라고 생각했다.

하지만 지금은 타인의 얼굴로 평생 살아가는 일을 본능이 거부한다.

황영림의 몸을 갖게 되면 이 아름다운 얼굴도, 가녀린 몸매도, 황후의 조카라는 신분도 전부 손에 넣을 수 있겠지만 대신 자신을

'주혜월'로 취급해 주는 사람이 사라지게 된다.

주가의 추녀로서 리리와 가벼운 잡담을 나눌 수도 없다.

그러기는커녕 황가의 추녀로서 궁녀들을 통솔해야 한다.

황영림이 짊어진 중책을 전부 넘겨받아야 하며, 예컨대 요명과 아이를 낳을 경우에 자신은 '주혜월'로서의 추억과 경험을 다음 세대에 전혀 물려주지 못하고 그저 '황영림'으로서 자식을 대해야만 한다.

그렇다. 황경창과는 남매가 된다. 신뢰하는 상대가 가족이 된다는 것은 든든한 일일 수도 있겠지만, 경창이 자신을 '혜혜' 따위의 우스꽝스러운 별명으로 부를 일이 평생 사라질 것이라 생각하면 스스로도 신기할 정도로 가슴이 메이는 기분이었다.

게다가 흙 성질이 강한 황영림의 몸에 오래 머물러 있으면 혼도 변질되어서 도술도 지금처럼 자유자재로 사용하지 못하게 될지도 모른다.

'나, 어느 틈엔가…… 이렇게나 지금의 나 자신을 좋아하게 되었나 봐.'

지금껏 자기 자신이 싫었다.

인생에 희망 같은 건 없고 그저 원한만 흩뿌리는 삶을 살고 있었다.

하지만 돌이켜 보면 지금의 혜월에게는 친구가 있다. 훌륭한 약혼자와 신뢰할 수 있는 궁녀, 망설임 없이 손을 내밀어주는 남자가 있다.

금기의 상징이었던 도술 재능도 지금은 혜월의 무기이자 자신

감의 원천이다.

——부모님께서 멋진 이름을 지어 주셨군요.

영림에게 그런 말을 들었을 때부터 '혜월'이란 이름도 부모에게 물려받은 재산이라 생각하게 되었다.

그 이름, 수많은 고난을 뚫고 나온 몸, 타인과 나눈 정, 도술 재능, 그 모두를 친구를 위해 내놓을 수 있을까.

생각하는 데 긴 시간을 들이면 들일수록 답이 멀어져만 가는 기분이었다.

"왔네."

그때 문득 옆자리에 있던 청가가 속삭였기에 혜월은 움찔 고개를 들었다.

돌아보니 준비실 문이 열리고 여자들이 어슬렁어슬렁 들어오고 있었다.

"언니들, 좋은 아침입니다."

꽃봉오리들이 문 양 옆에 앉아서 저녁인데도 아침 인사를 하면서 고개를 숙였다.

쌀쌀맞게 턱을 치켜든 여자들이 어린 견습들을 거의 걷어차기라도 할 기세로 일제히 방 안에 들어왔다.

화사한 천을 잔뜩 사용해서 만든 옷과 짤랑짤랑 소리가 나는 화려한 비녀.

서국풍 어깨 장식천을 두른 자, 덥지도 않은데 커다란 부채를 흔드는 자, 영국에서는 쉽게 보기 힘든 곰방대를 의기양양하게 치켜든 자 등 복장은 다양하지만 하나같이 요란해서 마치 색채의 홍

수라도 일어난 듯한 풍경이었다.

보아하니 이 기녀들이 바로 천향각에서 권력의 대부분을 움켜쥐고 있다는 상급 기녀들인 모양이다.

들어온 기녀의 수는 총 일곱 명.

그중 세 명은 동쪽 벽 앞에, 나머지 네 명은 서쪽 벽 앞에 착석했다. 방 배치와 똑같이 앉은 것을 보니 서쪽 벽 앞에 앉은 네 명이 천화의 추종자인 모양이었다.

가장 안쪽의 1인용 자리는 여전히 비어 있었다. 아마도 그곳이 최상급 기녀인 천화의 자리이며, 천화는 마지막에 나타나는 것이 법도인 듯했다.

그리고 혜월과 청가는 입구 근처에 나란히 앉아 있다.

'안쪽이 황후, 좌우로 상급비들이 앉고 인사를 드리러 온 신입들은 입구 근처의 말석. 흥, 후궁이나 다름없네.'

비빈의 서열을 흉내 낸 상황이라는 것을 파악한 혜월은 저도 모르게 코웃음을 칠 뻔했다.

나라에서 가장 고귀하다고들 하는 여성들과 가장 비천한 취급을 받는 여성들이 똑같이 서열 사회를 만들고 있다니 웃음도 나오지 않는다.

하지만 기루 여자들은 후궁 여자들보다 적의를 솔직하게 표현했다.

얌전히 앉아 있는 혜월과 청가를 보고 동쪽에 앉은 세 기녀들은 "흐응?" 하고 중얼거렸을 뿐이었으나 서쪽 네 명은 굳이 다가와 옷자락을 밟거나 탁자를 걷어찼으니 말이다.

"이 아이들이 신입이야?"
"흥, 뭐, 얼굴은 봐 줄 만하긴 하지만 건방져 보이네."
"아하하, 천화 언니에게 미움 받을 꼴이 벌써 눈에 보인다, 보여."
"얘, 좀 비켜. 거치적거려."
네 명은 꽤나 험악한 말을 내뱉는 것치고는 즐거운 듯 키득키득 웃고 있었다. 혜월과 같은 방을 쓰는 중급 기녀들과 비슷한 분위기였다.
'그러니까——이 서쪽에 앉은 상급 기녀들도 역시나 췌류에 갉아 먹히고 있을 가능성이 있다는 말이네.'
숨을 죽이고 관찰하는 혜월의 앞에서 네 사람은 춤추는 듯한 걸음걸이로 제자리에 착석했다.
일단 바닥의자에 앉기는 했으나 금세 편한 자세를 취하거나 혜월과 청가를 노골적으로 쳐다보았다.
"이게 몇 명째지, 신입이?"
"아하하, 어차피 금방 그만둘 테니 굳이 셀 필요도 없어."
"애당초 귀한 집 아가씨처럼 생겨서는 어쩌다 기루 같은 델 온 거야?"
"글쎄. 팔려 왔거나, 속았거나……. 저 아가씨, 진짜 세상물정 하나도 모르게 생겼네. 후후."
키득키득, 키득키득.
네 사람은 마치 술이라도 마신 듯 기분 좋게 계속 웃어댔다.
그중 한 명, 눈물점이 있는 여자가 늠름하게 바른 자세를 유지하는 청가를 향해 손가락질을 했다.

"저런 애들이 꼭 있지, '기루 따윈 더러운 곳이야'라면서 거만하게 구는 게. 저런 애들일수록 아무리 시간이 지나도 기루에 적응하지 못해서 손님도 못 받고 결국 비쩍 마르기만 하다가 죽어버린다니까. 아핫."

"맞아, 진짜로!"

뭐가 그렇게 우스운지 바로 옆자리의 곱슬머리 기녀가 요란하게 손뼉을 치며 이어서 말했다.

"자기 혼자만 특별한 줄 알고 말이야. 한 번이라도 기루 안에 발을 들인 이상 원래는 아무리 귀한 집 아가씨라 해도 결국은 창부가 되어버린 건데. 손톱만한 자존심에 매달려서는, 정말 꼬락서니가 비참하기 짝이 없지."

아무래도 청가의 고귀한 분위기가 눈엣가시로 느껴지는 모양이지만 아무리 그래도 말이 너무 심하다.

'자존심 운운하는 건 이 여자의 역린인데…….'

혜월이 조심스럽게 옆을 돌아보았다.

금청가는 아무리 작은 자존심이라 해도 결코 그것을 놓지 않고, 직계의 긍지를 무시하는 금숙비에게 격노하여 처형에까지 몰아넣고 만 여자다.

"――흐응?"

예상대로 청가가 그 아름다운 얼굴에서 표정을 깨끗이 지우고 일부러 그러는 양 고개를 갸웃했다.

"이렇게 머리 나빠 보이는 여자들이 상급 기녀라니, 천향각에서 천하를 잡기란 식은 죽 먹기겠네요."

'우와, 정면으로 싸움을 받아들였어.'

혜월이 남몰래 어깨를 움츠렸다.

자신도 상당히 호전적인 편이지만 금청가의 뭐든지 정면으로 받아들여 맞서 싸우는 자세를 이길 수는 없다.

"뭐?"

온실 속 화초 같은 분위기를 풍기던 신입에게 설마 이렇게까지 바보 취급을 당할 줄은 몰랐던 여자 4인방은 키득거리기를 멈추었다.

하지만 거기서 반응은 두 종류로 갈라졌다.

"어머나, 세상에—. 거만 떨기는. 신입 주제에 말이야."

"여기가 어떤 곳인지 아직 모르는 모양이네, 아하하."

그중 두 사람은 배꼽을 쥐고 지금까지보다 더욱 격렬하게 웃기 시작했다.

"너 말이야……."

그런 한편 나머지 두 명——눈물점 여자와 곱슬머리 여자——은 관자놀이를 꾹 누르는가 싶더니 방금 전까지의 웃음은 완전히 사라지고, 이마에 퍼런 핏줄을 세우며 이쪽을 노려보았다.

"교육이 필요하겠어!"

"연회 따위에는 나가지도 못할 얼굴로 만들어 줄 거야. 각오해, 신입!"

두 사람은 갑자기 화를 버럭 내더니 바닥을 쿵 내리치고 탁자를 걷어차며 이쪽을 향해 다가왔다.

심지어 팔까지 걷어붙이는 것을 보니 누가 봐도 주먹을 휘두를 기세였다.
처음 대면하자마자 폭력 사태가 벌어지는 전개에 혜월조차도 간담이 서늘해졌다.
물론 자신도 궁녀나 환관에게 여러 차례 손을 올리기는 했지만 그런 상황에 이르기까지는 이것보다 조금 더 많은 말싸움이 오갔던 기억이 난다.
'「마음에 안 들어」에서 「때릴래」까지의 거리가 너무 가깝잖아!'
애당초 감정 기복이 너무 격렬하다.
"흥, 건방지게 서국풍 보검까지 꽂고 있네! 남자한테 받았니?"
여자 두 명이 재빨리 청가를 둘러싸고 양 팔을 덥석 붙잡아 세웠다.
나머지 두 명은 깔깔 웃기만 할 뿐이었고, 꽃봉오리들은 숨을 들이켰다. 동쪽 벽 앞에 앉은 상급 기녀 세 명은 지켜보겠다는 태도였다.
신입을 공격할 만큼의 적의는 없지만 또 감쌀 만큼 친하지도 않아서일 것이다.
"차분한 표정 좀 봐. 지금 사람 무시해?"
짜악!
내뱉은 말은 실행에 옮긴다, 그것도 신속하게.
유곽의 여자들은 후궁 여자들처럼 음침하고 끈질기게 협박하지 않는다.
곱슬머리 여자가 순간적으로 청가의 뺨을 때렸다.
"자, 잠깐……."

아무리 혜월이라고 해도 자리에서 엉거주춤 일어나는 수밖에 없었다.

"저기, 진정하고……."

조심스럽게 끼어들자,

"뭐야?!"

이번에는 두 명 중 눈물점 여자가 홱 돌아보더니 혜월에게까지 손을 올렸다.

"시끄러워. 착한 척하려는 거야?"

짜악!

사정없이 뺨을 얻어맞은 혜월은 넋이 나갔다.

'맞았어.'

어째서일까. 자신도 궁녀에게 손찌검을 한 적이 있는데, 아니, 오히려 그렇기 때문에 무의식적으로 자신이 '맞는 쪽'이 될 일은 없을 거라 생각했었나 보다.

"아하핫, 유연(柳烟)도 옥아(玉兒)도 참 사납다니까."

"이것도 쓰지, 왜?"

바닥의자에 앉아 데굴데굴 구르며 웃던 두 사람이 눈꼬리의 눈물을 닦으면서 무언가를 던졌다.

"아얏!"

쾅, 하고 청가의 머리를 때린 작은 단지에는 연지가 꽉 차 있어서 그 내용물이 다 튀어나와 청가의 상반신 위를 구르며 옷을 새빨갛게 더럽혔다.

"얼굴에도 좀 발라 줘, 유연. 도깨비처럼 말이야! 거기 있는 그

착한 척하는 아가씨한테도!"

"우리가 화장법을 가르쳐주는 거야. 알겠어?"

유연이라 불린 눈물점 여자가 두 사람의 야유를 듣고 "그러게" 라면서 떨어진 단지를 집어 들었다.

붉은 칠을 한 눈가에 떠오른, 잔혹한 빛.

떠들어대는 기녀들. 입을 꾹 다문 청중.

그 모습을 본 순간 혜월은 저도 모르게 숨을 들이켰다.

'아아…….'

이 끔찍한 풍경, 후궁 안에서 본 적이 있다.

"그 예쁘장한 얼굴, 엉망진창으로 만들어줄게!"

눈을 부릅뜬 혜월을 향해 유연이 히죽 웃으며 단지를 머리 위로 높이 치켜들었다――!

＊＊＊

'아잇! 정말! 왜 염술이 통 연결되질 않는 거야!'

영림은 드물게도 마음속으로 우는소리를 하며 누각 계단을 정신없이 뛰어 올라갔다.

이른 아침부터 계속 '이야기하고 싶어요'라는 마음을 보냈는데도 도무지 염술이 연결되지 않는 것이다.

'빨리 천화 언니의 정체와 신입 괴롭히기의 위험성을 알려야 하는데.'

불 쓰는 일을 자청해서 맡아서 쭉 대기하고 있었지만 하녀 영림의 주위에는 항상 사람이 있었기에 좀처럼 혼자가 될 수 없었다.

혜월도 혜월대로 같은 방 기녀들에게 둘러싸여 있는지 연락이 되질 않았다.

요컨대 시기가 맞지 않았던 것이다.

염술이란 매우 편리한 술법이지만 혜월 바로 주변에서밖에 쓸 수 없다는 점이 안타깝다.

그렇다면 직접 만나러 가 볼까 싶어서 기녀들 방을 찾아갔지만 덩치 큰 경호원들이 가로막는 바람에 들어갈 수가 없었다.

기녀들이 절대로 도망치지 못하도록 방 앞에는 어디나 실력 좋은 경호원이 서 있었는데, 신입 하녀에 불과한 영림은 아무리 변명해도 도무지 신용을 얻지 못했다.

'같은 부지 안에 있는데도 이렇게까지 못 만나다니!'

결국 영림은 괴롭힘이 시작된다는 저녁 식사 시간 직전이 되어서야 겨우 식사 나르는 역할을 자청해서 걸음을 서둘러 준비실로 향할 수 있었다.

"야, 신입, 그렇게 급하게 계단 올라가지 않아도 돼."

"찐빵이 접시에서 다 굴러 떨어지겠어."

등 뒤에서 왕언니와 춘도가 가파른 계단을 올라오느라 숨을 헐떡거리며 그렇게 말했다.

커다란 쟁반에 얹은 10인분의 가벼운 식사는 물론 묵직하기는 했지만 그보다 마음이 더 급했다.

신입들을 품평하기 위해서 추종자들을 시켜 괴롭히게 한다는 금요.

자신의 경우 다행히도 하녀로서의 일 솜씨를 인정받았지만 더욱 과열된 경쟁 사회인 기녀로 배장된 혜월과 청가가 대체 얼마나 가혹한 괴롭힘에 노출될지 모르는 일이다.

심지어 그것을 지시한 사람이 찾고 있는 당사자인 소꿉친구라는 사실을 청가가 알면 분명 큰 충격을 받을 것이다.

'신입 괴롭히기가 시작되기 전에 쌍방에게 사정을 전달해야 해…….'

그렇게 겨우 3층까지 올라온 바로 그때였다.

"교육이 필요하겠어!"

"연회 따위에는 나가지도 못할 얼굴로 만들어 줄 거야. 각오해, 신입!"

바로 위층에 있는 준비실에서 여자들의 불온한 목소리가 들려오는 바람에 영림은 더욱 다급해졌다.

'안 돼!'

벌써 신입 괴롭히기가 시작되었다.

"이런, 이런. 오늘도 또 시작이네. 이거, 이번 신입도 금방 나가버리겠어."

"밥은 조금 진정되고 나서 가져다주자."

왕언니와 춘도는 익숙한 듯 한숨을 내쉬었으나 영림 입장에서는 기다릴 때가 아니었다.

"저, 먼저 이 찐빵만이라도 가져갈게요!"

"자, 잠깐!"

커다란 쟁반을 다시 잘 붙잡은 영림은 계단 오르는 속도를 더욱 높였다.

"이것도 쓰지, 왜?"

"얼굴에도 좀 발라 줘, 유연. 도깨비처럼 말이야! 거기 있는 그 착한 척하는 아가씨한테도!"

문 너머에서 여자들의 요란한 웃음소리와 야유가 들려왔다.

청가의 목소리로 여겨지는 "아얏" 하는 비명도 들렸다.

"실례하겠습니다——!"

견습 기녀 꽃봉오리들이 지키고 있던 문을 몸통 박치기로 열어젖히고 안으로 들어가려던 그 순간.

눈앞에 펼쳐진 풍경에 영림은 말을 잃었다.

"그 예쁘장한 얼굴, 엉망진창으로 만들어줄게!"

——쾅!

상급 기녀로 여겨지는 여자가 작은 단지를 치켜든 직후, 날카로운 타격음이 울려 퍼졌다.

"윽!"

"팔을 너무 높이 들어서 옆구리가 텅 비었잖아."

한 박자 늦게 쿵 소리와 함께 여자가 마룻바닥에 쓰러졌다.

하지만 날아간 것은 눈물점이 인상적인 상급 기녀였다.

그리고 제자리에서 몸을 일으키며 오른손을 휘휘 내젓는 사람은 황영림의 몸을 지닌 여자——즉 혜월이었다.

'어……?'

눈을 커다랗게 뜬 영림 앞에서 혜월이 쓰러진 기녀의 머리채를 휘어잡고 얼굴을 들어올렸다.

"아파……."

"그건 내가 할 말이야. 감히 내 얼굴을 쳤겠다."

——짜악!

기녀가 비명을 지르거나 말거나 혜월은 반대편 뺨까지 후려쳤다.

두 배로 갚아준 것이다.

'세, 세상에, 혜월 님…….'

얻어맞을 때 빠졌는지 혜월의 손에 기녀의 긴 머리가 뒤엉켜 있었다.

"흐, 흑…… 너무 아파……."

"고작 머리카락 몇 가닥 빠졌다고 갓난아기처럼 징징거리지 말아줄래?"

혜월은 뺨을 감싼 채 엉덩방아를 찧은 기녀에게 일부러 얼굴을 들이밀며 을러댔다.

"——이런 식으로 나는 어느 맹렬한 궁녀에게서 매일같이 단련을 받았거든. 너, 벌레 공격이나 두개골 분쇄 협박을 받아 본 적 있어? 없지? 나는 그걸 극복했어. 뺨 한 대 맞은 정도로 움츠러들 리가 없잖아?"

말 속에 왠지 개인적 원한이 담겨 있는 느낌이 든다.

'아, 혹시 동설인가?'

짚이는 데가 있었던 영림은 내심 고개를 끄덕였다.

잘 생각해 보니 동설은 몸이 바뀔 때마다 혜월을 호되게 괴롭혔——아니, 사랑의 채찍을 휘둘렀던 기분이 든다.

"좋은 거 하나 알려줄게. 난 말이야, 사실 후궁에서 일한 적이 있거든. 엄격한 서열이 있고 괴롭힘이 횡행하고…… 기루랑 똑같아. 아까 네게 맞았을 때 생각했어. '아, 이 광경, 후궁에서 봤는데'라고."

달콤한 목소리로 속삭이던 혜월이 갑자기 기녀를 바닥에 밀쳐 넘어뜨렸다.

"——즉, '예습을 확실하게' 하고 왔다는 뜻이야. 기루 따윈 후궁보다 백 배는 하찮아서 웃음이 날 정도지만."

'그, 그런 의미였구나…….'

문가에서 상황을 지켜보던 영림이 남몰래 식은땀을 흘렸다.

후궁의 괴로운 과거를 겹쳐 보며 괴로워하는 게 아니라 '이거, 전에 후궁에서 했던 거잖아!'가 되다니.

"그래, 그 말이 사실이야."

이번에는 청가까지도 한 걸음 앞으로 나섰다.

그러고는 멍하니 사태를 지켜보던 곱슬머리 상급 궁녀의 머리채를 움켜쥐고 얼굴을 번쩍 들어올렸다.

"?!"

"'연회에 나가지 못할 얼굴로 만들어주겠다'면서 뺨을 때리고 연지를 던지는 걸로 만족하다니 유치해서 웃음이 다 나네."

청가는 꽂혀 있던 비녀를 뽑아 상대의 뺨에 불쑥 들이밀었다.

"회복이 불가능할 정도의 상처 정도는 내줘야 하지 않겠어?"

"헉……."

뾰족한 끄트머리가 뺨에 푹 파고들자 기녀는 신음하듯 비명을 질렀다.

"가르쳐줄게. 나도 사실 후궁 출사 경험이 있거든. 거기선 말이지, 무례하게 행동한 여자는 팔다리가 멀쩡한 채로 살 수가 없어. 장형……은 이곳에는 남자 손이 없으니까, 글쎄. 피부에 새겨줄까, 눈알을 파줄까."

"허…… 억, 흑, 안 돼……."

기녀가 울음을 터뜨리자 청가는 가볍게 손을 떼더니 기녀를 바닥에 넘어뜨렸다.

"그런 각오도 없이 내게 손을 올리다니 정말 웃음이 나는구나."

싸늘하게 내뱉는 청가를 보고 영림은 저도 모르게 신음을 터뜨릴 뻔했다.

'와아— 강하신 분이야!'

혜월도 청가도 평상시 후궁에만 틀어박혀 지내는 추녀이며 세간에서 볼 때는 영림과 마찬가지로 '온실 속 화초 같은 아가씨'로 분류되는 사람들일 텐데, 후궁에서의 경험이 이 두 사람을 이렇게까지 단련시켜 놓은 모양이었다.

알고 보면 후궁이란 곳은 기루에도 필적할 만큼 무서운 장소였던 것이다.

"뭐, 뭐야, 너흰 대체……."

완전히 압도당한 기녀들의 표정이 굳어졌다.

저도 모르게 살짝 허리를 들고 혜월과 청가에게서 거리를 두고 싶은 눈치였다.

"저, 이야기를 나누시는 중에 죄송하지만——."

영림은 이번에야말로 방 안에 발을 들이려 했다.

"아니, 이런. 이게 대체 무슨 소란이니."

하지만 그 순간 영림의 뒤에서 달콤한 향기와 목소리가 문득 번져 오는 것이 아닌가.

'어……?'

쟁반을 치켜든 채로 뒤를 돌아보니 등 뒤에 서 있는 사람은 새 옷으로 갈아입고 화장도 마친 아름다운 기녀——천화 금요였다.

'도, 도착하고 말았어……!'

아무런 사전 연락도 받지 못해, 전혀 마음의 준비가 되지 않은 상태로 금요와 청가가 재회하고 만다——.

영림은 식은땀을 흘렸다.

"아래층까지 싸우는 소리 하며, 한심한 비명이 들리더구나."

다소 낮고 요염한 그 목소리가 울려 퍼진 순간, 준비실 안에는 순식간에 긴장된 분위기가 차올랐다.

꽃봉오리들은 서둘러 자세를 바로잡고, 혜월과 청가에게 시선이 못 박혀 있던 기녀들도 바닥에 주저앉은 두 명을 제외하고는 전부 바르게 고쳐 앉았다.

"처, 천화 언니, 좋은 아침입니다……."

다급히 고개를 숙이는 꽃봉오리들과 경직된 영림 사이를 가볍게 스쳐 지나간 금요가 준비실 안으로 발을 들였다.

"이번 신입은 대체 어떤 말괄량이인지——."

하지만 문 바로 옆에 서 있던 신입, 구체적으로 청가의 얼굴을 확인한 순간 금요가 살짝 숨을 들이켰다.

"아니……."

백분을 바른 피부 위로도 뚜렷하게 보일 정도로 금요의 얼굴이 새파래졌다.

소꿉친구와 재회했다고 이렇게까지 놀라는 게 더 신기할 정도였다.

"금요?!"

한편 소꿉친구의 모습을 발견한 청가는 저도 모르게 몸을 앞으로 내밀었다.

"금요 맞지?! 어떻게——."

아주 짧은 한순간 반사적으로 희색을 띠던 청가는 금세 이곳이 기루라는 사실을 떠올리고 말을 잃었다.

"어떻게, 이런 곳에……."

잠시 반짝이던 얼굴이 점점 흐려져 갔다.

시선이 아래로 떨어지고 금요의 화사한 차림새를 확인한 청가의 안색이 더욱 나빠졌다.

마지막으로 들어온 기녀. 누구보다 화려한 비녀에 누구보다 길어서 질질 끌리는 옷자락.

옛날의 그 활짝 웃던 소년 같은 풍모는 조금도 남아 있지 않았다.

날카로운 미모와 선명한 화장이 맞물려 지금은 요염한 여제 같은 관록을 풍기는 이 여성이 바로——.

"설마."

청가가 신음하듯 중얼거렸다.

"네가…… 천화였어?"

"너."

금요로 말할 것 같으면 그런 청가의 말을 가로막으며 감정을 꾹 억누른 목소리로 대꾸했다.

"네가 왜 여기 있어?"

주먹을 불끈 부르쥔 채로.

"방계에 팔렸어? 속임수에 넘어갔어? 아니면 이곳의 술에 낚이기라도 한 거야?"

"전부 다 아니야. 나는 내 의지로 왔어. 널…… 만날 수 있을지도 모른다는 생각에. 제발, 금요. 네가 왜 이런 기루에 있는 거야? 왜 예기가 아니라 창기가 됐어? 지금 묻고 싶은 게 산더미처럼 많아——."

"경호원."

하지만 청가의 대답을 들은 순간 금요는 대화를 끊고 복도를 향해 소리를 질렀다.

"어서 나와, 이 신입을 끌어내. 빨리."

그 순간 우당탕탕 발소리와 함께 허리에 검을 찬 남자들이 대량으로 준비실에 쏟아져 들어왔다.

그들은 이 기루에서 기녀들을 감시하며 취객을 말리기 위해 고용된 경호원들이었다.

그중 한 명, 두목으로 보이는 남성이 금요 앞에 무릎을 꿇었다.

"천화 님, 이 신입이 무례를 범했습니까?"

"그래, 맞아. 아주 마음에 안 들어. 얼굴뼈가 부러질 정도로 두들겨 패줘. 실수로라도 연회에 못 나오게."

금요가 단호히 말하자 남자들은 "예!" 하고 일제히 고개를 숙였으나 두목 한 명만은 조심스럽게 목소리를 높였다.

"하, 하지만, 천화 님. 이번 신입은 매우 아름다우니 내일 패향연에 반드시 내보내라고 지배인님이……."

"천화는 아랫등급 기녀들을 얼마든지 괴롭혀도 되거든."

"예……. 그건, 그……."

경호원의 목소리에는 망설임이 섞여 있었다.

천화는 무서워서 거역할 수 없지만 기루 주인 대리인 지배인의 말에도 거역할 수 없으니 난감하게도 중간에 끼여 버린 셈이었다.

"정말 답답하네."

좀처럼 행동에 나서지 않는 경호원들이 답답했는지 금요가 짧게 한숨을 휴 토하더니 다음 순간 청가를 돌아보았다.

"상관없어. 내가 직접 하면 되니까."

그러고는 눈 깜짝할 사이 머리에서 비녀를 뽑아 청가의 얼굴을 향해 휘둘렀다!

"꺄아아악!"

상황을 지켜보던 기녀들까지도 비명을 질렀다.

——푹!

"저어……."

하지만 뜻밖에도 둔한 소리가 울려 퍼짐과 동시에 젊디젊은 여자의 목소리가 준비실에 울려 퍼졌다.

박히는 소리가 난 것은 청가의 뺨이 아닌 찐빵이었다.

그리고 말을 건 사람은 영림이었다.

"슬슬 요기 시간이니 우선 찐빵이라도 드시는 게 어떨까요?"

영림이 순간적으로 두 사람 사이에 끼어들어서 금요를 향해 찐빵이 든 쟁반을 내민 것이다.

날카로운 비녀가 부드러운 찐빵에 박혀 찢어져서 소가 다 드러났다.

"여…… '림림'?"

"여긴 어떻게?"

겨우 자신의 존재를 알아차린 듯한 혜월과 청가에게는 일단 대충 웃음으로 얼버무린 뒤, 영림은 금요를 돌아보았다.

"시간이 되어서 식사를 가져왔답니다. 자, 보시다시피 오늘 찐빵은 속에 새우 소가 들어간 아주 맛있는――."

"림림."

하지만 상황을 수습하려 하는 영림의 말을 금요가 싸늘하게 가로막았다.

"왜 감싸지? 너, 이 녀석하고 아는 사이야?"

"네, 그건, 저어, 네……."

영림은 앞뒤가 맞는 대답을 짜내기 위해 골몰했다.

금요는 청가가 추녀라는 사실을 알고 있다. 그렇다면 청가와 아는 사이인 자신 또한 후궁과 인연이 있는 여자여야만 한다.

"실은 저, 후궁에서 일한 경험이 있어서 그때 처…… 아니, 가가님과 인연이 있거든요."

"후궁에서 인연? 너, 애한테 딸린 궁녀나 뭐 그런 거라도 돼?

하, 주인을 따라 같이 기루에 들어오다니 정말 놀라운 충성심이네. 그래서 여기서도 앤 기녀고 넌 하녀란 말이지?"

"그, 그렇죠."

애매하게 얼버무리자 금요는 흥이 식은 듯 비녀를 놓았다.

하지만 영림을 날카롭게 노려보는 얼굴은 그대로였다.

한쪽만 아름답게 치켜올린 눈썹에는 비아냥거리는 기색이 역력했다.

"거기서 비켜, 림림. 네가 마음에 들기는 했지만 그렇게 나대는 것까지 허락하지는 않았어. 나는 그 여자를 두들겨 패서 쫓아내기로 마음먹었으니 반드시 그렇게 할 거야."

"하지만 얼굴을 마주치자마자 폭력을 휘둘러 추방하는 건 다소……."

영림이 우물쭈물 반론했다.

안타깝게도 신입 괴롭히기를 막을 수는 없었지만 청가의 이야기를 믿는다면 금요와 청가 사이에는 확실한 인연이 있다고 했다.

의도치 않게 금요가 청가를 공격하게 되었다 해도 서로의 정체를 알면 사태가 수습되리라 생각했다. 그런데 비녀를 휘두르면서까지 청가를 쫓아내려 하다니.

혹시 두 사람 관계는 생각했던 것보다 더 나빴던 게 아닐까.

"그——금요."

마찬가지로 동요하던 청가가 그래도 마음을 굳혔는지 옆에서 끼어들었다.

"대체 뭐가 어떻게 된 거야? 너, 그렇게 공격적인 사람은 아니었잖아?"

"……."

그에 반해 금요는 말없이 시선만 피할 뿐이었다.

"무, 무슨 사정이 있었겠지. 그야 그래. 이런 장소에서…… 궁지에 몰리지 않는 게 더 이상해——."

"경호원, 이 녀석을 끌어내."

갈라진 목소리로 몰아붙이는 청가의 말을 가로막고 천화가 경호원에게 명령했다.

"빨리."

"금요!"

주저하면서도 양 옆으로 다가와 몸을 붙잡는 경호원에게 청가가 격렬하게 저항했다.

"왜 이런 짓을 하는 거야? 응? 난 널 구해주러 온 거야! 여긴 네가 있을 곳이 아니야. 위험한 장소라고. 빨리 나랑 같이 여기서 나가자!"

"어서 그 여자의 입을 막——, ……윽."

금요는 귀찮다는 듯 발걸음을 돌렸으나 말을 하던 도중, 문득 관자놀이를 꾹 눌렀다.

미간에 주름이 잡히는 모습을 보니 아무래도 두통이 있는 모양이었다.

영림은 순간적으로 찐빵 접시를 내던지고 몸을 내밀었다.

"천화 언니?"

"금요, 왜 그래?"

경호원들에게 팔을 붙잡혀 있던 청가도 고함을 그치고 걱정스러운 듯 물었다.

그때였다.

"——그렇게 친한 척하면서 이름 부르지 마!"

고개를 숙이고 있던 금요가 갑자기 얼굴을 번쩍 들고 짖었다.

방금 전까지는 비녀를 내리꽂으면서도 담담한 말투만은 무너지지 않았는데, 느닷없이 격노가 폭발했다.

"뭐야, 왜 그래, 갑자기……."

상황을 지켜보던 혜월이 너무 놀라 중얼거리자 금요는 번득이는 눈빛으로 그쪽을 쏘아보더니 끔찍하다는 듯 손가락질을 했다.

"너는? 너는 또 뭐야? 얼굴이 아주 예쁘게 생겼네, 너도 애들하고 한패야? 아아, 지겨워! 구역질이 나! 깨끗한 애들끼리, 이런 곳에, 뭘 태평하게 어슬렁어슬렁 기어들어온 거야?!"

그렇게 말하며 주먹을 휘두르려 하는 금요를 보고 영림이 다급히 혜월을 끌어당겼다.

"꺄악!"

"위험해요!"

'주혜월'의 큰 키를 이용하여 몸집이 작은 '황영림'을 감싸고 덮음으로써 습격에 대비했다.

그래서 금요가 몸을 뒤로 쑥 빼고 상대를 바꿨다는 사실을 알아채지 못해서 반응이 늦어지고 말았다.

"이리 내!"

금요는 재빨리 뒤를 돌아보고는 어쩔 줄 몰라 하며 주위를 얼쩡

거리던 한 경호원의 허리에서 검을 잡아 뽑았다.

"잠깐——."

놀라서 소리를 지른 사람은 검을 빼앗긴 남자였을까, 아니면 검 끝이 들이밀어진 청가였을까.

어찌 됐든 목소리도 제대로 내지 못할 만큼 짧은 순간 일이 벌어졌다.

"너도 비참한 꼴이 되어 보라고!"

휙!

금요가 거칠게 비명을 지르며 청가의 머리채를 잘라버린 것이다.

"……."

바닥에 털썩 떨어져 흩어진 긴 머리카락에 모두가 말을 잃었다.

"헉……."

웬만한 사태에는 꿈쩍도 하지 않는 영림조차 얼굴이 하얗게 질렸다.

잘려 떨어진 머리카락은 한 움큼 정도가 아니었다. 바닥에 떨어진 머리카락이 마치 꿈틀대는 뱀처럼 보일 정도의 양이었다.

귀족에게, 아니, 영국 여성에게 길고 윤기 있는 머리카락은 그 무엇과도 바꿀 수 없는 미의 조건이다.

그것을 이만큼이나 숨길 수도 없을 정도의 양을 잘라버리는 것은 청가 같은 여성에게는 그야말로 사회적 살인이나 다름없었다.

그 어떤 다른 행위보다도 적의를 노골적으로 표출하는 공격에 청가는 입을 살짝 벌린 채 그저 제자리에 우두커니 서 있을 수밖에 없었다.

"……하."

금요 또한 검을 휘두른 팔을 툭 떨어뜨리고는 힘이 빠진 듯 한숨을 내쉬었다.

잠시 넋이 나간 듯했으나 금세 목젖을 떨며 큭큭 웃기 시작했다.

"……하핫, 아하하! 꼴좋다!"

목까지 뒤로 젖히며 폭소를 터뜨리더니 금요는 어깨 길이가 된 청가의 머리를 빤히 응시했다.

"머리를 그렇게 풀어헤치다니 참 흉하네. 추해라."

연지 바른 입술에 미소를 띠고는 검도 휙 집어던졌다.

다급히 검을 받아드는 경호원을 향해 금요는 싸늘하게 말했다.

"데려가."

"천화 님!"

"이렇게 보기 흉한 계집을 자인 님 앞에 내놓을 수는 없잖아? 아, 옆의 저 예쁜 아가씨도 얼굴이 아주 퉁퉁 부었네. 이 아이도 연회에 내놓을 수는 없으니까 같이 두들겨 패서 쫓아내."

"천화 님! 하, 하지만……."

"지배인의 처벌이 무서워? 괜찮아. 그 녀석은 어차피 자인 나리 앞에선 상대가 안 돼."

경호원이 어쩔 줄 몰라 하며 항의했지만 금요는 귓등으로도 듣지 않았다.

그러기는커녕 어깨 뒤를 돌아보고는 요염한 미소를 지었다.

"그리고 여자에 환장한 자인 님은 나를 이길 수 없지. 이번 패향연에서도 물론 내가 최고의 춤을 선보일 거야. 자인 님은 총애하는 내 부탁이라면 뭐든 다 들어주실 테고.”

말없이 상황을 지켜보던 기녀들은 금요가 뿜어내는 박력에 모두 압도당했다.

이 천화가 하는 말은 단순한 망언이 아니었다.

미모와 기예 실력을 모두 갖춘 금요가 기루 주인 자인의 총애를 한 몸에 받고 있다는 말은 사실이다.

설령 지배인이 눈독을 들인 신입에게 부조리한 트집을 잡든, 머리카락을 자르든, 어디다 가두든, 기루 주인의 총애라는 등롱을 휘두르기만 하면 금요를 질책할 사람은 전부 사라진다.

“자, 거기 뻗어 있는 유연과 옥아. 너희도 뺨이 퉁퉁 부어서 꼴이 아주 사나워. 욕실에 가서 몸을 담그고 심신을 치유하고 와.”

난폭한 천화가 자신의 추종자들을 향해서는 전혀 다르게 온화한 목소리로 말했다.

혜월과 청가에게 얻어맞은 두 사람—— 눈물점이 유연, 곱슬머리가 옥아인 모양이다——은 아까부터 바닥에 앉은 채 얼이 빠져 있었다.

“네에…… 천화 언니…….”

“감사합니다…….”

두 기녀는 힘없이 고개를 끄덕이고 자리에서 일어섰다.

금요를 바라보는 표정이 너무나 눈부셔 보였다. 마치 시조신이라도 숭배하는 듯한 얼굴이었다.

“어디, 그럼 나도 아래층까지 바래다줘야겠네. 어차피 오늘 밤 연회까지는 시간이 꽤 있으니까.”

금요는 추종자들에게 상냥하게 말하며 준비실을 나가려 했지만 문가에 서 있던 춘도가 걱정스러운 듯 몸을 내밀었다.

"천화 언니……! 언니들 시중은 제가 들게요. 천화 언니야말로 푹 쉬세요."

"어머, 춘도."

본래 하급 기녀였던 하녀를 발견한 금요가 의젓하게 어깨를 으쓱했다.

"그럼 부탁 좀 할게. 나는 내 방에 가서 쉬어야겠어. 대신 너도 요지를 써도 좋아."

"네에! 감사합니다!"

깊이 고개를 숙이는 춘도를 내버려두고 금요는 우아한 동작으로 준비실 문 밖에 한 걸음 내딛었다.

하지만 그 순간, 표정을 지우고 실내를 돌아보았다.

"경호원들, 뭐 하는 거야? 빨리 저 신입들을 두들겨 패서 뒷골목으로 끌어내 놓으라니까."

싸늘한 명령을 받은 남자들은 어쩔 줄 모르겠다는 얼굴로 서로 마주보았으나 결국 청가와 혜월을 둘러쌌다.

"……미안하다, 아가씨들."

결국 천화의 말에는 거역할 수 없는 모양이다.

"뭐 하는 거야! 이거 놔!"

"……."

혜월은 언성을 높였으나 청가는 입을 꾹 다물어버렸다. 눈의 초점까지 맞지 않는 것 같았다.

'청가 님……!'

청가의 분위기가 너무나 위태로워 보여서 영림은 무슨 말을 걸어야 할지 알 수가 없었다.

우두커니 서 있는 영림의 옆에서 경호원에게 붙잡혀 일으켜세워진 혜월이 얼굴을 새빨갛게 붉히며 화를 냈다.

"이거 놓으라고 했잖아?! 당신들 뭐야! 여자 머리를 자르고 내쫓다니!"

"조용히 좀 해. 너무 시끄럽게 굴면 네 머리도 자른다."

혜월이 영림의 품에서 점점 끌려나갔다.

영림은 결의를 다지고 혜월에게 재빨리 속삭였다.

"혜월 님, 부디 청가 님 곁에 계셔 주세요. 금요 씨에게도 분명 사정이 있을 거예요. 나중에 염술을."

팔을 내저으며 날뛰던 혜월이 퍼뜩 놀란 듯 돌아보고는 살짝 고개를 끄덕였다.

그것만으로도 서로의 의사가 완벽하게 소통했다고 영림은 확신했다.

혜월은 저항을 멈추고 청가와 함께 얌전히 경호원에게 몸을 맡겼다.

"정신 좀 차려. 내 목소리 들려?"

청가의 뺨을 찰싹찰싹 때리며 일단은 정신이 들게 하려 애쓰는 모양이었다.

'수사를 계속하려면 두 사람이 기루에 머무를 수 있도록 노력해야겠지만, 지금은 그보다…….'

끌려나가는 두 사람을 흘끔 쳐다본 영림은 주먹을 불끈 쥐고 주위를 둘러보며 목소리를 높였다.

"저, 천화 언니께 방금 전 무례했던 행동을 사과드리고 올게요!"

그러고는 주위 사람들이 깜짝 놀란 틈을 타, 금요를 따라 계단을 내려갔다.

'금요 씨의 진의를 확인해야 해!'

청가는 우선 혜월에게 맡기고 자신 혼자서만이라도 금요의 비밀을 캐내야겠다는 생각이었다.

느닷없이 격노를 터뜨린 금요의 태도가 너무나도 이상하지 않은가.

천화로서 일부러 고압적인 자세를 보였다고 생각할 수도 있지만 주방에서 만났을 때는 아랫사람들을 잘 보살펴주는 소탈한 사람 같아 보였는데.

'견원지간으로 여겨지는 지배인과 대치했을 때도, 아니, 청가님과 재회했을 때조차도 처음에는 언성을 높이지 않았어……. 그런데 갑자기 고함을 지르며 날붙이를 휘두르다니.'

머리도 아팠던 모양이고 긴 옷자락으로 가려져 있었지만 아무래도 다리 역시 떨린 듯했다.

격노, 두통, 탈력.

전부 다 혜월과 영림이 췌류 때문에 고통 받을 때 겪었던 증상이다.

게다가 금요에게 다가갔을 때 희미하게 풍겼던 계피 같은 달콤한 향기.

'금요 씨도 췌류에 잠식당했어.'

확신하기에는 차고도 남았다.

천화로서 기루 내 대부분의 재량권을 지닌 금요는 분명 다른 기녀들보다 마약 유통에 훨씬 깊이 관여하고 있으리라.

어떻게 췌류를 제조해서 퍼뜨리는지, 그리고 왜 자기 자신도 마약에 손을 댔는지.

애당초 예기를 목표로 하던 금요가 왜 창기가 되어 소꿉친구 청가 앞에서도 험악한 태도를 보이는 것인지, 수수께끼가 끊이지 않았다.

'이 마약 문제의 열쇠는 금요 씨가 쥐고 있을 거야——!'

금요에게 다가가 사정을 묻기 위해, 영림은 더욱 빠른 걸음으로 계단을 내려갔다.

4. 영림, 탐문하다

"여기서 당분간 얌전히 있어."

금요와의 해후, 그리고 잠시 후.

혜월과 청가는 경호원들에게 붙잡혀서 옷도 홀딱 벗겨진 채 천향각에서 두들겨 맞고 쫓겨날――줄 알았지만 주방 뒷문에 있는 지저분한 창고로 끌려가 갇혔다.

"우리는 볼일이 있어."

"소란을 피우면 가만두지 않을 거야."

경호원들은 밖에서 나무 막대를 걸쳐 문을 틀어막은 후 투덜거리며 자리를 떴다.

"젠장, 오늘도 '청소'라니 귀찮아 죽겠네. 수로를 통해 바다로 흘려보내면 되는 거지?"

"시체는 그래도 상관없지만 돌바닥은 연회 시작 전까지 깨끗하게 닦아 놓지 않으면 지배인님이 격노할걸. 그렇지 않아도 패향연이 코앞이라 신경이 날카로운데."

"내일은 전원 총출동해서 자인 님을 경호해야 하잖아. 나 참, 지배인님은 자인 님 환심 사느라 여념이 없다니까."

그들이 천화의 명을 보류하고 추방된 신입들을 창고에 가둔 데에는 이유가 있었다.

혜월과 청가를 길거리로 쫓아내기 위해 부지 뒷문 앞으로 끌고 왔을 때 그 뒷문에서 어떤 남자 손님, 그것도 두 명이 날붙이를 들고 쳐들어온 것이다.

"줘류⋯⋯ 줘류, 어디 있어!"

"내놔⋯⋯ 내놔⋯⋯!"

남자 두 명은 모두 빰이 핼쑥했고 눈에는 핏발이 섰으며 입에서는 침이 흘렀다. 머리카락과 수염도 긴 데다 씻지도 않았는지 냄새가 지독했다.

다리가 부들부들 떨려 금방이라도 쓰러질 것 같은데 어디서 그런 힘이 샘솟는 건지, 마치 짐승처럼 맹렬하게 단도를 휘둘렀다.

"기녀냐⋯⋯?!"

제정신을 잃은 남자들이 혜월과 청가를 보고는 눈을 부릅뜨더니 팔을 뻗었다.

"야! 빨리 내놔아아아아!"

"꺄아아악!"

혜월은 비명을 질렀으나, 그때 "쳇" 하고 혀를 찬 경호원들은 순식간에 칼을 휘둘러 남자들을 제압했다.

"나 참, 대체 이게 벌써 몇 명 째야. **그게** 나돈 뒤로 계속 이 난리라니까."

"지배인님이 계속 가격을 올리니까 쫓아와서 강탈하려 드는 놈들이 끊이질 않아."

경호원들이 피가 묻은 검을 집어넣으며 탄식했다.

그들에게는 일상다반사인지 꿈쩍도 하지 않았으나, 느닷없이 습격을 당하고 심지어 눈앞에서 사람이 칼로 베이는 모습을 보고

만 혜월은 다리에 힘이 풀려 제자리에 주저앉고 말았다.

'설마…… 췌류 중독자?!'

'설마'가 아니라 실제로 그랬다.

그들은 노골적으로 췌류를 탐했고 무엇보다 기이한 냄새에 섞여 그 특징적인 달콤한 향기가 났다.

췌류에 깊이 잠식되면 결국 이런 식으로 정상 궤도를 벗어나고 만다.

피를 흘리며 쓰러진 광경보다 그 직전에 남자들이 보였던, 잇몸을 다 드러내며 짖어대는 모습에 혜월은 더욱 등골이 서늘했다.

'거리에서는 이런 사람들을 못 봤는데.'

췌류 때문에 빚을 지고 신세를 망친 것으로 여겨지는 사람들은 몇 명 보았지만 이렇게까지 격렬한 증상을 드러내는 사람들을 본 적은 없었다.

밤이 가까워져서 증상이 격해진 걸까, 아니면 중증 중독자는 이렇게 기루가 비밀리에 처리하는 걸까. 그렇다면 자신들이 생각하던 것보다 이 마약은 훨씬 더 심각하게 금령을 좀먹고 있는지도 모른다.

"칫, 아무튼 이 녀석들 처리가 우선이야. 밤거리를 더럽히고 말이야."

"아니, 일단 여자들을 내쫓는 게 먼저 아냐?"

"하지만 시간이 없어. 게다가 지배인님의 기분이 상했을 때 비위를 맞출 재료가 있는 게 좋을 거야. 청소도 안 끝났고 눈독 들인 애들도 쫓아냈다고 하면 아무리 그래도 우리 입장이 난감해져."

세 경호원들이 수군수군 귓속말을 했다.

결국 혜월과 청가를 뒷골목으로 내쫓고 나서 다시 청소하러 갈 시간이 아깝기도 하고, 충원이 기대를 걸고 있는 신입들을 천화의 독단으로 쫓아냈다가는 상황이 악화될 수도 있다는 의견이 우세를 점한 모양이었다.

"일단 지배인님이 돌아오실 때까지 이 여자들은 창고에 가둬 두자고."

"그게 좋겠네. 하지만 천화 님께 들키면 안 돼."

그런 연유로 혜월과 청가는 뒷문 한참 앞, 비교적 가까운 창고에 '일시적 보관'된 상태였다.

"뭐야……. 대체 뭐야, 여긴……."

경호원들이 '청소' 하러 사라진 후로도 혜월은 어두컴컴한 창고 안에서 한동안 가슴을 꾹 누르며 숨을 헐떡거렸다.

눈앞에서 사람이 살해당했다. 그것도 순식간에.

역시 이 기루는 무서운 곳이다.

동시에 췌류가 얼마나 끔찍한지 새삼 실감할 수 있었다.

천장 근처에 뻥 뚫린 작은 창으로 들어오던 마지막 햇빛조차 드디어 사라져서 창고 안은 점점 더 어두워졌다.

창고에 갇힌 후, 아니, 누각에서 쫓겨난 후로 청가는 한 마디도 하지 않았다. 눈앞에서 사람이 칼로 베일 때조차도.

마약에 중독된 남자들을 목격한 충격이 차츰 사그라지자 장소가 불편하고, 또 어둠이 무서워진 혜월은 옆에 앉아 있는 청가에게 말을 걸었다.

"——저기, 있잖아. 저기 말이야."

"……."

"이제 슬슬 뭐라고 말 좀 해 봐. 그 잘난 건방진 성격은 다 어디 갔어?"

눈이 아직 어둠에 익지 않아서 벽에 튀어나온 못에 옷이 걸리거나 발 밑에 버려진 항아리 같은 물건에 발이 걸릴까 두려웠다.

혜월은 손으로 더듬어 찾아낸 낡은 새끼줄에 도술을 부려 작은 불을 붙였다.

겨우 고개를 푹 숙인 청가의 얼굴이 보였다.

얻어맞아서 붉게 부은 뺨과 왼쪽만 어깨 길이로 잘려나간 머리카락.

언제나 완벽하면서도 화사하게 차려입고 있던 청가라고는 도무지 생각할 수 없는 모습이었다.

"……."

무릎을 끌어안고 앉은 청가는 멍하니 창고 바닥만 내려다보았다.

그 멍한 눈동자에는 무엇이 비치고 있을까. 싹둑 잘려나간 머리일까, 아니면 '꼴좋다'며 비웃던 친구일까.

"그……."

혜월은 무어라 말을 걸어야 좋을지 몰라 한동안 입가만 일그러뜨렸다.

"……갑자기 봉변이었네. 그래도, 있잖아."

머리카락은 다시 기를 수 있어.

그렇게 말하려다가 그런 문제가 아니라고 생각을 고쳐먹었다.

무사한 사람이 피해를 입은 사람에게 건네기에는 너무나도 무신경한 발언이다.

추녀로서의 고귀함은 결코 잃어서는 안 된다.

정절, 건강, 미모, 그중 하나라도 현저하게 잃으면 추궁에서는 생명을 잃은 것이나 다름없다.

'「전하라면 어떻게든 해 주실 거야」? 「다른 방식으로 묶어서 눈속임을 할 수 있을지도」? ……아냐, 그런 문제가 아니잖아.'

위로할 말을 고민해 보았지만 그럴싸한 말이 떠오르질 않았다.

하지만 거북한 침묵 속에서 계속 앉아 있기만 하는 것도 불편했기에 혜월은 현실적인 화제를 꺼내기로 했다.

"아, 그렇지. 이것 좀 봐줘."

청가 옆에 자리 잡고 앉아 소맷자락에서 꺼낸 것은 긴 머리카락 몇 가닥이었다.

"아까 기녀랑 몸싸움을 벌일 때 머리카락을 뽑았잖아? 그걸 몰래 숨겨 가지고 나왔어. 이 머리에서 췌류 냄새가 났거든."

혜월의 말을 들은 청가가 고개를 아주 조금 들었다.

"……설마 아까, 검증 때문에 일부러 상대방의 머리채를 잡은 거야?"

"뭐, 실제 분노도 담겨 있었고. 일석이조란 거지."

황영림과의 교류를 통해 자신이 성장한 부분이 있다면 그것은 분노를 억누를 수 있게 된 점——이 아니라 분노를 내뿜으면서도 상대에게 빈틈없이 반격을 가할 수 있게 되었다는 점이다.

혜월은 새삼 머리카락 냄새를 맡아 보고는 손을 털어 돌바닥에 떨어뜨렸다.

"역시 틀림없어. 그 상급 궁녀, 특히 갑자기 버럭 화를 낸 유연과 옥아라는 것들은 췌류에 당한 게 분명해. 서쪽 벽 앞에 앉아 있던 나머지 두 명도 묘하게 기분이 좋아 보였던 걸 보면 마찬가지일 수 있어. 역시 예상대로 천화와 그 추종자들이 췌류 확산에 한몫 거들고 있는 거야."

말없이 이쪽을 바라보는 청가에게 혜월은 단호하게 말했다.

"황영림도 그것을 알아차렸겠지. 지금쯤 추종자들이나 천화 본인을 좇아다니면서 우리 대신 사정을 캐고 다닐 거야."

자신만만하게 말했으나 청가의 반응은 시원찮았다.

"……."

심지어 다시 입을 꾹 다물고 고개를 푹 숙여버렸기에 혜월은 다소 심통이 났다.

이쪽에 위로할 구실이 없는데 상대가 계속 우울한 분위기를 풍기는 상황에 짜증이 나기 시작한 것이다.

'황영림은 위로해 주라고 나를 남겨 놓은 모양이지만…….'

경호원들에게 둘러싸이며 시선을 교환한 그 순간, 혜월은 영림이 청가를 자신에게 맡기고 금요에게 돌진하리라는 사실을 확신했다.

그래서 얌전히 따라와 줬더니 이렇게 계속 옆에서 시무룩한 채 고개만 숙이고 있으니 괜히 자신의 피부에까지 버섯이 날 것 같은 기분이 들었다.

분명 '전하의 호접'이라면 이런 상황에서도 백 점 만점의 위로를 건넸겠지만 안타깝게도 친구 하나 제대로 없었던 혜월은 상대가 일방적으로 풀이 죽어 있을 때 뭘 어떻게 해야 좋을지 전혀 알 수가 없었다.

"뭐야, 뭐라고 반응 좀 해. 말해 두겠는데 이번 경우 황영림이었다면 '역시 대단하세요, 혜월 님!'이라거나 '정말 놀라울 정도의 판단력이에요!'라면서 절찬을 퍼부었을걸? 그런데 넌 머리 좀 잘렸다고 그렇게 꾸물꾸물 고개만 푹 숙이고——."

"혜월 님은……."

하지만 혜월의 째지는 목소리를 가로막으며 청가가 조용히 말했다.

"툭하면 '친구 같은 거 아니거든'이라고 하면서도 사실은 영림 님을 정말 좋아하는구나."

"뭐어어?!"

"모든 기준이 '영림 님께 인정받느냐 아니냐'잖아. 나한테는 영림 님을 지나치게 숭배한다고 하지만, 내가 보기에는 혜월 님이 훨씬 더 그래. 입만 열면 영림 님 이야기야."

"아니……."

어처구니없는 지적에 혜월은 엉덩이를 반쯤 떼었으나 잠시 생각한 후 제자리에 다시 앉았다.

매일같이 이만큼이나 황영림 때문에 고민하고 상대가 원한다는 이유로 기루 잠입 작전까지 따라왔으니, 이제 와서 그런 게 아니라고 부정해 봤자 설득력이 없다는 생각이 들었기 때문이다.

"뭐…… 그건."

에헴, 하고 헛기침을 한 후 혜월이 말했다.

"물론 그 여자 이야기가 좀, 다소 많을 수도 있어. 꼭 내가 그 여자를 좋아한다는 이유 때문은 아니지만. 뭐, 다른 추녀들에 비하면? 같이 지낸 경험이 많기는 하니까? 필연적으로 그렇게 된다고나 할까?"

"내 앞에서 쑥스러워해 봤자 소용없어."

"뭐?!"

청가의 냉정한 한 마디에 혜월은 결국 제자리에서 펄쩍 뛰어 일어섰다.

"누가 쑥스러워했다고 그래! 아, 나 이 여자 진짜 싫어!"

손가락을 들이밀면서도 혜월은 마음속 어딘가에서 안도했다.

계속 고개를 숙이고 침묵을 지키는 것보다는 신경질 나는 내용이라 해도 응수가 오가는 편이 훨씬 낫다.

"작작 좀 해. 정말 그 태도 지긋지긋해 죽겠네! 사람을 얼마나 더 깔봐야 성이——."

"아니야."

성이 풀리려는 건데, 하고 말을 이으려 했지만 청가가 또다시 말을 가로막았다.

"깔보는 게 아니야. ——부러운 거야."

나직이 내뱉은 그 말을 뒤따르듯 눈물방울까지 굴러떨어지는 바람에 혜월은 기겁했다.

잘 생각해 보면 금청가가 자신에게 '부럽다'는 말을 한 건 처음이었다.

"헉……?"

"이럴 때는 못 본 척 좀 해. 눈치 없는 사람 같으니."

혜월이 경직되자 청가는 고개를 홱 돌리고 재빨리 눈물을 닦았다.

잠시 침묵이 이어졌다.

조용히 코를 훌쩍이는 소리와 낡은 새끼줄이 치직 타들어가는 소리만이 창고를 메웠다.

"――나, 금요는 소꿉친구이고…… 소중한 벗이라고 생각했어."

결국 정적 속에서 오열하는 소리를 감추는 게 무리라는 사실을 알고 포기했는지 드디어 청가가 딸꾹질을 하며 떨리는 목소리로 말했다.

"하지만 실제로는…… 이렇게나 미움을 받고 있었다니……."

점점 목소리가 갈라져 갔다.

떨리는 손이 어깨에 걸치고 있던 얇은 천을 끌어당겨서 세게 움켜쥐었다.

반투명하게 짠 하얀 피백――드문드문 분홍색 얼룩이 남아 있는 그것은 옛날 금요와 나눈 맹세의 물건이라고 했다. 청가는 그 소중한 물건을 기루에까지 가져왔나 보다.

"아무리 편지 연락이 끊겼어도…… 거기에는 다 사정이 있을 거라고 생각했어……. 왜냐하면, 우리 사이에는, 맹세가…… 함께 기예를 갈고 닦은 인연이 있었으니까. ……어리석었지. 궁지에 처했을 때 달려오면 금요는, 바로 내 손을 잡을 거라, 생각, 했는데……."

덜덜 떨리는 손이 이번에는 처참하게 잘려나간 머리카락으로 뻗어갔다.

금요가 때리거나 발로 차는 일 대신 머리카락을 자르는 일——상대의 아름다움을 해치는 방법을 선택했다는 사실이 청가는 가장 받아들이기 힘든 모양이었다.

"아까 금요에게 '곱상한 애들끼리'라고 매도당했을 때 깨달았어. 대등한 관계라는 둥, 우리 사이에 인연이 있다는 둥…… 우정에 들떠 있었던 건 나뿐이었고…… 금요에게 난 항상 세상 물정 모르고 거만한 귀족의 딸에 불과했었다는 걸……."

부은 뺨 위로 눈물을 흘리며 청가는 자조적인 웃음을 띠었다.

"금요는 내게 처참한 꼴이 되어버리라고 했어. 아마 항상, 쭉 그렇게 생각했을 거야……. 함께 맹세했던 '아름다움을. 그렇지 않으면 죽음을'이라는 말도…… 그 진짜 의미는 '비참한 처지가 되어서 죽어버려라'라는 뜻이었는지도 몰라."

그렇게 내뱉은 말을 마지막으로 다시 무릎 사이에 얼굴을 묻어버린 청가에게 혜월은 무어라 말을 걸어야 좋을지 알 수가 없어 입술을 뒤틀었다.

솔직히 말해 소꿉친구에게 사납게 거부당했다고 그렇게까지 궁지에 몰릴 것까지 있을까, 싶기도 했지만 그러는 한편 또 금청가라면 그럴 거라는 생각도 들었다.

누구보다 긍지 높고 고결한 금청가.

추악하다고 판단한 것은 사정없이 배척하는 한편 뛰어난 것에는 올곧은 존경심을 가지고 한없이 성의를 쏟는, 어떤 의미에서는 매우 솔직한 인물이기에.

'게다가 만약 황영림이 내 손을 쳐냈다고 생각하면…… 그래, 그건 정말, 너무 싫어…….'

찬앙례 때 황영림에게 조금 무시당했을 뿐인데 신경질을 부리며 식기를 깨뜨린 전적이 있는 혜월 입장에서는 도저히 청가의 한탄을 호들갑이라고 비웃을 수가 없었다.

"내 자신이 너무 부끄러워……. 그냥 이 세상에서 사라져버리고 싶어……."

하지만 먹먹한 목소리로 중얼거리는 청가의 옆에서 혜월은 저도 모르게 고개를 들어 천장을 올려다보았다.

"그런 말, 그렇게 가볍게 하지 마! 상대방은 마약에 취해 있을 뿐이잖아. 마음에도 없는 소리를 내뱉는다 해도 이상하지 않아."

"아니야. 아무리 궁지에 몰렸다 해도 마음에 아예 없는 소리가 제멋대로 나올 리는 없어."

"누구나가 다 너 같은 이론파라고 생각하지 마! 말이라는 건 멋대로 튀어나온단 말이야!"

감정적인 주가 대표 혜월이 부르짖었으나 청가는 들을 생각도 없어 보였다.

"아냐. 난 진심을 바쳤던 상대에게 미움을 받고 말았어. 처참함을——내 죽음을 바랄만큼."

"그래서 뭐! 너, 남한테 미움 좀 받았다고 매번 자결하려는 성격이야?"

결국 혜월이 짜증을 이기지 못하고 바닥을 내리쳤으나 청가는 눈을 깜박이더니,

"그러게."

라며 허리에 꽂혀 있던 샤쉬르로 손을 뻗었다.

"차라리 그러는 편이 떳떳할지도 모르겠네."

진지한 말투, 그리고 망설임 없는 손길에 혜월은 기겁했다.

이 여자에게는 황영림과는 또 다른 과격함이 있다.

"자, 잠깐! 농담이라 해도 너무 과해!"

"내가 지금 농담을 하는 걸로 보여?"

"아아, 정말이지!"

예전에 숙비의 협박을 받고 저주의 인형을 가져왔을 때와 달리, 지금의 청가는 샤쉬르를 쥐는 데 아무런 망설임도 없었다. 아무래도 허세가 아닌 모양이었다.

'이상한 데서 배짱이 좋다니까!'

혜월은 옆에서 샤쉬르를 쥔 손에 매달렸다.

"제발 좀 기다려. 수사 중에 자결이라니 난 허락 못 해!"

"날 놔 줘. 기루에서 쫓겨난 우리가 이 이상 뭘 더 할 수 있겠어? 탈주하고 싶어도 머리를 잘린 상태로는 난 밖에 나갈 수조차 없다고."

청가 입장에서 단발 상태란 속옷 한 장 차림이나 다름없다는 이야기다.

청가가 혜월의 손을 뿌리치고 샤쉬르를 칼집에서 뽑자, 혜월은 결국 새끼줄에 붙은 불을 부풀리며 위협했다.

"좀 기다리라고 했잖아! 욕 좀 먹었다고 자결이라니! 스스로를 찌를 배짱이 있다면 그 칼날을 다른 곳에 들이밀어! 소꿉친구랑 대화를 하면 되잖아!"

"머리를 자를 정도로 증오가 가득한 상대인데도?"

"그래도."

혜월은 문득 목소리를 낮췄다.

"나, 이래 봬도 지금껏 세상을 무척 원망하며 살았어. 세상이 날 미워한다고 생각했으니까. 하지만 뚜껑을 열어 보니 그런 것도 아니더라고."

주먹을 불끈 쥐고 털어놓았다.

생각해 보면 몸이 처음 바뀌기 전에는 자신에게 눈길도 주지 않았던 황영림이 자신을 미워하는 게 분명하다고 반쯤 확신했다. 하지만 실제로 영림이 자신에게 준 것은 넘치는 우정이었다.

황영림 쪽 사람들인 요명과 경창, 동설도 혜월 자신을 무작정 부정하고 미워할 거라고만 생각했다. 하지만 실제로는 혜월이 열심히 노력하자 그들은 그것을 인정해 주었다.

"타인과 관계를 맺기만 하면 생각지도 못한 일이 일어나는 법이야. 자신에 대해 알려야 하고, 또 타인을 알려 노력해야 해. 왜냐하면 우리는 아직 그럴 수가 있으니까."

아주 조금 목소리가 떨렸다.

마치 숨을 거두듯 쓰러지는 영림의 모습이, 손바닥 사이를 스르륵 빠져나가는 그 팔의 감촉이 혜월의 머릿속을 스쳤다.

그때 영림은 그대로 죽을 수도 있었다.

그랬다면 분명 영림의 지옥은 영원히 혜월에게 전해지지 못했으리라.

영림이 가슴속에 숨기고 있던 절망도 절실한 소망도 전혀 전달되지 않은 채, 그리고 혜월이 아직 표현하지 못했던 친근감도 영원히 전하지 못한 채.

'죽어버리고 나면 늦는단 말이야.'

들어야 한다. 그 어떤 내용이 기다리고 있더라도.

만일 금요가 췌류에 시달리고 있다면 청가가 여기서 죽지 않는다 해도 금요에게 결국 죽음이 찾아오고 말 것이다.

"빨리 놔!"

"앗!"

청가의 손에서 힘이 풀렸고, 혜월은 억지로 샤쉬르를 쳐서 떨어뜨렸다.

그리고 상대가 다시 샤쉬르를 줍는 것보다 빠르게, 낡은 새끼줄에서 솟구치는 불길을 돌아보고 그것을 양손으로 살며시 감쌌다.

마치 응답이라도 하듯 흔들리는 불길에 기를 담았다.

"어쩌려는 거야?"

"입 다물고 지켜봐."

영림과 염술을 연결해야 한다.

하지만 이 염술은 평소와 달리 훨씬 작은 크기로 신중하게 엮을 필요가 있다.

촛불 끄트머리 정도 크기로. 황영림 이외에게는 보이지 않도록.

'분명 지금쯤 금요와 이야기를 나누고 있겠지.'

영림은 아까 금요에게도 무슨 사정이 있지 않을까, 라고 말했다.

아마 영림은 그 후 바로 천화를 뒤쫓아 가서 마약과 무슨 관계가 있는지, 그리고 왜 그렇게까지 매섭게 청가를 거부했는지 알아보고 있을 것이다.

그렇다면 영림을 통해 금요의 발언을 함께 지켜보면 된다. 어쩌면 대화의 흐름 속에서 금요의 본심을 알아낼 수도 있다.

방금 전의 폭언은 단순히 흥분에 못 이겨 내뱉은 발언이었다고 설명해 주는, 그런 기적이 일어날지도 모른다.

'응답해, 황영림. 예정보다 이르기는 하지만 손이 많이 가는 추녀님이 지금 큰일 났어.'

정신을 바짝 차리고 의식 너머로 영림의 기 흐름을 붙잡았다.

실을 더듬어 실꾸리에 감듯 혜월은 천천히 눈을 감았다.

***

누각에서 뛰어내려온 영림은 금요 일행의 뒤를 따라 복도를 타고 본동으로 이동했다.

본동은 1층에 욕실이 있는 커다란 건물로, 위층에는 기녀들이 자는 방이 있다.

최고위 기녀인 천화의 방이 당연히 꼭대기층에 있을 줄 알았는데 뜻밖에도 1층 욕실 옆에 배치되어 있었기에——목욕하기 편하다는 이점 때문이리라——, 영림이 따라잡았을 때는 마침 금요가 이제부터 목욕할 유연, 옥아와 헤어져 자기 방으로 발을 들이던 참이었다.

"천화 언니!"

등 뒤에서 불러세우자 금요가 한순간 걸음을 멈추었다.

난폭하게 욕설을 퍼붓지 않는 것을 보니 이미 과격한 분노는 한바탕 지나간 모양이었다.

하지만 아직 머리는 아픈지 관자놀이를 누르고 있다.

금요는 이쪽을 흘끔 돌아보았으나 금세 흥미를 잃은 듯 다시 시선을 앞으로 향했다.

"이 하녀, 끌어내."

"예, 천화 님."

문 앞에서 지키고 있던 경호원에게 강제퇴거를 명령하기까지 한다.

'안 돼!'

여기서 금요와 이야기를 나누지 못할 경우 마약 사건의 진상에도 다가갈 수 없고, 청가와의 인연에 대해서도 물을 수 없다. 영림은 마음속으로 주먹을 불끈 쥐었다.

'청가 님의 그 애처로운 모습……. 이야기를 들을 때까지는 절대 물러날 수 없어.'

가슴속에 결의를 다지고 목소리를 높였다.

"방금 전에는 분에 맞지 않게 너무 나서서 정말 죄송했습니다. 사과를 드리고 싶어서……."

몇 가지 구실을 재빨리 검토해본 후 꺼낸, 가장 그럴싸한 주장이 이것이었다.

"실은 저, 침과 뜸, 안마 쪽에 재능이 있거든요. 머리가 아프시다면 방금 전의 무례도 사과할 겸 처치를 해 드리고 싶은데요."

진료하는 척하면서 건강 상태나 증상에 대해 물을 수도 있다.

거기서 마약 이야기로 끌고 가는 것도 가능하지 않을까, 하고 영림은 생각했다.

"흥, 하녀 따위가 건방지게. 천화 님이 물러나라고 하시지 않으냐. 어서 비켜——."

"특히 주무르기와 지압에 자신이 있어요!"

코웃음을 친 경호원에게 팔을 붙잡혔지만 영림은 굴하지 않고 몸을 내밀었다.

"두통과 다리 통증, 그리고 떨림, 어지럼증, 고열 등을 **약에 의지하지 않고** 완화시킬 수 있습니다."

일부러 췌류 관련 증상만 거론했다.

만일 지금 금요가 중독 증상 때문에 괴로워하고 있다면 다소간 솔깃할 제안이다.

"……흐응?"

금요는 문에 짚고 있던 손을 내리고 천천히 이쪽을 돌아보았다.

"꽤 실력이 있는 모양이네."

"외람되지만 그렇습니다."

"그래."

금요가 문에 등을 탁 기댄 채 잠시 영림을 바라보았다.

영림 또한 지지 않고 마주보았다.

그대로 잠시 시간이 흘러갔다.

이윽고 금요가 가볍게 양손을 들며 어깨를 으쓱했다.

"그렇단 말이지. 그럼 들어오지 그래?"

"——! 감사합니다!"

영림이 눈을 반짝이는 앞에서 금요는 쌀쌀맞게 등을 돌리고 잽싸게 방으로 들어가버렸다.

"천화 님, 괜찮으시겠습니까?"

경호원은 갑자기 천화가 말을 바꾸는 바람에 당황한 눈치였으나, 영림은 개의치 않고 금요의 마음이 바뀌기 전에 서둘러 따라 들어가서는 안에서 단단히 문을 걸어잠갔다.

"실례하겠습니다."

천화 전용이라는 방은 바닥이 깨끗하게 닦여 있고, 갖춰져 있는 실내 장식품들도 하나같이 고급품이었다. 촛대에 꽂힌 초 한 자루에서조차 호화로움이 넘쳐났다.

하지만 누가 봐도 수상쩍은 단지와 유리병 같은 것은 최소한 눈에 보이는 범위 내에는 없었다.

금요는 성큼성큼 방을 가로질러 걸어가 안쪽 자리에 걸터앉아서는 익숙한 동작으로 곰방대를 집어들었다.

잘게 썬 담배를 그 끝에 꾹꾹 눌러 넣고 요염한 눈빛으로 영림을 흘끗 쳐다보았다.

"불."

"아, 예——네에."

슬쩍 실내를 둘러보던 영림이 퍼뜩 정신을 차렸다.

영림은 재빨리 불이 붙은 촛대를 집어 들고는 곰방대로 불을 옮겨 붙였다.

'혹시 이 곰방대를 통해 췌류를 연기 형태로 섭취하는 걸

까……?'

그런 생각이 들어서 조심스레 연기 냄새를 확인해 보았지만, 그 특유의 달콤한 향기는 나지 않았다.

'손에 들고서 천천히 훑어보고 싶지만.'

촛대를 들고 뒷걸음질 치며 자연스럽게 방 안을 둘러보고 있는데 손에 들고 있던 불꽃이 한순간 훅 부풀어올랐다.

"!"

혜월의 염술이었다.

'너무 일러요!'

아직 천화의 방 안이다. 아무리 그래도 너무 큰 염술을 쓰면 눈치 채고 말 것이다.

영림은 순간적으로 촛불을 양손으로 가리며 천화와 혜월 양쪽에게 들리도록 말했다.

"깜짝 놀랐어요, 불꽃이 부풀다니! 천화 언니 앞인데 정말 죄송해요. 얼른 끌게요."

그렇게 말하며 불을 끄면 지금은 그럴 상황이 아니라는 사실이 혜월에게도 전해지리라.

하지만 불을 끄려는 자세를 취한 순간 평상시보다 작은 불꽃이 눈에 들어왔다.

혜월은 입 모양만으로,

'계속해.'

라고 말한 뒤 재빨리 불꽃의 윤곽 밖으로 나가버렸다.

'그렇구나.'

둘이서 이야기를 하고 싶은 게 아니라, 영림과 금요가 이야기하는 내용을 불꽃 너머로 들으려는 모양이었다.

하기야 그렇게 하면 보고할 수고를 덜 수 있다.

"촛불이 살짝 커졌다고 그렇게나 요란을 떨다니. 됐어, 굳이 끌 필요도 없어."

도술의 존재를 모르는 금요도 그렇게 말해 주었기에 영림은 감사히 불꽃을 그대로 두기로 했다.

"저, 그러면——바로 어깨부터 주물러 드릴까요?"

일단 핑계를 댄 대로 안마를 제안했다.

"……그래. 부탁 좀 할게."

금요는 이쪽을 흘끔 쳐다보았지만 뜻밖에도 순순히 받아들였기에 영림은 촛대를 들고 금요의 뒤로 이동했다.

촛대는 자잘한 물건들을 살짝 밀어내고 선반 위에 올려놓으면 두 사람의 목소리를 전달해 줄 수 있지 않을까.

"촛대는 여기다 둘게요. 비녀를 빼도 될까요?"

"그래."

화려한 비녀 뽑고 묶여 있던 머리를 풀자, 흘러내린 머리채에서 달콤한 향기가 물씬 풍겼다.

'역시 이 향기야.'

췌류가 분명했다.

금요는 머리카락에 향기가 밸 정도로 췌류에 흠뻑 젖어 있는 것이다.

'하지만 아까의 격노를 제외하면 금요 씨는 계속 이성을 유지하고 있는 걸로 보여. 지나친 쾌감에 빠질 만한 양이 아니타 극히 미량을 장기간 섭취하고 있는 걸까……? 다른 증상이 또 있나?'

금요의 상태를 더욱 자세히 조사하기 위해, 영림은 독을 주무르는 시늉을 하면서 풀어내린 머리카락을 한쪽으로 치웠다.

"실례하겠습니다. 목을 주물러 드릴게요."

그러자 드러난 귀 아랫부분에서 무언가가――.

'이건…….'

"너 말이야."

영림이 귓가를 자세히 들여다보려고 얼굴을 들이댄 그 순간, 곰방대에서 입을 뗀 금요가 직설적으로 말했다.

"나랑 같은 냄새가 나."

"네……?"

저도 모르게 고개를 갸웃하자 금요는 천천히 뒤를 돌아보며 영림의 어깨에서 흘러내린 머리카락을 한 줌 집어들었다.

"비참한 여자의 냄새."

미모의 기녀가 조용히 웃었다.

"너, 췌류에 당했지?"

"――!"

순간적으로 영림은 머리카락을 끌어당겼다.

'이 몸이 췌류에 노출되었다는 사실을 꿰뚫어봤어……!'

상대를 탐색하느라 정신이 없어서 설마 자신의 머리카락에서도 마약의 잔향이 풍길 줄은 생각도 못 했다.

금요는 췌류가 일으키는 고통을 누그러뜨리기 위해 입실을 허락한 것이 아니었다. 영림 또한 중독 환자라는 사실을 알아보았기 때문에 제안에 응했던 것이다.

그러고 보니 주방에서 영림에게 '마음에 든다'고 말한 건, 영림의 머리카락을 빤히 들여다본 직후였다.

"너는 췌류를 알고 있어. 그렇기 때문에 내가 췌류에 완전히 절어 있다는 사실도 알고 있지. 그렇지?"

금요는 자신이 췌류 중독자라는 사실을 확실히 인정했다.

숨을 들이켜는 영림 앞에서 금요는 천천히 곰방대 연기를 들이마셨다.

"목적이 뭐야?"

그러고는 눈을 가늘게 뜨고 빨아들인 연기를 영림의 얼굴에 끼얹었다.

"수상한 여자야. 이 기루를 단속하러 오기라도 한 거니? 췌류도 상당히 여기저기 퍼져 있는 모양이고. 아, 아니면 청가의 궁녀였던 모양이니 그 애를 따라 날 여기서 빼내러 들어오기라도 했어?"

"그——콜록, 콜록."

연기에서는 마약은커녕 청량감 있는 약초 같은 향기가 났다.

보아하니 담배가 아니라 두통을 완화시켜 주는 약초가 채워져 있는 듯했다.

'날카로운 분이네.'

연기에 살짝 기침을 하면서 영림은 재빨리 자세를 고쳤다.

단속과 구출, 둘 다 정답이다.

여기까지 꿰뚫어봤다면 어설픈 탐색전 따위는 하지 않는 편이 나을 터.

"솔직하게 말씀드리겠습니다."

영림은 그렇게 말을 꺼내고 나서 잠시 망설였다.

마약 매매 적발을 하러 온 도성 사람.

아니면, 소꿉친구를 구하러 온 청가의 친구.

어느 쪽 입장으로 호소해야 좋을까.

'……청가 님은 공공의 이익보다 자신의 우정을 위해 기루 잠입을 하셨으니까.'

흔들리는 불꽃 너머에서는 지금 혜월과 함께 청가가 귀를 기울이고 있을지도 모른다.

촛대 쪽을 흘끔 쳐다본 후, 영림은 후자의 입장으로 이야기를 잇기로 했다.

"말씀하신 대로예요. 청가 님은 당신이 이곳 천향각에 있다는 사실을 알고…… 마약이 만연한 유곽에 당신이 발을 들이고 있다면 위험하리라 걱정하는 마음에 기루에서 구해 내기 위해 이곳을 찾아오셨습니다."

이런 장소에서 어서 나가자고 필사적으로 애원하던 청가의 모습이 떠올랐다.

그 절실한 마음을 대변할 생각에 영림은 심각한 얼굴로 몸을 내밀었다.

"천화 언니——아니, 금요 씨. 청가 님과 함께 이 기루를 나가시지 않겠어요?"

"아핫."

깡, 하고 금요는 곰방대로 탁자 끄트머리를 두들겼다.

"걔가 지금 나보고 여길 나가라고 하는 거야? 쫓겨난 건 자기면서, 정말 우습네."

"청가 님은……."

경멸의 빛이 배어난 그 말투에 도저히 참지 못한 영림이 시선을 피했다.

"진심으로 금요 씨를 걱정하고 계세요. 항상 규범에 충실한 분이셨는데, 당신을 위해 기루에 잠입까지 하셨다고요."

"세상물정 모르는 추녀님이 쓸데없는 짓을 하다니. 바보 아냐?"

"그런 말투는……!"

뒤에 놓아둔 촛대의 불꽃이 신경 쓰였다. 그 너머에 있을지도 모르는 청가의 마음이.

무슨 사정이 있을지도 모른다는 생각에 대화를 시도했으나 일방적으로 청가를 거부하는 이야기만 계속 그쪽으로 흘러간다면, 차라리 염술을 잠시 끄는 게 나을지도 모른다.

"너무하세요. 여동생뻘 제자이자 소꿉친구이기도 한 상대를 그렇게 말씀하시다니……."

"여동생에 소꿉친구라."

영림이 분한 얼굴로 중얼거리자 금요가 킥킥 웃었다.

그러고는 충격적인 말을 덧붙였다.

"역시 바보가 맞네. 그런 건 당연히 금가 방계에서 사주한 거였는데."

무심코 눈을 크게 떴다.

"예……?"

"너, 나랑 청가가 한 스승에게서 무용을 사사한 자매 제자라고 들었니? 그 외에는 또 뭐라고 했어? 우연히 무용 경쟁에서 만났다거나? 비주에 올 때마다 신세를 졌다거나?"

금요가 후 하고 한숨처럼 웃음을 흘리더니 어깨를 으쓱했다.

"그건 다 금가 방계 놈들이 계획한 거야. 그 녀석들은 직계인 청가가 눈엣가시였거든. 그래서 비슷한 또래이자 기예가 특기인 나를 발견하고는 마침 잘 됐다면서 양자로 삼았고, 청가가 비주에 올 때마다 옆에 붙여서 마음을 열게 만들고는 정보를 얻어내거나 오히려 거짓말을 불어넣거나…… 그런 식으로 입궁 내정을 방해했지."

영림은 저도 모르게 숨을 들이켰다.

"……!"

불꽃 너머에서 혜월도 함께 눈을 부릅떴다.

순간적으로 옆에 있는 청가를 돌아보니 얼굴에 핏기가 싹 가신 상태였다.

'실수했다.'

서로의 진심을 정면으로 마주할 수 있으리라는 생각에 억지로 청가에게 금요의 이야기를 들려주었는데 설마 유년기의 우정 자체가 만들어진 가짜였다는 현실을 조우하게 될 줄이야.

'완전히 역효과야…….'

당사자가 아닌 혜월조차 뒷이야기를 듣기가 두려웠다.

불꽃 너머에서는 웬만해선 꿈쩍도 하지 않는 영림조차 초조한 표정을 짓고 있다는 사실을 알 수 있었다.

하지만 금요는 뜻밖에도 그 직후에 "뭐, 하지만…… 그래도 난 그런 사정과는 상관없이 청가라는 인간이 좋아졌어"라며 말을 이었다.

시선을 피하려 하던 청가가 조심스럽게 낡은 새끼줄을 바라보았다.

부드럽게 흔들리는 불꽃 속에서 금요는 턱을 괴고 담담히 이야기를 이어갔다.

곰방대의 연기를 후우 토해낸 금요는 연기를 뒤따르듯 천장을 올려다보았다.

"청가는 말이야, 참 바보 같은 아이였어. 공부는 잘 하지만 세상물정을 몰라도 너무 몰랐지. 갑자기 나타난 서민 계집애를 의심도 안 하고, 그저 춤이 뛰어나다는 이유로 상대를 칭찬하고 친구의 인연까지 맺은 거야. 천진난만하게 믿고, 뭐든지 다 이야기해 주고……."

한쪽 뺨에 웃음이 피었다.

"그런 부분이 바보 같을 정도로 맑고…… 아름다웠어."

쓴웃음이라 불러도 지장이 없을 표정이었다.

"글쎄, 그 애는 진심으로 '출신 따윈 상관없다, 당신의 춤은 아름답다'라는 소릴 늘어놓잖아. 그래서 나도 무심코 믿어버리고 말았지. 뛰어난 기예 앞에서 인간은 모두 평등하다고."

금요는 차츰 청가를 함정에 빠뜨리라고 강요하는 방계가 짜증스러워졌다.

겉으로는 생글생글 웃지만 속으로는 피붙이의 발목을 잡고 끌어내리려 하는 그들은 얼마나 추악한가.

반대로 우직하게 스스로를 갈고닦으며 출신과 상관없이 사람을 인정하고 칭송할 줄 아는 청가는 얼마나 아름다운가.

분명 청가가 옳을 것이다.

긍지를 잃지 않고 아름답게 살아가려 애쓰는 의지는 다른 모든 것을 능가한다.

실제로 자신도 무용 재능만을 발판 삼아 지금의 삶을 거머쥐지 않았던가.

앞으로도 기예로 출세해 어디든 가서 살 수 있다.

그러니 이렇게 비천한 방계들의 말 따위는 들을 필요도 없다.

금요는 양부의 지시를 무시하고 오히려 본가에 관한 온통 거짓말투성이인 정보만을 흘려, 청가가 추녀로 내정되는 일을 남몰래 도왔다.

방계도 차츰 청가의 우수함을 무시할 수 없게 되고, 직계라고는 해도 청가를 받아들이는 편이 더 유리하다고 판단한 모양이었는지 최종적으로 청가가 추녀로 결정되었다.

하지만 방계에는 여전히 직계의 대두를 마땅찮게 여기는 세력——성화 일파가 남아 있었다.

"사실은 말이야, 청가가 입궁하러 왕도로 떠나기 전날 방계 측에서 건달들을 고용해서 그 애를 습격하자는 이야기가 있었어. 하지만 내가 청가랑 연습실에 틀어박혀서 하룻밤 내내 수다를 떨면서 그걸 제지했지. 왜냐하면 그런 건 절대 아름답지 않잖아."

이별하기 전날, 금요는 청가의 피백에 '아름다움을. 그렇지 않으면 죽음을'이라는 말을 술로 썼다.

그것은 청가에게 한 말이었지만 자기 스스로에게 한 맹세이기도 했다.

청가가 입궁하여 왕도로 올라가버리면 자신은 더 이상 방계에게 가치가 없다. 음모를 방해했으니 더더욱 후견 따위는 끊어버릴 것이다. 하지만 그래도 상관없었다.

이미 무용 명수로서의 평판은 얻었고, 예기가 되라는 권유도 여러 차례 받았다.

앞으로는 자신의 힘으로 살아 나가리라, 살아 나갈 수 있으리라고 생각했으므로.

"하지만…… 나야말로 세상물정 하나 모르는 바보였어."

금요는 미소를 지우고 뒤로 한껏 젖혔던 고개를 세우더니 푹 숙였다.

그러고는 결린 어깨를 풀기라도 하듯 천천히 목 근육을 쓸어내렸다.

"2년 전, 청가를 왕도로 보낸 직후에 후견인이었던 금가 방계의 양부가 '최고의 악방(樂坊)을 소개해주마'라면서 나를 어디로 팔아치웠는지 알아?"

등 뒤라서 표정이 보이지 않는다.

하지만 금요가 훗 하고 조용히 웃은 느낌이 들었다.

"바로 여기야, 천향각. 악방이라니 어처구니가 없지. 그냥 여자가 몸을 파는 기루였을 뿐인데."

물론 유곽 안에도 유명한 악방, 즉 기예를 오직 기예로서 훈련하는 가무 단체가 있다.

그러나 천향각은 여자 전부를 창기로 취급하며 기예가 아닌 몸을 파는 부류의 기루였다.

그래도 처음에는 금요 또한 희망을 갖고 있었다.

자신에게는 신뢰하는 스승도 있고, 장래에 꼭 자기네 쪽으로 와 달라고 불러줬던 악방도 여럿 있었다.

그들과의 연줄을 이용하면 기루 따위에서는 손쉽게 탈출할 수 있으리라고 말이다.

하지만 현실은 달랐다.

그들은 필사적으로 매달리는 금요를 눈 깜짝할 사이에 저버렸다.

금가와의 관계 운운하며 미안한 얼굴로, 하지만 사정없이.

그때가 되어서야 금요는 겨우 깨달았다.

그들이 금요에게 열심히 춤을 가르쳤던 이유는 진심으로 금요의 기량에 반했기 때문이 아니었다.

그렇게 하면 친구인 직계의 딸, 청가와 연줄을 만들 수 있기 때문이다.

금요가 아무리 뛰어난 무용수라 해도 금가 방계를 거역했다가 자금 지원이 끊어지는 위험을 감수하면서까지 지키고 싶은 존재는 아니었다.

"'신분을 초월한 우정', '출신을 뒤집을 정도의 재능'. 그런 건 환상이고, 실제 나는 '직계 아가씨의 비위를 맞추는 도구'에 불과했어. 깜짝 놀랄 만큼 순식간에 기녀로 추락한 거야."

피백을 흔드는 대신 얇은 옷자락을 나부끼고 아름다운 노래를 자아냈던 입술로 남자들의 입맞춤을 받아낸다.

옷이 다 벗겨지고 남자들의 손이 그 알몸을 유린하고——무대 중앙을 누비고 다니던 여자는 매일 밤 침대 한가운데에서 짓밟히는 신세가 되었다.

"완전히 노리개가 되어버렸고…… 심지어는——."

금요의 손이 문득 귀 아래쪽으로 뻗어갔다.

잠시 말이 없던 금요는 영림 쪽을 돌아보며 자조하듯 웃었다.

"지배인이 권하는 걸 거역할 수가 없어서 췌류에 손을 댄 비참한 여자로 전락하고 말았지."

'고통에서 도망치기 위해서 쾌락을 선사하는 췌류로…….'

영림은 둔한 통증이 느껴지는 가슴을 눌렀다.

금요가 청가를 쌀쌀맞게 거부한 것도, 현실을 잊게 해주는 마약에 의존한 것도 이제는 다 이해할 수 있었다. 도대체 그 누가 금요를 책망할 수 있을까.

심지가 굳은 금요조차 쾌락에 빠져들 만큼 췌류가 강력한 마약이라는 뜻이다.

"저기, 너도 그런 느낌 안 들어? 허무하다는 느낌 말이야."

생각에 잠긴 영림의 턱을 금요가 곰방대 끝으로 슥 들어올렸다.

마치 독이라도 부어주는 것처럼 금요가 말했다.

“후궁을 나오면서까지 주인을 따라 이런 곳까지 오다니. 아무리 헌신해도 너는 영영 하녀고 청가는 영원히 추녀님이야. 인생이 섞일 일은 결코 없어. 우리 같은 여자들은 언제나 더럽혀진 채로 예쁘고 깨끗한 애들을 올려다보면서 살아야 해.”

또다시 감정이 격앙된 모양인지 목소리가 떨리기 시작했다.

“늘 누군가를 모셔야만 하고, 보호도 받지 못하고…….”

문득 곰방대를 집어던지는가 싶더니 자리에서 일어난 금요가 영림을 팍 밀쳐냈다.

“꺄악!”

선반에 부딪히는 바람에 촛대가 흔들렸고 비녀와 접혀 있던 피백이 바닥에 떨어졌다.

짤그랑, 하고 어울리지 않게 가벼운 소리를 낸 피백 방울 쪽으로 무심코 시선이 향했다.

‘아——.’

무의식적으로 손을 뻗으려고 하는 영림을 향해 금요가 부르짖었다.

“그래서! 구역질이 난단 말이야. 깨끗한 그 애를 보면! 어서 꺼져버려! 그 여자랑 같이 이 기루에서 나가! 두 번 다시 내 앞에 나타나지 마!”

공기까지 떨릴 만큼 커다란 목소리에 촛대의 촛불이 파르르 떨렸다.

"아……."

실제로 불꽃 너머에서는 혜월이 너무나도 동요한 나머지 손을 떨었다.

덩달아 낡은 새끼줄을 태우는 불꽃도 힘없이 흔들렸다.

"그, 저기…… 아무래도 건너편은 정신이 없는 모양이니까 술법을 끊을게."

제발 대화 좀 나누라고 재촉한 것은 자신이었으나, 이야기해 보면 알 수 있기는커녕 명확한 적의까지 확인하게 되는 바람에 뭘 어떻게 해야 좋을지 알 수가 없었다.

우선 금요의 분노와 원망을 이 이상 더 듣는 일만은 피해야겠다 싶어서 술법을 끊기 위해 손을 뻗었지만, 그 손을 청가가 가로막았다.

"잠깐만."

평상시 싸늘하고 차분하던 여자가 지금 마치 어린애처럼 눈물을 글썽이고 있었다.

뺨이 붓고 머리카락이 흐트러진, 비참하기 짝이 없는 몰골이었으나 그래도 청가는 입술을 꽉 깨물더니 떨리는 목소리로 반복해서 말했다.

"……기다려줘."

짧게 중얼거리더니 다시 입을 꾹 다물었으나 도저히 오열을 참지 못하고 이번에는 코를 떨었다.

"끝까지 듣고 싶어."

그래도 청가는 도망치지 않았다.

솟구치는 오열을 거듭 삼킨 청가는 마치 불을 노려보듯 뚫어져라 응시했다.

『——정말 그런가요?』

불꽃 너머에서 주근깨 얼굴의 여자——영림의 늠름한 질문이 들려온 것은 바로 그때였다.

"정말 그런가요?"

밀려 나가떨어진 영림은 바닥에 손을 짚고 자세를 고치며 금요를 올려다보았다.

손끝에 하얀 천이 닿았다.

천 자락에 방울을 꿰맨 그 피백은 언제나 몸에 지니고 다니는 장신구가 아니라 무용 도구로 사용되는 물건이다.

드문드문 옅은 분홍색 얼룩이 남아 있는 그것은——영림이 잘못 본 것이 아니라면 청가의 것과 똑같이 투명한 모란 무늬가 들어가 있었다.

"금요 씨."

피백을 흘끗 훑어본 영림은 금요의 얼굴을 똑바로 들여다보았다.

"입으로는 청가 님을 아무리 나쁘게 말해도…… 사실은 아직도 청가 님을 제일 소중한 친구라고 생각하시는 것 아닌가요?"

"……뭐?"

그때까지 위축된 듯했던 분위기가 완전히 사라지더니 상대를 늠름하게 응시하는 영림의 앞에서 금요는 턱을 살짝 뒤로 뺐다.

의표를 찔렸는지 격노도 잠시 주춤하며 경계하듯 이쪽을 마주 보았다.

"갑자기 무슨……."

"실은 저, 췌류 말고도 여러 번 죽을 뻔한 경험이 있거든요."

눈을 가늘게 뜨는 금요의 말을 가로막으며 영림이 단호하게 말했다.

"몸이 너무 고통스러워서 침대 밖으로 한 발짝도 나갈 수가 없었죠. 그럴 때 병의 비읍 자도 모르는 사람에게서 '넌 피부가 하얘서 좋겠다'라는 말을 들으면 조금은 화가 났어요. 그렇다면 똑같은 고통을 한 번 맛봤으면 좋겠다고."

'눈송이처럼 새하얀 피부'. '바람에 나부끼는 금세공품처럼 가녀린 아름다움'.

남들에게서 그런 말을 들을 때마다 영림은 당황스러웠다. 잘은 모르겠지만 가슴속 깊은 곳에 희미한 먹구름이 끼었고, 그랬기에 매번 애매하게 웃음을 띠며 그런 '칭찬'을 넘겼다.

하지만 최근 들어서 완전히 버린 줄 알았던 부정적인 감정을 되찾아 화내는 법이나 무언가를 싫어하는 법을 떠올린 영림이기에 알 수 있다.

그때의 자신은 화가 났던 것이다.

싫었다. 배려랍시고 하던 그 말들이.

선의가 깃들어 있기 때문에 받아들일 수밖에 없었던 공격이.

"그런 거 아닐까요? 나는 이렇게나 비참하고 괴로운데 그것을 전혀 이해하지 못하는 상대가 짓밟고 들어온다면. 그럴 때 드는 생각은 '너도 여기까지 떨어져 봐'라는 분노가 아닐까요?"

예전에 혜월이 영림을 향해 '너도 나만큼 비참한 처지를 맛봐야 해'라는 생각으로 술법을 걸었을 때처럼.

"청가 님이 '깨끗해서' 마음에 들지 않는다고 말씀하신다면, 청가 님을 추락시켜서 췌류를 먹여버리면 되는 것 아닌가요? 똑같은 고통을 맛보게 해 주기 위해서."

영림이 자리에서 일어서자 금요는 움츠러든 듯 한 걸음 물러섰다.

"하지만 당신은 그러지 않았죠. 그러기는커녕 청가 님을 만나자마자 제일 먼저 '술에 낚였느냐'고 묻고, 아직 마시지 않았다는 사실을 알고는 바로 여기서 내쫓으려 했잖아요. 연회에 나가지 못하도록 얼굴에 상처를 내려 했고 그럴 수 없자 머리카락을 잘랐어요."

그랬다. 준비실에서 재회하자마자 청가에게 '방겨에게 속은 건가, 아니면 술에 낚인 건가'라고 묻는 것을 들었을 때부터 영림의 가슴속에는 위화감이 피어났다.

왜냐하면 그래서는 꼭――.

"마치 당신이 청가 님을 **도망치게 해 주려고** 하는 것 같았죠."

"……."

금요가 조용히 주먹을 부르쥐는 모습을 영림은 놓치지 않았다.

"그래서 저는 생각했어요. 그럼 내가 괴로워하고 있을 때, **소중한 상대**가 아무것도 모른 채 짓밟고 들어온다면 과연 어떨까, 하고. 분명 저는 상대를 제게서 멀리 떼어 놓으려고 할 거예요. 지금의 당신과 마찬가지로."

죽음이 코앞으로 다가왔다는 사실을 깨달았을 때, 영림은 도무지 혜월에게 사정을 이야기하고 싶지 않았다.

혜월이 태평하게 '죽여도 안 죽잖아'라고 말했을 때는 오히려 마음이 놓였다.

병으로 고통스러워하는 자신의 본모습을 혜월에게 들키고 싶지 않았다.

부디 마음을 너무 쓰지 않았으면 했다.

슬프게 만들기라도 했다가는, 그래서 만에 하나 이 병고가 옮기라도 했다가는 영림 자신이 도저히 견딜 수 없을 테니까.

"정말로 소중한 사람이기 때문에 자신과 같은 처지에 빠지지 않도록, 부디 이쪽으로 오지 말기를 바라며 밀어내는 거죠. 당신의 진의는 거기에 있지 않나요?"

금요의 눈동자가 떨렸다.

생각해 보면 정체를 모르는 채로 주방에서 처음 만났을 때부터 금요는 주위 사람들에게 무척이나 마음을 쓰고 있었다.

약한 자를 돕고 강한 지배인은 노려보았다.

천화로서 거만하게 행동할지언정 자기 아래 여자들은 최선을 다해 보살펴 주었다.

그런 금요가 충원, 자인과 결탁하여 희희낙락 마약을 퍼뜨리고 있을 것이라고는 도저히 생각하고 싶지 않았다.

"여기서 나가요, 금요 씨. 저희랑 같이."

영림이 한 걸음 더 앞으로 나서며 도박을 걸었다.

이번에는 청가의 친구로서가 아니라 단속 나온 왕도 사람으로

서 하는 교섭이었다.

"저희가 이곳에 온 이유는 마약 수사 때문이기도 해요. 곧 이 기루는 적발될 거예요. 그러면 관계자인 금요 씨는 상당히 무거운 처벌을 받게 되겠죠. 하지만 저희에게 협력해 주신다면 극형을 면할 수 있도록 손을 쓰겠어요."

똑바로 눈을 마주한 채 한 손을 슥 내밀었다.

"말해 두겠는데 수사는 아주 집요하게 이루어질 거예요. 뇌물도 통하지 않을 테고요. 췌류를 어디에 숨기는지, 또 어디서 들여오는지 술 창고의 술 한 병 한 병, 장부 한 줄 한 줄 전부 다 뒤집어가면서라도 조사하겠어요."

금요가 이 손을 잡을 것인가, 피할 것인가.

확률은 반반이라고 생각했다.

금요 자신이 췌류에 의존하고 있다면 마약 적발에는 반대하겠지만, 영림에게는 스스로의 경험을 동반한 비장의 무기가 있었다.

"본인이 췌류에 갉아먹히고 있다 해도 너무 비관하지는 말아요. 저는 평생 분에 해당하는 췌류를 섭취했지만 그것을 어찌어찌 털어냈어요. 고통스럽기는 하겠지만 췌류 성분은 반드시 빼낼 수 있어요."

금단 증상을 극복하는 일에는 상당한 고통이 따르지만 영림 자신이 그것을 경험해 보았기 때문에 증상을 완화할 수 있는 처방을 어느 정도 예상할 수 있었다.

주위에서 헌신적으로 간호해 주기만 하면, 분명 췌류 의존에서 빠져나올 수 있을 것이다.

"마약은 끊을 수 있어요. 부디 본래의 인생을 되찾고──."

"유감스럽지만."

그러나 그때까지 조용히 이야기를 듣던 금요가 영림이 꺼낸 비장의 무기를 듣고는 문득 "훗" 하고 입꼬리를 비틀었다.

"이미 늦었어. 본래대로 돌아갈 수 있다고 믿기엔, 난 너무 비참한 꼴이 되어버렸으니까."

그러고는 영림이 내민 손을 잡지 않고 등을 돌렸다.

"네……?"

"술 창고나 장부를 조사하고 싶으면 실컷 조사해, 얼마든지. 췌류도, 그 구입처도 절대 알아내지 못할 거야."

"그게 무슨──."

"경호원!"

영림은 그 말의 의도를 물으려 했으나 천화를 맡은 금요의 판단은 언제나 빨랐다.

금요는 영림의 말을 기다리지 않고 잽싸게 문을 열고는 밖을 향해 목소리를 높였다.

"이 하녀, 빨리 뒷골목으로 끌어내."

"어……?"

방도 아니고 아예 기루에서 쫓아내려고 한다.

영림이 무어라 말하기보다 먼저, 문 앞과 욕실 앞을 지키고 있던 경호원들이 순식간에 모여들어 다섯 명이서 영림을 제압했다.

여기서 추방당하면 수사에 지장이 생기는 것은 물론 금요를 설득할 수도 없다.

“아, 안 돼요, 금요 씨——천화 언니!”

최선을 다해 몸을 내밀었지만 금요는 돌아보지도 않았다.

“뭐 해, 빨리 움직여.”

영림은 결국 방에서 강제로 끌려 나가고 말았다.

“아아…… 저어!”

염술은 아직 이어져 있을까.

천천히 마약 확산 수법을 물었어야 했는데, 청가 때문에 지나치게 감정이입을 해서 도박을 걸었다가 그만 눈 깜짝할 사이 패배하고 말았다.

“죄송해요……!”

불을 향해 사과한 순간, 불 처리를 담당하는 경호원이 촛불에 숨을 훅 부는 모습이 보였다.

『죄송해요……!』

방에서 끌려나간 영림이 멀리서 외치자마자 낡은 새끼줄을 태우던 불꽃이 훽 꺼져버렸다.

술법이 끊어진 것이다.

혜월과 청가가 갇혀 있는 창고에서 천화의 방은 바로 코앞이었는지 금세 영림의 항의나 우당탕거리는 발소리, “가만히 좀 있어!” 하는 고함 소리가 들리더니 창고 자물쇠가 난폭하게 열렸다.

“야, 천화 님이 뒷골목에 내다버리라고 하시지 않았어? 창고에 가둬도 되는 거야?”

"아니, 벌써 손님 오실 시간이잖아! 제자리에 가 있지 않으면 우리가 지배인님 손에 죽을걸."

"내일 한꺼번에 내쫓으면 돼. 자, 친구도 왔다. 좋겠네."

쿵 하고 밀쳐내는 힘에 영림이 안으로 내동댕이쳐지고 문은 금세 닫혔다.

그 직후 튼튼한 자물쇠가 잠기는 소리와 버팀목을 고쳐 세우는 소리가 울려 퍼졌다.

아무래도 야간 연회가 시작될 시간이 된 지금, 여자를 쫓아내는 모습을 손님들에게 목격당하기보다는 창고에 가두는 게 낫다고 판단한 모양이었다.

"아야야."

단단한 돌바닥에 자빠진 영림은 무릎을 문지르며 몸을 일으켰다가 어둠 속에서 혜월과 청가의 모습을 발견하고는 눈을 휘둥그렇게 떴다.

"혜월 님, 청가 님……. 두 분도 창고에?"

"그래. 쫓겨날 뻔했는데 뒷문으로 가던 도중 제정신을 잃은 췌류 중독자의 습격을 받았거든. 아마 원래는 여기 손님이었던 남자인 모양이야."

질문을 이해하고 자리에서 일어난 혜월이 대답했다.

"경호원들이 칼로 베어버리긴 했는데…… 시체 처리를 서둘러야겠다고 생각했던가 봐. 시간도 없고 지배인의 심기를 거스르기도 무서우니까 우리를 일단 창고에 가둬버리기로 한 거지."

"그건……."

영림은 복잡한 표정으로 말을 얼버무렸다.

경호원들의 일처리가 어설픈 덕분에 세 사람 모두 부지 안에 머무르는 데는 성공했다.

하지만 그런 것보다 사람을 공격할 정도로 췌류에 잠식당한 남자들이 있다는 사실, 그리고 천향각에서는 그들을 아무렇지 않게 저버리고 '처리'까지 하고 있다는 사실이 두려웠다.

"……역시 췌류라는 건 끔찍하네요. 이런 건 세상에 존재해서는 안 돼요."

"그러게."

영림의 나지막한 혼잣말에 혜월도 동의했다.

잠입 당초부터 이 기루는 어딘가 모르게 이상했다.

현란한 장식과 조명에 섞인, 묘하게 어색한 웃음소리와 고함 소리. 묵직하게 고인 공기로도 다 덮어 감출 수 없는 팽팽한 대립각.

하지만 지금은 '위화감' 수준이 아니라 명확한 췌류의 위협이 이들 앞에 떡 버티고 있었다. 수많은 인생을 망가뜨린 그것을 반드시 적발해서 없애야 한다.

혜월과 영림은 동시에 고개를 끄덕였다.

"그래서, 저어……."

무사히 혜월과 의사 확인 및 합의에 성공한 영림은 이번에는 청가 쪽을 흘끔 쳐다보았다.

'청가 님은 괜찮으실까…….'

염술을 통해 충격적인 고백을 들었음이 분명한 청가가 걱정되었기 때문에.

영림 입장에서는 금요가 역시나 청가에게 정이 남아 있는 것으로 보였으나 머리카락도 잘리고 '구역질이 난다'는 둥의 매도를 들은 청가의 심경은 과연 어떨까.

"저, 청가 님. 정말 죄송해요. 제멋대로 일을 저지르고 교섭도 결렬시켜서……."

"……."

하지만 청가는 기둥뿌리에 기대 앉은 채 아무 말도 없었다.

어두워서 표정이 잘 보이지 않았기에 영림은 더듬더듬 청가 쪽으로 다가갔다.

"아…… 그리고 방금 전 금요 씨의 발언, 혹시 들으셨나요……?"

방금 전 염술이 어느 정도의 목소리 크기를 전달했는지 영림은 모른다.

어쩌면 혜월 혼자만 들었을 수도 있다. 또는 큰 소리로 고함을 지른 부분만 청가가 간신히 들었을 가능성도 있다.

비난하는 부분만 들렸다면 청가는 얼마나 슬플까.

그렇지 않아도 머리카락이 잘려서 망연자실한 상태인데, 소꿉친구라 믿었던 상대에게서 생각지 못했던 진실을 듣는 바람에 회복할 수 없을 만큼의 상처를 받았을지도 모른다.

"저기——."

"……."

신중하게 말을 고르는 영림 앞에서 청가가 갑자기 일어섰다.

그리고 깊고 큰 한숨을 휴 내쉬었다.

"전부, 다 들었습니다."

"네?"

"혜월 님, 불 좀 켜주겠어? 이래서야 너무 어두워."

순간적으로 반응하지 못한 영림 쪽은 신경도 쓰지 않고 청가는 혜월 쪽을 슥 돌아보았다.

"뭐? 으응."

혜월이 당황하면서도 다시 낡은 새끼줄에 불을 붙이자 청가가 조용히 말했다.

"고마워."

희미한 불빛에 비친 청가의 얼굴에 눈물 자국 따위는 없었다.

그러기는커녕 눈동자에 강렬한 의지의 빛을 띠고 등을 곧게 펴고 있었다.

"이제 앞이 잘 보이는군요."

그렇게 말하며 청가가 돌바닥에서 주워든 물건은 놀랍게도 나디르가 준 샴쉬르였다.

영림과 혜월은 기겁했다.

"청가 님?!"

"자, 잠깐! 그러니까 너무 성급하게 굴지 말라고 했잖아!"

긍지 높은 청가와 날을 드러낸 샴쉬르.

그 조합이 아무래도 자결을 연상시켰기 때문에.

아니, '연상시키는' 정도가 아니라 청가가 칼날을 자신의 목에 들이댄 채로 칼자루를 움켜쥐고 있었다.

"저는 저 자신의 어리석음에 대가를 치르려 합니다."

그 단호한 선언에 영림과 혜월은 동시에 몸을 내밀었다.

"잠시만 기다려 주세요, 청가 님! 그 단호함은 진정한 긍지와는 다른 문제예요!"

"나, 남이 준 물건을 그런 식으로 쓰면 못써! 나디르 왕자도 화를 낼 거야!"

하지만 청가는 눈썹 하나 까딱하지 않았다.

샴쉬르를 든 손에 힘을 꽉 쥐더니,

——촤악!

목이 아니라 자신의 머리카락에 칼날을 휘둘렀다.

"어……?"

툭 하는 묵직한 소리와 함께 긴 머리가 바닥에 떨어졌다.

아까 금요가 잘랐던 것과는 반대편, 오른쪽 머리카락.

허리 근처까지 올 정도로 풍성했던 머리카락이 지금은 어깨에 닿을까 말까 한 길이까지 짧아진 채로 바닥에 떨어져 있었다.

"처, 청가 님."

망연한 표정의 영림과 혜월 앞에서 청가는 망설임 없이 샴쉬르를 계속 움직이며 좌우의 머리카락 길이를 정돈해 나갔다.

눈 깜짝할 사이 귀족 영애로서는 말도 안 되는 단발 모습이 되어버렸다. 승려라 해도 이렇게까지 짧은 머리는 드물다.

청가는 마지막으로 머리카락이 잔뜩 달라붙어 있던 손을 털고는 정중한 손길로 샴쉬르를 다시 칼집에 꽂았다.

"——전 정말 어리석었어요."

청가가 바닥에 흩어진 물결치는 긴 머리를 내려다보며 말했다.

"흠모하던 상대가 차갑게 밀쳐냈다고…… 고작 그 정도로 훌쩍

훌쩍 울기나 하다니, 거부당하는 것도 당연하죠. 금요는 그렇게나 고통을 받았는데 태평하게 그 상황에 안주하고 있었으니. 저에겐 유치한 슬픔에 젖을 자격조차 없었어요."

염술 너머의 고백을 듣고 청가는 생각했다.

실제로 금요는 청가를 거부했고 우정은 거짓에서부터 시작되었다. 그 가시에 잠시 당황한 것도 사실이었다.

하지만 금요는 청가가 모르는 곳에서 계속 청가를 지켜주고 있었다.

자신의 미래와 재능으로 출신을 뛰어넘을 수 있으리라 믿고 그 자부심을 근거로 우정을 우선했다. 그리고 그 때문에 기루에 팔려와서 강제로 순결을 빼앗기고 마약에까지 손을 댔다.

청가가 눈물 한 방울의 슬픔에 빠진 동안 금요는 거대한 바다만큼의 고통 속에서 발버둥치고 있었다.

머리카락 조금 잘린 것쯤이야 금요가 받은 고뇌에 비하면 아무것도 아니다.

잠시 궁지에 몰린 게 뭐 그리 대단하단 말인가.

"……너무나도 어리석었어요."

한 방울의 눈물이 흘러내리자 청가는 손등으로 닦았다.

그 눈물의 원천은 슬픔이 아닌 분노였다.

한심한 자신을 향한, 그리고 소중한 친구를 괴롭힌 무언가를 향한.

"저, 무슨 일이 있어도 금요를 다시 한 번 만나고 싶어요."

청가는 짧아진 머리를 움켜쥐며 말했다.

"세상물정 모르는 추녀님, 그 말이 맞아요. 제가 어리석었던 대가를 금요가 치르고 있었죠. 그러니까 저는 반드시 금요를 다시 만나서 사과해야만 해요. 그리고……."

목소리를 떨면서 다른 한 손으로 샴쉬르를 움켜쥐었다.

"반드시 금요를 괴롭힌 자들에게도 복수하겠어요!"

늠름한 목소리에 창고 안의 어둠이 흔들릴 정도였다.

"이번에는 제가 금요를 지킬 거예요. 긴 머리 따위는 필요없어요. 화려한 옷도 세밀한 화장도! 설령 어떤 모습이 되든, 무슨 수를 써서라도 마약을 퍼뜨리고 다닌 적들을 찾아내 심장을 찢어발겨 놓을 거예요."

숨을 들이켜며 자신을 지켜보는 영림과 혜월 앞에서 청가는 불빛에 샴쉬르 칼날을 비추어 보았다.

"'아름다움을. 그렇지 않으면 죽음을'."

호신용으로 주어진 단도.

영국 여자들은 보통 정조를 위협당하면 **자결하기 때문에** 이 칼이 필요하다. 단도를 혼수 예물의 하나로 넣을 정도다.

하지만 청가는 이 칼을 자기 자신을 찌르는 데 사용하지 않기로 결정했다.

이것은 스스로를 죽이는 도구가 아니라 적의 숨통을 끊어 놓기 위한 도구다.

"제가 아무리 어리석고 꼴사납다 해도 죽어야 할 사람은 그렇게 만든 상대들이에요. 저는 반드시 이 적발 임무를 완수하겠어요."

그리고, 하고 청가는 떨리는 목소리로 덧붙였다.

"금요가 체포되기 전에…… 설득해서 데리고 돌아올 거예요. 절대 금요가 처형당하게 내버려두지 않겠어요."

낮게 중얼거리는 청가의 모습을 영림도 혜월도 잠시 넋이 나간 채 바라보았다.

"청가 님……."

머리카락을 짧게 자른 여자는 영국의 일반적인 가치관에 비추어 생각해본다면 볼품없는 모습이리라.

하지만 완만하게 물결치는 머리카락 끝을 허공에 나부끼며 등을 곧게 펴고 주위를 노려보는 청가는 긴 머리카락을 묶고 기품 있게 미소 지을 때의 모습보다도 어쩐지 한층 더 아름답고 고귀해 보였다.

"금방 좌절해서 풀썩 엎드릴 줄 알았더니 의외로 강인한 데가 있네……."

찬앙례 때 정자에서 주고받았던 대화를 떠올린 혜월은 얼굴을 찌푸리며 그렇게 중얼거렸다.

그때도 그랬다.

허울 좋은 말만 늘어놓는 모범생. 살짝 협박하면 금세 겁먹는 주제에 결국 최후에 가서는 생각지도 못한 굳은 의지를 품고 끝까지 버틴다.

"모란은 뿌리를 깊이 뻗는 꽃이니까요."

혜월의 혼잣말을 들은 영림이 그렇게 말하며 조용한 미소를 지었다.

온갖 꽃들의 왕, 모란.

금청가를 평할 때 자주 끌려나오곤 하는 그 꽃은 고귀하고 우아해 보이는 모습과 달리 줄기가 놀랄 만큼 굵고 힘찬 뿌리로 대지를 움켜쥔다.

그렇게 모은 모든 양분과 힘을 쏟아부어서 줄기 하나에 단 한 송이만의 꽃을 피워낸다.

금청가는 오로지 그것만을 위해 뿌리를 뻗는다. 그 외의 모든 것들을 다 뿌리치고서라도. 온 힘을 쏟아서 피운 그 꽃의 이름은 '긍지'임이 분명하다.

"청가 님, 당신이 마음을 다잡아주셔서 정말 다행이에요. 말씀하신 대로 반드시 적들의 숨통을 끊어 놓도록 해요. 금요 씨도 마약을 뚝 끊으시게 하고요."

영림은 결의를 새로이 다진 청가의 샴쉬르를 쥔 손을 살며시 양손으로 감싸 쥐었다.

"네, 영림 님."

청가가 오랜만에 미소를 되찾고 고개를 끄덕였으나, 거기서 혜월이 한숨을 쉬었다.

"뭐, 좌절했다가 회복한 건 좋은데 실질적으로 여기서부터 어떻게 복수를 시작할 생각이야? 셋 다 창고에 갇힌 상태에서."

혜월은 묵직한 문이 꽉 닫혀 있는 창고 안을 한 바퀴 둘러보았다.

이윽고 영림도 한숨을 내쉬었다.

"……일단은 오라버니들과 염술로 연락을 해 봐야겠네요."

문제 해결에 푹 빠져버리면 금세 단독 행동에 나서곤 하는 영림이지만 그러다가 주위에 걱정을 잔뜩 끼치게 된다는 사실을 이제야 겨우 학습한 모양이었다.

내키지 않는다는 표정으로도 낡은 새끼줄을 내려다보며 어떤 식으로 보고할지 정리하기 시작했다.

"하지만 있는 그대로 설명하면 너무 걱정이 된 나머지 저희를 수사에서 배제할 수 있으니, 전달할 내용을 몇 가지 선택하도록 해요. 으음, 그러니까 기루 내부 구조를 이야기하고, 지금까지 본 범위 내에서는 췌류의 보관 장소와 조합 장소를 아직 찾지 못했다는 내용과……."

"천화와 그 추종 기녀들이 마약을 손님들에게 퍼뜨리고 있다는 이야기도 전달해야지."

"그리고 금요——천화 자신이 마약에 잠식당했다는 사실과, 아무래도 조합법과 은닉 장소에 대해 자세한 정보를 갖고 있는 듯하다는 이야기도 해야겠군요."

영림이 손가락으로 하나하나 꼽아 보기 시작하자 혜월과 청가도 옆에 앉아서 차례차례 발언했다.

누가 췌류의 확산에 관여하고 있는지는 상당히 좁힐 수 있었다.

하지만 실제로 췌류가 어디서 흘러들어왔고 어디에 보관되는지는 모른다.

이래서는 나디르 측에서 패향연 때 일제급습을 단행한다 해도 제조 장소나 은닉 장소를 전부 불태워버리기만 하면 증거는 영원히 사라지고 만다.

물증이 없으면 나디르는 권력자 자인을 심판할 수 없다.

"역시 제조 장소를 확인해야겠네요. 제일 먼저 쳐들어갈 수 있도록."

"우리가 이미 수사를 끝낸 곳은 본동의 기녀들 방, 주방, 누각의 준비실. 그리고 이 창고겠네."

혜월이 비아냥거리듯 말하며 어깨를 으쓱하자 영림은 "맞아요"라며 웃었다.

"하녀로서 청소하는 척하며 기루 안에서 움직일 수 있는 범위 내를 다 돌아보았는데 비밀 방 같은 건 없는 모양이더라고요. 금요 씨의 방에도 들어가 보았는데 적어도 거대한 설비 같은 건 하나도 없었어요. 그리고 저희가 확인하지 못한 장소를 따져 보자면 술 창고, 욕실, 향당, 그리고 누각 최상층의 연회장이 있겠군요."

"전부 천화나 지배인 정도 신분이 아니면 출입할 수 없는 장소네요."

청가의 지적에 영림이 고개를 끄덕였다.

"바로 그렇죠. 금요 씨가 기루 내의 술과 향, 식사까지 전부 관리하고 있다는 건 금요 씨만이 드나들 수 있는 그 장소에서 마약이 제조 또는 저장되고 있을 가능성이 커요. 수사대상을 그쪽으로 좁히고, 패향연 적발 단속이 시작될 때까지 사전조사를 해 두어야겠어요."

"적발까지…… 즉, 앞으로 하루 남았다는 뜻이네."

혜월이 중얼거렸다.

시간이 별로 없다.

"패향연이 시작되기 전까지 이 창고를 빠져나가서 미확인 장소를 둘러볼 수 있을까?"

"으음— 또 창고 벽을 부수고 나갈 수도 있겠지만, 문제는 창고를 부순 일 그 자체 때문에 중요한 장소에 경호원들이 삼엄하게 배치된다는 데 있겠네요."

영림은 불온한 발언과 함께 뺨을 손으로 감싸며 생각에 잠겼다.

지금까지 본 바로는 금요의 방 앞에 한 명, 욕실과 술 창고, 향당 앞에 각각 두 명씩 배치된 경호원이 상시로 지키고 있었다.

패향연이 열리는 누각에는 더욱 많은 경호원들이 모일 것이다.

경비에 신경을 쓴다는 것은 그만큼 수상한 장소라는 뜻이며 그들의 존재가 어느 정도는 단서가 될 수 있겠지만, 그래도 무기를 든 남자들이 앞을 가로막을 경우 돌파하기 쉽지 않은 상황이 된다.

"그럼 양동작전은 어떨까요? 모종의 방법으로 그들의 관심을 끌어서 한 곳에 모아놓는 거죠."

그때 청가가 무언가가 떠올랐다는 듯 말했다.

혜월도 "앗" 하고 소리를 질렀다.

"아까 그자들이 패향연에서는 전원 자인을 호위할 거라고 했어. 그렇다면 패향연 내내 자인을 연회장에 묶어 놓으면 경호원들도 그리로 모일 테니 경비가 느슨해질 거야."

"패향연에서 적발할 예정인데 패향연이 한창일 때 수사하는 건 너무 늦지 않을까?"

청가의 지적에 영림은 현실적인 시점에서 답했다.

"그 외에는 경호원들의 빈틈을 만들 기회가 없으니 어쩔 수가 없죠, 청가 님. 게다가 경호원들을 한 곳에 모아 놓으면 적발하는 데에도 유리해요. 전하 일행이 쳐들어갈 때, 연회장만 경계하면 되니까요."

이래 봬도 나디르에게 의뢰받은 수사 수준은 이미 끝낸 상황이다. 여기서부터는 영림 일행의 고집 범위라고 봐야 한다.

"문제는 어떻게 기루 주인 자인을 연회장에 묶어 놓느냐네요."

"내가 연회장에 작은 불이라도 지를까?"

"글쎄요……. 하지만 그러려면 혜월 님이 누각에 직접 숨어 들어가셔야만 해요."

지금은 간신히 창고 안에 머무르고 있지만 원래는 금요의 명령으로 기루에서 쫓겨난 신세다.

거기서 어떻게 누각으로 다시 돌아갈 수 있을까.

"으음—."

생각에 잠긴 영림과 혜월 옆에서 청가가 문득 짧아진 머리를 쓸어내렸다.

그러더니 놀라운 발언을 내뱉었다.

"……그렇다면 제가 무용을 선보여서 자인의 발을 묶어 놓는 건 어떨까요?"

영림과 혜월은 얼굴을 마주보며 눈을 깜박거렸다.

"저어…… 기녀로서 자인 앞에 나서겠다는 말씀이신가요?"

"무슨 소리야? 우린 이미 쫓겨났잖아. 연회장에 들어가지도 못할 텐데."

"하지만 아직 부지 밖으로는 나가지 않았지."

두 사람이 반박했지만 청가는 손톱만큼도 흔들리지 않았다.

"경호원들이 말하길, 지배인이 우리를 패향연에 내보내고 싶어

한다고 하지 않았던가요? 아마 그 이유도 있기 때문에 창고에 가둬 놓고 보류했을 거예요. 충원은 우리가 여기 있다는 사실을 알면 다시 불러 오라고 할 가능성이 높아요. 그때 호소하는 거죠. 연회에 참석하고 싶다고."

작은 화재 등의 사건을 일으켰다가는 자인 측에서 오히려 더욱 경계할 가능성이 높아진다. 그보다는 긴장감이 덜한 상황을 만들어, 방심시키는 편이 좋다고 청가는 말했다.

중급 기녀들에게서 들은 이야기에 따르면 자인은 여자를 매우 밝히며 특히 춤을 좋아한다는 모양이다. 그렇다면 그 부분을 자극하는 것이 최고가 아닐까.

청가는 이렇게도 말했다.

"아마도――금요 역시 패향연에 나올 테니까요."

영림은 그제야 청가가 이 계획을 꺼낸 이유를 알 수 있었다.

청가는 아무튼 금요와 다시 한 번 대치하고 싶은 것이다.

납득은 되었지만 영림과 혜월은 조심스럽게 반론할 수밖에 없었다.

"하지만 청가 님……."

"그 머리로는 지배인도 너를 기녀로 취급해 줄지 어떨지 알 수 없잖아."

당연한 지적에 어지간한 청가도 입을 다물었다.

"……그래도 어떻게든 해 볼게요."

그러나 청가는 잠시 후 단호한 결의를 표명했다.

"아무리 비참하고 꼴사납다 해도, 충원을 협박해서라도 패향연에 잠입하겠어요."

짧은 머리로도 기녀로서 연회장에 나서겠다니, 청가가 아닌 다른 사람이 그렇게 말했다면 분명히 실소를 샀을 것이다.

하지만 풍성한 머리카락의 끄트머리를 가볍게 털어 내리며 유유히 일어선 청가는 비참하기는커녕 오히려 반짝반짝 빛나는 매력을 내뿜었다.

청가는 우아함을 버린 대신 박력을 동반하는 선명한 아름다움을 손에 넣었다.

"물론 지금의 청가 님이라면 그 지배인은 무슨 수를 써서라도 연회에 내보내려 하겠지만요……."

"반드시 그렇게 만들겠어요."

압도당해 중얼거리는 영림을 향해 청가는 힘차게 제안했다.

"저는 반드시, 금요와 마주하고 직접 대결해야만 해요."

그리고 스스로를 타이르듯 주먹을 불끈 쥐며 중얼거렸다.

"적발은 성공시킬 거예요. 그리고 금요에게도 춤을 통해 제 마음을 전할 거예요. 사과하고, 앞으로는 내가 널 지키겠다고 말하고…… 금요가 포박당하기 전에 이쪽으로 끌어올 거예요."

기도가 담긴 결의에 추녀들은 고개를 끄덕였다.

다시 한 번 방침을 확인한 후 세 사람은 그제야 경창과 진우에게 염술로 연락을 취하기로 했다.

5. 막간

셰르바 왕국 제1왕자 나디르는 '아름다움'에 대해 생각할 때면 언제나 어머니의 고향인 사막을 떠올린다.

낮에는 작열하는 태양을 품고서 열기를 뿜어내는가 싶으면, 밤에는 또 피부가 얼어붙을 정도의 한기를 두르고 사람을 희롱하는 사막.

그 극단성과 중간이 없는 단호한 방식에 나디르는 경의를 표했다.

당연히 그 외의 다른 모든 사정 역시 확실하면 확실할수록 좋다.

그래서 나디르는 음식도 간이 센 것을 좋아했고 옷도 화려할수록 선호했으며 주장 강한 인간을 늘 곁에 두었다.

그러면 당연히 충돌과 마찰이 늘어난다. 하지만 그렇기 때문에 자극적인 인생을 살 수 있다.

여자도 기가 세고 과격할수록 좋다.

자신의 두 다리로 땅을 딛고 서서 대등한 관계를 맺고, 들이받으면 확실한 타격감이 느껴지는 상대일수록 인생이라는 즐거움을 나눌 수 있다.

그 점에서 금청가는 상당한 존재였다.

영국의 공주님답게 정숙하고 조신하며 말로는 아무리 사납게 쏘아붙여도 결국은 남자에게 순종하고 보호받기를 바랄 줄 알았더니, 연회장에서는 만만찮게 대꾸하고 성인 남자를 말 그대로 발로 걷어찼으며 심지어 수사에 협력하여 기루에 잠입까지 하다니 말이다.

그만큼 시원시원한 여자는 셰르바에도 많지 않다.

솔직히 청가가 자신의 배를 무릎으로 찍었을 때부터 나디르는 청가의 동향이 자꾸만 신경이 쓰였다. 그 공주님 같은 자태로 다음에는 어떤 행동에 나설지 궁금하고 설렜기에, 호신용이라며 자신이 아끼는 샴쉬르까지 쥐여주지 않았던가.

한편 여자들이 대담한 계획에 나서는데 그것을 필사적으로 저지하려 드는 영국 남자들의 모습은 우스꽝스러워 보였다.

취관장 진우인지 뭔지 하는 작자는 '추녀들을 위험에 노출시킬 수 없다'며 꽤나 험악하게 자신을 몰아붙였다.

황영림의 오라비인 경창은 '본인들이 원한다면 하게 해 줘야지'라면서 그나마 조금은 자주성을 인정하는 태도를 보였으나, 그래도 잠입을 앞두고 주의사항을 한없이 늘어놓는 일을 빠뜨리지 않았다.

위험하다고 판단될 경우 수사 따위는 바로 집어치우고 도망쳐도 좋다, 아니, 이쪽에서 쳐들어가겠다고 나디르의 눈앞에서 계속 말할 정도였다.

지금도 저녁을 먹으며 느긋하게 술이나 마시면 되는데, 조금이라도 기루가 잘 보이는 방향에 앉자며 서쪽에 있는 옆방을 잡아서는 내내 창 밖만 내다보고 있다.

'이런 걸 보고 과보호라고 하지 않나?'

진우도 경창도 함께 술을 마셔 주지 않았기에 나디르는 할 수 없이 혼자 방에서 개심과(피스타치오) 껍데기나 까고 있었다.

'나처럼 침착한 남자는 여자 문제로 저렇게까지 애를 태우지 않는데 말이야. 애당초 이번에 부탁한 일은 내부 구조 확인뿐이라고. 탐문수사도 가능하면 해 달라는 정도였을 뿐이니까 어린애도 할 수 있는 일이잖아.'

역시 평지에서 자란 남자들은 각오가 덜 되어 있고 걱정도 많은 모양이다.

나디르는 우아하게 의자 등받이에 등을 기대고 앉아 어이가 없다는 표정으로 개심과를 입에 털어 넣었다.

이곳은 비주, 유곽 근처에 있는 작은 여관.

나디르가 금가의 저택을 빠져나와 유곽을 수색할 때 중간지점으로 확보해 놓았던 숙소다.

모두 함께 이 여관을 찾아온 것은 어제 이른 아침의 일이었다.

거기서 한나절 휴식을 취한 후 남자들은 적발을 앞두고 기루 포위를 시작했으며, 궁녀들은 거리를 돌아다니며 정보를 모으고 추녀들은 기루로 잠입하기 위해 천향각의 문을 두드렸다.

꼬박 하루가 지난 지금 청가 일행은 무엇을 하고 있을까.

같은 방 기녀들에게서 이야기를 듣고 있을까, 아니면 야간 연회 전 선배 기녀들에게 인사를 드리라며 준비실로 끌려갔을까.

'슬슬 부하들을 통해서 무슨 연락이 와도 이상하지 않을 시점이긴 한데.'

나디르 또한 개심과 껍데기를 까면서 다소 미간을 찌푸린 채 창밖을 내다보았다.

기루 부지 안까지 들어가진 못했을 뿐, 유곽 자체에는 잡상인으로 가장한 부하들이 꽤 많이 숨어 있다.

그들은 반 각에 한 번씩 천향각 앞을 지나갔기에 청가 일행이 지정된 벽 틈새에 편지를 끼워 넣거나 기녀들 방에서 창 밖으로 편지를 던지기만 하면 쉽게 연락을 취할 수 있다.

이미 기루에 잠입한 지 꼬박 하루.

기루 탐색에 한나절이 걸린다 해도 연락 두세 통 정도는 충분히 올 수 있는 시간이다.

——하지만.

『이봐, 잠입 이후로 벌써 꽉 찬 하루가 지나갔는데 청가 측에서는 아직 연락이 없는 건가?』

『죄송합니다, 전하. 저희도 눈을 크게 뜨고 벽을 쳐다봤는데 편지 한 통 없어서요.』

차를 마시는 척하며 여관에 보고하러 온 부하에게 물어도 하나같이 고개만 가로저을 뿐이다.

영국 여자들은 편지 한 통 쓸 줄 모르는군, 하고 코웃음을 치며 나디르는 개심과 껍데기 쪼개는 손에 힘을 조금 더 주었다.

뭐, 내부 구조도 입수쯤이야 어디까지나 보조적인 요소일 뿐이고 추녀들이 임무를 제대로 해내지 못한다 한들 적발 그 자체에는 큰 영향을 끼치지 못할 테니 전혀 걱정 따윈 되지 않지만.

반 각 후.

『하루 하고도 반 각이 지났는데 정말 연락이 없나? 서둘러 지나가느라 미처 못 본 게 아니고?』

『벽 틈새는 물론이고 반대편 통로 먼지까지 샅샅이 다 훑어봤습니다!』

인을 가장하고 여관에 보고하러 온 부하에게 물어도 여전히 편지는 없다고 했다.

『추녀들——특히 금가의 추녀님은 세르바 남자들 취향에 맞는 미인이니까 어쩌면 냅다 손님을 받게 했을지도 모르죠…….』

『손님?』

무심코 되묻자 부하가 수습하려는 듯 양손을 벌렸다.

『아니, 아무리 그래도 설마 들어온 첫날부터 손님을 받게 하지는 않을 거라 생각하지만요. 저희도 걱정이 된단 말입니다. 반 각이 더 지나면 또 보러 가겠습니다.』

『걱정? 하, 걱정이라. 묘한 소리를 하는군. 세르바의 남자는 이런 일로 속을 끓이지 않는다.』

껍데기를 쪼개는 나디르의 손길이 점점 빨라졌다.

딱히 적발 계획에 큰 지장이 갈 일도 아니고, 옆나라 추녀가 임무 때문에 억지로 손님을 받게 되었다 한들 자신이 안타까워할 일도 아니다.

'걱정 같은 게 아니고 이건 순수하게 예의의 문제다. 이렇게 연락이 늦어도 되는 건가? 아무리 그래도 너무 불경하지 않나?'

나디르는 빠각빠각 소리를 내며 껍데기를 까면서 부하에게 명령했다.

『순찰 빈도를 더 올려!』

그로부터 1각 후.

『이봐, 하루 하고도 1각 반이 지났는데 아직도 연락이 없나? 그냥 너희가 못 찾은 것 아냐?』

『농담 마십시오, 전하! 어둠 속 까마귀조차 구분할 수 있는 저희가 편지를 못 보고 놓치다니 말도 안 됩니다. 이미 예정했던 빈도의 세 배는 더 돌아봤다니까요! 편지가 안 오는 겁니다, 정말로!』

숙박객인 척하고 여관에 들른 부하까지 역시나 편지가 오지 않았다고 말했기에 결국 나디르는 자리에서 일어섰다.

옆 탁자에는 이미 개심과가 산더미처럼 쌓여 있었다.

껍데기를 너무 많이 깐 나머지 손가락 껍질이 벗겨지지 않을까 싶을 정도였다.

'이상해.'

이렇게 안전하고 간단한 임무인데 연락이 전혀 오지 않는다니.

전혀 걱정되지는 않는다——걱정되지는 않지만, 어쩌면, 혹시, 추녀들이 자신이 상상했던 것보다 훨씬 더 그런 세속적인 공간을 낯설게 여기는 바람에 잠입 수사를 실패한 것이 아닐까?

그렇지 않아도 금청가는 기가 세서 잠입 수사 중이라고 몸을 웅크리고 저자세로 나설 만한 인간이 아니다.

서국 남자 취향의 그 화려한 미모에 쌀쌀맞은 표정을 띤 채 복도를 성큼성큼 활보하고 있을지도 모른다.

'그럼, 당연히, 남자 눈을 끌겠지?'

아니, 아니, 설마. 기루에 들어온 지 하루밖에 안 된 여자가 술 따르는 훈련도 받지 않고 냅다 기녀로서 손님을 받을 리가 없다.

하지만――손님이 청가에게 한눈에 반해서 견습이든 뭐든 상관없다며 억지로 꼬드길지도 모른다.

'그렇다면, 당연히…… 그 여자니까 발로 걷어차겠지? 그리고 그런 짓을 당하면 대부분의 남자들은 더더욱 가슴이 설레겠지? 그럼 말이야…….'

따라서 나디르는 옆방으로 우당탕탕 뛰어 들어가서 문을 쾅 열었다.

"큰일이야! 내 말 좀 들어 줘, 경창, 진우――!"

참고로 '진우'라는 발음이 셰르바인에게는 어려운지 자꾸만 '진우―' 하고 발음을 길게 끈다.

"네?"

"무슨 일입니까?"

영국 남자들은 어째서인지 탁자 한가운데에 촛대를 놓고 그것을 빤히 들여다보고 있었으나, 나디르의 등장을 알아차리고는 당황한 표정으로 돌아보았다.

"진정하고 들어 봐. 청가가 지금 위험한 상황에 처해 있을지도 몰라!"

"설마 그쪽 부하를 통해 전언이 왔습니까?"

나디르가 요란하게 외치자 경창이라는 이름의 무관이 재빨리 몸을 일으켰다.

경창은 잠입 직전까지 추녀들에게 주의사항을 끊임없이 설명했던 곱상한 남자다.

상황을 들으면 기절할지도 모른다는 생각에 나디르는 목소리를 낮추었다.

“아니, 그 전언이 도무지 오질 않아. 놀랍게도 꼬박 하루 하고도 1각 반이 지나도 아무 소식도 없어.”

“…….”

곱상한 남자는 한순간 눈을 커다랗게 뜨는가 싶더니 미적지근한 웃음을 띠었다.

“아하…… 그렇군요.”

때는 나디르가 방으로 쳐들어오기 조금 전으로 거슬러 올라간다.

경창과 진우는 촛대를 둘러싸고 심각한 표정으로 토론을 벌이고 있었다.

“저기 말이야, 취관장님. 혜월 님의 염술 이야기를 나디르 전하께 말씀드려도 되지 않을까? 그러면 그분의 눈을 신경 쓰지 않고 언제나 염술로 대화를 나눌 수 있잖아. 오늘이나 내일쯤 염술 연락이 올 텐데, 그걸 확실하게 받을 수 있어.”

“아니, 이국인에게 도술의 존재를 밝히는 건 신중하지 못한 일이다. 사악한 술법 취급을 당할 우려도 있고.”

의제는 도술의 존재를 나디르에게 알리느냐 마느냐였다.

혜월이 사용하는 염술은 실로 편리하다. 이것의 존재만으로도 전투 승패까지 바꿔버릴 가능성이 있다.

경창의 제안은 몸이 바뀌었다는 사실은 숨기더라도 도술의 존재만은 밝힘으로써 이 잠입 수사를 보다 효율적인 작전으로 만들자는 내용이었다.

물론 그 배경에는 자신이 훌륭하다고 여기는 무언가를 충분히 자랑하고 싶다는 황가 핏줄 특유의 발상이 있었다.

"그런가~? 그 혜월 님의 불꽃을 한 번만이라도 본다면 사악한 술법이라고는 도저히 생각 못 할 텐데. 혜월 님은 연락 담당으로서 이 계획에서 가장 중요한 부분을 담당하고 있으니까, 내 입장에서는 나디르 전하가 그분을 좀 더 높이 평가해 주셨으면 해."

"영림 님도 그렇지만 왜 황가 인간들은 자기 마음에 든다는 이유로 주위에서도 그걸 꼭 높이 평가해야 한다고 생각하는 건지……."

한편 배타적인 성격의 진우는 내키지 않는 태도였다.

작전의 효율화를 위해서라는 이유는 이해 못 할 것도 없지만 딱히 주혜월의 도술을 평가받는 데에 대한 관심은 없었다.

"뭐? 오히려 왜 취관장님이 이해를 못 하는 건지 모르겠네. 자기가 힘을 실어주고 싶은 상대나 사물이 적절한 평가를 받지 못하면 답답하지 않아?"

"안타깝게도 현가 혈통의 인간에게는 그런 감정이 없다."

"그럴 리가 없을 텐데. 현가 혈통이야말로 한 번 감정의 둑이 터져버리면 다른 가문보다 훨씬 열렬하게 그 대상을 쫓아다닌다는 평판이 있잖아. 분명 취관장님도 언젠가는 온 마음을 다 쏟거나 감정을 전부 내주지 않고는 견디지 못하는 상대가——.”

“나타날 리 없다.”

놀림 섞인 경창의 말을 진우가 단호하게 가로막았다.

아주 잠깐, 툭하면 무모한 짓을 저지르곤 하는 황영림을 눈으로 계속 좇던 시기가 있기는 했으나 이미 그것은 잠깐의 혼란에 불과했다고 판단했다. 자신은 지금까지도, 또 앞으로도 그 누구에게도 마음을 주지 않고 살아갈 것이다.

완고한 진우의 태도에 경창은 토라진 듯 입가를 뒤틀었다.

“평판 운운은 그렇다 쳐도 어차피 그 왕자 전하라면 도술을 사악한 술법 취급할 것 같진 않아.”

“실제로 어떻게 반응할지는 모르는 일이지. 애당초 그렇게까지 해 가면서 염술에 대비할 필요도 없잖아? 술법이 연결되지 않으면 편지가 올 테니.”

진우는 싸늘하기 그지없었다.

잠입 전에 추녀들과 틈을 봐서 염술이나 편지로 한 번은 보고하라고 미리 이야기를 끝냈다.

그렇다면 얌전히 그것을 기다리는 게 좋지 않겠느냐고 진우는 생각했다.

‘안달 내 봤자 무의미해. 잠입 자체를 이미 끝낸 이상, 작전이 잘 풀리기를 기도하는 수밖에.’

그렇다. 누구보다 이 기루 잠입 작전을 반대한 진우였으나, 실행에 옮겨진 작전을 막으려 들 만큼 감정적이지는 않다.

이렇게 된 이상 차분히 작전을 성공으로 이끌어야 한다고 생각을 고쳐먹은 참이었다.

"큰일이야! 내 말 좀 들어 줘, 경창, 진우——!"

그때 문이 난폭하게 열리고 왕자가 성큼성큼 걸어들어왔기에 두 사람은 경계심을 끌어올리며 돌아보았다.

추녀들이 잠입할 때 그 누구보다 적극적이었던 남자가 지금은 얼굴이 새파래져 있다.

대체 무슨 일이 생겼는지 물어보니 왕자는,

"놀랍게도 꼬박 하루 하고도 1각 반이 지나도록 아무 소식도 없어."

라고 대답하는 것이었다.

진우는 할 말을 잃고 말았다.

"아하…… 그렇군요."

옆에 있던 경창의 반응도 미적지근했다. 염술 중시 통신을 선호하는 경창으로서는 고작 하루 연락이 안 되었다고 얼굴이 새파래질 이유가 없었다.

뭐니 뭐니 해도 여기 있는 두 사람은 툭하면 폭주하며 보고, 연락, 상의를 소홀히 하는 추녀들에게 수도 없이 휘둘린 남자들이다.

기본적으로 추녀들은 이쪽에서 아무리 걱정하든 신경도 쓰지 않고 제 발로 사건에 말려들러 가곤 한다.

잠깐만 눈을 떼도 우물에 빠지고, 물고문을 당하고, 황제와 직결 담판을 짓는 등 놀라운 상황에 빠지기 일쑤인데 겨우 하루 연락이 되지 않았다는 사실로 조급해할 필요는 전혀 없지 않은가.

애당초 염술이 없다면 편지 보고는 2, 3일에 한 번이 기본이며 그것을 반 각 단위로 '아직이냐, 아직이야?' 하면서 재촉하는 것은 아무리 그래도 너무 초조해 보인다.

"추녀들은 본래 '틈을 보아 반드시 연락하겠다'고밖에 하지 않았습니다. 그렇게 걱정하실 필요까지는 없지 않겠습니까?"

경창이 냉정하게 지적했지만 나디르는 개탄스럽다는 듯 양손을 벌렸다.

"무슨 그런 태평한 소리를! 연락 수단이 이미 갖춰져 있는데? 그런데 연락두절이라니, 이건 말도 안 돼!"

"아니, 잠입한 지 겨우 하루밖에 안 됐는데 벌써 연락두절이라뇨……."

"연락두절이지! 파국을 맞은 부부도 이보다는 빈번히 연락을 나누겠다!"

"예에?"

나디르의 말에 따르면 셰르바 사람들은 매우 수다스러워서, 장사 동료나 부부지간일 경우 하루 온종일 차를 마시며 수다를 떨며 부부끼리는 아침과 밤에 서로 사랑을 속삭이는 일을 잊지 않는다고 한다.

출근 때문에 떨어져 있어야 할 경우에도 아침에는 아내가 남편에게 편지를 건네고, 낮에는 남편이 아내에게 꽃을 보내며, 저녁에는 아내가 답례의 말을 전하는 식으로 빈번히 연락을 취하기 때문에 셰르바 안에는 꽃집이나 저렴한 가격으로 편지를 전달하는 운반상이 넘쳐난다는 이야기였다.

"셰르바의 남자들은 마음에 드는 여자가 있으면 반드시 옆에 두고 철저하게 사랑을 쏟는 기질이 있지. 말해 두겠는데 셰르바의 여자들도 누군가와 하루에 열 번 정도는 왕복하여 연락을 주고받는 것이 보통이다. 잠입이라는 임무의 성질상, 그리고 영국인이라는 점을 감안하여 이래 봬도 요구수준을 꽤 낮췄다만?!"

"그렇게 번거로울 수가……."

"굉장하군요, 서국 분들은……."

편지를 쓰기 귀찮아하는 사람의 대표격인 진우는 물론이고, 꽤 바지런히 편지를 쓰는 축에 들어가는 경창조차도 셰르바의 연락 사정을 듣고는 표정을 일그러뜨렸다.

물을 건너가면 뭐든 달라진다고 한다. 만일 담백한 영국인이 전형적인 서국인과 결혼한다면 열정 차이에 당황할 것이 틀림없다.

"뭐, 추녀들은 지금 수사에 집중하고 있을 거라 생각합니다."

"역시 너무 무거운 짐을 짊어지게 한 걸까? 기루 내부 구조를 알아 오라니, 온실 속 화초 같은 아가씨인 청가에게는 아무래도 무리한 이야기였던 거다! 아아, 이건 내 실수야!"

"예?"

어째서인지 자책하며 머리를 쥐어뜯기 시작한 나디르에게 경창과 진우는 무심코 떨떠름한 눈길을 던지고 말았다.

"무슨 말씀을 하시는 겁니까? 애써 잠입했는데 고작 기루 내부 구조나 알아내고 끝이라니, 그런 애매한 짓은 안 하죠."

"그 추녀들이라면 비밀 방이나 비밀 장부가 없는지 샅샅이 조사하고, 수상쩍은 재료가 유입되지는 않는지 꼼꼼히 찾아보고, 기녀들 전원에게 탐문 수사를 하여 관계자를 색출하는 데까지 해낼 것이라 사료됩니다."

"중요 참고인이 있으면 정보 수집이나 교섭에 직접 나설지도 모르지. 그렇지, 취관장님?"

막힘없이 떠들어대는 영국 남자들을 나디르는 잠시 말을 잃고 응시하다가 느닷없이 외쳤다.

"그건 너무 위험하잖아?!"

"아니, 전하가 원하신 게 그런 것 아니었습니까?!"

"그래서 저도 반대했던 겁니다만."

고개를 갸웃하는 남자 둘을 보고 나디르는 경악했다. 아무래도 여기에 이르러서야 겨우 나디르와 영국 사람들이 생각하는 '수사 협력' 사이에 큰 차이가 있었다는 사실을 알아차린 모양이었다.

"잠깐, 잠깐. 영국 여자들, 너무 엄청난 것 아니야……?"

'생각보다 쓸모없다'가 아니었다.

알고 보니 자신은 상상을 한참이나 뛰어넘는 수준의 협력을 요구한 셈이었기에 나디르는 당혹스러워졌다.

이렇게 영국인도 서국인도 서로의 생태에 공포를 느끼는 신기한 구도가 탄생했다.

『그보다 말리지 않은 남자들도 문제가 있잖아. 하나같이 각오가 지나쳐도 너무 지나쳐……. 영국인, 무섭네…….』

방금 전과는 정반대의 감상을 중얼거리던 나디르는 퍼뜩 놀라며 몸을 내밀었다.

“잠깐, 어떻게 연락 좀 취할 수 없겠나?! 나는 그 정도까지를 요구하진 않았어! 기루 내의 정보를 어느 정도 파악하고 나면 빨리 철수시켜, 철수!”

“아무리 그러셔도 기본적으로 추녀들의 연락을 기다리는 것 말고는 도리가 없는 상황입니다.”

“무슨 태평한 소리를! 젠장, 나는 부하들에게 천향각에 더 높은 빈도로 접촉하라고 명령하고 오겠다!”

정신없이 발길을 돌리려 하는 나디르에게 진우가 한숨을 내쉬며 말을 걸었다.

“너무 접촉 빈도를 높이면 상대방 쪽에 작전이 노출됩니다. 그렇게 걱정하지 않으셔도 추녀들과 연락을 취하는 데에는 편지 이상으로 확실한 방법이 있습니다.”

“그래?!”

“네, 염——.”

“취관장님.”

하지만 염술을 언급하려는 진우의 말을 경창이 가볍게 가로막았다.

“**전서구**의 존재를 전하께 그리 가볍게 밝히는 건 그리 바람직해 보이지 않는데. 그건 우리 형님의 비둘기이고 일단은 국가기밀에 속하는 사항이야.”

“전서구?”

갑자기 튀어나온 ‘비둘기’라는 말에 진우는 의아한 얼굴로 미간을 찌푸렸다.

이 임무에서 전서구는 한 번도 사용된 적이 없을 터였다.

그러자 이야기를 듣고 있던 나디르가 재빨리 손가락을 들이밀며 고함을 질렀다.

"비둘기?! 전서구라고 했지, 똑똑히 들었다! 그러고 보니 어제부터 이 주위를 비둘기가 자주 날아다니는 것 같더라니, 그게 너희가 이용하는 비둘기였군!"

"그런 건――."

"아아! 취관장님에게조차 감추고 몰래 날렸는데, 그걸 꿰뚫어 보셨군요."

진우가 부정하려 하자 그 말 역시 경창이 서둘러 가로막았다.

요란한 동작으로 양손을 벌리며 "역시 전하이십니다" 하고 나디르를 추어올리면서 한편으로는 진우에게 살짝 눈짓한다.

'비밀.'

'오해에 편승하라니…….'

진우는 내키지 않는 기색을 보였으나 나디르는 혼자 납득했다.

"사실 경창 주변에서 유달리 비둘기가 자주 날아다니는 모습을 보고 의아하게 여기던 참이었다. 단순히 동물을 좋아하는 줄 알았는데, 내게 비밀로 하고 연락 수단을 확보해 놓았었군! 이런 비밀주의자 같으니."

흥 하고 코웃음을 친 나디르가 성큼성큼 걸어나갔다.

"뭐, 좋다! 그렇다면 너희는 너희대로 어서 연락을 취하도록! 나는 나대로 연락을 시도하겠다. 아무튼 남자라면 여자를 너무 위험한 상황에 빠뜨려서는 안 돼!"

문을 닫기 전 다시 한 번 삿대질을 한 뒤 소란스러운 왕자는 사라졌다.

남겨진 진우는 잠시 아무 말 없다가 옆에 있던 경창을 흘끗 쳐다보았다.

"……저 왕자라면 염술을 환영할 것 같다고 말한 건 귀공 아니었나?"

"아니, 환영의 수준을 넘어서 혜월 님을 무지막지하게 착취할 것 같다는 생각이 들어서."

"방금 전까지 주혜월의 도술 재능을 더 높이 평가받고 싶다고 했던 것 같은데."

"지나치게 파고들 것 같은 상대에게 소개하는 건 좀 그래. 괜히 눈에 들기라도 했다가는 골치 아파져."

행동의 모순을 지적해도 경창은 머쓱한 표정 하나 없이 양손만 벌렸다.

경창은 스스로를 이성적인 부류라고 생각하는 모양이지만 진우가 보기에는 상당히 변덕스러운 사내다.

"——이런, 왠지 불꽃이 흔들리는 것 같지 않아?"

그때 문득 탁자에 놓여 있던 촛대의 불꽃이 스르르 기묘하게 흔들리는 모습을 경창이 발견했다.

"온다."

대단한 관찰력이었다. 마치 그 말에 응답하기라도 하듯 촛불이 훅 부풀어 올랐다.

아마 이것은 불꽃 너머에서 혜월이 기를 짜내는 상황인 듯했다.

"대단한데. 염술에 무슨 전조라도 있나?"

"아니, 딱히? 하지만 누군가를 생각하다 보면 그 상대에게서 문득 연락이 오는 일은 가끔 있지 않아?"

"감이 어마어마하군. 경창 공도 일종의 도술사인가?"

"도술사라니. 이런 건 그냥 감이랄까, 관찰안의 일종이야."

놀라는 진우 앞에서 경창은 어이가 없다는 듯 어깨만 으쓱했다.

"관심을 갖고 있으면 자연스레 그 대상을 관찰하게 되지. 관찰하다 보면 자연스레 사소한 위화감과 변화를 눈치 챌 수 있어. 항간에서 말하는 '감'이란 타인을 향한 관심과 무의식 속의 방대한 관찰이 가져다주는 결과라고 나는 생각해. 취관장님도 주변에 더 관심을 가져 봐."

"……무관으로서의 감이 부족하다고 우회적으로 말하는 건가?"

"설마! 인간으로서의 사랑이 부족하다고 말했을 뿐이야."

이건 일종의 험담이 아닐까.

하지만 진우가 무어라 대꾸하기도 전, 불꽃 속에 세 추녀들의 모습이 나타나기 시작했으므로 진우는 대화를 끊었다.

경창으로 말할 것 같으면 상대의 얼굴이 잘 보이도록 열심히 촛대의 각도까지 조절하고 있었다.

'이건 임무보고라기보다는 거의 밀회로군.'

이런 경우에 황경창이 마치 밀회라도 하듯 열을 올리며 연락을 취하려 하는 상대는 과연 사랑하는 여동생일까, 아니면 다른 인물일까.

'어처구니가 없어.'

어쨌거나 자신과는 상관없는 일이다.

아무리 주위에 관심을 가지라고 해도 현가 핏줄은 늘 싸늘하게 얼어붙어 있으니 어쩔 수가 없다.

진우는 시시한 생각을 떨쳐버리고 새삼 불꽃을 돌아보았다.

『지금 잠시 시간 괜찮으실까요? '천향각'에 대해 알아낸 사실을 몇 가지, 보고 드리고자 합니다.』

불꽃 중앙에 자리를 잡고서 제일 먼저 입을 연 사람은 주근깨 추녀――즉 황영림이었다.

『저희는 지금까지 각자 하녀와 신입 기녀로서 기루 탐색을 진행했습니다. 거기서 알게 된 사실은――.』

영림이 시원시원하게 보고를 시작했다.

『즉, 현 시점에서는 수상한 장소를 찾아내지 못했다는 뜻입니다. 아직 들어가 보지 못한 장소로는 욕실과 술 창고, 향당과 연회장이 있고 그곳의 관리는 천화가 맡고 있습니다. 그러므로――.』

그 막힘없는 말투에는 듣는 사람을 불안하게 만들 요소가 전혀 없었으나, 어째서인지 진우의 가슴속에는 묘한 위화감이 피어났다.

'뭐지?'

이 추녀를 앞에 둘 때마다 진우는 때때로 그런 감각을 느낀다.

오감이 제멋대로 날카로워지고 상대의 상황을 무엇 하나 놓치지 않기 위해 집중하려 드는 감각.

물론 그것은 이 추녀가 늘 무모한 짓만 저질러 온 실적의 소유자이기 때문이라고 생각하지만.

『——따라서 지금까지 순조롭게 수사를 진행했으니, 저희는 이대로 패향연이 열리는 동안에도 조사를 이어가려 합니다. 청가 님과 혜월 님은 계속해서 기녀로서 자인의 발을 연회장에 묶어 놓고, 그 사이 저는 기루 안을 더욱 조사하겠습니다.』

"그런데 지금 너희가 있는 곳은 어디지?"

그래서 진우는 보고가 일단락된 틈을 타 질문을 던졌다.

"아까부터 유난히 주위가 어둡고 조용한 것이 신경 쓰인다만."

그렇다. 영림 일행이 기녀들 방의 한구석 어딘가가 아니라 묘하게 어둡고 너저분한 공간에 있는 듯 보였던 것이다.

『네?』

상대는 극히 짧은 한순간 눈을 크게 뜨더니 금세 온화한 미소를 지었다.

『실은 저희, 몰래 기루 내 창고에 숨어들었답니다. 이곳이라면 보는 눈과 듣는 귀가 없으니 마음껏 염술을 사용할 수 있기 때문이지요.』

실로 자연스러운 미소와 설명이었다.

하지만 매와 같다고들 하는 진우의 눈은 그 깊은 곳에 숨겨진 얼버무림의 빛을 놓치지 않았다.

"——정말인가?"

추궁의 기세를 늦추지 않는 진우를 경창이 흘끔 쳐다보았다.

그러더니 경창 자신도 씩 웃으며 이렇게 입을 열었다.

"저기, 실은 나도 신경 쓰이던 부분이 있었어. 혜월 님, 뺨이 좀 부어 있는 것 같은데?"

『어……?』

불꽃 너머에서 '황영림'의——즉, 혜월의 갈라진 목소리가 울려 퍼졌다.

경창은 생글생글 웃으며 고개를 살짝 갸웃했다.

"혜월 님, 화 안 낼 테니까 영림하고 잠깐 자리 바꿔서 불꽃 한가운데에 서 볼래?"

『아뇨, 작은 오라버니. 이번 보고는 제가…….』

"어서 나와."

옆에서 말리려고 하는 영림을 제지하고 경창은 딱 한 번 되풀이했다.

혜월은 이쪽에서 볼 때 왼쪽, 즉 영림의 오른쪽에 있었으나 경창이 재촉하자 머뭇거리면서 불꽃 한가운데 위치로 자리를 옮겼다.

그때 영림과 재빨리 눈짓을 나누는 모습을 진우는 놓치지 않았고, 경창 또한 자연스러운 동작으로 고개를 살짝 기울이는 혜월의 모습을 놓치지 않았다.

"왜 엉뚱한 방향을 쳐다보고 있는 거야? 정면을 한 번 바라봐 줄래?"

『아니, 그…….』

"여길 봐."

단호한 경창의 말에 겁먹은 듯 입을 꾹 다문 혜월이 조심스럽게 얼굴을 정면으로 향했다.

붉게 흔들리는 불꽃의 윤곽 속에 떠오른 아름다운 '황영림'의 얼굴은 딱히 붓거나 붉게 물든 곳이 없었지만 혜월과 시선을 마주한 순간 경창은 미간을 찌푸리며 단언했다.

"역시 뺨이 부었잖아. 그 위치…… 따귀를 맞았구나?"

평소보다 목소리가 낮았다.

옆에서 듣던 진우 또한 지적을 받은 순간 식은땀을 흘리기 시작한 영림에게 물었다.

"이게 '순조롭게 진행되는 수사'라고? 아무리 봐도 위험한 일을 겪은 것 같다만."

"게다가 청가 님, 당신은 왜 머리에 피백을 쓰고 있지? 당신도 왠지 불꽃 끄트머리에만 머물러 있고 중앙으로 나오려 하질 않는 것 같은데?"

『아뇨, 저는 그냥 영림 님께 보고를 맡겼을 뿐이에요. 피백도, 그러니까 이건, 창고 안이 아무래도 쌀쌀하다 보니…….』

내내 불꽃 가장자리에만 비춰지던 청가는 이름을 불리자 횡설수설했다.

영림만큼은 아니지만 청가 또한 거짓말을 그리 선호하지 않는, 아니, 거짓말이 서툰 성격이었다.

"흐음, 쌀쌀하다고? 불꽃 바로 앞에 있으면서? 청가 님, 당신도 맞았구나? 어디 보여줘 봐."

『아뇨, 저어…….』

동요하는 청가를 감싸려는 듯 혜월과 영림이 차례차례 나섰다.

『경창 님, 여성의 복장에 트집을 잡는 건 실례 아니야? 청가 님은 지금 피백을 쓰고 싶은 기분인 거야.』

『작은 오라버니, 지금은 보고하는 자리에요. 저희 작전에 변경

사항은 없으니, 그렇다면 예정대로 내일 패향연에서 만나도록 해요. 나디르 전하께도 잘 부탁드린다고 전해 주――.』

"만일 지금."

하지만 금방이라도 불꽃을 향해 숨을 불어 꺼뜨릴 기세의 추녀들에게 경창이 단호하게 말했다.

"너희가 불꽃을 끈다면 긴급사태가 일어났다고 판단하고 우리는 즉시 천향각으로 쳐들어갈 거야."

"그렇군. 추녀들 전원을 기절시켜서라도 기루에서 데리고 나와야겠어."

진우가 옆에서 덧붙이자 세 추녀들은 사이좋게 동시에 경직되고 말았다.

『예……?』

"당연하잖아? 수사 도중이든 나디르 전하의 예정이 틀어지든 말든 내 알 바 아니야. 너희 의사를 존중해주고 싶지만 그건 너희의 안전이 지켜지고 있을 때의 이야기지. 너희를 지금 당장 수사에서 제외하겠어."

경창은 말이 끝나자마자 자리에서 일어나 방 밖으로 나가려는 자세를 취했다.

"가급적 신속히 달려갈 테니 얌전히 기다리고 있어."

『자, 잠깐만 기다려, 경창 님!』

『기다려 주세요, 작은 오라버니! 아직 불을 끄지 않았어요!』

혜월과 영림이 불꽃 너머에서 매우 당황하는 모습을 보이자 경창이 씩 웃으며 돌아보았다.

"그럼 사정을 털어놓도록 해. 이런 건 일방적으로 염술을 꺼버린 거나 마찬가지잖아."

『알겠어요! 이야기할게요! 경위를 전부 보고할게요!』

드물게도 황영림이 열세에 몰리는 모습을 보고 진우는 무심코 경창에게 존경의 눈빛을 보낼 뻔했다.

무모하고 대책 없는 추녀를 과보호 오라비가 어떻게 설득할지 의문을 품고 있었는데, 그랬다. 경창은 이런 방식으로 여동생을 장악하고 있었던 것이다.

"응, 전부 다. 조금이라도 생략하면 가만히 있지 않을 거야."

마지막으로 그렇게 못 박는 일까지 잊지 않은 오라비 앞에서 영림은 벌레 씹은 표정으로 다시 보고하기 시작했다.

첫날 수사는 순조로웠으나 상급 기녀들과 얼굴을 마주하는 자리에서 천화의 분노를 사서 청가가 머리카락을 잘린 일. 혜월과 함께 창고에 갇힌 일.

그 이유가 천화 금요가 청가의 소꿉친구였으며, 개인적 감정 때문에 청가를 멀리하려 했기 때문이라는 일. 영림이 교섭에 나섰으나 결렬되었고 영림 자신도 이렇게 창고에 갇힌 일.

하지만 금요가 청가의 소중한 친구라는 사실은 변함이 없으며 어떻게든 사건을 해결하여 마약에서 벗어나게 해 주고 싶다는 이야기. 그러기 위해 패향연에서 자인을 묶어 놓고 그 한편으로 청가가 다시 금요와 대치할 생각이라는 일——.

이야기 도중 청가가 피백을 벗자 남자들은 눈을 휘둥그렇게 떴고, 더욱 자세한 이야기를 들은 후 경창은 어이가 없다는 듯 탄식했다.

“……이게 다 뭐야? 생략된 정보가 훨씬 많았잖아.”

『죄송해요, 작은 오라버니…….』

『하지만 다 이야기하면 분명 돌아오라고 할 게 뻔했으니까.』

영림과 혜월이 각자 시선을 피하는 가운데 침묵을 지키고 있던 청가가 몸을 불쑥 내밀었다.

『부탁드릴게요. 저희가 이대로 계속 수사할 수 있게 해 주세요.』

“청가 님?”

『물론 제가 머리카락을 잘린 일은 사실이고, 가벼운 따귀도 맞았지만 그게 전부입니다. 이미 수사해야 할 장소와 추궁할 대상은 정해져 있습니다. 승부처를 코앞에 두고 물러나다니, 그럴 수는 없습니다.』

청가는 지배인이 외부 순찰에서 돌아오면 자신들은 금세 창고에서 풀려날 테고, 연회에도 참석할 수 있으리라는 계산을 하고 있는 모양이었다.

『저는 반드시 연회 자리에서 금요와 얼굴을 마주하고 싶습니다. 금요를 붙잡아야 한다면 꼭 제 손으로. 이대로 끝날 수는 없어요.』

요컨대 나디르 일행이 마약 밀매범으로서 금요를 체포하기 전, 이쪽에 붙으라고 설득하겠다는 뜻이었다.

“하지만 청가 님, 머리카락을 잘렸다는 건 추녀인 입장에서 상당히 큰 피해일 텐데. 그런 상태에서 연회라니——.”

『아뇨, 이렇게 된 이상 머리 길이 따위는 문제가 되지 않아요.』

『저도 부탁드릴게요, 작은 오라버니.』

눈에 힘을 주는 청가 옆에서 영림 또한 말을 거들었다.

『중요 인물인 금요 씨에게는 마약에 손을 댈 수밖에 없었던 사정이 있을 거예요. 하지만 서국 왕자 전하께서 체포하신다면 참작을 요청드릴 수도 없겠죠. 저희 손으로 해결하고 싶은 건 당연한 일이에요. 게다가…….』

가슴 아래에서 맞잡았던 양손으로 주먹을 불끈 쥐었다.

『저 역시 혜월 님을 괴롭게 만들었던 패거리와 마약을 제 손으로 처단하고 싶어요.』

『그런 이유는 됐고!』

낮게 중얼거리는 내용을 듣고 옆에 있던 혜월이 관자놀이를 꾹 눌렀다.

하지만 혜월 또한 심각한 표정으로 몸을 내밀었다.

『당신들이 지금 당장 달려와서 우리를 기루에서 구출한다면 지배인과 기루 주인도 당연히 수상하게 여길 거야. 경계하는 바람에 패향연 자체가 중지되기라도 했다가는 나디르 전하의 마약 적발 계획도 수포로 돌아가.』

“천칭에 나란히 달아 보고, 그래도 상관없다고 생각했기 때문에 말한 건데.”

『황가의 천칭은 도무지 제구실을 못 하잖아! 개인 감정에 너무 크게 좌우돼!』

혜월은 얼굴을 새빨갛게 붉히며 발을 굴렀다. 정말로 감정이 풍부한 여성이다.

『애당초 달려온다는 것 자체가 무리잖아?! 기루는 남자 하인들의 출입조차 엄격히 통제되기 때문에 얼굴을 아는 경호원이 아니면 부지에 들어올 수조차 없어. 그래서 우리가 잠입한 거잖아. 당신들, 남자들이 숨어들 방법을 생각하다가는 시간이 다 가서 결국 패향연 시각이 되어버리겠어!』

물론 그 발언에도 일리가 있다.

세 추녀들이 모두 고집스럽게 입을 꾹 다문 모습을 보고 경창이 깊은 한숨을 내쉬었다.

"알았어. 그럼 지금 당장 너희를 수사에서 제외하는 건 취소할게. 우리는 당초 예정대로 패향연 적발에 맞춰 움직이겠어. 단, 절대 무리는 하지 마."

참지 못한 진우도 덧붙였다.

"그대로 창고에 틀어박혀 연회에 나가지 않는 편이 우리로서는 차라리 안심이 된다만."

『하지만 청가 님과 혜월 님이 연회에 나가서 경호원들의 주의를 끌어 주시면 그 사이 제가 기루 안을 빈틈없이 수색할 수 있어요. 그게 가장 효율적이에요.』

재빨리 영림이 대꾸했기에 진우는 무심코 미간을 찌푸렸다.

"효율이 아니라 안전의 이야기다."

『그럼요. 맞아요, 안전! 저도 안전을 참 좋아한답니다.』

『물론 조심할 거야.』

『안전을 최우선으로 고려하겠습니다.』

영림이 등을 곧게 펴고 대답하자 혜월과 청가도 모범생 같은 대답을 했지만 도무지 안심할 수가 없었다.

"정말 알고는 있는 건가──."

"그만 됐어, 취관장님. 이렇게 된 이상 추녀들이 우리 이야기를 들을 것 같진 않아."

촛대를 향해 몸을 들이밀고 있던 진우를 뜻밖에도 경창이 말렸다.

"일단 염술은 한 번 끊을게. 패향연은 내일 술(戌)시라고 했지? 나디르 왕자와 상의해서 최대한 빨리 쳐들어갈 테니까 그렇게 알고 있어."

『네, 작은 오라버니! 정말 좋아해요.』

"나도야."

얼굴이 환해진 영림에게 다정한 미소를 지어 준 후, 경창은 촛불을 불어 껐다.

진우는 잘생긴 얼굴에 노골적으로 불만을 띤 채 탁자를 가볍게 내리쳤다.

"아무리 동생을 지극히 사랑한다고는 해도, 너무 원하는 대로 다 들어주는 것 아닌가?"

"그래 보여?"

"그렇고말고. 추녀들이 영림 님의 무모하고 대책 없는 행동에 휘말리고 있다는 사실을 알면서 손가락이나 빨며 가만히 지켜보라니."

"뭐? 누가 가만히 지켜본다고 했어?"

하지만 경창의 천연덕스러운 대꾸에 진우는 당황했다.

"어?"

"취관장님, 괜찮은 옷 한 벌 가져왔어? 그리고 금. 나는 이 옷과 허리띠로 할까 싶은데, 상인 가문의 아들이라면 더 화려한 게 나으려나? 아니면 한몫 잡은 선원이라고 하는 게 더 그럴싸해?"

돌아보니 경창은 일찌감치 촛대에 등을 돌리고 어째서인지 옷꾸러미 속 의상들을 뒤적거리고 있었다.

"대체 무슨 말을 하는 거지?"

"아니, 기루의 손님이 되려면 그래도 씀씀이가 후해 보이는 차림새가 좋을 것 같아서."

"기루의 손님?"

기루의 손님이라니, 그 말인즉 기루에 여자를 사러 가는 남자를 의미하는 단어가 아닌가.

아연한 표정의 진우를 향해 경창이 단호히 말했다.

"뭘 우두커니 서 있어? 손님으로서 천향각에 입장하자고."

"뭐?"

이야기를 따라가지 못한 진우는 입만 딱 벌렸다.

그러는 사이에도 경창은 차례차례 옷과 장신구를 꺼내서는 이건 수수해, 이건 색이 서로 충돌해, 라며 훑어보고 있었다.

"잠입 수사 현장에 당당히 얼굴을 드러내고 찾아가는 인간이 어디 있지?"

"아니, 남자 하인으로서 잠입하는 게 불가능한 이상 손님으로서 정면으로 들어가는 게 낫잖아."

"그건 그렇지만……. 아니, 방금 전에 경창 공은 '피향연 적발까지 기다리겠다'고 하지 않았나?"

"아니, '적발에 **맞춰** 움직이겠다'고 했지. 나는 약속 장소에 조금 일찍 도착해서 대기하는 걸 선호하거든."

즉 패향연이 열리기 전, 한 발 앞서 기루에 가 있겠다는 말이었다.

아무리 그래도 거사일 전날부터 가 있는 건 '조금 일찍'의 범위를 뛰어넘는다.

"'정말 좋아해'라고 말한 그 입에서 침이 마르기도 전에……."

"나는 말이야."

사랑하는 동생과 추녀들과의 약속을 손쉽게 배신하려 하는 경창은 어이없어하는 진우 앞에서 머쓱해하지도 않고 웃었다.

"내 동생을 진심으로 사랑하고 아껴. 하지만 신용하진 않아."

목소리에도 표정에도 적의는 없다. 그런데도 싸늘하게 느껴졌다.

깊은 애정과 신중함을 모순 없이 양립시키는 이 남자에게서 진우는 황가의 피를 느끼지 않을 수가 없었다.

"추녀들도 멋대로 행동하고 있으니 나 역시 멋대로 달려갈 생각이야."

옷을 다 골랐는지 무관복 상의를 벗던 경창은 문득 진우를 돌아보더니 "으음—" 하고 불만스러운 듯 고개를 갸웃했다.

"취관장님의 얼굴은 아무리 감춰도 너무 예쁘장하단 말이지……. 차라리 그 파란 눈을 당당하게 드러내고 이국에서 온 남자 예인이라는 방향으로 갈까?"

"모욕인가?"

진우는 저도 모르게 검에 손을 짚으려 했으나 경창은 "농담이야" 하고 가볍게 흘려보냈다.

"하지만 실제로 벽안의 취관장님이 손님으로 찾아가면 너무 강렬한 인상이 남을 테니 그쪽에서도 수상하게 여길 거야. 역시 여기서는 나 혼자만 기루의 손님으로――."

"이봐, 큰일 났어!"

그때 갑자기 문이 열리고 남자가 들어왔다.

물론 옆방에서 뒹굴던 나디르였다.

"청가 쪽이 자꾸 신경 쓰여서 부하들 순찰 횟수를 늘린 게 화를 불렀어. 그중 한 명이 아무래도 천향각 경호원의 시선을 끈 것 같다고――."

성큼성큼 걸어 들어오던 왕자는 진우 앞에서 맨살을 드러낸 경창을 보고 눈을 커다랗게 떴다.

"뭐야, 뭐야? 즐기던 중이었나?"

"모욕입니까?"

경창은 웃으며 단호하게 말한 뒤 정색을 하고 나디르를 돌아보았다.

"실은 방금 전 저희도 추녀들에게서 보고를 받고 그들이 현재 상상 이상의 위기에 말려들어 있다는 사실을 알았습니다. 수사에서 제외하려 하자 거부하면서 사태를 감추려 하기에 그냥 저희 쪽에서도 기루 손님인 척하며 쳐들어가려던 중이었습니다."

침대에 펼쳐 놓았던 여러 의상들 중 한쪽에 따로 모아 놓은 옷을 가리키며 경창은 말을 이었다.

"남자 하인으로 변장하고 잠입하는 건 어려워도 손님으로서는 들어가기 쉬울 겁니다. 신분증이 필요하다 해도, 다행히 청가 님이 성화 님에게서 받아 놓은 금가 영주의 금인(金印)이 이 여관에 보관되어 있죠. 유복한 상인 가문의 아들 정도는 쉽게 사칭할 수 있습니다."

"즉 내일 있을 패향연 적발을 기다리지 않고, 너희끼리만 단독 행동에 나서고 싶다고?"

"그렇습니다. 협력을 자청해 놓고서 죄송하지만, 내일 적발은 전하와 전하의 부하들끼리만 실행해 주셨으면 합니다. 추녀들에게서 들은 내부 구조는 알려드릴 테니까요."

"그건 허락할 수 없어."

방 안에 긴장감이 감돌았다.

눈을 살짝 가늘게 뜬 경창을 향해 나디르는 차갑게 턱을 치켜들었다.

"알고는 있는 건가? 나는 왕자다. 그리고 너희는 일개 무관에 불과하지."

"실례지만 이번 수사 협력은 어디까지나 저희의 선의에 의해 성립되었을 뿐입니다. 아무리 당신의 신분이 왕자라 해도 타국의 무관에게 명령을 내릴 권한은……."

"아무것도 모르는군!"

경창의 말을 가로막은 나디르가 손에 들고 있던 무언가를 침대로 쿵 던졌다.

이불에 파고들 정도로 무거운 그것은 아무 특징도 없는 자루였다.

하지만 묶여 있지 않은 주둥이를 통해 엿보이는 것은――주먹만한 크기의 금덩이였다.

"?!"

"나는 대륙 최고의 부자다! 너희는 그런 하찮은 금을 가지고 기루를 찾아갈 생각이란 말이냐?!"

나디르가 던진 자루는 공교롭게도 경창이 침대에 늘어놓았던 지갑 바로 옆에 떨어졌다.

경창도 장래가 유망하다고들 하는 다섯 가문의 아들이다. 어느 정도 벌이도 있고 지갑도 꽤나 고급스럽다.

하지만 화려한 아름다움을 사랑하는 셰르바 왕국의, 거기서도 유별나게 화려한 것을 좋아하는 왕자에게 걸리면 무관의 수입 따위는 어린애 용돈이나 다름없다.

"어디 보자. 너희, 기루에 제대로 놀러가 본 적도 없고 평소에 검만 휘두르며 지냈겠지? 하— 기루에 손님으로 찾아가려면 온몸을 아주 화려하게 치장해야만 해. 황금 허리띠는 어디 있나? 공작 깃털과 보석으로 신발까지 꾸며야지. 향수는? 선물은? 꽃 정도는 준비했겠지? 붉은 융단은?"

"아뇨, 영국의 남자는 기루에 갈 때 그렇게까지는……."

"저런, 그렇게 구두쇠였나? 영국 남자들이란! 그래서 기루에서는 서국 사람만 환영받는 거야. 돈 씀씀이가 후하니까! 내가 가는 이상 이런 칙칙한 옷과 하찮은 금은 허락 못 해."

정신없이 날아드는 그 말을 듣고 경창과 진우는 얼굴을 마주보았다.

"……'내가 가는 이상'?"

"그렇고말고."

나디르는 지극히 당연하다는 태도였다.

"적발에 대비해서 부하들을 유곽에 배치해 두었지만 그것도 적이 이미 눈치를 채고 말았다. 자인은 내일까지 태평하게 패향연을 기다리지는 않겠지. 이르면 오늘 밤, 자금만이라도 회수하러 올지 몰라. 따라서 나도 오늘 움직인다. 그 말을 하러 온 것이었지."

"——!"

경창과 진우는 눈을 휘둥그렇게 떴다.

"즉, 적발을 하루 당기겠다는 말씀이십니까?"

"아니, 자인의 도망을 막기 위해 지금 대부분의 부하들을 항구와 길 경계에 배치해 놓았다. 그러면 기루 적발에 동원할 수 있는 인원은 스무 명도 되지 않아. 이걸로 기루 전체를 한꺼번에 제압할 수는 없으니, 중요 인물 구속으로 목표를 바꿔서 나도 몰래 기루에 잠입하기로 했다."

나디르는 거기서 입꼬리를 쓱 끌어올렸다.

"몰래——손님으로서 말이지."

"결과적으로 제일 눈에 띄는 방법 아닙니까?"

진우가 나직이 중얼거렸지만 화려한 것을 좋아하는 왕자는 양손을 크게 벌렸다.

"하지만 어쩔 수 없잖아. 화려한 인간이 눈에 띌 수밖에 없는 건 신께서 결정한 숙명이니! 괜찮아. 천향각은 출자자가 자인인 만큼 셰르바인 손님이 많으니까. 셰르바식 목욕탕을 대대적으로 홍보할 정도이니 말이지."

즉 서국식 풍모를 지닌 나디르가 기루를 방문한다 해도 '이국인 손님'이라는 요소 자체는 크게 어색하지 않다는 뜻이다.

“하지만 아무리 그래도 이 아름다운 얼굴과 눈부신 금발을 다 드러냈다가는 자인의 수하에게 정체를 들킬지도 모르지. 다소간의 변장과 거짓 신분 증명서가 필요하겠어.”

거기서 나디르가 경창과 진우에게 턱짓을 했다.

“경창, 너는 영국의 상인을 연기해라. 나는 그 거래처인 셰르바인이다. 영국인과 함께 방문하면 크게 의심받지 않을 거야. 단, 셰르바의 거상이 혼자 행동하는 건 부자연스러운 일이니 진우, 너는 내 부하 역할이다.”

“제가 서국인 역할을?”

“그래. 그 푸른 눈과 높은 코가 있지 않으냐. 검은 머리는 터번으로 가리면 얼마든지 셰르바인 행세를 할 수 있어.”

셰르바 사람들은 영국 사람들과 이목구비의 깊이와 골격이 다르지만, 이국의 피가 섞인 진우라면 얼마든지 연기할 수 있다고 나디르는 말했다.

“거절하겠습니다. 이국인의 차림 따위를 할 수는 없으니.”

하지만 진우는 그것을 단호히 거절했다.

평소와 달리 표정이 험악하고 목소리도 딱딱했다.

“나는 영국인입니다.”

“그렇게 토라지지 말라고! 네가 지닌 그 영국인답지 않게 뚜렷한 이목구비와 큰 키를 인정해주는 거잖아. 어디 보자, 그럼 넌 북쪽 출신인가? 셰르바도 북방 쪽으로 가면 이렇게 하얀 피부와 파란 눈동자를 지닌 자가 많은데——.”

나디르가 거침없이 팔을 붙잡고 피부를 확인하려 하자 진우는 재빨리 뿌리쳤다.

"……."

"이봐, 이봐. 그렇게 쑥스러워하지 말라니까!"

진우는 말없이 눈만 가늘게 떴으나 거부당한 나디르는 끄떡도 하지 않았다.

이를 드러내고 "아무튼 결정이다!"라며 웃고는 손뼉을 짝 쳤다.

"추녀들이 궁지에 빠진 이상 얌전히 방에 앉아 기다리고만 있을 수는 없지. 악당놈들을 내 손으로 직접 붙잡으러 간다!"

간다, 라고 외치며 왕자가 두 사람의 어깨에 팔을 두르자 경창은 생글생글 웃었고 진우는 싸늘한 태도로 밀어냈다.

6. 혜월, 겁먹다

유곽에서 남자가 출세하기 위해 필요한 것이 무엇이냐고 묻는다면 명예로운 천향각의 지배인, 실질적으로 기루 주인 대리를 맡고 있는 충원은 이렇게 대답할 것이다.

개가 되는 일이다.

단, 주인을 제대로 찾는 것이 중요하다.

그 점에서 셰르바의 수상이자 거상이기도 한 자인은 그 재력과 후한 인심으로 볼 때, 더할 나위 없이 완벽한 '주인'이라 할 수 있다.

충원은 본래 금령의 외곽에 있는 목재 도매상의 막내아들로 태어났다. 부모는 셰르바의 목재를 수입하여 한몫 잡은 돈으로 흔쾌히 그를 서국에 유학 보내 주었으나, 충원은 거기서 셰르바의 기녀에게 홀딱 빠지는 바람에 전재산을 탕진하고 집에서 의절 당했다.

충원은 그 후 금령의 유곽에서도 가장 성적으로 분방하다는 '천향각'의 허드레꾼 자리에 정착했다.

옛날에 배운 서국어 실력을 살려 셰르바 손님의 말을 통역할 수 있다는 점을 높이 평가받았으나, 당시의 천향각에 찾아오는 외국 손님의 비율은 기껏해야 1할 정도였다.

어찌어찌 지배인 자리까지 기어 올라가기는 했으나 기루 주인과 기루 관리 할멈의 권력에는 도무지 미치지 못했기에 억울한 일을 당한 적도 여러 번이었다.

흐름이 바뀐 것은 2년쯤 전, 기루의 좋은 입지에 눈독을 들인 이국의 거상이자 수상인 자인이 천향각을 경영권째로 사들였을 때였다.

자인은 자국 손님들을 받아들이기 위해 천향각의 일부를 셰르바풍으로 개축하고, 심지어 영국식 경영에 연연하던 주인과 할멈을 내쫓았다.

그러면서 서국어를 할 줄 알고 눈치도 빠른 충원을 승진시켜서 기루 주인 대행으로 지명했다.

'정말이지 자인 님이 최고라니까.'

누각 5층, 대연회장 바로 옆에 배치된 지배인실.

회합에서 돌아온 충원은 창을 활짝 열어젖히고 낄낄 웃었다.

30대 중반쯤 된 몸으로는 5층까지 오르내리는 것도 꽤나 수고스러운 일이었으나 최상층에서 유곽을 내려다보는 쾌감은 그 무엇과도 바꿀 수 없다. 무수한 등롱으로 물든 유곽의 야경은 정말이지 각별했다.

벽 한 장을 사이에 둔 건너편 연회장에서는 시끌벅적한 악기 소리와 파도 같은 웃음소리가 들려왔다.

오늘은 단체 연회. 기녀를 지명하는 일 없이 뜨내기손님도 춤과 노래를 즐길 수 있는 연회 날이다.

다른 기루에서는 뜨내기손님을 거부하고 기녀의 가치를 올리려 하지만 이곳 천향각에서는 그런 거만한 짓은 하지 않는다. 오히려 새 손님들을 계속해서 불러 모아서 그들이 늪에 푹 빠져버리기를 두 팔 벌려 기다린다.

'뭐니 뭐니 해도 **이것**만 있으면 가난뱅이에게 금 한 냥을 뜯어내는 일도 어렵지 않으니까.'

충원은 소맷자락을 뒤져 작은 병을 꺼내 바깥 등롱의 불빛에 비추어 보았다.

한밤의 어둠에 녹아들만큼 새까만 액체, 훼류.

어떤 원료에서 추출한 마약으로 술에 희석하면 아름다운 파란색이 된다.

보주라 불리는 이것을 먹이면 그 어떤 손님도 천향각의 문지방이 닳도록 드나들게 되고, 제아무리 건방진 기녀라 해도 시키는 일을 뭐든지 다 하게 되는——그야말로 꿈 같은 약이다.

물론 의존성이 높기 때문에 2, 3년을 계속 마시다 보면 폐인이 되지만, 애당초 기루에 다니는 남자의 대부분은 매득에 걸려 생사를 헤매게 되며 기녀의 수명 따위는 본래 3년 정도다.

그 짧은 인생을 꿈결처럼 살 수 있게 해 주니 오히려 감사를 받고 싶은 기분이다.

이것 덕분에 천향각은 2년이나 계속해서 최고의 매상을 올리고 있다. 회합에서도 다른 기루 주인들이 자꾸만 비결을 캐내려 하거나 또는 부러워했다.

그들도 천향각이 마약을 이용하고 있다는 사실을 어렴풋이 눈치 챘을 것이다.

하지만 천향각은 수상쩍은 재료 따위는 전혀 사들이지 않기 때문에 대체 어디서 마약을 입수하는지 고개를 갸웃거리고 있을 터였다. 따라서 신고는 할 수 없다.

췌류 제조법은 실로 특수하므로.

'정말이지 써먹기 좋은 약이라니까. 뭐, 이를 악물고 췌류에 반발하는 금요 때문에 애를 먹기는 했지만…….'

문득 끈끈한 검은 액체인 췌류를 보며 그 기녀의 검은 눈동자를 떠올린 충원은 끔찍하다는 듯 얼굴을 찌푸렸다.

금가 방계의 수양부모에게 팔려온 주제에 타고난 미모와 무용 실력으로 자인의 눈에 들어 순식간에 천화의 자리에 오른 여자, 금요.

충원은 제 분수도 모르고 마치 예기인 양 높은 긍지를 자랑하며 툭하면 마약은 인륜에 반한다는 둥 여자를 뭐라고 생각하느냐는 둥, 그럴싸한 소리만 늘어놓으면서 덤벼드는 여자가 지긋지긋하기 짝이 없었다.

'뭐, 그런 건방진 계집을 무릎 꿇릴 방법도 있으니 상관은 없지만.'

옆방에서 들려오는 여자들의 교성에 충원은 희미한 웃음을 띠었다.

'췌류의 **효능**상 남자에게 농락당한 여자일수록 더욱 의존하게 된다니…… 참 잘 만든 마약이야.'

여자란 결국 남자들의 성욕 배출구에 불과하다.

결과적으로 금요는 췌류에서 벗어날 수 없게 되었고, 아무리 건방지게 굴어도 이곳 천향각에, 그리고 충원에게 거역할 수 없다.

충원을 하등한 장사꾼이라 깔보던 금요가 본인이 자랑하던 고결함을 박탈당한 채 마약에 손을 대는——그 모습이 충원의 묵은

원한을 깨끗이 씻어주었다.

'나 참, 금가 방계는 전부 성화 님처럼 사리에 밝은 상인들만 있는 줄 알았더니…… 금요 걔는 자기가 고상한 직계인 줄 안다니까. 성화 님도 꽤 애를 먹었을 거야. 팔아치우는 것도 당연하지.'

비주 지사인 금성화와 천향각은 매우 밀접한 관계다.

뭐니 뭐니 해도 성대한 연회에는 기녀를 빠뜨릴 수 없고, 방계가 매우 좋아하는 상견회에서 '남은' 여자는 천향각에도 '나눠주기'로 되어 있으니 말이다. 미녀가 많다고 알려진 금가의 딸을 원하는 손님은 천향각에도 많기 때문에 단골손님을 일부러 상견회에 보내는 일도 있었다.

덕분에 천향각이 은농령(恩農令)으로 금지된 빈농의 매춘을 시켜도 성화는 관대하게 눈감아 주었다.

그 답례로 충원은 췌류의 일부를 성화에게 융통해 주기도 했다.

'그러고 보니 서류파 왕국의 왕자 방문을 앞두고 비장의 패로 이용하고 싶으니 췌류를 좀 달라고 했었지……. 그 후 통 재촉이 오질 않네. 포고지에 구속됐다고 적혀 있긴 했는데 그게 사실이었나?'

연회석에서 마약을 먹여 왕자를 제압하고 추녀인 금청가를 빼돌리고 싶다는 연락이 있었는데, 정작 그 당사자인 성화와는 며칠 전부터 연락이 되지 않는다.

의아하게 여기던 중 어제 포고지를 보니 성화가 추녀를 해코지하려다가 구속됐다는 놀라운 내용의 기사가 실려 있었다.

그게 사실이라면 유곽 경영에도 큰 영향이 가겠지만, 뇌물에 약한 전문사들이 쓰는 기사에는 때때로 거짓말이 섞이곤 한다. 설마 그 금성화가 그리 쉽게 구속되리라고, 심지어 어린 계집아이인 추녀 따위에게 한 방 먹었으리라고는 상상도 못 한 충원은 부하를 통해 진상을 파악하려 애쓰는 중이었다.

'궁금하긴 하지만 지금은 자인 님을 환대하는 게 최우선이야. 내일 패향연에서 여자라면 사족을 못 쓰는 자인 님을 만족시키기는 데 전념해야——.'

충원이 소맷자락에 다시 췌류를 집어넣으며 생각에 잠긴 그때 누군가가 문을 빠르게 두드렸다.

"실례합니다, 지배인님. 급히 드릴 말씀이 있습니다."

경호원으로 배치해 놓았던 남자였다.

"이봐, 옆방에서는 지금 한창 연회가 열리는 도중이야. 그렇게 험악한 목소리를 내면 쓰나."

충원은 의젓한 지배인인 척하며 남자를 방 안으로 들였지만 보고를 듣고는 눈을 휘둥그렇게 떴다.

췌류에 중독된 손님이 기루 안으로 숨어들어 왔기에 칼로 베어 처리했다——는 것까지는 뭐, 그렇다 치더라도 금요가 신입의 머리카락을 잘랐다는 이야기였다.

"아무래도 가가와 면식이랄까, 원한이 있는 모양입니다. 가가의 머리카락을 자르고 또 한 명, 혜혜 쪽은 따귀를 때린 뒤 둘 다 내쫓으라고 저희에게 명령했습니다."

"왜 그런 망할 계집의 명령에 가만히 따르고 있어, 어엉?!"

분노가 치솟는 바람에 충원은 벽을 내리쳤다.

이 기루의 꼭대기에는 충원 자신이 있어야 하는데, 잠깐 회합에 다녀온 사이 금요가 이렇게까지 활개를 치고 다녔을 줄이야.

'기껏 자인 님 눈에 들 만한 미녀들이었는데……!'

어제 채용한 신입 세 명 중 하나는 눈꼬리가 치켜올라가고 얼굴에 주근깨가 있는 시원찮은 여자였기에 얼굴도 금세 잊어버렸지만, 나머지 두 명은 숨을 헉 들이켤 정도의 미녀였다.

한 명은 화사한 이목구비를 지닌, 그야말로 커다란 모란꽃 한 송이와도 같은 여자.

또 한 명은 하계에 내려온 천녀처럼 섬세하고 우아한 미모의 여자였다.

전자는 가가, 후자는 싫은 표정으로도 혜혜라는 이름을 댔기에 그렇게 부르기로 했다. 이 기루에서 신입은 손님이 붙을 때까지는 별명으로만 부르는 규칙이 있다.

둘 다 화장기는 없었으나 충원은 알 수 있었다. 이들은 천화가 될 그릇이다.

가가는 쌀쌀맞게 턱을 치켜든 모습이 꽤나 기가 세 보여서 말괄량이를 길들이기 좋아하는 손님에게 매우 환영받을 터였다.

혜혜는 동작이 다소 산만하기는 했으나 가냘픈 얼굴과 몸매가 아름다워서 첫 꽃을 따고 싶어 하는 손님들에게 매우 구미가 당길 것이다.

자인은 양쪽 모두를 좋아할 테니 두 사람을 양쪽에 앉힘으로써 확실하게 환심을 살 수 있으리라는 계산이었다. 그럼 금요를 천화 자리에서 끌어내 내쫓을 수 있다.

그런데 꽁꽁 아껴 두었던 패를 순식간에 쫓아냈다니.

"하, 하지만 지배인님이 화내실 거라 생각해서 비밀리에 창고에 숨겨 놓았습니다! 여자들은 아직 기루 안에 있습니다."

"그 얘기를 먼저 했어야지!"

충원은 다소 안도하면서도 고함을 질러댔다.

"빨리 그 둘을 창고에서 데리고 나와! 여자한테 맞아서 부은 정도라면 금방 가라앉겠지. 머리는 머리 묶는 전문가를 불러 와서 대충 얼버무려. 꽃으로 장식하든 비녀를 잔뜩 꽂든 해서 얼마든지 속일 수 있잖아!"

"예!"

그 정도의 머리도 굴릴 줄 모르는 경호원들 때문에 충원은 짜증이 났다.

내일 패향연까지 시간이 별로 없다. 두 사람 다 오늘부터 연회에 투입해서 기본적인 손님 접대 방법 정도만이라도 가르칠 생각이었는데.

"빨리 가! 잘 들어, 얼른 준비시켜. 오늘은 뜨내기손님들이나 오는 단체 연회야. 일 가르치기에 딱 좋지. 둘 다 바로 연회에 집어넣어서 남자 홀리는 기술을 배우게 하란 말이야."

"예!"

손을 휘휘 내저은 직후, 간발의 차도 두지 않고 문이 열리며 또 다른 경호원이 나타났다.

"지배인님!"

"시끄러워, 또 뭐야!"

짜증이 솟구친 나머지 고함을 지르며 응한 충원이었으나, 그 직후 내뱉으려던 말을 삼키고 말았다.

『이것 참, 왜 그렇게 사납게 구느냐, 츄겐.』

"헉……!"

경호원의 등 뒤로 누각의 좁은 계단을 올라온 풍채 좋은 남자가 모습을 드러냈기 때문이었다.

품이 낙낙한 서국풍의 긴 옷을 입고 터번을 둘렀으며 열 손가락 전부에 알이 굵은 보석반지를 낀, 향수와 돈 냄새가 풀풀 풍기는 남자.

셰르바 왕국 수상이자 거상인 자인이었다.

"자, 자인 님이 오셨습니다……!"

충원은 뒤늦게나마 보고하는 경호원을 마음속으로 격렬하게 욕했다. 보고가 너무 늦었다.

『네 고함 소리가 복도까지 다 들렸다.』

자인은 고개를 살짝 갸웃하며 옅은 웃음을 띠었다.

자인은 언제나 낮은 목소리로 천천히 말한다. 항상 웃고 있지만 정면으로 마주하면 등골이 서늘해지는 남자. 마치 묵직하게 똬리를 튼 살찐 뱀 같다.

『아니, 세상에, 자인 님! 오늘 와 주시다니, 뜻밖의 기쁨입니다!』

충원은 소름 끼치는 기분을 마음속으로 감추며 붙임성 있게 웃으면서 서둘러 서국어로 인사를 건넸다.

『갑자기 무슨 일이십니까? 저희는 자인 님께서 당연히 내일 오실 줄 알고 성대하게 맞이할 생각에, 패향연 준비로 한창 바쁘던 참이었습니다.』

이것은 물론 '설마 날짜를 착각하신 건 아니겠지요?'라는 의미였으나 자인은 풍성한 수염 속 두툼한 입술에 웃음을 띠고 아무렇지 않은 듯 대답했다.

『음. 예정이 살짝 바뀌어서 말이지. 이 깊은 밤에 셰르바로 돌아가게 되었다. 패향연은 열지 않아도 좋아.』

"예……?"

'열지 않아도 좋아'라니, 그게 무슨 소리야.

그런 말이 목구멍까지 올라왔지만 간신히 꿀꺽 삼켰다.

출세하는 데 필요한 것은 철저히 개가 되는 일이다.

종교도 장사관도 다른 서국 사람이 제멋대로 예정을 바꾸는 일쯤이야 흔히 벌어지는 일이 아니던가.

그리고 충원은 부조리한 요구에 철저히 부응한 덕분에 지금의 지위를 얻을 수 있었다.

자인은 횡포가 심하고, 보통은 1이면 끝날 대목에서 10을 요구하는 인간이지만 최선을 다해 10을 내놓으면 영국인보다 훨씬 후하게 그 대가를 쳐준다.

『반 각 이내에 지금까지 제히르로 올린 매상을 전부 계산해서 이 장부에 정리해 주지 않겠나? 가게에 있던 금도 전부 상자에 담아 놔.』

자인은 자신의 새끼손가락에서 굵은 금반지를 뽑아 서국식 장부와 함께 충원에게 던졌다.

뒷장부 정리를 하루 일찍 끝내라는 무모한 요구도 반지와 함께 던져진다면 감미로운 생떼로밖에 들리지 않는다.

충원은 재빨리 반지 가격을 계산해 보고는 혀를 날름거렸다.

『정말 감사합니다, 자인 님. 아주 훌륭한 물건이군요.』

『별것도 아니지. 그렇지, 사과할 겸 기녀들에게 줄 선물도 가져왔는데. 지금은 현관에 놓여 있으니 시동들 시켜서 운반하라고 해야겠어.』

자인은 데려온 시동들에게 『본동의 각 방에 가져다 놔』라고 명령한 뒤 쫓아 보냈다.

단숨에 열 명 정도가 뿔뿔이 흩어졌다.

즉, 열 명이 덤벼들지 않으면 나를 수 없을 만큼 많은 양의 선물이라는 뜻이다.

'역시 서쪽 분들 인심은 후하다니까.'

이렇게 되면 결국 약간의 거만함은 눈감아 주고서라도 이 주인을 따를 수밖에 없다는 기분이 든다.

매우 의욕적인 태도가 된 충원은 자인에게 아부했다.

『바로 장부를 정리하겠습니다, 자인 님. 하지만 저희는 정말로 패향연에서 자인 님을 환대해 드리고 싶었습니다. 패향연을 하루 당길 테니 장부 정리가 끝날 때까지 부디 연회석에서 즐겨 주십시오.』

의향을 전면적으로 받아들이면서――하지만, 패향연을 하루 당김으로써 시간을 벌 수 있다.

사실은 오늘 단체 연회에서 매상을 올리고 나면 어느 정도를 자신의 주머니로 슬쩍하고 나서 그 상태로 장부를 정리할 생각이었다. 앞뒤를 맞추려면 그에 상응하는 시간이 필요하다.

『오늘은 단체 연회라서 다른 손님들도 있지만, 자인 님 전용의 상석은 비워 놓았습니다.』

옆 연회장을 공손히 가리키며 충원은 머릿속으로 정신없이 순서를 정리했다.

오늘은 신규 고객 획득 목적의 단체 연회이므로 신입과 중급 기녀들이 적당히 무용을 선보이고 있다.

하지만 패향연을 앞당기기로 한 이상 상급 기녀들을 포함한 모든 기녀들을 투입해야 할 것이다.

경호원들에게는 자인을 엄중히 경호하게끔 하고, 하인들에게도 호화로운 요리를 준비하라고 명령하여 화려한 것을 좋아하는 수상의 자존심을 채워준다.

가난해 보이는 뜨내기손님들은 이참에 전부 내쫓고 단골손님들만 남겨 놓는다. 그렇게 하여 장부를 마무리하기 직전까지 짜낼 수 있을 만큼 짜내, 자인에게 바칠 상납금을 조금이라도 더 불린다.

그러나 제멋대로인 수상의 대답은 쌀쌀맞았다.

『느긋하게 앉아 있을 시간이 별로 없어. 어차피 올해도 칭찬할 만한 기녀는 금요밖에 없겠지? 패향연 따위는 열 필요도 없으니 금요만 직접 내 침소로 불러. 그 여자를 안는 반 각 사이에 돈을 정리해 오도록.』

『하지만 자인 님, 이번에는 눈이 번쩍 뜨일 정도로 예쁜 신입이 있습니다. 다른 기녀들도 자인 님의 눈에 들고 싶어 패향연을 손꼽아 기다리고 있고요. 부디 2각 정도, 천천히 연회를 즐겨 주실 수 없을까요?』

좀처럼 고개를 끄덕여 주지 않는 자인 때문에 속이 타기는 했으나 충원은 간신히 얼굴에 억지웃음을 띠고 계속 설득했다.

『금요 따위는 눈에도 차지 않을 만큼의 미녀들이거든요. 지금 당장 준비시킬 테니 부디 기다려 주십시오.』

『흠. 이미 귀국용 배가 기다리고 있어서 말이지. 여기엔 마지막으로 회수할 것만 회수하러 들렀을 뿐이다.』

노회한 자인은 뒷장부를 기루에 장기간 보관하는 위험한 짓을 하지 않는다.

반드시 자인 자신이 장부를 가져와서 충원이 암호화하여 기록해 놓은 거래 내용을 거기에 옮겨 적으면 바로 장부를 가지고 나가버린다.

하지만 지금이 바로 교섭해야 할 승부처라고 짚은 충원은 필사적으로 두 손을 비벼댔다.

『하하, 참! 기루에 와서 여자와 놀지도 않고 떠나시다니, 하늘이 용서치 않으실 겁니다. 최소한 1각만이라도요. 네? 진짜 괜찮은 여자들이란 말입니다. 모란 같은 미녀에 천녀 같은 미녀, 심지어 숫처녀들이지요.』

『호오. 그렇다면 1각만 즐기고 가 볼까.』

자인은 약간 구미가 당긴 듯 수염을 쓸어내렸다.

이 희미한 미소를 띤 남자는 의젓해 보이는 분위기와 달리 돈과 여자를 매우 밝힌다.

마음이 바뀌기 전에 서둘러야겠다는 생각에, 충원은 경호원을 향해 목소리를 높였다.

"뭣들 하고 있어! 당장 신입을 준비시켜! 서둘러! 그리고 상급 기녀들도 다 불러와! 자인 님이 오셨으니 패향연을 하루 앞당겨 열기로 했다!"

그러고는 지배인실로 뛰어 들어가 뒷장부를 맹렬하게 정리하기 시작했다.

이리하여 먹물을 튀기며 장부 정리를 마친 충원은 맹렬하게 연회실로 뛰쳐나갔으나 눈앞에 펼쳐진 광경을 보고는 저도 모르게 혀를 찰 뻔했다.

긴급히 열리기는 했으나 화려하게 장식된 연회실, 눈을 즐겁게 하는 음식들. 하인들이 재빨리 일해 준 모양이었다. 거기까지는 좋았다.

하지만 무대 중앙에서 하필이면 금요가 이미 춤을 추고 있었다.

――짤랑, 짤랑.

금요의 춤은 화려하다.

오늘은 영무(鈴舞)인 모양이었다. 방울을 꿰매 단 피백을 크게 펼쳐, 소리와 풍경 양면으로 교묘하게 손님을 홀린다.

셰르바의 손님들은 호선무를 필두로 한 힘차고 늠름한 기예를 선호한다. 그 점에서 금요의 춤은 자인의 취향에 딱 맞을 터였다. 무대를 내려다볼 수 있는 위치에 만들어 놓은 반 층 높은 특별석에서 자인이 만족스러운 듯 수염을 쓸어내리며 춤을 감상하는 모습이 보였다.

'젠장, 이러다 금요가 계속해서 천화 자리에 머물렀다가는 이번

에야말로 지배인 이상 가는 권한을 요구할지도 몰라.'

패향연에서 자인의 총애를 얻은 기녀에게는 천화의 지위가 주어지며, 원하는 바를 자유롭게 '조를' 수가 있다.

상대의 신발까지 핥을 기세로 납작 엎드린 덕분에 기루 주인 대리 지위를 얻은 충원 입장에서는 그저 잠자리를 함께 했을 뿐인 여자가 자신의 위에 서다니 도저히 받아들일 수 없는 일이었다.

'넘어져라! 자빠져! 추태를 보여!'

충원은 무대 위에서 빙글빙글 선회하는 금요를 향해 입구에 서서 열심히 기도했다.

보통 췌류에 잠식당한 여자는 황홀에 젖어 다리에 힘이 풀리므로 춤조차 제대로 출 수가 없으나, 금요는 이렇게 무대를 앞두면 저녁 무렵부터 췌류를 끊고 그 대신 곰방대에 약초를 채워 피워서 자기 나름대로 약기운을 빼내곤 했다.

금요의 상태라면 췌류를 매일같이 섭취하지 못할 경우 상당한 고통에 시달릴 터였다.

몇 각 정도라고는 해도 췌류 기운이 빠져나갔다면 지금쯤 상당한 금단 증상을 보여야 하지만 어렵사리 평정을 가장하고 있는 모양이었다.

당연히 그것은 칭찬할 만한 근성이지만——그런 금요의 굳은 의지가 충원 입장에서는 그저 끔찍하기만 했다.

'젠장, 잘난 척하기는.'

충원의 바람은 꺾이고 금요는 멋지게 춤을 선보인 후 무대 위에서 깊이 고개를 숙였다.

그 순간 아래 좌석의 관객들이 일제히 갈채를 보냈다. 얼마 안 되는 요금을 지불하고 단체 연회에 참석하러 왔다가 기루의 정점에 군림하는 천화의 춤까지 감상하게 되었으니 흥분하지 않을 도리가 없다.

자인은 한껏 달아오른 손님들을 만족스럽게 내려다본 후, 이 자리의 주인이 바로 자신이라고 그들에게 알리기라도 하듯 금을 겹겹이 꿰어 만든 목걸이를 무대로 던졌다.

『실로 훌륭한 무대였다.』

위에서 들려온 이국의 언어에 아래 좌석 손님들은 웅성거리며 특별석을 올려다보았다.

그것이 또다시 허영심을 자극했는지 자인은 어두컴컴한 객석에 앉은 영국 남자들을 내려다보면서 천천히 박수를 치고 금요를 칭찬했다.

『이번에도 네가 천화다, 금요. 상을 받아야지. 자, 이리로. 네 소원을 들어주마.』

대범한 자인의 말에 연회장이 술렁거렸다.

그중에서도 주로 연회석에 동석한 다른 기녀들이 크게 반응했다.

아무리 이국의 언어라 해도 '천화', '금요'라는 단어는 알아들을 수 있다. 이번 패향연에서도 금요가 주인의 마음을 사로잡았다는 사실을 그들은 알아차렸다.

술렁거림의 내역을 따져 보면 환성이 절반, 시샘이 절반이었다. 당연히 충원은 후자다.

특히 자인이 시동들을 시켜 날라 오게 한 묵직한 나무 상자를 알아본 충원은 난색을 표하며 상석으로 뛰어 올라갔다.

『자인 님!』

『무슨 일이지, 츄겐?』

『외람되오나 한 말씀 올리겠습니다. 아무리 그래도 금요를 너무 편애하시는 것 아닙니까? 이미 상을 많이 내리셨는데 거기다 어리광을 더 받아 주시겠다니요.』

시동들이 유난히 신중한 손놀림으로 나무 상자를 날라 왔다. 자인이 본동으로 옮기게 했던 '선물'과 같은 물건인 듯했다. 겉보기엔 수수하지만 그 섬세한 취급을 통해 내용물이 얼마나 귀중한지 짐작할 수 있었다.

'잠깐, 잠깐. 저렇게 커다란 상을 금요 하나한테만 주겠다고?'

충원은 이를 갈았다. 자인은 지배인 충원에게는 반지 하나밖에 주지 않았으면서 아끼는 천화에게는 금은보화를 내려주려는 것이다.

주위에 나눠주기 편한 금품은 기녀 입장에서 권력을 다지는 무기가 된다. 심지어 자인은 금요의 소원을 뭐든 다 들어 주겠다고까지 말했다.

금요에게 이 이상의 날개를 달아 주는 꼴을 볼 수 없었던 충원은 필사적으로 자인의 관심을 다른 곳으로 끌려 했다.

『금요를 천화로 정하신 것도 다소 시기상조가 아닐까 합니다. 이번 신입들은 정말로 하나같이 질이 좋다고요. 그 애들의 얼굴을 한 번만이라도 봐주시면――.』

『츄겐, 장부 정리와 금 반출은 끝났나?』

하지만 자인이 귀찮다는 듯 말을 가로막았다.

『예? 예에. 보시다시피. 증서와 회수금은 평상시와 마찬가지로 자인 님의 상선 바닥에 실어 놓았습니다. 가게에 보관된 양은 이미 경호원들에게 명령하여 욕실에서 이동시켰——.』

장부를 내밀며 대답하자 자인은 그것을 금세 소맷자락 속에 집어넣고는 만족스러운 표정으로 충원을 쳐다보았다.

『너는 아주 쓸모 있는 남자다, 츄겐. 상으로 좋은 것을 알려주마.』

『……예.』

드물게도 칭찬을 듣고 충원이 살짝 턱을 뒤로 당겼다.

기녀 상대라면 모를까, 타인을 장기짝으로밖에 생각하지 않는 수상이 이렇게 친근하게 말을 걸어주다니 흔치 않은 일이다. 자신을 이용하려 하는 게 아닐까 싶어 한기마저 느껴졌다.

『잘 듣거라——.』

하지만 귀에 입술을 바싹 대고 술 냄새 풍기는 숨결과 함께 속삭인 내용에 충원은 눈을 휘둥그렇게 떴다.

『세상에…….』

제일 먼저 충격이 느껴지고 차차 납득이 퍼져나갔다.

'그랬구나, 그래서 장부를…….'

머릿속에서 자인의 행동이 차츰 이해가 되어가는 것을 느끼며 충원은 연회장 쪽을 흘끔 쳐다보았다.

지금 들은 말이 사실이라면 이 연회는 정말이지 무의미하기 짝이 없는 행위다.

복잡한 표정을 짓는 충원을 보고 자인은 달래듯 어깨를 툭툭 쳤다.

『그러니까 말이다, 츄겐. 금요를 질투할 필요는 없어. 나는 널 제일 신용하니까.』

지배인의 눈이 계산적으로 빛났다.

복잡했던 기분은 금세 우월감으로 덧칠되고, 입가에는 아부 띤 웃음이 피어났다.

『……감사합니다, 영광입니다. 이 충원, 앞으로도 영원히 자인님을 따르겠습니다.』

『그래.』

사람을 복종시키는 데 익숙한 수상은 딱히 기쁜 내색도 없이 고개만 끄덕였다.

심지어 이미 시선을 무대로 돌리고 금요를 향해 다시 목소리를 높이고 있었다.

『자, 금요. 아직 이야기가 끝나지 않았지. 네 소원은 무엇이냐? 나는 아름다운 여자가 원하는 일이라면 뭐든 다 이루어줄 수 있단다. 마음껏 말하거라.』

일개 기녀 상대로는 너무나 파격적인 처사였기만 이제 충원의 마음은 흔들리지 않았다.

"소원을, 무엇이든, 들어 주신다고 하셨지요?"

무대 위에서 서국어를 주워들은 금요가 여제 같은 미소를 띠는 모습을 보고도 '재는 서국어를 못 하니까 통역이라도 해 줄까?' 하는 생각이 들 정도의 여유도 생겨났다.

금요는 아름다운 동작으로 무대에서 내려오더니 이번에는 계단을 올라 상석으로 이동했다.

자리 바로 코앞까지 다가온 금요는 마치 충원에게 일부러 보여 주기라도 하려는 듯 자인에게 요염하게 기댔다. 그런 모습도 지금은 그저 동정심만 느껴질 뿐이었다.

"그렇다면 부탁드리겠어요. 제게 기녀들의 대우를 결정할 권한을 내려 주세요."

충원이 통역하자 자인은 『고작 그런 것이냐?』 하며 미소를 지었다.

『좋다. 천화는 기루의 정점에 선 존재. 그에 상응하는 권한이 당연히 필요하겠지.』

"감사합니다."

자인이 바로 고개를 끄덕이는 모습을 보고 금요는 우아하게 웃었다.

바로 계단 아래를 내려다보고, 숨을 죽인 채 상황을 지켜보는 기녀와 손님들을 향해 금요가 선언했다.

"들으셨겠지요? 저는 앞으로도 계속해서 천화의 자리에 머무르게 되었습니다. 이후로는 지배인님의 권한보다도 더욱 높은 위치에서 이 금요가 천향각의 전부를 좌우할 것입니다——부디 잘 부탁해요."

요염한 동작으로 감사 인사를 하는 금요를 향해 추종자 기녀들은 즉시 "천화 언니!" "역시 대단하세요!" 하고 환호성을 질렀다. 그리고 남자 손님들도 그에 이끌려 아무것도 모른 채 박수를 쳤다.

한편 반금요파 기녀들은 순식간에 천화에게 주어진 특별 대우 앞에서 안색이 변했다.

"이게 대체 뭐야!"

술렁거림이 퍼져나갔으나 금요를 제일 싫어하던 지태인조차 이번에는 반론 한 마디 하지 않았다.

"자, 무사히 천화의 자리도 결정되었군요. 이 이상 자인 님의 눈을 즐겁게 해 드릴 곡목이 있을 리가 없으니 이번 패향연은 여기서 마무리하겠습니다. 자인 님, 방으로 돌아가시지요."

곤혹스러워하는 기녀들을 제지하고 금요가 억지로 연회를 끝내려 하던——바로 그때였다.

"기다려 주세요."

계단 아래에서 늠름한 목소리가 울려 퍼졌다.

동시에 실내의 촛대와 등롱에서 단숨에 모든 불이 꺼졌다.

"뭐야?!"

"깜깜하잖아!"

최상층에 완비된 연회장이었기에 활짝 열린 창을 통해 바닷바람이 불어 들어와 촛불을 꺼버리는 일은 흔하다. 하지만 아무리 그래도 모든 불꽃이 일제히 꺼지는 사태는 드물었으므로 아래 자리 손님들도 당황해서 엉거주춤 일어섰다.

——펑.

하지만 희미한 소리와 동시에 모든 관심이 한 곳으로 쏠렸다.

딱 한 곳——무대 옆만은 촛불이 살아 있었다.

그것은 아무래도 어떤 여자가 들고 있는 촛대인지, 여자가 걸을 때마다 너울너울 흔들리는 주황색 불꽃이 무대 중심으로 차츰 이동했다.

이윽고 표식 같은 촛불이 무대 한가운데에 정확히 도착한 순간.

——퍼퍼펑…….

희미한 소리와 함께 이번에는 무대를 둘러싼 촛대와 등롱에서 단숨에 불꽃이 살아났다.

"오오……?!"

"엄청난 마술인데!"

갑자기 밝아진 무대를 보고 손님들이 웅성거렸다.

갑작스러운 조명 변화는 아무래도 하인들을 동원한 연출이라고 여긴 모양이었다.

하지만 그런 웅성거림도 금세 가라앉았다.

환하게 드러난 무대에 어느 틈엔가 놀랄 만큼 아름다운 여성 두 명이 신비로운 자태로 서 있었던 것이다.

"연회는 아직 끝나지 않았습니다."

한 명은 촛대를 손에 든, 마치 천녀처럼 가녀린 여자.

찬란하게 빛나는 촛불을 살며시 치켜들고 바로 옆에 서 있는 또 한 명을 아름다운 목소리로 소개한다.

"저희는 이번에 새로이 천향각에 들어온 신입입니다. 저희가 최고의 환대를 약속드리겠어요."

촛대 불빛에 비춰진 여자는 서국의 의상을 의식했는지 머리에 크고 얇은 천을 쓰고 있었다.

피백을 살짝 들어올리자 그 안에서 커다란 꽃처럼 아름다운 얼굴이 드러났다.

"오오……."

"이건……."

굳은 의지가 느껴지는 긴 눈매, 날렵한 콧날, 옥구슬처럼 완벽한 입술.

빛을 발하는 그 미모에 어둠 속에 있던 관객들이 마른침을 꿀꺽 삼켰다.

수많은 남자들의 시선을 아무런 동요 없이 받아내며 얇은 천을 쓴 여자——금청가는 천천히 고했다.

"바라옵건대, 부디 이 춤을 여러분의 눈에 잠시만이라도 비출 수 있기를."

아름다운 눈동자는 놀라서 돌아보는 상석의 금요를 꿰뚫을 기세로 응시하고 있었다.

* * *

'정말이지, 이 여자의 무대 위 배짱만큼은 칭찬하지 않을 수가 없다니까…….'

기루의 연회장, 그것도 무대 중앙에 강제로 서게 된 혜월은 의연한 자세를 유지하는 청가를 흘끔 훔쳐보며 촛대를 쥔 손에 땀을 흘렸다.

얇은 천을 머리에 써서 숨기기는 했으나 그 아래에 감춰진 청가의 복장과 화장은 가까이서 보면 도저히 상태가 좋다고 할 수가 없다.

그도 그럴 것이, 바로 사반각 전에 경호원들의 재촉을 받으며 창고에서 나온 참이니 말이다.

'패향연에 꼭 나가겠다고 벼르기는 했지만 설마 이렇게 빨리 나오게 될 줄이야.'

기루 주인 자인의 예정이 변경되어 패향연을 앞당기게 되었다는 이유로 지배인 충원도, 그 아래에서 일하는 경호원들도 모두 허둥지둥 정신이 없어 보였다. 아무튼 "창고에서 나와!" "너희도 연회에 나와!"라는 소리만 질러댈 뿐 제대로 몸단장을 할 시간도 주지 않고 혜월과 청가를 연회장에 밀어넣은 것이다.

그런데도 청가는 내내 들고 있던 피백을 펼쳐서 머리에 쓰고 무대에 오를 준비를 바로 갖추었다.

"혜월 님――아니, 혜혜. 당신은 무대 조명을 조절해 주겠어? 내가 특별한 주목을 받을 수 있게."

아직 살짝 붉은 기가 남아 있는 왼뺨과 마찬가지로 오른뺨도 때려서 얼버무리며 청가가 혜월에게 말했다.

"사람들의 시선이 전부 내게로 모일 수 있도록. 영림 님이 기루 안을 돌아다닐 시간을 확보해야 하니까."

그렇다. 청가는 창고 안에서 상의한 계획을 하루 앞당겨 실행할 생각이었다.

즉 청가와 혜월이 기녀로서 자인과 경호원들의 발을 묶어 놓은 사이 영림이 본동에서 아직 조사하지 못한 장소에 들어가는 계획이다.

하루의 시간을 들여 태세를 정비할 생각이었는데 느닷없이 연회에 투입된 이 상황에서도 청가는 전혀 흐트러짐이 없었다.

무대에 올라 여기저기서 남자들의 불손한 시선을 받으면서도 쌀쌀맞은 표정을 유지하는 모습을 보면 어지간히 배짱이 두둑해 보이기도 했다.

'상황을 빨리 경찰 님한테 보고해야 하는데……!'

한편 혜월로 말하자면 노출이 심한 의상 때문에 여전히 마음이 불편했고, 그 이상으로 창고에서 끌려나왔을 때부터 계속 초조한 상태였다.

패향연 일정이 바뀌었다는 사실을 한시라도 빨리 전달하지 않으면 적발계획에 지장이 생긴다.

그런데도 아까부터 아무리 불꽃을 향해 기원해도 황경창과 술법으로 연락이 닿을 기색이 전혀 느껴지지 않았다. 혹시 이 긴급 사태에 불 옆에서 벗어나 있는 걸까.

'왜 응답이 없어!'

흔치 않은 사태에 눈물이 날 지경이었다.

혹시 자신들이 너무 무모한 행동만 저질러댄 탓에 정말로 화가 난 걸까.

솔직히 말하자면 그들에게 사전 보고도 하지 못하고 작전을 실행하게 된 이 상황이 혜월은 조금 무섭기도 했다.

아무리 수사 속행을 허락받았다 해도 예정보다 이르게, 즉 경찰 일행과 합류하지도 않은 상태에서 멋대로 행동했다가는 그들도 격노할 거라는 생각이 들어서였다. 영림의 친구이기에 알고 있는 사실이지만 걱정이 과해진 황경창은 한 번 잔소리를 시작하면 정말로 집요해진다.

촛대를 조용히 노려보며 혜월은 끙끙 앓았다.

객석에서 품위 없는 환호성이 들려오고 천박한 시선이 자꾸만 느껴져서 더더욱 불안했다.

옆에서 혜월이 초조해하거나 말거나 청가는 매끄러운 말투로 인사를 시작했다.

"이번 패향연에서 가장 뛰어난 기녀로 인정받으면 주인 어르신께서 천화의 자리를 내려주신다 들었습니다. 그렇다면 저도 특기인 무용을 선보여 천화의 자리를 노려 볼까 합니다."

어학 능력이 뛰어난 청가는 바로 그 말을 서국어로 바꾸어 말하기까지 했다.

『주인이신 자인 나리. 부디 제 춤을 한 번 봐주십시오. 그러면 저를 천화로 인정하고 소원을 들어주실 수밖에 없을 것입니다. 저는 이 천향각의 정점에 서고 싶답니다.』

유창한 서국어 구사를 듣고 상석의 자인은 『호오, 셰르바어를 할 줄 아는 모양이군』이라며 흥미를 느낀 표정으로 수염을 쓸어내렸다.

'저 남자…….'

풍채 좋은 체형에 온몸의 대부분을 보석으로 장식한 화려한 차림새.

잘난 체하는 그 목소리를 듣고 혜월은 눈앞의 인물과 과거의 기억이 완전히 겹쳐지는 것을 느꼈다.

'역시 그때 그 다루에서 내게 췌류를 먹인 게 자인이었구나.'

새삼 분노와 굴욕이 되살아났다.

‘당장이라도 보복하고 싶어.’

촛대를 든 손에 자연스럽게 힘이 들어갔다.

옆의 청가 쪽에서도 숨을 살짝 들이켜는 기척이 느껴졌다.

여기까지는 준비가 완벽하다. 계속해서 춤을 구실로 자인을 붙잡아 놓고 더욱 접근하면——.

“잠깐, 안 돼!”

하지만 그때 자인의 바로 옆에 있던 지배인, 충원이 제지하는 목소리를 높였다.

“자인 님은 바쁘시다! 천화는 이미 금요로 결정되었으니 신입이 나설 차례는 없어.”

위압적인 발언에 청가와 혜월은 무심코 얼굴을 마주보았다.

방금 전까지 이 남자는 경호원들에게 명령하여 두 사람을 창고에서 끌고 나오라고 재촉하지 않았던가. ‘신입’을 자인에게 선보일 생각에 혈안이 되어 있었을 텐데.

그런데 왜 갑자기 손바닥 뒤집듯 태도를 바꾼 걸까.

생각지도 못한 곳에서 계획이 흐트러지자 청가는 미간을 찌푸렸다.

“왜 그러시죠, 지배인님? 저희에게 춤을 추라고 명령하신 건 지배인님이 아니셨던가요?”

“상황이 바뀌었다. ——『자, 자. 자인 님, 본동에 특별한 방을 준비해 놓았습니다』.”

충원은 이제 청가와 혜월 쪽에는 눈길도 주지 않고 자인에게 서국어로 말을 걸었다.

금요는 훗 하고 옅은 미소를 띠며 먼저 계단을 내려왔고 자인 또한 갑자기 나타난 청가와 혜월에게 가벼운 흥미 외의 감정을 느끼지는 못했는지 어깨를 으쓱하고는 기녀의 뒤를 따랐다.

이대로 연회장을 나가 금요와 별실에서 시간을 보내려는 모양이었다. 특별한 손님은 숙박동이 아니라 천화의 방이나 욕실이 있는 본동으로 안내되는 듯했다.

'이러면 발을 묶어 놓을 수가 없잖아!'

지금 영림이 본동의 중심을 수색하고 있다. 자인과 경호원들은 모두 연회장에 있어야만 한다.

혜월은 조급해져서 주위를 둘러보았다.

불을 전부 꺼버려서 그들의 시야를 차단하거나, 아니면 작은 화재라도 일으켜야 할까.

혜월이 할 수 있는 일, 자인 일행의 발을 묶어 놓을 방법은 무엇이 있을까——.

"이거 아주 괜찮은 여잔데!"

그때 힘찬 목소리와 함께 무언가가 무대로 쿵 날아들었기에 혜월과 청가는 퍼뜩 놀라 고개를 들었다.

묵직한 소리와 함께 무대에 떨어진 그것은 다양한 보석이 박혀 있는 보검이었다.

무기가 날아오는 바람에 깜짝 놀랐지만, 이것은 공격하는 게 아니라 어디까지나 기녀를 향한 '선물'이라는 사실을 한 박자 늦게 이해했다.

그 증거로 그 자리에서는 돈자루, 허리띠, 호화로운 비단 등이 차례차례 날아왔다.

"어……?"

"아까 그 기녀를 뛰어넘는 춤 실력이라면 어디 한 번 보고 싶군! 어때, **소원**도 얼마든지 들어주마. 최고의 여흥을 선보이거라!"

그 시원시원한 말투가 문득 혜월의 기억을 자극했다.

목소리는 평소보다 굵고 매우 매끄러운 영국어로 들리지만 이 말투는, 혹시.

"어, 어떻게, 벌써 여기에……."

옆에 있던 청가는 이미 그 목소리의 정체를 알아채고 눈을 부릅떴다.

혜월도 눈을 비비며 어둠 속 객석을 관찰하려 했지만 다음 순간 그 노력을 포기해 버렸다.

"그래, 그래. 나도 꼭 받아 보고 싶네. 저 기녀들의 최선을 다한 환대를."

꽤나 귀에 익은 목소리가 뒤를 이었기 때문이었다.

온화하고 품위가 느껴지지만, 어딘가 모르게 심술이 배어나는 말투.

싱싱하고 묵직한 생화 다발을 무대로 던진 그 인물은 바로――.

'겨, 경창 님?!'

평소보다 화려한 차림새를 한 황경창, 바로 그였다.

그렇다면 역시 옆에 앉아서 사치품을 끊임없이 던져대는 인물은 터번을 써서 잘 보이지 않으나 나디르가 분명했다.

적발 작전이 하루 당겨졌는데도 천연덕스럽게 손님인 척 앉아 있는 두 사람을 보고 혜월은 턱이 빠질 만큼 놀라고 말았다.

* * *

시간을 잠시 거슬러 올라.

상인 가문의 아들로 변장하고 '접대 대상' 나디르, '이국의 시종' 진우와 함께 멋지게 기루 침입에 성공한 경창은 안내받은 자리에 앉아 웃는 얼굴로 빈틈없이 주위를 둘러보았다.

연회장은 정사각형 모양으로 네 벽 중 세 벽 앞에 탁자와 의자가 배치되어 있었다. 각각 수렴과 칸막이 천이 설치되어 있는 것을 보니 소수 인원으로 연회가 열릴 때는 그것을 내려 개인실로 이용하는 모양이었다. 지금은 전부 활짝 열어서 하나의 큰 공간으로 활용하고 있다.

세 벽 앞 좌석의 머리 위로는 마치 벽에서 마룻바닥이 튀어나온 듯, 반 층 높은 곳에 상석이 만들어져 있었다.

장식이 호화롭고 촛대가 잔뜩 배치된 모습을 보니 아마도 저 상석에는 특별한 손님이 앉는 모양이었다.

남은 한 벽, 상석에서 내려다보기 편한 장소에는 훌륭한 무대가 갖춰져 있었다.

지금은 하급 기녀 여러 명이 부채를 이용한 춤을 선보이는 중이었다.

'무대에 오르는 기녀가 넷, 술을 따르며 돌아다니는 기녀가 다섯. 식사 시중과 촛대 관리에 배치된 하녀가 여덟. 경호원은——

열. 흐음, 제법 실력 있어 보이는 자들인데.'

벽을 따라 서 있는 남자들을 흘끗 쳐다보고, 자세와 눈매를 통해 그 숙련도를 가늠한다.

일개 기루의 경비치고는 상당히 엄중한 축이었다. 연회장에 오는 동안 계단과 복도에도 상당한 인원이 배치된 모습을 이미 보았으니, 전원 소집될 경우 상대하는 데 꽤 애를 먹을지도 모른다.

전투가 벌어졌을 경우의 움직임을 어느 정도 염두에 둔 후 경창은 '상인 가문의 아들' 가면을 고쳐 썼다.

"이것 참, 오늘은 예약 없이도 올 수 있는 단체 연회라니 정말 행운이로군. ——아, 거기. 술 좀. 우선은 이쪽 손님께 먼저."

"네에."

술과 음식을 나르며 연회장을 돌아다니는, 중급 이하인 듯한 기녀에게 말을 걸자 상대는 청초한 태도로 술을 따라주었다.

술을 따를 때 살짝 이쪽을 올려다보며 손을 겹치는 모습을 보니 지명하면 바로 탁자에 앉아 줄 기색이었다.

기녀는 금품을 잔뜩 가지고 들어온 경창 일행을 상당히 인심이 후한 부자 손님이라 생각했는지 경창이 미소를 짓자 황홀한 얼굴로 상체를 내밀었으나,

"고마워. 그런데 이쪽 손님에게 화장실을 좀 안내해 드릴 수 있을까?"

"……네에."

유혹을 순식간에 거절당하고는 분한 듯 입술을 일그러뜨렸다.

"장소만 알려주면 된다."

하지만 낮은 목소리와 함께 일어선 인물의 얼굴을 보더니 금세 눈이 커졌다.

전신을 터번과 긴 옷자락으로 둘러싸 판별하기 쉽지 않지만, 아주 조금 드러난 얼굴은 어두컴컴한 연회석에서도 알아볼 수 있을 정도로 이목구비가 뚜렷하고 아름다웠다.

“아, 아뇨. 이쪽으로 오시지요. 다소 불편하지만 본동 쪽에 있습니다.”

기녀는 얼굴을 붉히며 남자를 연회장 밖으로 안내했다.

경창과 나디르는 멋지게 자리를 빠져나가는 데 성공한 진우를 한숨을 내쉬며 지켜보았다.

우선 한 명, 기루 수색에 내보냈다.

“뭐야, 진우— 저 녀석. ‘주인’을 제쳐두고 혼자서만 여자를 데리고 나가? 영국인들은 저렇게 음침한 남자를 좋아하는 건가? 내가 훨씬 화려하고 남자다운데?”

“예, 예. 알겠으니 터번을 쥐어뜯지 말아주세요. 지금의 당신은 얼굴이 밝혀지면 곤란하니까요.”

경창은 금세 대항 의식을 불태우며 얼굴을 드러내려 하는 왕자를 자연스럽게 말렸다.

그리고 탁자에 놓여 있던 촛불을 후 하고 불어 껐다.

지금 나디르가 있는 이 자리에서 염술이 연결되기라도 하면 곤란하기도 하고, 조금이라도 자신들의 얼굴이 드러날 걱정을 줄이고 싶어서였다.

경창 일행의 자리가 어둠에 묻힌 마침 그때 연회장 문이 열리고 수많은 시동들을 거느린 인물이 들어왔다.

"자인 님! 정말 잘 와 주셨습니다."

"늘 앉으시는 자리로 안내해 드리겠습니다."

그 순간 벽 앞에 대기하고 있던 경호원들이 후다닥 움직여 그 인물을 둘러쌌다.

경창과 나디르는 빠르게 시선을 교환했다.

——정말로 자인이 움직임을 서두른 것이다.

이국의 수상은 연회장에서 술잔을 나누는 손님들을 흘끗 쳐다보고는 큰 관심을 주지 않고 재빨리 상석으로 이동했다. 경창과 나디르는 그 사이에 다른 손님들과 마찬가지로 열심히 무대를 관람하는 척하며 자인의 시선을 피했다.

"주인 나리가 오셨어."

"뭐? 패향연은 내일일 텐데, 왜?"

"됐으니까 빨리 상급 언니들이 오기 전에 춤이나 추자! 우리도 나리 눈에 띌지 혹시 알아?"

갑작스러운 주인의 출현에 술을 따르던 기녀들이 다급히 무대로 이동하기 시작했다.

아무래도 자인의 환심을 사면 기루 안에서 서열이 올라가는 구조인 모양이었다.

기녀들은 재빨리 무대를 차지하려 하였으나, 그 야심은 이루어지지 못했다.

"거기, 모두 비키렴."

낮고 오싹한 색기를 띤 목소리가 울려 퍼지는 동시에 전신을 아름답게 치장한 기녀 한 명이 무대 위로 올라왔기 때문이다.

머리를 높이 올려 묶고 멀리서도 고가의 물건이라는 사실을 알 수 있는 비녀를 여러 개 꽂았다. 뚜렷한 이목구비와 치켜올라간 눈썹은 현란한 허리띠, 그리고 의상과 맞물려 사람 눈을 확 끌 정도로 화려했다.

“천화 언니.”

“벌써 듣고 온 거야……?”

무대에서 쫓겨난 기녀들은 분한 듯, 하지만 거역할 수 없다는 얼굴로 입술만 깨물었다.

그렇다면 저 여성이 바로 금청가의 머리카락을 자른 악연의 상대이자 이 기루의 정점, 금요라는 뜻이다.

천화는 당연하다는 표정으로 기녀들을 내려보낸 후 당당히 무대에 올랐다.

바로 뒤에서 한 발 늦은 상급 기녀들이 연회장으로 와르르 쏟아져 들어왔으나 이미 금요의 독무대가 펼쳐지고 말았다.

“정말 잘 오셨습니다. 이 천화, 금요는 언제나 자인 님이 찾아주시기만을 손꼽아 기다리고 있었답니다. 그럼 한 곡, 춤을 보여드리죠.”

금요는 다른 손님들 쪽은 돌아보지도 않고 상석의 자인만을 향해 요염한 미소를 지은 후 잽싸게 춤을 추기 시작했다.

방울을 꿰매 단 피백을 이용한 영무였다.

『호오. 저 기녀, 실력이 상당한데.』

기예에 까다로운 나디르도 저도 모르게 눈을 빼앗겼는지 모국어로 감탄했다.

"예. 발놀림이 상당히 안정적이군요. 마약 밀매의 중심 인물이라는 모양인데…… 저 기녀 본인은 췌류에 중독되지 않은 건가?"

경창도 고개를 끄덕이며, 뒷부분은 혼잣말처럼 중얼거렸다.

추종자 기녀들을 통해 손님들에게 마약을 유통시키고 있는 것으로 추정되는 금요.

영림의 이야기에 따르면 금요 자신도 췌류를 섭취하는 듯했는데, 적어도 지금의 금요는 제정신이며 신체적으로도 충분히 제어력을 갖고 있는 것처럼 보였다.

"청가 님이 바라는 대로 저 기녀를 이쪽으로 끌어들일 수 있다면 증인이 확보되니 우리로서도 고마운 일일 텐데 말이죠."

"굳이 협력을 요청할 필요도 없지 않아? 붙잡아서 자백을 시키면 그만이니까. 기녀 금요와 지배인 충원. 물증이 있으면 최고겠지만 일단 증인이 두 명 있으면 자인을 법정에 끌어낼 수는 있겠지. 뭐, 세르바는 고문도 특기야."

"영국 무관 앞에서 영국 백성을 고문시키겠다는 무서운 말씀을 그리 가볍게 하지 말아 주십시오. 저희 영국은 법치국가입니다."

경창은 냉정을 유지하면서도 자연스럽게 시선을 돌려 주위를 둘러보고는 다시 머릿속에서 바쁘게 계책을 짜냈다.

대군을 끌고 와 기루를 한꺼번에 제압하는 일이 어렵다면, 우선은 자인을 구속하고 중요 인물인 충원과 금요를 체포해야 한다.

'가능하면 금요 님은 우리 손으로……말이지.'

경창은 옆에 앉은 나디르를 흘끔 쳐다보았다.

나디르의 말대로 서국에서, 그리고 영국에서도 마약 밀매는 중죄다. 청가는 소꿉친구를 감싸주고 싶은 눈치였으나 만일 금요가 주범이고 쾌락에 빠져 마약을 여기저기 퍼뜨렸다면 처형을 면하기는 어렵다.

하지만 적어도 서국으로 인도되지만 않으면 무시무시한 고문이나 시체에 채찍질을 하는 등의 사태는 피할 수 있을 것이다.

추녀들에 비해 경창의 판단은 냉정하면서, 또 냉혹할 수밖에 없었다.

그 속에 엿보이는 최대한의 인정이 있다면 그것은 자신의 손으로 금요를 체포하여, 형량 참작의 여지를 최대한 긁어모아 금요를 조금이라도 더 존엄하게 죽을 수 있게 해 주는 일——그게 전부였다.

'물증 수색은 취관장한테 맡기자. 그리고 추녀들을 이 위험한 기루에서 빼내야 해. ……세 사람은 아직 창고 안에 갇혀 있겠지?'

진우에게는 먼저 기루를 수색하여 물증을 찾고, 추녀들은 맨 나중에 풀어주라고 부탁해 놓았다.

왜냐하면 일찌감치 풀어줄 경우 추녀들이 용감하게 연회장으로 뛰어들어 흑막과 직접 대결을 하려 들 테니 말이다.

기녀로서 돌아와 패향연에서 금요와 정면으로 대결할 생각이라고 들었지만 기껏 계획이 하루 앞당겨졌으니, 추녀들은 '안타깝게도 제때 준비가 되지 못해 결국 창고에서 기다리다 끝나는' 전개를 맞이하게 해 주고 싶었다.

'가끔은 얌전히 보호받았으면 좋겠다고.'

경창은 무의식적으로 한숨을 쉬며 다시 주위를 둘러보았다.

이곳은 기루. 여자들이 몸을 파는 장소다.

아무리 생각해도 소중한 여성들이 이런 곳에서, 심지어 기녀로 변장하여 남자 손님들의 시선을 끌려고 한다는 게 기분이 좋을 리가 없다.

'뭐, 천화의 차림새를 보아하니 어느 정도는 규율이 있는 기루인 것 같긴 하지만.'

무대에서 유유히 춤을 추는 금요를 바라보았다.

천향각의 꼭대기 자리를 차지한 금요는 뜻밖에도 노출 없는 옷차림을 하고 있었다.

목깃이 높아 목까지 빈틈없이 가리는 의상에 가슴도 전혀 파여 있지 않다. 다리 힘을 살리는 무용치고는 치맛자락 사이로 맨다리가 엿보이지도 않는다. 흐트러진 부분을 아예 제거함으로써 오히려 희소성을 높이려는 전략이리라.

애초에 천향각만큼 격식 있는 기루에서는 상급 기녀의 춤을 볼 기회 자체가 별로 없고, 그에 상응하는 돈을 산더미처럼 준비해 오지 않으면 기녀와 잠자리를 갖지도 못한다.

값싼 기녀라면 하룻밤 안에 손님을 여럿 받기도 한다는 모양이지만, 천향각의 기녀라면 중급 정도라 해도 술 따르기부터 시작하고 석 달은 다녀야 겨우 지명할 수가 있다고 한다.

실제로 아까 술을 따르러 왔던 기녀 역시 팔다리를 꽁꽁 싸맨 차림새였다.

'그렇기 때문에 추녀들의 잠입도 허락했던 거긴 해.'

그때 금요가 영무를 마치고 상석의 자인과 대화를 시작했다.

자인은 이 천화의 춤이 매우 마음에 들었는지 상으로 여겨지는 대량의 상자를 시동들을 시켜 날라 오게 했다. 서국 남자들은 정말로 후하게 선물 주기를 좋아하는 모양이다.

그때 너무 지나친 것 아니냐면서 험악한 표정으로 지배인이 뛰어들었다.

저자가 충원이다.

두 사람이 작은 목소리로 무어라 대화를 나눈 후, 충원이 갑자기 온화한 태도를 취하기 시작했다. 이 지배인은 자인을 매우 충성스럽게 따르는 듯했다.

"소원을, 무엇이든, 들어 주신다고 하셨지요?"

총애를 확신한 금요가 천천히 계단을 올라갔다.

어쩌면 이대로 상석에서 마약 관련 거래나 지시가 이루어질지 모른다.

'저 둘의 대화를 듣고 싶은데. 어떻게든 몰래 상석에 접근할 수 있다면——.'

눈을 가늘게 뜨고 생각에 잠기는 경창이었으나, 그 사고는 중단되고 말았다.

"기다려 주세요."

계단 아래 무대에서 늠름한 목소리가 울려 퍼졌기 때문이다.

"——?!"

놀라서 돌아보는 것과 동시에 실내에 있는 모든 촛대에서 불이 꺼졌다.

무관으로서의 본능으로 소맷자락에 숨겨 놓았던 단도에 손이 뻗었으나, 무대에 단 하나의 불꽃이 켜졌을 즈음 경창은 경계를 풀었다.

왜냐하면 불꽃에 비춰진 얼굴이 여동생 영림의 것이었고, 그 얼굴에 떠오른 고집 센 표정은 주혜월의 것이었으므로.

즉 이 갑작스러운 암전은 혜월의 소행이라는 뜻이다.

'우와. 저 애들도 딱 맞춰 왔잖아.'

경창은 관자놀이를 꾹 누르고 싶어졌다. 자인의 등장이 생각지도 못하게 하루 당겨졌는데, 머뭇거리지도 않고 작전을 실행에 옮길 줄이야.

'저 애들은 정말 숨 쉬듯 사고를 친다니까.'

조마조마하기 그지없지만, 경창도 수사를 금지하지는 않았으니 이렇게 될 것도 염두에 두었어야 했다고 할 수밖에 없다.

냉정하게 스스로를 타이르는 경창이었으나 실내가 다시 밝아졌을 때 저도 모르게 "어?" 하는 낮은 중얼거림이 입에서 흘러나왔다.

"연회는 아직 끝나지 않았습니다."

"저희는 이번에 새로이 천향각에 들어온 신입입니다. 저희가 최고의 환대를 약속드리겠어요."

환하게 밝혀진 무대에 선 '황영림'——아니, 정확히 말하면 주혜월이 다른 기녀들에 비해 훨씬 단정치 못한 차림새를 하고 있었던 것이다.

옆에 선 금청가는 머리에 얇은 천이라도 쓰고 있으니 그나마 좀 나았다.

하지만 혜월은 밝은 색의 상당히 얇은 천으로 만들어진 옷을 입고 있었으며, 심지어 손에 촛불까지 들었기에 몸의 윤곽이 얼핏 들여다보일 정도였다.

아니, 진짜 문제는 그게 아니었다.

경창이 숨을 들이켜게 만든 가장 큰 문제는 혜월이 부끄러운 듯 몸을 배배 꼬고 있다는 데 있었다.

"오오! 신입이라! 단체 연회에서 설마 상급 기녀부터 신입까지 다 구경하게 될 줄이야!"

"아주 좋은데, 저 풋풋한 느낌!"

히죽히죽 웃는 남자들의 시선을 느끼고 혜월은 얼굴을 붉히며 눈을 내리깔았다. 그 모습을 본 남자들이 한층 더 천박하게 웃어 댔다.

'잠깐, 잠깐…….'

경창은 하늘을 올려다보고 싶어졌다.

단정치 못한 의상 이상으로 그 수줍음 많은 태도가 일부 남자들의 욕정을 자극한다는 사실을 혜월은 상상조차 하지 못하고 있으리라.

자신의 여동생이라면 분명 제아무리 얇은 옷차림이라 해도 당당히 서서 오히려 파고들 틈을 전혀 주지 않았을 텐데.

"천향각에서는 지배인의 방침으로 견습 기간에는 무조건 얇은 옷을 입어야 한다는 규칙이 있대."

"그거 괜찮은데? 풋풋하지만 대담한 느낌, 최고야."

'그렇군?'

경창은 가볍게 한숨을 내쉬고 결심했다.

'——죽여버려야겠어, 저 지배인.'

법치국가의 무관인 경창은 방금 전 나디르를 제지하느라 했던 말을 쉽게도 잊어버리고 그런 생각을 했다.

아니, 스스로도 놀랄 만큼 화가 치솟았다. 물론 이것은 어디까지나 동생 '황영림'의 육체적 존엄이 더럽혀진 데 대한 분노에 불과하지만.

『흐응? 청가는 몰라도 영림 쪽은 너무 인형 같아서 별로 구미가 안 당기던데, 이렇게 보니 생각보다 순진하고 사랑스러워 보이는 군——컥.』

"수사 중입니다."

경창은 수사 중임에도 부적절한 발언을 내뱉는 왕자의 얼굴을 불경하게도 한 손으로 움켜쥐고 젖혀버렸다.

그때 기껏 청가가 춤을 선보이겠다고 제안했음에도 불구하고, 충원이 그것을 정면으로 가로막았다.

"자인 님은 바쁘시다! 천화는 이미 금요로 결정되었으니 신입이 나설 차례는 없어."

경창은 의아해졌다.

지배인은 신입들을 연회에 내보내고 싶어 한다는 이야기를 분명히 들었는데 말이다.

그때 옆에 있던 나디르가 갑자기 굵은 소리로 고함을 질렀다.

"이거 아주 괜찮은 여잔데!"

그리고 옆에 놓여 있던 자루 속을 뒤져 실용적이지 않지만 누가 봐도 고급품이라는 사실을 알 수 있는 보검을 꺼내서 구대로 집어 던졌다.

"왕자 전하?"

"멍청아, 너도 빨리 해! 청가와 혜월이 자인을 붙잡아 놓지 않으면 곤란해지잖아."

왜 그런 눈에 띄는 짓을, 하고 비난의 시선을 보냈으나 나디르는 작은 목소리로 빠르게 속삭였다.

실내가 어두워서 잘 보이지 않았으나 눈동자가 파랗게 물들어 가고 있었다. 흥분한 눈치였다.

'단순히 청가 님의 춤을 보고 싶다는 이유는 아니겠지?'

경창은 떫은 기분이 들었으나 결국 뒤따르기로 했다.

물론 현 시점에서 결정적인 물증을 잡지 못한 이상 자인을 이 자리에 조금 더 붙잡아 둬야 하는 것은 사실이었다. 도망을 방지하기 위해 항구와 길에 배치해 둔 부하들도 진형을 가다듬으려면 시간이 더 필요하리라.

경창은 한숨을 내쉰 후 바로 명랑한 표정을 지었다.

"그래, 그래. 나도 꼭 받아 보고 싶네. 저 기녀들의 최선을 다한 환대를."

경창이 무대로 던진 것은 셰르바인이 흔히 선물한다는 새빨간 장미였다.

나디르의 취향이 반영된 결과였으나 던지고 보니 실로 무대와 잘 어울렸다.

"부탁할게."

저도 모르게 웃는 얼굴에 힘이 들어간다.

혜월이 움찔하며 겁먹은 듯 턱을 뒤로 빼는 모습을 보고 경창은 생각했다.

경계할 대상은 내가 아니라 다른 데 있지 않아? 라고.

***

'경창 님이, 어, 엄청나게, 화가 난, 것 같은데……!'

아래 자리에서 경창의 모습을 발견한 후로 혜월은 식은땀이 흐르는 것을 멈출 수가 없었다.

경창은 누가 봐도 호청년다운 미소를 띠고 있었으나 혜월은 알고 있다. 경창이 동생 영림과 마찬가지로 화가 나면 날수록 미소가 환해지는 성질을 지닌 인간이라는 것을.

혜월 일행 측에서 연락도 하지 않고 하루 일찍 패향연에 독단적으로 참석해버리는 바람에 화가 난 모양이었다.

'어쩔 수 없잖아! 연회 날짜가 바뀐 건 불가항력이었고, 염술도 연결이 안 됐으니까!'

아마도 얼굴을 보이지 않기 위해 불을 피했던 모양이지만 그 때문에 야단을 맞다니 정말 부조리한 일이다.

'그보다 당신들도 아무 말 없이 일찍 쳐들어왔잖아!'

마음속의 필사적인 항변이 들릴 리 없는 경창 일행은 계속해서 비싼 물건을 무대로 던져댔다.

중원절 의식 때 완벽한 춤을 선보인 추녀에게 보내는 수준의 칭찬이었다.

"오오!"

"좋다, 좋아!"

"신입들도 춤 한 번 춰 봐!"

후한 씀씀이에 자극을 받았는지 다른 남자들도 앞 다투어 몸에 지니고 있던 부채나 품에 숨겨 놓았던 금 등을 던지기 시작했다.

"여러분! 각별한 후의, 정말 감사합니다!"

결국 그것이 성공했는지 돈에 눈이 먼 듯한 지배인은 다급히 무대로 올라와 혀를 날름거릴 기세로 웃음을 지으며 손님들을 둘러보았다.

"그렇게 큰 기대를 해 주시다니, 당연히 신입들에게 춤을 출 기회를 주어야겠지요. 주인 나리를 보내드린 후 여러분께서 편안히 춤을 감상하실 수 있도록 시간을 드리겠습니다."

오히려 시원스러워 보일 정도의 태도 전환이었다.

하지만 그때 청가가 재빨리 제동을 걸었다.

"저는 자인 님께 춤을 보여드리고 싶습니다. 자인 님이 보지 않으시겠다고 한다면 손가락 하나 움직이지 않겠어요."

"건방지게……."

충원이 싸늘하게 노려보았다.

하지만 무대로 날아든 대량의 금과 금품들을 보고는 턱을 뒤로 쓱 빼고, 자인을 향해 눈치를 살피는 듯한 시선을 보냈다.

『자인 님, 이 신입은 아무리 돈을 자루로 갖다 줘드 자인 님이 아니면 춤을 보여드리고 싶지 않다고 합니다. 어떻게 하시겠습니까……?』

『흠, 그렇다면 어디 한 번 볼까. 뭐, 아직 시간은 있다.』

혜월은 서국어 대화를 알아듣지 못했으나 아무래도 붙잡아 두는 데 성공한 모양이었다.

자인은 시종을 향해 손을 들어 의자를 가져오게 한 후 문 바로 근처, 무대 옆 부근에 걸터앉았다. 상석으로 돌아가기도 귀찮은가 보다.

『금요, 너도 앉아라.』

"제게도 자리를? 감사합니다……."

손짓으로 재촉을 받은 금요는 어색하게 감사 인사를 한 후 자인 옆에 앉았다.

하지만 그 눈은 내내 무대에 선 청가만을 바라보고 있었다.

분명 쫓아냈다고 생각했는데 대체 뭐 하러 돌아온 거야, 하고 묻기라도 하는 듯했다.

'네게 정면으로 도전하러 온 거야, 이 여자는.'

혜월은 마음속으로 대신 대답하며 충원을 향해 이렇게 목소리를 높였다.

"저는 여러분께 술을 따라 드리겠어요."

무대는 이제 완전히 청가가 독차지했다.

춤 실력에 크게 자신이 없는 혜월은 거기에 말려들기 전, 재빨리 술 따르는 담당을 맡아서 빠져나왔다.

물론 노림수는 다른 곳에 있었다.

'칼을 찬 남자가 있으면 다 재워버려야 해.'

청가가 춤으로 자인을 붙잡아 놓고 영림이 기루를 수색하는 사이, 혜월은 경호원들에게 수면제를 먹여 전력을 줄이기로 미리 정해 놓았다.

혜월은 촛대와 맞바꾸어 하녀들에게서 술동이를 빼앗아 들고는 술을 채우러 가는 척하며 술통 옆에 있던 물병에 가루약을 탔다.

경호원들은 연회가 열리는 사이 술이 아닌 물만을 마신다.

물병에 약을 타 놓으면 그들은 곧 쓰러질 터였다.

참고로 이 수면제는 당연히 영림에게서 나왔다.

「최근 들어 통증과 불면에 고통받는 날이 많아서 늘 갖고 다니는 게 습관이 되었어요.」

창고에서 작전 회의를 할 때 영림은 아무것도 아니라는 듯 웃으며 약을 건넸지만 그런 발언 하나하나에 혜월은 얼굴을 찌푸리지 않을 수가 없었다.

빨리 이 일을 매듭짓고 영림의 건강과 몸을 바꾸는 도술이 무슨 관련이 있는지——관련이 있을 경우 자신은 친구를 위해 인생을 내던질 수 있는지를 잘 생각해 보아야만 한다.

'하나는 끝났어. 그리고 안쪽에 있는 나머지 세 개의 물병도…….'

술병 내용물을 근처에 있는 손님에게 대충 따라 주고, 이번에는 안쪽 물병으로 다가가자.

그런 생각을 하면서 잔이 빈 손님을 찾고 있는데,

"뭐야, 술 따르러 왔어? 그럼 여기도 좀 와줘."

아래 좌석에서 경창이 불렀다.

"……어디 보자, 그럼 저쪽에 계신 어르신부터."

"여기라니까."

혜월이 못 들은 척하며 다른 곳으로 가려 하자 자리에서 일어난 경창이 팔을 덥석 잡고 자신들의 자리 쪽으로 아예 끌어당겼다.

"우선은 꽃을 선물한 손님부터 찾아와야 하는 것 아니야?"

"기, 기녀에게 손을 대지 말아 주세요. 접촉 금지랍니다. 호호호……."

무리가 있는 주장을 하며 손을 뿌리치려 했지만 반대로 이번에는 술병을 든 손 위에 경창이 손을 겹쳤다.

"흐음? 그런 기루도 있구나."

'가까워! 가까워도 너무 가깝다고!'

심지어 얼굴까지 바짝 들이밀었다. 숨결이 닿을 정도의 거리와 밀착된 커다란 손 때문에 혜월의 심장은 한 번도 들어 본 적 없는 속도로 요란하게 뛰기 시작했다.

"어, 어쩔 수 없잖아! 나는 경호원들을 수면제로 재우는 담당이니까!"

"그렇다고 해도 그 차림은 뭐야? 그보다 남자를 자극하는 그 동작은 또 뭔데? 세상 남자들은 그런 여성을 괴롭히고 싶어지는 법이라고."

"자, 자극……?! 그게 무슨 생트집이야! 난 그런 짓을 한 적이 없어!"

혜월이 갈라진 목소리로 항의하며 고개를 격렬하게 가로저었다.

아까부터 거리도 너무 가까운 데다 이 큰 손을 뿌리칠 수가 없었다.

얇은 옷 너머로 바로 곁에 선 경창의 높은 체온이 느껴지는 것만 같았다.

이 남자 앞에서 이렇게 얇은 옷을 입고 있다고 생각하니 천박한 남자들의 시선이 모였을 때보다 백 배는 더 수치스러운 기분이 혜월을 덮쳤다. 얼굴이 뜨거워 견딜 수가 없었다.

"그러니까 그런 부분이……."

"무, 무슨 소리야!"

울상이 되어 항의했지만 경창은 "그만 됐어"라며 미간을 찌푸리고는 남자용 웃옷을 걸쳐주었다.

"일단 물리적으로 해결하자. 노출을 줄이는 거야. 잠깐만 기다려, 그 빈틈이 너무 많은 옷을 꿰매 줄 테니까. 실은 나, 재봉도 특기──."

"어느! 세상에! 기녀 옷자락을 꿰매고 다니는 남자가 있어!"

혜월은 순간적으로 그 웃옷을 내팽개쳤다.

"여동생의 몸이 더럽혀지는 것 같아서 기분이 안 좋은 건 이해하지만, 아무리 그래도 이건 과보호야."

"여동생──."

경창은 어째서인지 거기서 말을 꿀꺽 삼키고 다시 입을 열었다.

"그래, 맞아. 그렇고말고. 너는 내 여동생이고 나는 네 오빠야. 그러니까 걱정하는 거잖아!"

"왜 그렇게 큰 소리를 질러!"

"나도 몰라!"

자포자기한 그 말투에 혜월은 다소 놀랐다.

경창은 좀 더 이지적으로 이야기하던 인물이 아니었던가.

"뭐야, 뭐야. 왜 그렇게 흥분하셨나?"

그때 혜월과 경창이 서로 소리를 지르는 게 들렸는지 벽 쪽에서 대기하던 경호원 한 명이 다가왔다. 기루의 규율을 어긴 기녀나 기루에 해를 끼치는 손님을 잡아내는 것이 그의 임무다.

'큰일이야!'

혜월은 소매로 얼굴을 가렸다.

몰래 수면제를 먹여 재울 생각이었는데 그 대상인 경호원이 이쪽으로 접근하다니.

"곤란합니다, 손님~. 기녀에게 욕설을 퍼붓거나 때리기를 원하신다면 별도의 요금을——푸헉!"

하지만 경호원의 알랑거리는 목소리가 갑자기 뚝 끊어지는 바람에 놀라서 고개를 들었다.

상당한 실력자일 경호원이 검자루에 손을 짚은 채 눈을 까뒤집고 있었다.

"냉정하게 생각해 봐. 네가 찔끔찔끔 약을 넣으며 돌아다니는 것보다 내가 이렇게 하나씩 해치우고 다니는 게 백 배 빠르지 않겠어?"

"당신이야말로 좀 냉정하게 생각하란 말이야!"

주먹 한 방에 경호원을 기절시켜버린 경창의 실력에 소름이 돋았다.

언변이 청산유수라는 인상이 자꾸만 앞서지만, 그러고 보니 경창도 무관이었다.

혜월은 무릎부터 무너지는 경호원을 일단 자리에 앉히고 상황을 수습해 보려 했다.

허둥지둥하는 두 사람을 옆에서 보고 있던 나디르가 어이없다는 듯 말했다.

"소란스러운 남매로군. 봐라, 청가의 춤이 시작된다."

나디르가 가리킨 대로 무대에서는 마침 얇은 천을 머리에 고쳐 쓰고 자세를 갖춘 청가가 음악이 시작되기를 기다리고 있었다.

"자인은 여자를 매우 밝히니 청가의 저 미모라면 아무리 춤이 서툴다 해도 푹 빠져서 지켜보겠지. 그 틈에 우리는 놈의 옆으로 접근해서——."

나디르가 눈을 가늘게 뜨고 작전을 설명했으나, 그 말이 끝까지 이어지는 일은 없었다.

——삐——…….

최초의 피리 소리와 함께 청가가 들어올린 한쪽 팔.

그 동작이 무척이나 아름다웠기 때문에.

——삐——리리…….

마치 새가 지저귀는 듯한 피리 소리에 맞춰 청가는 얇은 천을 천천히 들어 올리며 고개를 갸웃했다.

고작 그 동작이 전부인데도 천 아래로 언뜻 들여다보이는 얼굴의 아름다움은 사람들의 시선을 전부 빼앗아버렸다.

『……흥, 아름다운 여자로군. 영국의 수수한 춤으로도 자인의 발을 묶어 두기에는 충분하겠어.』

나디르는 한순간 관심을 갖기는 했으나 금세 정신을 차렸는지 허리를 굽히고 자인에게 다가가려 했다.

흑막인 자인과 그 부하 충원. 그리고 확산 담당 금요.

이 세 사람이 지금 문 근처, 무대 옆에 모여 있다.

이들을 일제히 구속하는 데 이보다 더 좋은 기회는 없다.

『잘 듣거라, 경창. 세 사람을 동시에 구속하려면 연계가 필수다. 청가의 춤에 홀려 있을 때가 아니라 집중해서——.』

재빨리 지시를 내리던 나디르였으나 그 말은 또다시 끊어지고 말았다.

——파앗!

우아하게, 그저 단아하게만 춤추던 청가가 갑자기 피백을 나부끼며 무대에 떨어져 있던 무언가를 주워들었던 것이다.

그것은 아까 나디르가 '선물'로 던져준 대량의 금과 보석으로 장식된 장검이었다.

"우왓?"

"오오!"

검을 줍기만 한 게 아니라 재빨리 칼집에서 뽑아들기까지 한 청가를 보고 관객들이 술렁거렸다.

촛대 불빛을 반사하여 빛나는 그 검신은 우아한 춤과 달리 너무나 무시무시해 보여서 도무지 어울리질 않았던 것이다.

하지만 비명 섞인 술렁거림은 금세 감탄으로 바뀌었다.

——촤악!

청가가 머리에 썼던 얇은 천을 힘차게 집어던졌기 때문이었다.

"와아!"

"세상에……!"

드러난 여자의 모습에서 제일 먼저 시선을 끄는 부분은 짧게 잘린 머리카락이었다.

영국 여자로서는 말도 안 되는 길이의 머리카락을 보고 관중은 웅성거렸으나, 그것은 결코 그 모습이 안타깝거나 처참해서가 아니었다.

오히려 청가가 움직일 때마다 가볍게 바람에 나부끼는 머리카락 끝이 고혹적으로 시선을 끌었다.

높이 도약하는 움직임에 맞춰 아름다운 궤적을 그리며 흔들리는 머리카락.

가슴을 뒤로 젖히고 선회하면 머리가 얼굴에 닿아 흐트러지는 그 모습 자체가 정사 도중의 여자를 연상시켜서 관객들의 심장을 빠르게 뛰게끔 만들었다.

"핫!"

짧은 기합 소리와 함께 청가는 또 하나의 검을 꺼내들었다. 그것은 허리에 차고 있던 단도였다.

빛나는 장검과 우아한 곡선을 그리는 샴쉬르.

두 자루의 검을 각각 양손에 든 청가는 제자리에서 빙글빙글 회전했다.

몸을 뒤로 젖히면 검신도 따라서 커다란 원을 그린다.

혜월은 저도 모르게 마른침을 꿀꺽 삼켰다.

'처음 봐…….'

도대체 누가 예상이나 했을까.

늘 품행이 바른 우등생.

올곧고 예의바르며 누구보다 규범에 까다롭고, 법도에 맞는 아름다움만을 추구해 온 금청가가 이런 춤을 선보일 줄은.

'이건——검무!'

그것은 마치 지상에 춤추며 내려온 전투의 여신 같았다.

대담하고 힘차게, 하지만 언제나 피비린내가 따라오는 요염함으로 관객들을 압도한다.

『말도 안 돼.』

옆에 있던 나디르가 쉰 목소리로 중얼거리는 것이 들렸다.

잡아먹을 듯 무대를 응시하는 나디르의 눈동자는 지금 흥분을 머금고 푸르게 빛났다.

7. 영림, 진상을 밝혀내다

혜월, 청가가 경창 일행과 합류한 것과 거의 비슷한 즈음.

여전히 하녀 차림의 영림은 물통과 걸레를 들고 청소하는 척하면서 기루 안을 시원시원하게 탐색하고 있었다.

연회가 앞당겨지는 바람에 혜월과 청가가 다급히 창고에서 끌려 나간 것이 사반각쯤 전의 일이다. 그 정신없는 틈을 타 영림은 다시 하녀로서 기루 안으로 돌아왔다.

누군가에게 들키면 큰일이라는 생각에 경계했지만, 실제로는 경호원도 기녀도 하녀도 전부 빨라진 연회 준비 때문에 바쁘기 그지없어서 잽싸게 움직이는 하녀의 존재 같은 건 쳐다보지도 않았다.

골치 아픈 경호원들이 전부 호위 임무 때문에 연회장에 모인 덕분에 수사는 순조롭게 진행되어 이제 남은 곳은 본동 내의 욕실과 누각 위 연회장뿐이었다.

하지만 지금까지 계속 허탕만 이어졌기에 아무리 배짱 두둑한 영림이라도 슬슬 조급해졌다.

'보관 장소를 찾을 수가 없어. 그렇다고 어딘가에서 원료를 들여와서 조합하는 것 같지도 않고. 꽤 교묘하게 숨겨놓았네. 이렇게까지 마약을 철저하게 숨기다니, 쉽게 할 수 있는 일이 아니야.'

영림이 또 하나 신경 쓰이는 부분은 기녀가 췌류를 마시는 모습을 본 적이 없다는 점이었다.

중독 증상을 일으킨 기녀가 있는 이상 어딘가에서 췌류를 분명 섭취하고 있을 텐데, 기녀들이 수상한 술이나 음식을 먹는 현장을 본 예가 없다.

'도대체 어떻게…….'

마지막으로 남은 장소, 누각이나 욕실에 가 보면 그 수수께끼도 풀릴까.

'연회장에는 혜월 님과 청가 님이 계셔. 나는 욕실 쪽을 찾아보자.'

새삼 결의를 다진 영림은 '요지'라는 이름이 붙은 대욕탕으로 다가갔다.

자인이 천향각을 사들이면서 서국풍으로 개조했다는 증기 욕탕이다.

많은 양의 물과 장작이 필요하기 때문에 본동 1층에 설치되었고, 천화의 방과도 붙어 있다.

'경비는…… 어머나, 아직도 있네.'

영림은 복도 모퉁이를 돌기 직전 몸을 벽에 붙이고 조심스럽게 요지의 상태를 관찰했다.

입구 앞에는 건장한 경비원이 두 명. 천화의 방 앞 경비원조차 자인 경호로 차출되었는데 이 국면에서도 경비를 게을리 하지 않는 것을 보면 요지를 상당히 엄중하게 지키고 있다는 사실을 알 수 있다.

즉 이 욕실이 바로 천향각에서 가장 중요한 장소라는 뜻이다.

'청소하는 척하면서 들어가……는 작전을 쓰자니 나는 이미 쫓겨난 몸이지. 그렇다면 역시 저 두 사람을 정면으로 격파하는 수

밖에 없어.'

두 사람을 찬찬히 관찰하며 영림은 머리를 굴렸다.

허를 찌르면 호신술을 이용해 쓰러뜨릴 수 있지 않을까.

하지만 둘 다 검을 차고 있고 주위 경계도 하고 있다.

게다가 바로 코앞에 있는 빡빡머리 남자의 경우 허리에 징을 달고 있는 게 문제다.

이변이 일어나면 저것을 바로 소리 높여 울려서 기루 내의 다른 실력자들을 전부 불러 모을 것이다.

수가 늘어나면 무인도 아닌 영림으로서는 이 자리를 제압하기가 어려워진다.

'윽, 혜월 님의 몸이라면 평소보다 발차기도 손날도 위력이 높을 텐데. ……아니야, 이러면 안 돼, 영림. 이건 혜월 님의 몸이니까 절대로 상처가 나지 않도록 신중을 기해야 해.'

접근전을 선택지에서 배제할 경우, 저 두 사람을 다른 장소로 유인하는 방법밖에 없다.

영림은 일부러 욕실 반대편에 위치한 복도로 가서는 청소용 물통에 정원의 돌을 꽉 채워 수건으로 난간 높은 곳에 묶어서 매달았다. 그리고 수건을 약간 찢어서 금방이라도 떨어질 수 있게끔 해 두었다.

이러면 얼마 지나지 않아 무게 때문에 천이 찢어져 통 속의 돌이 소리를 내며 쏟아질 터였다.

찢은 정도가 적절했는지 영림이 원래 위치로 돌아와서 얼마 지나지 않았을 때.

——와르르르!

꽤 요란한 소리와 함께 통이 낙하했다.

"뭐야?"

"저쪽이군. 내가 보고 오지."

경비원들이 바로 반응했다.

하지만 그들은 상당히 신중한 성격인 모양인지 욕실 앞을 벗어난 사람은 소리 발신지에서 가까운 쪽에 서 있던 한 명뿐이었다.

'아아, 아쉬워라.'

이를 갈긴 했지만 상대방의 전력을 반으로 줄인 것만 해도 큰 성과다.

욕실 앞에 남은 나머지 한 명의 경비원도 소집용 징을 들고 있는 건 골치 아프지만 지금은 동료가 간 쪽만 빤히 쳐다보고 있다.

살금살금 다가가 등 뒤에서 습격하면 어떻게든 쓰러뜨릴 수 있을 듯했다.

'잠시만 그쪽을 보고 있어요…….'

발소리를 죽이고 모퉁이에서 나가려 한 순간, 복도 저편을 쳐다보던 남자가 갑자기 이쪽을 홱 돌아보았다.

"……뭐지?"

'아차!'

재빨리 목을 움츠렸으나 이미 눈은 마주치고 말았다.

'일단 퇴각하자——!'

경비원과의 사이에는 아직 어느 정도의 거리가 있다. 전속력으로 달아나면 어찌어찌 빠져나갈 수 있을 것이다.

마음을 굳힌 영림은 왔던 방향을 돌아보았으나,

"꺄악!"

그 순간 무언가에 얼굴이 푹 파묻히는 바람에 먹먹한 비명이 터져나왔다.

"조용히."

재빨리 몸을 일으키려 했지만 한쪽 팔뚝을 붙잡혔고, 커다란 손이 영림의 입을 틀어막았다.

"——……!"

영림은 발버둥 쳤지만 낮고 담담한 그 목소리가 귀에 익은 느낌이 들어 눈을 깜박거렸다.

"취……."

어두컴컴한 복도에서 키 큰 상대를 말끄러미 올려다보던 영림은 겨우 정체를 알아차렸다.

어째서인지 서국인처럼 하얀 로브를 걸치고 터번까지 썼지만 이 파란 눈의 소유자는——.

'취관장님?!'

후궁의 수호자이자 요명의 이복동생, 취관장 진우였다.

화장실에 가는 척하고 여자를 손쉽게 따돌린 진우는 누각에서 바로 내려와 본동으로 접근했다.

사전 염술 보고가 확실하다면 황영림 일행의 수사가 아직 미치지 못한 장소는 술 창고와 향당, 그리고 욕실과 연회장까지 총 네

곳이다.

누각에는 경창 일행이 있으니 먼저 찾아본다면 그 외, 본동이나 숙박동에 있는 세 곳이다.

그중에서도 제일 먼저 욕실로 향한 이유는 기루에 들어온 순간 전신을 후끈하게 감싼 습기가 마음에 걸렸기 때문이다. 물론 기루는 그 장소의 성질상 욕탕을 갖춰 놓은 경우가 많지만 이렇게까지 습도가 높은 것은 의아하게 느껴졌다.

경창과 나디르는 그렇게까지 신경 쓰이지 않는 모양이었지만 차고 서늘한 현가 북령 출신의 진우는 불쾌해서 견딜 수가 없었다. 이런 위화감과 불쾌감이 일종의 경보로 작용하는 경우도 많다는 사실을 직업상 잘 알고 있었기에, 제일 먼저 욕실로 발걸음이 향했던 것이다.

'경비원이 많다고 들었는데 이상하게 조용하군. 다들 자인을 경호하러 갔나?'

때때로 복도에서 마주치는 경비원은 손님인 척하고 해치웠다.

더 많은 인원이 배치되어 있을 줄 알았는데 본동 복도로 나올 때까지 스쳐 지나간 인원은 네 명 정도밖에 되지 않았다.

그들은 하나같이 "자인 님이 내려 주신 선물이다!" "시동들을 도와줘야 해. 조심해서 날라!"라며 커다란 상자를 나르느라 정신이 없었기에 어쩌면 진우가 굳이 변장을 하지 않았어도 딱히 수상하게 여기지 않았을지도 모른다.

'욕실은 이 너머인가?'

천화의 방과 욕실이 있다는 본동의 1층.

누각에서 본동으로 이어지는 복도에는 당연히 경비가 남아 있지만 진우는 기루 안에서 길을 잃은 손님인 척하고 그들에게 다가간 후 소매 속에 감춰 두었던 칼등으로 쳐서 기절시켰다. 알고 보니 무기를 감춘다는 점에서 서국풍 로브는 꽤 편리했다.

고요해진 복도를 재빨리 걸어서 드문드문 촛대로 불을 밝힌 본동 복도로 건너갔다.

욕실 입구는 반대편에 있는 듯했기에 안으로 들어가려면 복도를 빙 돌아가야 했다.

첫 모퉁이를 꺾자 진우의 시선 너머에 수상한 여자가 벽에 착 달라붙어 있는 모습이 비춰졌다.

차림새로 볼 때 하녀라는 사실은 알 수 있었지만 청소 도구조차 소지하지 않은 채 모퉁이 너머를 빤히 응시하고 있었다.

이윽고 반대편 복도에서 와르르르 하는 소리가 울려 퍼지자 여자가 주먹을 살짝 쥐었다.

'저건…….'

진우는 여자의 정체를 바로 알 수 있었다.

여자치고는 키가 크며 묘하게 바른 자세로 서 있는 모습. 지금은 이쪽에 등을 돌리고 있지만 돌아보면 분명 주근깨가 돋은 얼굴이 나타날 것이다.

주혜월――이 아니라, 혼이 바뀐 상태의 황영림이다.

어지간히 집중하고 있는지 시선이 완전히 앞에만 못 박혀 있어서, 뒤에서 다가오는 인물의 존재를 알아차리지 못한다.

진우는 습관적으로 발소리와 기척을 죽이고 재빨리 영림의 뒤로 다가갔다.

"꺄악!"

그 순간 영림이 모퉁이에서 재빨리 목을 움츠리고 한 박자 늦게 이쪽을 돌아보았기에, 얼굴이 진우의 가슴에 파묻히고 말았다.

충격으로 굳어지는 등의 귀한 집 아가씨다운 반응을 보이는 게 아니라, 순간적으로 팔을 치켜들고 전투태세를 취하려 했기에 진우 또한 순간적으로 움직였다.

"조용히."

귓속말을 들은 순간, 영림은 숨을 들이켜면서 이쪽을 올려다보았다.

"취……."

취관장님, 이라고 부르려는 모양이었다. 설마하니 그 입술이 진우의 이름을 친근하게 부를 일은 없을 테니까.

놀람이 떠오른 눈동자가 진우를 똑바로 꿰뚫었다.

참 오랜만이라고, 진우는 생각했다.

이 거리에서 똑바로, **그녀의** 시선을 받은 것은.

"여, 여긴 어떻게……."

"알다시피 적이 이른 움직임을 보였다. 따라서 이쪽에서도 움직임을 하루 앞당기기로 했을 뿐. 전하와 경창 공은 연회장에 있다."

작은 목소리로 물은 내용에 정신을 차린 진우는 짧게 대답했다.

그때 모퉁이 건너편에서 뚜벅뚜벅 발소리가 들려 왔다.

욕실을 지키던 경비원인 모양이다.

진우는 가볍게 경계 태세를 갖추고 로브 소맷자락 속에 숨겨 놓았던 검 자루를 움켜쥐었다. 그러나 영림의 속삭임에 금세 움직임을 멈추었다.

"안 됩니다. 상대가 징을 갖고 있어요."

그렇군. 숨통을 끊어 놓기 전에 징을 울려 동료를 부르기라도 했다가는 잠입 수사 자체가 수포로 돌아갈지 모른다는 뜻이다.

"의심을 사지 않도록 말을 맞추죠."

이 거리에서 둘이 나란히 달아나면 경비원은 당연히 수상하게 여길 것이다.

제자리에 머물러서 말을 맞춰 경비원을 속이는 쪽으로 방향을 튼 듯한 영림이 다급한 표정으로 입을 열었다.

"잠시만 기다려 주세요. 지금 설정을 생각할 테니까. 어디, 그러니까, 하녀와 서국풍 의상을 입은 남성이 함께 있으면서 의심을 사지 않을 이유…… 그건……."

하지만 제안하고 나선 것까지는 좋았으나 상황이 너무 복잡하고, 또 마음이 조급한 탓에 변명이 쉽게 떠오르질 않았다.

생각해 보면 이 추녀는 적을 속이는 데에는 능숙하지만 아군 앞에서 거짓말을 하는 건 서툴렀다.

진우는 한숨을 한 번 쉬고 상대를 덮치듯 몸으로 감쌌다.

"대충 저항해."

"네?"

그러고는 벽으로 등을 밀어붙였다.

"어…… 응?"

상대는 당황하며 양 팔을 허우적거렸으나 진우는 간단히 그것을 제압했다.

그때 빡빡머리 경비원이 드디어 모퉁이를 돌아 모습을 드러냈다.

"아니, 뭐야. 무슨 일인가 했더니――."

경계하던 경비원은 '여자를 덮치는 서국 손님'의 구도를 보고는 어이가 없다는 듯 어깨를 으쓱했다.

"손님, 곤란합니다~. 숙박동은 저쪽이에요, 저쪽. 나 참, 이국 사람들은 대체 왜 이렇게 아무데서나 일을 시작하는 거야."

그제야 영림은 진우의 의도를 알아차렸다.

그래서 등을 곧게 펴고 최대한 말을 맞추기로 했다.

"소, 손님. 이러지 마세요――!"

'연기가 막대기 수준이군.'

그럴 상황이 전혀 아닌데, 자꾸만 입가가 근질근질하는 바람에 진우는 저도 모르게 고개를 돌렸다.

그때 진우의 반응을 어떻게 받아들였는지 영림이 갑자기 격렬하게 발버둥치며 목소리를 높였다.

"아, 저어, 그―― 싫어어어! 이거 놔! 놓으란 말이야아아!"

'이번엔 과하잖아.'

아마 과거에 '주혜월'을 연기할 때의 감정적인 모습을 재현하는 모양이었다.

손에 땀을 쥐는 현장감이 느껴지기는 했으나 할 줄 아는 연기가 제한적이라서 이 경우에는 공연히 위화감이 느껴졌다.

"어엉? 뭐야, 기녀가 아니고 하녀였나?"

기껏 몸으로 덮어서 모습을 감춰주었더니 영림이 팔다리를 너무 크게 움직이는 바람에 하녀 작업복이 진우의 로브 밑으로 튀어나와 버렸다.

의아한 목소리를 낸 경비원이 여자에게서 손님을 데어내려 다가왔다.

"손님, 하녀에게 손을 댈 경우 별도의 요금——."

어깨에 손을 짚은 그 순간 진우는 상대의 팔을 움켜쥐고, 몸을 휙 돌리며 경비원의 목을 세게 쳤다.

"……윽!"

일격에 급소를 당한 남자는 제대로 비명도 지르지 못한 채 무너져 내렸다.

큰 소리가 나지 않도록 재빨리 몸을 받치고 천천히 바닥에 눕히자 그것을 지켜보고 있던 영림이 "어머나!" 하고 작은 환호성을 질렀다.

"역시 대단하세요, 취관장님. 갑자기 덮치시는 바람에 전 솔직히 한순간 취관장님이 혜월 님의 육체에서 풍기는 색향에 넘어가신 줄 알았답니다."

"……안타깝게도 그런 성품은 아니다."

"그러시겠죠. 그럼 안심하고, 한 명 더 처리하러 갈까요!"

미간을 찌푸린 진우를 향해 영림이 명랑하게 선언했다.

"제가 방심시킬 테니 취관장님, 부탁드릴게요!"

말이 끝나기 무섭게 자기 목깃에 손을 집어넣고 살짝 풀어헤치는 것이 아닌가.

"이봐."

진우가 기겁했으나 마침 그때 방금 전 영림의 비명을 들은 또 한 명의 경비원이 반대편 복도에서 돌아왔다.

"저쪽에는 이상한 통이 떨어져 있던데, 그쪽 비명은 또 뭐야?"

"도와주세요! 이 서국 손님께서 행패를! 말리려 하시던 이쪽 경비원 분까지도 때리셨어요!"

진우 입장에서는 과하다 싶을 정도로 소리를 질러대며, 영림이 경비원에게 달려가 덥석 매달렸다.

이때 팔에 매달리는 척하며 오른팔을 못 쓰게 붙잡아버린 것은 정말이지 책사라 할 수 있었다.

"이거 놔. 우린 하녀 따위를 지키려고 여기 있는 게——."

경비원은 귀찮다는 듯 뿌리치려 했으나 그 말을 끝까지 엮어내는 일은 없었다.

물론 진우가 재빨리 몸을 돌려 남자의 목젖을 힘차게 걷어찼기 때문이었다.

"컥……."

쿵, 하고 둔탁한 소리를 내며 벽으로 나가떨어진 남자가 질질 미끄러져 바닥으로 쓰러지는 모습을 보고 영림은 또다시 살짝 양손을 맞잡았다.

"역시 대단하세요."

지키는 사람이 사라진 욕실——요지를 향해 망설임 없이 걸어 들어가려 한다.

하지만 문에 손을 짚은 순간, 영림은 퍼뜩 놀라 진우를 돌아보았다.

"그러고 보니 욕실 안에 벌거벗은 여성이 있을지도 모르니 여긴 저 혼자 들어갈게요."

"용의자의 수치심까지 배려해서 적발을 망설이는 무관이 있을 거라 생각하나?"

엉뚱한 배려심을 보이는 추녀를 보고 진우는 어처구니없다는 표정으로 대꾸했다.

"애당초 이런 국면에서 나체에 일일이 반응할 정도로 물정을 모르는 것도 아니다."

"그, 그건 그러시겠죠……. 실례했습니다."

영림은 고개를 쏙 움츠리고 잽싸게 안으로 들어갔다.

그 뒷모습을 보며 진우는 뚱한 얼굴로도 이 말 한 마디만은 덧붙이기로 했다.

"이봐, 목깃은 좀 정돈해."

이렇게 영림은 요지 안으로 들어왔다.

'방을 꽤나 자잘하게 나누어 놓았네.'

바로 욕실과 대면할 줄 알았더니 처음으로 나타난 것은 좁은 방이었다. 그 안에는 병풍과 의자, 탈의 선반 등밖에 없었으므로 영림은 다소 맥이 빠지는 기분이었다.

문 위에 '환의실(換衣室)'이라고 씌어 있는 것을 보니 이곳은 탈의실이 맞는 듯했다.

안쪽의 작은 문 위에는 '온식당(溫息堂)'이라는 문자가 새겨져 있었기에 다음 방이 드디어 욕실인가, 하고 진우와 함께 허리를 숙이고 안으로 들어가 보았다. 하지만 그곳에도 사람은 없었고 어슴푸레한 돌바닥 마루 네 귀퉁이에 작은 더운물 항아리만이 놓여 있을 뿐이었다.

항아리 속 더운물에서 이상한 냄새가 나지는 않는 걸 보니 단순히 실내 난방용인 듯했다.

탈의실보다 조금 따뜻한 이 방은 아마도 본격적인 증기 욕탕 안으로 들어가기 전, 몸을 덥히는 공간인 모양이었다.

그때 온식당 안쪽, '탕무실(湯霧室)'이라는 문자가 새겨진 문 너머에서 웅얼웅얼하는 여자 목소리가 들려 온 듯한 기분에 영림과 진우는 움찔하며 얼굴을 마주보았다.

탕무실로 넘어가는 문은 증기가 빠져나가지 못하게 하기 위해서인지 아주 작았고, 일부러 가죽까지 붙여 놓아서 방음성도 매우 높았다.

그래도 잠시 귀를 기울여 보자 확실히 여자들의 웃음소리가 들려왔다.

남자 목소리는 없는 것을 보니 접객중이 아니라 여자들끼리 편한 시간을 보내는 듯했다.

"……기녀 분들이 입욕중이신가 보네요. 아까 전 상급 기녀 몇 명이 천화 언니의 권유로 요지로 향했으니 아마 그 분들일 거예요. 서국 방식으로는 욕실에 장시간 몸을 담그기도 한다고 해요."

영림은 그런 설명을 하면서 준비실에서 벌어졌던 소동 이후로 아직 몇 각도 지나지 않았다고 새삼스럽게 생각했다.

금요의 충격적인 고백을 듣고 창고에 갇히고, 탈출했나 싶었더니 패향연이 하루 당겨졌다. 수많은 사건들이 우르르 밀려오는 바람에 왠지 며칠 분의 시간이 한꺼번에 지나간 기분이었다.

"그 몇 명만이라면 어서 기절시키고, 그 사이 안을 둘러보도록 하지."

"네. 하지만 가능하면 손날의 기세를 조금이라도 약하게——."

영림은 진우와 상의를 하면서 신중하게 문손잡이를 잡았으나, 사르르 열린 문 틈새로 습기가 흘러나온 순간 재빨리 진우의 입을 막았다.

"뭐지?"

"이 증기, 들이마시면 안 돼요. 희미하게 계피 향이 나요."

몸을 뒤틀던 진우가 영림의 말을 듣고 험악한 표정을 지었다.

췌류의 특징인 달콤한 향기.

그렇다면 역시 이 너머 '탕무실'에서 췌류가 제조되고 있을 가능성이 높다.

"완성품을 들여와서 저장하는 게 아니었던 건가?"

"원료만 들여와서 여기서 조합하는 모양이네요. 증기라면 추출일 수도 있고요."

췌류는 술에 섞어 마시는 게 일반적이라고 하지만 제조 과정에서 나오는 증기를 마셔도 그 성분을 섭취할 수 있을지 모른다.

"설마 정말로 욕실이 '정답'이었다니."

진우는 영림의 손을 떼어내고 나직이 중얼거렸다.

"생각해 보면 물도 불도 넉넉하니 제조에는 딱 맞는 장소야. 조리장과 마찬가지로 제일 먼저 확인해 보았어야 했다. 감시가 엄중해도 위화감이 없는 장소이기도 하고."

"하지만 원료를 가지고 들어오는 데에는 불편하죠. 본동은 어느 문으로 들어와도 멀고, 이렇게 작은 문으로는 원료가 된다는 야광화를 대량으로 갖고 들어올 수도 없어요."

영림은 손으로 뺨을 감싸고 생각에 잠겼으나 결국 고개를 가로저으며 생각을 떨쳐냈다.

"어쨌거나 이 안에는 증기 욕탕이 있으니, 안에는 증기를 내보내기 위한 천창이나 창이 있겠죠. 들어가서 바로 창을 깨고 증기를 전부 내보내야 해요. 그때까지는 만일을 대비해서 이것을……."

영림은 온식당의 더운물 항아리로 돌아간 후, 그 옆에 쌓여 있던 석탄을 부쉈다. 그리고 절반은 자신의 수건 속에, 그리고 나머지 절반은 진우의 터번에 감아서 면사(面紗)처럼 얼굴에 감아 코와 입을 가렸다.

"숯은 대부분의 독을 빨아들이니까요."

진우는 눈짓으로 끄덕임을 대신한 후 재빨리 작은 문을 통해 안으로 들어갔다.

내부를 휙 둘러보고 품에서 단도를 꺼내, 창을 향해 즉시 투척했다.

쨍그랑!

사치스럽게도 유리로 만들어져 있던 창은 간단히 부서졌고, 좁은 실내에 가득하던 증기가 순식간에 밖으로 빨려나갔다.

"꺄아아악!"

"뭐야?!"

안에 있던 기녀들이 요란한 소리에 놀라 비명을 질렀다.

차츰 증기가 빠져나가 맑아지자 진우, 그리고 뒤이어 들어온 영림을 인식하고는 기겁을 하며 벽 쪽으로 뒷걸음질을 쳤다.

"소, 손님이 왜 이 시간에?!"

"요지에 하녀는 왜 들어온 거니?"

영림에게도 기녀들의 얼굴이 또렷하게 보였다.

때밀이용으로 보이는 대나무 주걱과 작은 단지를 움켜쥐고 속옷 한 장 차림으로 이 증기 욕탕 안에 앉아 있던 사람은 눈물점이 인상적인 여자와 곱슬머리 여자.

역시 금요의 추종자였던 유연과 옥아였다.

'아까랑은 달리 정신이 맑아 보이네.'

준비실에서 청가와 혜월과 싸웠을 때 이들은 격노하는가 싶더니, 금세 망연한 채 주저앉는 등 상당히 불안정한 상태였다.

하지만 지금은 적어도 비틀거리지 않고 서 있을 수 있는 듯했다.

혹시 이 요지에 들어와 증기를 쐬면서 천천히 마약을 섭취해 금단 증상에서 벗어난 것일까.

"지금 창을 깬 게 너희야?"

"왜 그런 짓을 저지른 거야? 이러면 증기가 다 빠져나가 버리잖아."

영림의 추측을 뒷받침하듯 두 사람은 줄줄 새는 증기를 보고 얼굴이 파래졌다.

하지만 그 직후, 유연이 뜻밖의 고함을 질렀다.

"이러다가 버섯이 말라버리면 너희가 책임질 거야?!"

"버섯……?"

갑자기 웬 버섯?

의아한 표정의 영림과 진우 앞에서 유연과 옥아는 무언가를 감싸려는 듯 벽에 달라붙었다.

"아아, 이걸 어째!"

"다 말라버리면 끝장인데!"

두 사람은 벽을 박박 긁어대며 아아, 아아, 하고 소리를 질렀고 때때로 발작을 일으키듯 머리카락을 쥐어뜯었다.

"무슨 말을 하는 거지?"

눈살을 찌푸리던 진우가 옥아의 어깨를 잡고 벽에서 끌어냈다. 그제야 영림은 욕실 벽으로 보이던 것이 무엇인지 알아차렸다.

서국식의 아름다운 도와(陶瓦)를 두른 벽.

그 한 면이 벗겨져서 내부 목재가 드러난 벽에는 마치 주름처럼 무언가가 빼곡하게 들어찬 채로 꿈틀거리고 있었다.

검푸르게 빛나는 이끼 같은 그것은――.

"설마…… 췌류의 원료……?"

신비로운 야광화 따위가 아니었다.

축축하게 젖은 목재에 균사를 퍼트려 침식하는 시커먼 버섯.

그것이 바로 췌류의 정체였다.

"췌류라고 했어?"

"너, 췌류를 알아?"

문득 이름에 반응한 두 사람이 의아한 표정으로 영림을 돌아보았다.

새삼스럽게도 눈을 깜박거리더니 유연과 옥아는 마치 어린애처럼 고개를 갸우뚱했다.

"어? 너도, 우리 동료야?"

"여긴 뭐 하러 왔니?"

면사를 쓰고 등장했으며, 심지어 유리창까지 깬 두 사람을 보고 수상하게 여긴다——고 하기에는 반응이 너무 늦으며 긴박감도 없는 태도였다.

역시 췌류에 사고 능력을 상당히 갉아 먹힌 모양이었다.

진우가 재빨리 두 사람을 기절시키려 했으나 영림이 그것을 가로막고 목소리를 높였다.

"저희는……."

자신들끼리 탐색하기보다 이들에게 사정을 묻는 편이 빠르다.

"천화 언니의 말씀을 듣고 왔어요. 신입이라 이곳 구조를 알고 싶어서요. 창은 증기가 너무 꽉 차 있으면 좋지 않으니까 깨라고 하셨어요."

"아아, 그랬구나."

"하지만 갑자기 깨진 말아줘. 깜짝 놀랐잖니."

무리한 주장임에도 불구하고 예상대로 유연과 옥아는 금세 믿었다.

"그러게나 말이야! 심지어 왜 한 명은 남자이고, 로브까지 입고 있는 건데!"

"손님이 잘못 들어온 줄 알았네. 그것도 굉장히 수상한 손님. 아하하하하!"

그럼에도 불구하고 무엇이 그리 우스운지, 들고 있던 주걱으로 단지를 깡깡 내리치며 웃어젖혔다.

"그치. 한순간 말이야, 여기서까지 손님을 받아야 하나 당황했다고."

"맞아! 홀딱 벗고서! 아하하핫!"

"유연 씨와 옥아 씨죠. 부탁드릴게요, 여기서 뭘 하고 계셨는지 알려주세요."

두 기녀는 계속 웃음만 터뜨릴 뿐이었기에 도무지 이야기가 진행되지 않았다.

영림이 몸을 내밀자 갑자기 기녀들이 험악한 표정으로 언성을 높였다.

"'유연 언니'랑 '옥아 언니'라고 해야지?!"

"이 하녀, 하나도 교육이 안 됐구나?!"

"정말 죄송해요. 유연 언니, 옥아 언니. 이 부족한 하녀에게 지도 부탁드릴게요."

아무래도 두 사람은 취한 상태인지 쉴 새 없이 기분이 바뀌는 듯했다.

영림이 신중하게 말을 걸자 두 사람은 금세 또 소탈한 표정을 지으며 들고 있던 주걱과 단지를 이쪽으로 내밀었다.

"간단해. 이 벽 속에서 자라는 버섯을 명령받은 양만큼 뜯어서 옆에 있는 화로실에서 찌는 거야. 그러면 췌류가 만들어져. 술로 희석하고, 거기에 장식으로 금박과 꽃잎을 섞으면 보주가 되지. 오늘 당번은 우리밖에 없어서 **맛보기**도 실컷 할 수 있어, 후후."

"잠깐, 잠깐. 너, 기루에 들어온 지 얼마나 됐다고 벌써부터 요지로 보내진 거니?"

옥아에 이르러서는 갑자기 안타깝다는 표정을 짓더니 영림의 어깨를 툭툭 쳤다.

"고생이 많구나. 불쌍해라. 일단 지금 다 자란 버섯까지 전부 뜯어버리자. 이걸 다 뜯기만 하면 정말 기분좋은 경험을 할 수 있어."

순식간에 밝혀진 내막을 듣고 영림은 저도 모르게 신음했다.

"그런, 거였군요……."

서국식의 증기 욕탕.

불야성이라 불리는 기루라면 밤낮을 가리지 않고 목욕물을 끓이니 어두컴컴한 공간 안에서 습도를 계속 유지할 수 있다.

목재는 국기에도 그려질 만큼 유명한 셰르바의 특산품이며 해운업에 종사하는 자인이라면 목재를 나른다고 의심받을 일이 없다. 기루를 개축하는 '자재'로 사용한다면 더더욱.

어쩐지 원료도, 그것을 키울 밭도 눈에 띄지 않더라니.

그들은 균사를 목재에 심어서 수출해 금령에 들어온 후 '원재료로 삼았'다.

대규모 밭에서 야광화를 재배하는 것이 아니라 기루를 말 그대로 균의 온상으로 만든 것이다.

영림은 입술을 살짝 깨문 뒤, 유연과 옥아에게서 주걱을 빼앗아 들고 바닥에 내던졌다.

"유연 씨, 옥아 씨. 그만하세요. 마약 제조 같은 건, 더는 하면 안 돼요."

"뭐?"

"솔직하게 가르쳐주셨으니 저도 솔직하게 말할게요. 이 기루는 이제 곧 마약 제조 혐의로 적발될 거예요. 당신들도 조사를 받을 거고요. 그때 완전히 췌류를 끊고, 또 적극적으로 증언하면 형량이 참작될 수 있어요."

"어? 어……?"

두 사람은 느닷없이 날아든 정보에 눈만 희번덕거렸다.

"갑자기 무슨 소리야……. 잘 모르겠지만, 천화 언니의 명령을 거역하라는 말이야? 싫어, 우린 천화 언니께 은혜를 입었어."

"애초에 췌류를 끊었다가는 죽을 거야!"

"그럴 리가――."

영림이 설득하려 몸을 내민 그때 탕무실 안쪽에서 덜컹 소리가 났다.

돌아보니 소리의 정체는 '화로실'이라는 글자가 씌어 있는 작은 문이었다.

버섯에서 췌류를 추출한다는 옆방, 장작을 때기 위한 작은 방에서 방금 새롭게 또 한 명의 인물이 허리를 굽히고 나왔다.

재빨리 경계 태세를 갖추는 진우 옆에서 영림이 눈을 커다랗게 떴다.

"춘도 씨……?"

그도 그럴 것이 들어온 사람은 낯익은 인물――바로 춘도였기 때문이다.

'맞다, 아까 춘도 씨도 요지로 갔지.'

금요를 잘 따르며 거의 매달리다시피 심취했던 춘도.

춘도는 초점이 맞지 않는 눈동자로 주위를 둘러보았다.

"아까, 무슨 소리가 났는데……. 무슨 일 있었어……?"

열에 들뜬 듯한 말투. 아니, '듯한'이 아니다. 이마에는 땀이 흐르고 옷도 피부에 찰싹 달라붙어 있다. 뺨은 불그스레하고 다리도 휘청휘청하다.

이것은 단순히 더운 화로실에 장시간 틀어박혀 있었기 때문일까, 아니면 병 때문에 고열이 났을까, 또는——췌류에 잠식당했을까.

'췌류에 당하면 심한 고열에 시달리는 일도 있지.'

춘도는 영림과 진우를 발견하더니 멍하니 중얼거렸다.

"어……? 림림? 게다가…… 응? 왜, 여기 손님이 있어?"

의아하다는 듯이 고개를 갸웃하기는 했으나 경계는 하지 않는 모습을 보니, 춘도 또한 췌류 때문에 사고 능력이 마비된 모양이었다.

영림은 상대의 상태를 살피며 신중하게 입을 열었다.

"춘도 씨. 춘도 씨도 화로실에서 췌류를 추출하며 마약 제조를 도왔군요? 저는 그걸 막고 싶어요."

"으응……?"

영림의 말에 춘도는 몽롱한 표정만 지을 뿐이었다.

멍한 그 얼굴을 보다 못한 영림은 무심코 춘도의 어깨를 움켜쥐었다.

“춘도 씨. 추출 과정에서는 채취 과정보다 췌류 성분을 더욱 짙게 뽑어낼 가능성이 있어요. 춘도 씨는 지금 매우 위험한 행위를 하고 있었던 거예요.”

“뭐……? 무슨 말이야? 어려운 얘기, 하지 마.”

“춘도 씨. 이 버섯을 찌는 건 위험해요. 마약 같은 건, 만들면 안 돼요. 남도, 자기 자신도, 상처를 입히게 될 거예요.”

“위험해…… 상처……? 그런 일, 없어.”

하지만 춘도는 신기하다는 듯 눈을 마주치더니 천천히 고개를 가로저었다.

“왜냐하면 이건 **치료**니까…….”

“치료?”

의아해하는 영문을 가볍게 밀쳐내고 춘도에게 말을 건 사람이 있었다. 유연이었다.

“맞아, 춘도. 그래서 그 후에 상태는 좀 어때?”

“가엾어라~. 너어~ 또 도졌다면서?”

옥아 또한 말투가 다소 늘어지기는 해도 소탈하게 질문을 던졌다.

그랬다, 춘도는 하녀로 전락하기 전에는 기녀였다.

즉 이들은 바로 최근까지 등급이 다르기는 해도 같은 기녀 동료였다는 뜻이다.

“네에. 그래도, 덕분에…… 발진도 많이 가라앉았어요…….”

“다행이네~. 열이 나서 힘들겠지만 그게 병마를 물리쳐주는 거니까. 정신 바짝 차려.”

“정말이지~ 췌류는 기녀를 구해 주는 신이라니까! 그렇지~?”

"네에…… 요지 출입을 허락해 주신 금요 언니께도, 감사해야겠어요……."

고락을 함께한 동료로서 이야기하는 세 사람을 보고 영림은 문득 어떤 가능성을 떠올렸다.

발진이 가라앉는다. 열이 병마를 물리쳐준다. 기녀를 구해주는 신.

게다가 '췌류를 끊을 수 있다'고 말했을 때 갑자기 싸늘해진 표정으로 '이미 늦었다'고 대답하던 금요.

기녀임에도 불구하고 언제나 목과 손목, 발목을 꽁꽁 싸매고 있던 금요.

안마를 해 주려고 머리채를 젖혔더니 귀 밑에 희미하게――.

'설마.'

긍지 높은 금요가 마약 같은 것에 손을 대고, 거기에 빠져버린 이유.

영림은 숨을 헉 들이켜고는 춘도의 팔을 꽉 잡고 소매를 올렸다.

"왜 그래……?"

"이건…… 이 발진은……."

어두컴컴해서 잘 보이지 않았으나 손바닥, 그리고 소매로 가려진 팔에는 드문드문 붉은 발진이 흩뿌려져 있었다.

"아아, 이거?"

춘도가 부드러운 미소를 지었다.

"최근 들어 다시 도졌지만, 보다시피 많이 좋아졌어……."

"……!"

숨을 들이켠 영림의 어깨 뒤에서 유연과 옥아가 고개를 쭉 뻗어 들여다보며 춘도의 머리를 쓰다듬었다.

"잘 됐네. 이제 거의 안 보이잖아."

"췌류 기운이 빠져나가면 금방 도지니까 정말 귀찮아. 뭐, 그때는 다시 요지에 오면 되지만!"

아핫, 하고 웃음을 터뜨리는 옥아의 말을 듣고 목구멍에서 떨림이 치솟는 것이 느껴졌다.

——**췌류 기운이 빠져나가면 금방 도진다**.

영림은 도저히 견디지 못하고 바닥에 굴러다니던 작은 단지와 주걱을 집어서 욕실을 뛰쳐나갔다.

"이봐, 어디 가는 거지?"

"나디르 전하와 작은 오라버니께 가요! 취관장님은 그 세 사람의 신병을 구속하고 욕실 밖으로 데리고 나와주세요!"

묻는 진우에게는 짧게 대꾸했다.

만일 영림의 생각이 사실이라면, 도저히 가만히 있을 사태가 아니다.

'청가 님과 마찬가지로 결벽해 보이는 금요 씨가 왜 췌류에 손을 댔을까. 단순히 쾌락 때문이라고 하기에는 뭔가 위화감이 느껴지는 이야기였는데……!'

몰랐다. 금요의 진짜 고통을.

금요는 단순히 쾌락 때문에 췌류에 빠진 것이 아니었다.

'금요 씨……!'

영림은 서둘러 누각으로 향하는 복도를 빠져나가서 연회장까지

가는 계단을 뛰어 올라갔다.

곧 나디르 일행이 마약과 관련된 인물들의 체포를 시작할 것이다. 그 전에 금요의 사정을 이야기해야만 했다.

금요의 사정이 참작되어야만, 그것을 인정받아야만 한다. 반드시——.

＊＊＊

한편 누각 최상층에 마련된 연회장, 그 무대 위에서의 일이다.

'보여, 금요?'

검을 쥔 청가는 격렬하게 춤을 추며 가슴속으로 금요를 강렬하게 불렀다.

관객이 상상하는 것 이상으로 무용수 쪽에서는 객석이 잘 보인다.

격렬하게 검을 흔들면서도 청가의 눈은 내내 마른침을 삼키는 남자들의 얼굴에서, 소곤소곤 무슨 상의를 하는 혜월과 황경창의 뒷모습에서, 흥분해서 숨을 죽인 자인의 얼굴에서, 그리고 이쪽을 뚫어져라 바라보는 금요의 모습에서 떨어지지 않았다.

빛나는 검을 공손히 바치는가 싶더니 또 소리가 날 만큼 빠른 속도로 검을 휘두른다.

손목을 휘어 검을 회전시키고 소매를 뒤집어 새하얀 칼날의 궤적을 그리고, 도약과 함께 허공을 칼로 가른다.

청가는 그 모든 움직임을 금요에게 바치고 있었다.

'제발, 금요. 내 사과를 받아줘. 나는 세상물정을 너무나도 몰랐

어…… 너무나도 어리석었어. 그렇게 너 혼자만 희생을 치르고 있을 줄은 전혀 몰랐어.'

바닥에 웅크려 고개를 푹 숙이고 목덜미까지 상대에게 내보이는 것은 깊은 사죄를 표하기 위해.

천천히 일어나 옆에 떨어져 있던 검을 집어 금요를 향해 내민 것은 충성을 맹세하기 위한 동작이다.

'이번에는 내가 네게 바칠게.'

검날의 빛을. 머리카락을. 추녀로서의 우아함과 아름다움을.

빙글 회전하며 머리카락을 흐트러뜨린다.

짧아진 머리끝이 뺨을 치는 모습을 보고 금요가 어쩔 줄 몰라 하며 숨을 죽이는 모습이 보였다.

'있잖아, 금요. 난 이제 긴 머리 따윈 필요없어.'

검을 슥 들어 올리며 차츰 선회의 속도를 올려 나간다.

'아름다운 백분도 화려한 옷도. 고상한 향이나 우아한 동작도. 필요없어, 다 필요없어. 그러니까…….'

분명 지금의 자신은 어제까지의 자신이 보았다면 눈살을 찌푸릴 만큼 엉망진창인 차림새를 하고 있으리라.

땀과 눈물로 화장이 나 씻겨나가고 머리는 산발이다.

고급스러운 옷을 여러 겹 겹쳐 품위 있게 감추던 팔다리도 전부 다 드러내고 있다.

하지만 이제, 그래도 상관없었다.

청가가 지금 소망하는 바는 단 하나뿐.

'부디, 널 지킬 수 있기를!'

쿵! 하는 소리와 함께 바닥에서 뛰어오른다.

"핫!"

기합을 내지른 청가는 허공에서 샴쉬르를 크게 휘두르면서 눈에 눈물을 글썽였다.

'내가, 네 검이 되겠어.'

치켜든 검이 소리를 내며 허공을 찢어 가른다.

이 검으로 적을 벨 수 있다면 좋을 텐데.

살을 찢고 뼈를 부수며.

질풍 같은 검놀림으로 금요를 괴롭히는 모든 것들을 물리칠 수 있다면.

'그러니 부탁이야, 내 손을 잡아줘.'

톡, 하고 수면에 내려서듯 발끝으로 무대를 딛고 다시 검을 치켜들며 무릎을 꿇는다.

——삐이——…….

강렬한 소리를 연주하던 악단이 때마침 소리를 수렴하며, 처음과 똑같이 피리 소리로 곡을 마무리 지었다.

이것은 금요에게 바치는 검무.

그래서 소리의 여운이 가라앉을 때까지 청가는 내내 무릎을 꿇고 있었다.

"와아아아아!"

"훌륭해!"

분위기가 팽팽하게 긴장되었다가 정적을 깨고 단숨에 관객들이 끓어올랐다.

"이렇게 뛰어난 검무가 다 있다니!"

"이거, 대륙 최고의 무용수인데!"

눈빛이 달라진 남자들이 차례차례 무대로 귀중품을 던졌다.

하지만 피로로 숨을 헐떡거리면서도 청가는 그 모든 소리를 흘려들었다.

눈은 오로지 금요에게만 못 박혀 있었다.

두 사람 사이의 거리가 사라지고, 청가는 마치 자신들이 무대 위에서 대치하고 있는 듯한 감각에 사로잡혔다.

『어떻게, 보셨습니까. 여자들의 정점에 어울리는, 춤이었지요? 부디 저를 천화로 인정해 주십시오. 그리고 그 상으로서――.』

서국어로 자인에게 말하고 있었으나, 사실은 금요에게 건네는 말이었다.

『저 여자를 이 기루에서 추방시켜 주십시오.』

자인을 버리고 부디 내 손을 잡아.

청가는 암암리에 그렇게 말하고 있었다.

금요가 한쪽 눈썹을 치켜올렸다.

정면으로 거만한 눈빛이 날아들자 청가는 두려움보다 그리움을 느꼈다.

아아, 금요의 눈이다.

『하――하핫! 좋고말고! 좋다! 금요는 마음대로 해도 좋아. 오늘 밤 상대는 너다. 바로 내 침소로 오너라. 상도 듬뿍 내려주마.』

금요 옆에 앉아 있던 자인이 유쾌한 듯 손뼉을 치며 자리에서 일어섰다.

그러고는 등 뒤의 시종에게 지시를 내려서 실제로 상으로 줄 물건들을 꺼내 오게 했다.

굵직한 보석이 박힌 목걸이, 세밀한 조각이 새겨진 항아리. 하나같이 영국의 후궁에 놓여 있어도 이상하지 않을 만큼 국보에도 비견할 수 있을 정도의 물건이었다.

그 멋진 선물들을 보고 주위 사람들이 압도당하고 있는데 자인이 옆에 있던 충원에게 턱짓을 했다.

『이봐. 저 여자한테 그걸 먹여. 준비는 해 놓았겠지?』

『예, 자인 님.』

충원은 소맷자락에서 검푸른 액체가 든 작은 병을 꺼내며 히죽 웃었다.

내내 신중하게 췌류를 숨겨서 가지고 다니던 충원, 그리고 자인이 드디어 무방비하게 마약의 원액을 사람들 눈앞에 꺼냈다——.

하지만 그것이 결정적 순간이라는 사실을 전혀 알아차리지 못한 채 자인은 만족스럽게 고개를 끄덕였고, 무대 위의 청가에게 손을 뻗었다.

『자, 이리 와라. 왕족도 깜짝 놀랄 만큼의 사치를 부리게 해 주마. 너를 내 여자로 삼아 데려가야겠다——.』

『어이, 어이! 농담이겠지, 자인?』

그때였다.

아래쪽 자리에서 낭랑한 목소리가 울려 퍼졌다.

『고작 이 정도 귀중품으로 왕족들의 삶을 논하다니, 정말 쩨쩨한 녀석이군!』

힘찬 셰르바어가 울려 퍼진 순간 자인의 얼굴이 얼어붙었다.

『아니——.』

『뭐, 진짜 왕족들의 사치를 모르는 인간이니 어쩔 수 없겠지. 잘 들어라, 영예로운 왕족이 괜찮은 여자에게 선물하는 귀중품은 그런 시시한 게 아니라고!』

어둠 속에서 당당히 등장한 늠름한 장부.

그는 가지고 들어온 궤짝을 무대에 내려놓고 그 속에서 차례차례 사치품들을 꺼냈다.

눈이 빙빙 돌 정도로 번쩍번쩍 빛나는 황금 허리띠, 자인이 건넨 것의 다섯 배 크기는 되며 금장식이 빽빽하게 새겨진 항아리, 공작이 산 채로 박제된 게 아닐까 의심스러워질 정도로 정교한 공작 부채, 비단, 그리고 묵직한 소리를 내며 바닥에 놓인 금괴.

『당신은……!』

숨을 들이켠 자인 앞에서 남자가 터번을 쥐어뜯듯 벗어던졌다.

그 순간, 그 특유의 땋은 금발과 흥분으로 빛나는 벽안이 드러났다.

충원에게 췌류 사용을 명령하는 현장을 포착한 이상 더는 정체를 감출 필요가 없다——그렇게 판단한 나디르는 최대한 수수한 모습으로 숨어 있으려던 노력을 팽개쳐버린 것이다.

『지금 그 남자가 꺼낸 그 병, 제히르지? 현장은 내 눈으로 똑똑히 보았다. 너희를 마약 밀매 혐의로 구속하겠다!』

청가에게서 재빨리 샴쉬르를 빼앗아 든 나디르가 자인의 가슴팍에 칼날을 들이밀었다.

동시에 경창도 옆에서 재빨리 움직여 충원의 목에 팔을 감았다.

"천향각의 지배인, 충원. 췌류 제조 및 매매 수법을 전부 자백해."

단호하게 말하며 목덜미에 단도를 들이밀었다.

"……!"

비틀거리면서 의자에서 일어나려 하는 금요는 청가가 팔을 붙잡아 다시 앉혔다.

"부탁이야, 금요. 이쪽으로 와줘. 네가 췌류를 끊고 전부 증언해주면, 내가 반드시 널 지켜줄게."

"잠깐, 잠깐. 멋대로 약속하면 곤란하지."

하지만 그때, 자인에게 검을 들이밀고 있던 나디르가 끼어들었다.

"우리나라 셰르바의 법에 의하면 마약에 관여한 자는 모두 사형이다! 우호국의 땅에서 마약을 마구 뿌리고 다닌 악랄한 수상 자인과 그 협력자는 전부 신의 심판을 받게 될 것이야!"

유창한 영국어로 나디르가 말하자 그 자리에 있던 모든 손님과 기녀들도 그제야 상황을 이해할 수 있었다.

"마약이라고……?"

"헉, 관리들이 적발 나온 거야?"

술렁거리는 군중, 그리고 무기를 든 남자들에게서 감싸듯 청가는 금요 앞에 서서 나디르를 노려보았다.

"그 천한 수상 따위는 자국으로 끌고 가서 여덟 조각으로 찢어 죽이든 말든 마음대로 해도 좋아. 하지만 영국 백성인 금요를 당신 나라의 법으로 심판하는 건 허락하지 않겠어."

그리고 금요를 다시 돌아보고는 양손을 잡았다.

"제발, 금요. 이 손을 잡겠다고 말해줘. 취조와 처벌은 모면할 수 없을지도 모르지만, 적어도 죽게 내버려두진 않을 거야."

절실하면서도 진지한, 소망.

금요는 청가에게서 달아나려 발버둥 쳤으나, 그 말을 듣고는 문득 움직임을 멈추더니 힘이 빠진 듯 의자에 기대어 앉았다.

잘 보니 이마에는 땀방울이 송골송골 맺혔고, 고급스러운 옷자락에 가려진 다리는 부들부들 떨리고 있었다.

미모의 기녀가 입꼬리를 억지로 치켜올리듯 웃었다.

"……미안하지만 이미 늦었어."

"대체 왜! 이미 늦었다는 게 무슨 의미야? 췌류를 끊을 수가 없다는 뜻이야? 금요, 넌 마약도 끊지 못하는, 그런 의지가 약한 여자가 아니었을——."

"아니에요, 청가 님."

그때 문 너머에서 거친 숨소리와 함께 목소리가 들려 왔다.

돌아보니 헉헉거리며 서 있는 사람은 작은 단지와 주걱을 든 하녀였다.

여기까지 정신없이 뛰어온 듯한, 주근깨 얼굴의 '주혜월'——그 몸 속에 든 황영림이었다.

퍼뜩 놀라 이쪽을 일제히 돌아보는 일동, 그중에서도 곤혹스러운 표정으로 바라보는 청가와 아무렇지도 않게 금요를 죽여버릴 것만 같은 나디르를 향해 영림은 단지를 치켜들고 말했다.

"우선 이것부터 말씀드리겠습니다. 이 기루의 욕실에서 쵀류의 원료가 되는 버섯을 찾았습니다."

"뭐라고?"

나디르가 험악한 표정을 지었다. 영림은 단지 뚜껑을 열고 내용물이 보이도록 기울였다.

"미리 버섯의 균사를 심어 놓은 상태로 목재를 수입한 후, 서국식 증기 욕탕을 이용하여 기녀들로 하여금 하루 온종일 온습도 관리 및 채취를 시키고 화로실에서 이것을 추출하고 있었습니다."

원료가 드나든 흔적이 없었던 것은 그 때문이었습니다, 라고 덧붙이자 나디르는 끔찍하다는 듯 얼굴을 찌푸렸다.

"악취미로군. 그럼 이 건물 자체가 제히르의 온상이었다는 뜻인가?"

"그렇게 됩니다."

영림은 자인 일행을 향해 눈을 가늘게 뜨며 말했다.

『바꿔 말해, 이 건물 자체가 그야말로 움직일 수 없는 증거가 된다는 뜻이죠.』

물증을 확보했다, 절대로 놓치지 않겠다는 의미다.

"그리고 또 하나, 누구까지 처벌해야 할 것인가——기녀들이 자발적으로 마약 확산에 연루되었는지에 대해서도 설명하겠습니다. 기녀들은 마약의 쾌락을 추구한 것이 아니었습니다. 오히려 약점을 이용당한 겁니다."

"약점을 이용당해?"

"네."

영림은 단지를 바닥에 내려놓고 한 걸음, 아직 앉아 있는 금요 쪽으로 걸어나섰다.

“아무래도 췌류에는 어떤 병에 잘 듣는 약효가 있는 모양입니다.”

금요가 움찔 경계했다. 하지만 의자에서 일어서지는 않았다.

영림이 손을 뻗어 금요의 목을 가린 긴 머리를 치워도, 금요는 그저 가만히 있었다.

드러난 머리카락 아래, 마침 귓불로 가려지는 자리.

이하선(耳下腺)이라 불리는 그곳에는 희미한 종양처럼 부푼 자국이 있었다.

“발진과 종양에 전신이 갉아 먹혀서 결국에는 죽음에 이르는 병…….”

영림의 목소리에서는 억누를 수 없는 고통이 배어났다.

왜 더 빨리 알아차리지 못했을까.

이 기루에는 유곽에 당연히 일정 수 존재했어야 할 **어떤 사람들**이 없다.

그 사실을 신기하게 여기기도 했고, 물어보았더니 춘도가 ‘욕실 덕분’이라고까지 알려 주었는데도.

“유곽 사람이라면 누구나 두려워하는 병——매독에.”

매독이라는 단어에 마른침을 삼키며 듣고 있던 군중까지 술렁거렸다.

“매독이라고……?”

“천향각은 청결해서 안전하다는 평판이 있지 않았어?”

매독은 주로 성행위를 통해 감염되는 병이다.

발진에서 시작되어 종양이 전신에 퍼지고, 피부가 짓무르고, 코와 귀가 떨어져 나가는 경우도 있다.

죽을 때의 무시무시한 모습을 자꾸만 상상하게 되는 그 병은 반짝반짝 눈부신 유곽에서 사람들이 필사적으로 시선을 피하려 하는 대상이었다.

"왜 제히르가 매독에 효과가 있는 거지?"

"제 추측이기는 하지만——."

미간을 좁히는 나디르에게 병약하기 때문에 동서고금의 의학서를 마구 읽어치우며 살아 온 영림이 이렇게 설명했다.

"머나먼 남쪽 나라에는 매독 환자를 모기를 매개로 하는 열병에 일부러 감염시켜 고열이 나게 해서 치료하는 방법이 있다고 합니다. 췌류 또한 다량 섭취하면 고열을 일으켰다가 며칠이 지나면 열이 내리는 성질이 있지요. 아마도 모기 학질과 같은 원리로 매독의 진행을 불완전하게나마 멈출 수 있는 것 같습니다."

단, 췌류는 모기 학질과 달리 매독을 근본적으로 없애주지는 않는다.

마약을 끊으면 금세 매독이 도진다.

마약 자체의 중독 작용도 더해서 기녀들은 결국 췌류에 의존하게 된다.

금요는 의자 팔걸이를 움켜쥐고 앉은 채 아무 말도 하지 않았다. 하지만 부정의 말도 없었다.

영림은 그 자리에 무릎을 꿇고, 긍지 높은 기녀와 시선을 맞추었다.

"금요 씨. 당신은 요지 사용을——바꿔 말하면 췌류 접종을 한정된 기녀에게만 허락했죠. 그 조건은 '순종적일 것'이 아니라 '매독에 고통 받는 여자일 것'이 아니었나요?"

고생하는 아이는 더 신경 써서 돌봐준다던 금요. 기녀에서 하녀 신세로 전락한 춘도.

아마도 춘도는 매독에 걸렸다는 사실을 손님에게 들키는 바람에 기녀 지위를 유지할 수 없게 된 것이리라. 욕심 많은 충원은 기녀 따위를 의사에게 데려가주지 않을 테고, 하녀라면 더더욱 눈길도 주지 않는다. 그래서 금요가 손을 내밀었다.

"지배인 입장에서는 오히려 기녀들 전원이 췌류에 빠져주는 게 더 반가운 상황이겠죠. 조종하기 쉬우니까. 하지만 당신은 그렇게 되도록 내버려두지 않았어요. 술과 향, 식사와 목욕물——췌류를 섞기 쉬운 접점을 전부 관리하면서 주방까지 감시하고 다님으로써, 건전한 기녀들은 그대로 지켜주려 한 거예요."

분명 충원은 모든 기녀들을 마약중독자로 만들고 싶었을 터다.

하지만 금요가 그것을 허락하지 않았다. 입에 들어가는 것, 피부에 닿는 것 전부 통제하며 아직 췌류를 접하지 않은 신입은 괴롭히는 척하고 밖으로 쫓아냈다.

고압적인 태도를 늘 유지하며 그런 행동을 어디까지나 '횡포의 결과'로 위장했던 것은 은밀한 반항을 지배인과 자인에게 들키지 않기 위해서였다. 정면으로 방해했다면 금요 본인이 처분당할 위험이 있으니 말이다.

무슨 일이 있어도 췌류를 주어야만 하는 경우, 그것이 허락되는 경우는 이미 췌류에 잠식되어 버린 '비참한 냄새가 나는' 여자나 매독 환자뿐──.

"금요 씨. 당신은 췌류 확산에 관여했지만 당신 나름대로의 방법으로 기녀들을 지켜 왔어요. 제 말이 틀렸나요?"

"……과대평가야."

영림이 묻자 금요는 땀을 흘리며 웃었다.

"결국 손님들을 췌류 중독으로 만들었다는 건 변함이 없는걸. 물론 기녀들을 향한 의협심이 조금은 있었지만 그게 전부는 아니야. 남자들에게 복수하고 싶은 마음도, 있었어."

떨리는 손으로 자신의 종양 부위를 만지며 금요는 구속되어 있는 충원을 번득이는 눈으로 노려보았다.

"기루에 처음 들어왔을 때, 반항적으로 췌류를 거부했던 내게 저기 있는 지배인은 교육이라는 명목으로 끔찍한 손님만 받게 했어. 수없이 겁간당하고 매독에 걸리고 말았지……. 종양까지 생긴 것을 보고 결국 나는 췌류에 손을 뻗지 않을 수 없었어. 완전히 비참한 여자로 전락하고 만 거야."

뒤틀린 웃음 속에서 금요가 떠올리는 광경은 과거의 잠자리 모습일까, 아니면 처음 췌류를 마셨을 때의 일일까.

금요는 하, 하고 짧은 숨을 토한 후 귀를 만지던 손으로 마치 종양을 뜯어내기라도 하는 듯 세게 주먹을 쥐었다.

"'아름다움을, 그렇지 않으면 죽음을'. 아름다움이란 높은 긍지를 말해. 그런데…… 나는 전혀 고결하지 않아. 나를 비참하게 만든 남자들…… 기루에 오는 남자들 전부 죽어버렸으면 좋겠어! 자꾸 그런 생각이 들어. 감정을 제어할 수 없게 된 최근에는 더더욱."

위악적인 고백으로도 들렸다.

하지만 그것은 동시에 영림의 추리가 옳았다는 긍정의 말이기도 했다.

"맙소사…… 금요……."

청가가 새파래진 얼굴로 떨고 있었다.

혜월과 남자들도 안타까운 기분으로 이들의 이야기를 듣고 있었다.

금요가 교섭을 거부한 이유는 청가에게 화풀이를 하고 싶어서였거나, 또는 마약의 쾌락에 빠졌기 때문이라고만 생각했다.

설마 췌류를 끊으면 그와 맞바꾸어 매독으로 목숨을 잃는다는, 그런 의미에서의 '이미 늦었다'였을 줄은 상상도 하지 못했다.

"너무해……."

아름다운 고양이 같은 청가의 눈동자에 눈물로 막이 끼었다.

췌류를 마시지 않으면 전신이 종양투성이가 되어 죽는다. 하지만 췌류를 계속해서 마시면 지나치게 의존하다가 결국 폐인이 되고 만다. 어느 쪽이든 기다리고 있는 것은 죽음뿐——.

"말도 안 돼! 그런 식으로 여자들을 자기 마음대로 굴릴 수 있는 장기짝으로 만들었던 거야?! 그렇게 비열할 수가……. 죽어 마땅해!"

눈물이 흐름과 동시에 청가는 번득이는 눈꼬리를 치켜올리며 자인 쪽을 향해 고함쳤다.

"반드시 내 손으로 죽여버리겠어!"

"여성들은 사정을 참작 받아야 합니다."

영림 또한 나디르를 향해 단호히 말했다.

"적어도 영국의 법으로 심판받아야 합니다. 그쪽 수상은 전하께 드리겠으니 금요 씨의 신병은――."

하지만 영림이 금요를 자기 쪽으로 끌어당기려던 그때였다.

『허허, 참. 영국어로 나불나불, 아주 울고불고 한참이나 난리가 났군그래. 이제 속은 좀 풀렸나?』

나디르가 들이민 샴쉬르 때문에 양손을 얼굴 앞으로 들어올리고 있던 자인이 문득 웃으며 그렇게 말하더니 오른손 손가락 뿌리 부분에 입을 맞추었다.

――삐익――!

중지에 끼고 있던 거대한 반지 중앙에 구멍이 뚫렸다. 마치 피리 같은 구조를 지니고 있었던 듯했다.

자인이 숨을 불어넣자 순식간에 금속성의 고음이 울려 퍼지더니 잠시 후,

――쿵!

하는 낮은 소리와 함께 기루 전체가 희미하게 진동했다.

"뭐야……?!"

"지진……?!"

주위가 술렁이고 나디르 일행이 경계심이 잠시 그쪽으로 향한 순간.

자인은 풍채 좋은 몸을 재빨리 숙여 검의 사정거리에서 벗어나, 기세 좋게 팔을 뻗었다.

"꺄악!"

그것은 바로 옆에 있던 청가의 목을 향했다.

『아무도 제자리에서 움직이지 마라.』

자인은 너무나도 쉽게 청가의 가느다란 목에 팔을 감아 제압했다.

그리고 검지에 낀 반지를 살짝 문지르자 딸깍 하는 가벼운 소리와 함께 측면에서 바늘이 튀어나왔다.

청가의 목에 들이댄 그것이 독침이라는 사실은 누가 봐도 알 수 있었다.

"……!"

"청가 님!"

『청가!』

일동의 비명이 교차했다.

나디르는 순간적으로 고함을 지르기는 했으나 금세 날카로워진 눈매로 다시 자인에게 검을 들이밀었다.

『내가 여자 하나 희생시킨다고 겁먹을 줄 아느냐?』

『한순간 멈추신 것만으로도 충분합니다. 왜냐하면 진짜는……보시지요.』

——쿵!

자인의 말을 뒷받침하기라도 하듯, 또다시 굉음이 울려 퍼졌다.

이번에는 아까보다 훨씬 가까운 곳——옆방에서 무언가가 폭발하는 소리였다.

옆방에 해당하는 지배인실은 안쪽 벽 한 장을 사이에 두고 연회장과 붙어 있었는데, 폭발로 벽의 일부가 날아갔다.

갈라진 빈틈을 통해 벌써부터 불길이 퍼져나가는 모습을 보고 그 자리에 있던 사람들은 비명을 질렀다.

"꺄아아악!"

"으아아아악!"

벽을 한바탕 핥은 불길이 상석에 놓아두었던 궤짝에 도달한 바로 그 순간,

——쿵!

또다른 폭발이 일어났다.

자인의 명령에 따라 시종들이 날랐던, 금요에게 줄 상인 줄 알았던 궤짝에는 화약이 꽉 들어차 있었던 것이다.

상석에서 일어난 폭발 자체는 소규모였지만 기세를 얻은 불길은 어마어마한 속도로 벽을 집어삼켜 나갔다.

『네놈, 무슨 짓을 한 거지!』

『증거인멸이다.』

고함을 지르는 나디르에게 자인은 가볍게 대답한 뒤 유쾌한 듯 웃음을 터뜨렸다.

『이 기루 자체가 물증이라고, 그쪽에 있는 계집아이가 방금 말하지 않았습니까? 그래요, 그렇고말고요. 그래서 이 기루를 통째로 불태우는 겁니다. 오늘 밤, 나는 그것을 위해 여기 온 거죠.』

『뭐라고……!』

나디르 일행이 눈을 부릅떴다.

그때 경창에게 제압당했던 충원이 매달리듯 외쳤다.

『자, 자인 님…! 이 기루를 버리실 거라는 말은 들었습니다만,

아무리 그래도 불 붙이는 게 너무 이르지 않습니까?! 저희가 떠나고 나서 불을 지를 예정이라고……!』

아무래도 이 지배인은 자인이 자금 회수를 끝내고 나서 즉시 기루를 불태우고 도망칠 생각이라는 사실을 알고 있었던 모양이다. 그럼에도 불구하고 기녀들을 버리고 자신도 함께 도망치려 했던 것이다.

자인이 지금까지 얌전히 이야기를 듣고 있었던 것도 시종들에게 운반시킨 화약이 기루 곳곳에 배치되기를 기다렸기 때문인 모양이었다.

『저, 저도 데려가주시는 거죠?! 기녀들은 얼마든지 새로 구해올 수 있어도 자인 님의 오른팔이 되는 지배인은 저밖에 없으니까요. 그렇죠?!』

충원이 발버둥을 치며 호소했지만 자인은 그것을 묵살하고 나디르를 향해 어깨를 으쓱했다.

『이거 참, 전하가 괜히 수상쩍게 움직이시니까 예정이 다 흐트러져 버린 것 아닙니까. 증거만 없애면 될 거라고 생각했는데 전하 본인이 직접 나타나신 건 오산이었습니다. 하지만 뭐…….』

자인은 붙잡고 있던 청가를 나디르 쪽으로 홱 밀쳐버렸다.

"꺄악!"

『한꺼번에 다 없애버리면 그만이니까.』

나디르가 순간적으로 검끝을 비킨 틈을 타서 가벼운 몸이 된 자인은 어떤 장소를 향해 돌진했다.

문이 아니라 높이 솟은 무대 쪽으로.

그 측면을 장식하는 복잡한 문양의 난간 장식을 향해.

빙글!

어두컴컴한 장소에서는 아름다운 조각으로밖에 보이지 않았던 난간 장식에는 사실 비밀 문이 숨겨져 있었는지, 자인이 몸통으로 들이받자 판자가 한 바퀴 회전했다.

『비밀 문?! 웃기지 마!』

나디르가 재빨리 손을 뻗었지만 안쪽에서 잠겨버렸는지 문은 두 번 다시 회전하지 않았다.

『젠장! 열어! 어디로 도망친 거야, 이 망할 자식!』

"모두 무사한가?!"

나디르가 무대를 쿵쿵 두들기고 있는데 문 쪽에서 남자 한 명이 뛰어 들어왔다.

영림에 이어 단숨에 누각까지 뛰어올라온 그 인물은 취관장 진우였다.

"기녀들을 밖으로 끌어내던 도중 본동 욕실이 폭발했다. 근처에 있던 서국 시동을 붙잡아 사정을 물으니 이국의 언어라 잘 알아들을 수 없었지만, 복수의 장소에 화약 상자를 설치해 놓은 모양이더군. 아마도 폭발은 계속 이어질 거다. 한시라도 빨리 지상으로 피난해!"

"포, 폭발이 계속 이어진다고?!"

"여긴 벌써 불타기 시작했는데!"

진우의 보고를 듣고 공포에 휩싸이고 만 사람들이 소란을 피우기 시작했다.

그중에서도 자신의 목숨에 남들보다 훨씬 애착이 있는 듯한 충원이 경창의 팔에 매달리며 외쳤다.

"비밀 문! 저 비밀 문으로 피난시켜줘! 나선계단을 통해 수로로, 바다로 연결되어 있어! 저기가 제일 안전해! 젠장, 그 자식! 날 버리고 가다니!"

자신만은 데려가주리라 믿었는데 이렇게나 쉽게 저버리다니. 그 사실에 격노한 모양이었다.

"비밀 통로가 있다고?"

"바다로 연결돼 있대."

"그럼 거기가 제일 안전하겠네!"

충원의 고함 소리를 들은 사람들이 우르르 소리를 내며 무대 옆쪽으로 쏟아져 나왔다.

이대로는 군중에 짓밟힐 것이라 판단했는지 나디르가 땋은 머리를 휘두르며 선언했다.

"미안하지만 나는 자인 추격에 전념하겠다! 육로는 내 부하들이 막았지만 바다로 나갈 경우 잡을 도리가 없어!"

말이 끝나기 무섭게 활짝 열린 창을 통해 난간 너머로 망설임 없이 뛰어나갔다.

비밀 문은 열리지 않으리라 판단하고 항구를 봉쇄하기 위해 움직인 것이다.

"이봐, 진우――! 영국 지리를 잘 아는 사람이 필요하니까 너도 따라와! 요명에게도 보고해야 하잖아!"

기와 위에 착지하자마자 나디르는 뒤를 휙 돌아보며 말했다.

대답을 기다리지 않고, 휘어진 지붕 끝에 로브 자락을 걸어 속도를 줄이면서 차례차례 지붕을 건너며 5층 높이를 단숨에 내려갈 요량인 모양이었다.

하지만 누각 안에는 피난시켜야 할 사람들이 잔뜩 남아 있다.

진우는 고민에 찬 눈빛으로 둘러보았으나 그때 경창이 재빨리 입을 열었다.

“취관장님, 피난 지시는 내가 내릴게. 여기서 놈을 놓쳤다간 용서 안 할 거야.”

포박을 우선하라는 이야기였다.

서둘러 역할 분담을 마친 황가의 무관은 이렇게 덧붙였다.

“연락은 취하자고. 만일을 대비해서 횃불을 가져가.”

염술을 쓸 가능성이 있다는 뜻이다.

진우는 감사의 눈빛으로 응한 뒤 난간 밖으로 빠르게 뛰어내렸다.

몇 사람이 그 뒤를 따르려 창에서 몸을 내밀었으나 높이에 겁을 집어먹고 다시 무대와 문 쪽으로 돌아왔다.

“도, 도망쳐!”

“거기, 밀지 마!”

“타죽기는 싫어어어!”

공포를 느낀 사람들이 여기저기서 뛰어다니는 가운데 영림은 혜월이 밀려 넘어지지 않도록 순간적으로 감싸면서 그 어깨를 붙잡았다.

“혜월 님! 이 불을 끄실 수는 없을까요?!”

“아까부터 계속 하고 있어!”

혜월은 이미 양손을 세게 맞잡고 불타는 벽을 향해 무언가를 간절히 기원하고 있었다.

하지만 양손 관절이 하얗게 도드라지고 이마에는 땀이 흐르고 있었다.

"하지만 먹히질 않아……! 여기저기서 불의 기운이 계속해서 커져만 가고 있어. 이건, 흙으로 말하자면 거의 산사태를 막으라는 수준이야!"

자인은 시종들을 이용해 화약과 기름을 잔뜩 뿌려 놓은 모양이었다. 불의 기운을 돕는 그것들이 차례차례 폭발을 일으키는 바람에, 아무리 달래도 기세는 커져만 갔다.

혜월은 본래 불의 가호가 두터운 주가의 여자다.

불을 퍼뜨리는 일은 잘 해도, 반대로 불의 기세를 꺾는 일은 사실상 본질에 반하는 일이다. 불을 붙일 때보다 끌 때 기를 더 많이 사용하는 것도 그 때문이다.

심지어 바로 며칠 전 몸을 바꾸는 커다란 술법을 쓰는 바람에 더더욱 이런 대규모 화재를 막을 기력이 남아 있지 않았다.

"기둥에 옮겨 붙었어! 천장에 닿으면 끝장이야!"

"도망쳐! 차라리 창으로 뛰어내리는 게 낫겠어!"

"젠장, 밀지 마! 내가 먼저야!"

사람들의 고함 소리가 계속해서 들려와 혜월의 집중을 흐트러뜨렸다.

"비밀 문! 비밀 문이라고 했잖아! 이거 놔, 이 망할 자식아아아!"

심지어 거기다 남들보다 목소리가 훨씬 큰 충원이 소란을 피워

대는 바람에 혼란은 더욱 커져만 갔다.

"나 참, 시끄러운 녀석이 있으니 진짜 민폐네."

충원을 붙잡고 있던 경창이 문득 한숨을 쉬더니, 갑자기 충원의 몸을 질질 끌며 무대로 올랐다.

"뭐야……?"

"제군, 주목!"

낭랑하게 외치는가 싶더니 버둥거리는 충원의 어깨에 망설임 없이 단도를 꽂아 넣었다.

"크아아아아악!"

그 절규에 사람들이 움직임을 멈추고 깜짝 놀라 뒤를 돌아보았다. 그 틈에 경창이 목소리를 높였다.

"나는 이 자리를 관리하는 무관이다! 지금부터 문을 통해 전원을 1층으로 피난시킬 예정이다. 내 명령을 거역하는 자는 이자와 똑같은 꼴을 당하게 될 거라고 생각해라. 우선 전원, 제자리에 정지!"

피투성이 단도를 아무렇지도 않게 휘두르는 모습을 보고서 사람들은 공포에 질려 입을 다물었다.

그냥 겁주느라 하는 말이 아니라 저 사람은 한다면 하겠구나. 본능적으로 그렇게 판단했기 때문이었다.

"천으로 얼굴을 가리도록. 연기를 들이마시지 않기 위함이다. 피부를 가리고 이동시에는 몸을 숙여라. 그리고 정숙!"

경창은 축 늘어진 충원의 몸뚱이를 이용해 얼굴에 천을 감는 시범을 보이고, 또 몸을 움직여 허리를 숙이는 본보기를 보여주었다.

매우 알기 쉬운——그리고 그 무시무시한 시범에 압도당한 사람들이 얌전히 따랐다.

조용해진 군중을 향해 경창이 시원시원하게 지시를 내렸다.

"피난은 반드시 문으로 한다. 좁은 비밀통로를 이 대규모 인원이 사용할 경우 연기에 숨이 막혀 죽을 우려가 있기 때문이다. 우선 문 앞의 기녀 세 명, 앞으로! 그 뒤에 있는 자들은 다섯까지 세도록!"

"앗, 네에……."

겨우 질서가 생겨나려 했지만 그때 한참 뒤에 있던 남자 손님이 대열을 이탈하려 했다.

"웃기지 마! 물장사 계집 따위보다 손님이 먼저――크악!"

하지만 그 고함 소리는 끝까지 이어지지 못했다.

경창이 무대에 굴러다니는 금덩어리를 던져 남자의 머리를 강타했던 것이다.

"조용히. 다음은 단도를 던지겠다."

"헉……."

숨을 들이켜는 사람들을 보고 경창이 희미한 미소를 지었다.

"나는 그대들의 목숨을 지키고 싶은 거지, 죽이고 싶은 게 아니야."

사람을 살리기 위해서라면 죽이는 일도 망설이지 않겠다――. 모순된 그 주장에도 사람들은 넙죽 엎드려야 할 것만 같은 감각을 느끼며 일제히 입을 다물고 피난을 시작했다.

"다음! 뒤의 손님 두 명, 앞으로! 그 뒤의 세 명은 다섯까지 센다!"

드디어 이 자리를 완전히 장악한 경창은 영림 일행을 향해 눈을 꿈뻑했다.

'역시 작은 오라버니세요!'

영림은 가슴을 쓸어내렸다.

'지키기 위해 지배한다'는 제왕적 사상 발휘는 황가의 장기다.

"경창 님……."

옆에 있던 혜월도 무대 위의 경창을 물끄러미 바라보았다.

아무래도 평상시 끊임없이 가벼운 말투로 떠들어대는 경창의 드물게도 엄격한 모습에 놀란 모양이었다.

"저래 봬도 작은 오라버니도 황가의 남자예요. 혜월 님."

"어…… 아."

영림이 조용히 속삭이자 혜월은 정신이 든 듯 눈을 깜박거렸다.

"그래, 맞아. 정말, 황가란 하나같이 무시무시한 인간들뿐이라니까. 그보다 지금은 불이 문제야."

고개를 홱 돌리고 아까보다 어느 정도 여유를 되찾은 태도로 실내를 응시했다.

무너진 안쪽 벽에서 솟구치는 불길이 상석에 퍼져나간 결과 그 양 옆을 지탱하는 기둥 중 이미 왼쪽에 불이 옮겨 붙었다.

지상으로 내려가는 계단, 그리고 문이 오른쪽 벽에 있는 덕분에 한동안은 버틸 수 있겠지만 불이 지붕으로 옮겨가 대들보라도 떨어지면 골치 아파진다.

영림은 상황이 복잡하다는 사실을 깨닫고 미간을 찌푸렸다.

'이 불길의 기세와 인원…… 전원 피난을 정말 성공할 수 있을까?'

하지만, 아니, 그렇기 때문에 더더욱 팔짱만 끼고 있을 수는 없다.

혜월도 똑같은 생각을 했는지 한동안 불길을 향해 무언가 기원하다가, 갑자기 짜증스러운 듯 혀를 찼다.

"실내에 불의 기운이 너무 가득해서 조작이 잘 안 돼! 어디 넓은 곳으로 나가서 불길을 전체적으로 포착하면 좋을 텐데."

"그럼——우리도 저 창을 통해 창가로 나갈까요?"

영림이 주위를 한 바퀴 돌아본 뒤, 방금 전 나디르와 진우가 뛰어내렸던 창을 가리켰다.

창 밖에는 창가와 난간, 그리고 그 너머에는 현란한 등롱으로 비춰진 유곽 거리와 그에 대조되는 듯 시커먼 색을 내뿜는 밤바다가 보였다.

"다소 위험하기는 하지만 혹시 무너져서 떨어지면 옷자락을 걸면서 누각 지붕을 굴러가면 돼요."

"그렇게 쉽게 할 수 있는 일이냐고!"

"자, 자. 처음 몸이 바뀌었을 때도 그랬잖아요."

걸교절에 몸이 바뀌었을 때, 밀려 떨어진 황영림(혜월의 혼이 들어 있는)의 몸은 긴 치맛자락이 난간에 걸린 덕분에 큰 부상을 면했다.

"너 말이야!"

혜월은 눈썹을 치켜올렸으나 차츰 퍼지기 시작한 연기를 보고는 다급히 입을 소매로 틀어막았다.

지금은 하찮은 말싸움이나 할 때가 아니었다.

"가자."

각오를 굳히고 창틀에 발을 올렸다.

창 밖에는 여자 한 명 정도가 설 수 있을 넓이의 공간이 있었다. 영림은 유유히, 혜월은 벌벌 떨면서 난간을 붙잡고 간신히 그곳에 내려설 수 있었다.

"불의 기운이 엄청나……."

누각을 새삼 돌아보며 혜월이 겁을 먹은 듯 숨을 들이켰다.

"어떠신가요? 하실 수 있을까요, 혜월 님?"

상황에 따라서는 술법에 의한 진화를 포기하고, 혜월까지 빨리 피난시키는 편이 좋을지도 모른다.

영림이 남몰래 그런 계획을 짜내고 있는데 바닷바람에 소매를 나부끼던 혜월이 문득 난간을 잡은 영림의 손 위로 자신의 손을 겹쳤다.

"할 수 있을까, 가 아니라 하는 거야."

높은 곳이 무서운지 그 손은 덜덜 떨리고 땀으로 흠뻑 젖어 있었다.

"하, 하지만, 바람이 세게 불어서 떨어질 것 같으니까, 날 꽉 붙잡고 있어야 해, 황영림!"

고압적으로 명령하는 혜월의 모습에 영림은 잠시 얼이 빠졌다가 문득 입가에 미소를 띠었다.

"물론이죠."

정말이지, 이렇게 눈부신 친구가 다 있을까.

주위의 그 누구도 믿을 수 없다던 혜월이 망설이지 않고 자신의 힘을 빌리려 한다는 사실이――영림이라면 자신을 반드시 지지해 주리라 확신하는 모습이, 이런 상황에서도 기쁘기 그지없었다.

"불은 흙을 낳고 떠받쳐주는 것. 몸이 바뀐 지금은 혜월 님의 몸을 지닌 제가 당신을 굳건히 지탱해 드리겠어요."

비열한 마약범 포박은 남자들에게 맡겼다.

그렇다면 이 자리에 남은 여자들이, 불길에 갇힌 누각에서 사람들을 지켜야 한다.

겹쳐진 한쪽 손 위로 다른 손까지 올리며 영림은 대답했다.

"금요! 일어나! 우선 우리부터 여기서 나가야 해!"

한편 실내에 남은 청가는 아까부터 금요를 향해 핏대를 세우며 고함을 지르고 있었다.

금요는 출구 근처에 있었던 바람에 문으로 밀려드는 사람들에게 마구 짓눌리다 조금 떨어진 마룻바닥으로 나가떨어져 있었다.

그 후로는 계속 바닥에 웅크린 채 헉헉 숨을 몰아쉬기만 했다.

얼굴은 창백하고, 괴로운 듯 머리를 부둥켜안고 있었다.

"금요! 정말 왜 그래!"

인파를 헤치고 다가와 금요의 어깨를 잡은 청가는 조급한 마음에 무심코 외쳤지만, 실제로는 굳이 묻지 않아도 이유를 명확하게 알 수 있었다.

췌류의 금단 증상이었다.

황영림의 증상을 볼 때 체내의 마약이 부족해지면 심한 두통과 어지럼증, 그리고 전신 통증에 시달리는 듯했다.

그러고 보면 춤은 무사히 끝냈지만 그 후의 금요는 내내 의자에 앉아 있기만 했다.

지금은 땀도 매우 심하게 흘리고 있으며 옷자락으로 가려져 있어도 다리가 부들부들 떨리는 것이 보였다. 아마 일어설 수가 없는 듯했다. 힘이 빠져서, 또는 심한 통증 때문에.

"췌류의 금단 증상이지? 이럴 때 발생하다니——."

하필이면 이런 때, 하고 한탄하던 중 청가는 문득 깨달았다.

췌류를 마시면 여자들은 황홀한 기분에 빠져 다리가 비틀거린다.

천화의 자리를 사수하기로 결심한 금요는 자인 앞에서 완벽한 춤을 선보이기 위해 일부러 췌류 기운을 빼냈는지도 모른다.

"금요, 너란 사람은 정말……!"

청가는 저도 모르게 눈물을 글썽였다.

그 완고함, 높은 긍지.

아아, 아무리 병에 걸리고 췌류에 잠식당해도 금요는 어디까지나 금요였다.

문득 주위를 둘러보니 불이 벽을 상당히 집어삼킨 대신 사람도 많이 줄었다.

지금은 이 소동으로 겨우 정신을 차린 경호원과 어깨에서 피를 흘리는 충원——그 상처로는 아무리 그래도 도망칠 수도 없었던가 보다——이 비틀비틀 문을 나가려는 참이었다.

조금만 더 있으면 전원의 피난이 무사히 종료되리라.

"청가 님! 당신들도 빨리 아래로 내려가!"

무대 위에서 지시를 내리던 경창은, 지금은 불이 옮겨 붙을 것 같은 수렴을 칼로 베거나 창 밖에 나가 있는 추녀들을 향해 고함을 지르는 등 매우 바빴다.

"영림! 혜월 님! 뭐 하는 거야! 빨리 돌아와!"

추녀들 전원이 피난하는 모습까지 다 지켜보고 나서 마지막으로 누각을 나갈 생각인 모양이었다.

"금요, 어서!"

청가는 금요의 겨드랑이에 어깨를 밀어 넣으려 했지만 생각보다 너무 무거워 잘 되지 않았다.

그때 바닥을 구르는 작은 병이 눈에 띄는 바람에 숨을 헉 들이켰다.

'저건!'

자인의 지시에 따라 충원이 자신에게 먹이려 했던 작은 병. 췌류가 담긴 병.

청가는 재빨리 병을 집어들고 그것을 금요에게 내밀었다.

"췌류야! 제발 부탁이야, 금요. 한 방울만 마셔줘. 그리고 여기서 도망치자!"

끔찍하기 짝이 없는, 당장 버려야만 하는 마약.

하지만 지금 이 순간 이것을 마시지 않으면 금요가 죽는다고 생각하니 가릴 때가 아니었다.

"매독도 죄도 전부 나중 얘기야. 지금은 우선 도망쳐야 해!"

안타까운 마음에 뚜껑을 열어 던져버리고 병을 금요의 입술로 들이댔다.

"자, 한 방울만이라도 좋으니——."

"훗."

하지만 그때 금요가 갑자기 얼굴을 돌리더니 미소를 머금었다.

"그건, 아름답지 못해……."

내내 숨만 헐떡거리던 금요가 오랜만에 입 밖에 낸 말이 그것이었다.

"금요, 무슨……!"

"됐어, 이제."

청가가 억지로 췌류를 먹이려 하자 금요는 병을 잡고 힘주어 밀어냈다.

새파래진 얼굴로도 금요는 웃었다.

"청가아."

어리광 섞인 말투로 청가를 부른다.

그 입술로 뭔가 중요한 말을 하려는 것만 같아서——결별의 각오가 완전히 굳어진 것만 같아서, 청가는 한순간 움직임이 멎었다.

"아름다웠어, 검무."

"금요, 그만해. 그런 얘기를 할 때가 아니야."

저도 모르게 목소리가 떨렸다.

연기가 퍼져서 숨 쉬기가 괴로웠다. 여기저기서 불꽃이 튀고, 열기 때문에 정신이 멍해질 것 같았다.

"아까, 생각했어. 너 말이야, 역시 예뻐. 머리를 잘라서, 비참한 꼴로 만들어 버렸다고 생각했는데, 강해져서 돌아오고 말이야. 넌, 뜻밖에도 검무가…… 싸우는 모습이 잘 어울리는구나."

"제발 마셔…… 금요."

제대로 일어서지도 못하는 주제에 병을 밀어내는 금요의 손은 놀랄 만큼 억셌다.

땀에 젖은 손이 청가의 손을 꽉 잡고 꿈쩍도 하지 않았다.

"나도 싸우며 살아 온 줄 알았는데, 생각해 보니 계속 흘러 다니기만 했어. 돈에 팔려 기루에 들어오고 흐름을 이기지 못해 창기로 전락하고……후후, 자인이나 충원을 칼로 찌르는 일 정도는 했어야 하는데."

"제발, 마시라니까……."

금요가 싸우지 않았다니, 그건 거짓말이다.

방계 놈들에게 이용당하고, 버림받고, 새장 속에서 굴욕을 당해야만 했던 금요를 도대체 누가 '싸우지 않았다'고 할 수 있을까.

금요는 그저 고결한 긍지를 유지하고 싶어 했다는 이유만으로 청가의 상상보다 몇 배는 끔찍한 곤경에 내몰렸다. 하지만 그 가운데에서도 여자들을 지키려 했다.

"매독에서 도망쳐서 마약을 끊는 일에서도, 철저하게 싸우는 일에서도 도망치고…… 도망치고……. 너였다면 더 빨리, 남자들을 찔러 죽여버렸을 텐데."

"금요! 제발!"

"그런 나도, 마지막 한 번 정도는 맞서고 싶어."

눈물을 흘리는 청가를 가로막고 금요는 온화한 미소를 지었다.

"난 이미 그걸 너무 많이 마셨어. 다음에 한 번만 더 마시면, 더는 나 자신을 유지할 수 없을 거야. 스스로도 느껴져. ……하지만 그래도, 죽을 때 정도는 나 스스로의 모습으로 죽고 싶어."

금요가 힘을 꾹 주어 병을 밀쳐 떨어뜨렸다.

떨어진 병에서는 검푸른 액체가 바닥을 타고 힘없이 흘러내렸다.
"금요!"
"'아름다움을, 그렇지 않으면 죽음을'."
벌렁 드러누운 금요는 천장을 올려다보며 그렇게 중얼거렸으나, 바닥에 고인 췌류가 손끝에 닿자 멍하니 그것을 응시했다.
"내가 꺼낸 말이니까 지켜야지."
장난삼아 술을 손가락에 찍어 써내려간 맹세.
"금요! 무슨 말을 하는 거야? 일어나! 제발 일어나!"
청가는 어린애처럼 고함을 지르며 끊임없이 금요의 몸을 일으켜세우려 했다.
언제나 우아하고 아름답던 그 얼굴도 지금은 그을음투성이에, 눈물과 콧물로 범벅이 된 채로 일그러져 있었다.
"넌 아직도 아름다워! 매독에 걸린 것도, 마약을 퍼뜨린 것도…… 흑, 전부 누군가를 지키기 위해서였잖아! 넌 항상 아름다웠어! 그러니까…… 죽지 마! 이번에야말로 내가 널 꼭 지키고 말 거야!"
"아핫, 우는 얼굴이 정말 엉망이네."
금요는 이제 완전히 축 늘어져버린 채, 입꼬리만으로 간신히 웃음을 만들어낸 상태였다.
"울어도…… 넌 역시나, 예뻐. 그 누구보다 예쁘고 고결한, 나의 모란."
그리운 듯 눈을 가늘게 떴다.
2년 전 연습실에서 마주보며 웃을 때와 무엇하나 달라진 것 없는 친구가 눈앞에 있었다.

"그러니까 말이야."

마른 입술이 천천히 말을 엮어나갔다.

"——너는 살아, 청가!"

다음 순간 갑자기 금요가 부르짖었다.

상반신을 크게 튕겨내며, 몸 어디에 그런 힘이 남아 있었을까 싶을 정도로 거세게 청가를 밀쳐냈다.

"꺄아악!"

청가는 크게 몸을 뒤로 젖혀 간신히 엉덩방아만 찧었다.

그러는 바람에 천장을 올려다본 눈이 갑자기 커졌다.

어느 샌가 불이 벽에서 천장을 타고 번져, 거대한 대들보를 통째로 뒤덮었다.

이 대들보가 불타 떨어지면 바로 아래에 있는 금요를 깔아뭉개고 만다——!

"안 돼애애애!"

천장에서, 찌직……하는 불길한 소리가 들린 순간 청가는 본능적으로 일어나 바닥을 박찼다.

"안 되겠어……."

영림 옆에서 눈을 꽉 감고 있던 혜월이 잠시 후 분한 듯 고개를 가로저었다.

"불의 기운이 너무 많아서 하나를 억눌러도 금방 다른 곳의 불이 커져……."

"혜월 님."

식은땀을 흘리는 친구가 걱정이 되어 영림은 몸을 내밀었다.

그때 창에서 남자가 튀어나왔다.

"영림! 혜월 님! 뭐 하는 거야! 빨리 돌아와!"

경창이었다.

손을 잡고 창가에 서 있는 추녀들을 보더니 경창은 험악한 표정으로 외쳤다.

"진화를 포기하고 빨리 도망쳐!"

"안에서는 이미 전원 피난이 끝났나요?"

"그래. 청가 님네와 너희가 마지막이야. 서둘러, 금방 천장까지 불이 옮겨 붙을 거야."

"벌써 그렇게나 불이……."

작은 오라비의 평소와 달리 심각한 표정에 영림은 조급함을 느끼며 실내를 돌아보았다.

"――**옮겨**?"

하지만 그때, 문득 영림이 눈을 크게 떴다.

"혜월 님! **옮기는** 거예요!"

꼭 잡고 있던 손에 더욱 힘을 세게 주었다.

미친 듯 타오르는 불길을 억누르는 일은 산사태로 쏟아지는 흙을 제자리로 되돌리는 일과 같다던 혜월.

그렇다면 흐름에 거스르지 말고, 그 목적지를 살짝 바꾼다면?

"억지로 끄는 게 아니라, 옆으로 비키는 거예요! 저 많은 불의 기운을 한 곳으로. 불에 타버려도 아무 문제가 없는——바다 위, 자인이 탄 배로!"

"……!"

혜월이 바다 쪽을 홱 돌아보았다.

그러고는 짧게 숨을 내쉬면서 웃었다.

"그렇구나. 그거라면 할 수 있겠어."

대량의 불길을 '살린 채' 바다로 옮기는 것이다.

명확한 목표물을 정의하면 술법은 더욱 확실해진다.

무언가를 태우는 것이 바로 불. 억누르기보다, 그것을 막연하게 수면으로 던지기보다 '이것을 태워라'라고 기원하는 편이 혜월 입장에서 백 배는 쉽다.

"자인이 탄 배가 어디 있는데!"

혜월의 부르짖음에 영림은 시커먼 바다 쪽을 뚫어져라 응시했다.

자인이 비밀 문을 통해 도망친 지 시간이 꽤 흘렀다. 수로 도주를 미리 계획했다면 시종과 나룻배를 배치해 놓았다가 진작 항구로 나갔으리라.

"바다 위에 불빛이 몇 개 보이는데, 어느 것이 자인의 배인지……."

"염술이야. 취관장님이 자인을 뒤쫓고 있어. 취관장님한테 연락해!"

듣고 있던 경창이 재빨리 제안했다.

혜월이 바로 고개를 끄덕였다.

——화악!

그 순간 지붕 끄트머리에 매달려 있던 등롱에서 불길이 솟구쳤다.

붉은 윤곽 안쪽에서 옆얼굴에 검은 머리를 나부끼는 취관장 진우의 모습이 나타났다.

"취관장님! 들려?"

『주혜월이군.』

불에 비치는 광경이 격렬하게 흔들리고 있었다. 진우가 횃불을 손에 든 채 엄청난 속도로 달리고 있기 때문인 듯했다. 숨을 헐떡이지는 않지만 말투가 험악했다.

그는 상황을 알리려는지 바로 횃불을 전방으로 치켜들었다.

『적은 생각했던 것보다 훨씬 용의주도하다. 기루에서 바로 수로를 통해 바다로 나갔어. 눈에 띄지 않도록 탈출용 나룻배도 준비해 놓은 모양이야. 지금 전하와 함께 항구로 추격하고 있는데——, ……!』

그때 진우의 말이 중간에 끊겼다.

놀랍게도 진우의 조금 앞, 바다를 향해 출발하려던 나룻배가 쿵, 하고 둔중한 소리를 울리며 폭발한 것이다.

혜월과 영림의 육안으로도 바닷가 근처에서 불길이 살짝 솟구치는 모습이 보였으나 금세 어둠에 묻히는 바람에 그 이상을 알 수는 없었다.

하지만 염술 불꽃 속에서는 나룻배 바로 앞에서 머리를 길게 땋아 내린 남자——나디르가 당황해서 발을 구르는 모습이 보였다.

『저 망할 자식! 배를 통째로 폭파시키는 놈이 어디 있어?!』

나룻배가 못쓰게 되었다는 사실을 알자마자 나디르는 고학을 지르며 머리를 쥐어뜯었다. 뒤에서 염술이 펼쳐지고 있을 줄은 상상도 못 하는 눈치였다.

이러는 동안에도 자인이 탄 작은 배는 유유히 바다를 가로지르고 있으리라.

그리고 수심 깊은 곳에 도달하면 대기시켜 놓았던 대형 상선으로 갈아탈 것이다.

『제기랄! 자인 그놈, 나보다 먼저 나라로 돌아가서 태수들을 회유할 생각이야! 상선으로 옮겨 타면 끝장인데!』

나디르가 부르짖었으나 지금부터 헤엄을 쳐서 작은 배를 따라가 보았자 적을 따라잡을 수 없다는 사실은 명확했다.

일련의 흐름을 지켜본 혜월 일행은 진우에게 빠른 말투로 물었다.

"상선은, 그 작은 배는 어디 있어? 여기서는 안 보여!"

"취관장님, 횃불을 크게 흔들어 주세요. 횃불을 표식 삼아 장소를 기루에서도 특정할 수 있을지 몰라요."

"기루의 불길을 도술로 그 배에 옮기려 해."

진우는 바로 횃불을 크게 흔들었으나 항구에 수없이 많은 등롱 불빛에 섞여서 아무리 눈을 크게 뜨고 항구를 응시해도 어느 것이 진우가 흔드는 빛인지는 도무지 알 수가 없었다.

동시에 바다 위에 드문드문 불빛이 보였으나 어느 것이 자인이 탈 상선인지 알아볼 수 없었다. 어쩌면 일부러 불을 끄고 가고 있을 가능성도 있다.

"이래서는 확인이 안 돼!"

"눈앞에서 놓치다니……!"

영림도 분한 듯 목소리가 갈라졌다.

실행범인 충원은 상처를 입혀서 이미 움직임을 막았다.

하지만 그를 수족처럼 부리며 영국 백성을, 여자들을 멋대로 유린한 흑막 자인을 여기서 놓친다는 것은 도저히 받아들일 수 없는 일이었다.

“반드시 갚아 주겠다고 청가 님과 맹세했는데……!”

아아, 하지만 이제 끝장이다──.

그렇게 생각한 순간 불꽃 너머에서 나디르의 놀란 목소리가 들려왔다.

『뭐야? 벼락……?!』

낮고 묵직한 소리와 쩌적, 하고 하늘을 가르는 한 줄기 빛.

동시에 영림과 혜월이 서 있는 난간 부근에서도 거센 바닷바람이 몰아쳤다.

“꺄악!”

“갑자기 풍향이!”

순간적으로 난간을 붙잡은 추녀 둘을 감싸며 경창이 바다 쪽을 뚫어져라 응시했다.

쿠르릉쿠르릉 울리는 하늘을 올려다본 경창은 헉, 하고 숨을 들이켰다.

“말도 안 돼…… 너무 빨라.”

드물게도 당황한 듯한 중얼거림이었다.

“설마.”

작은 오라비의 수상한 태도, 그리고 아무 전조도 없이 시작된

부자연스러운 번개와 강풍에 영림은 문득 짚이는 데가 있어 다급히 혜월의 어깨를 잡았다.

“혜월 님! 염술! 염술로 이어 주세요!”

“어?”

“**요명 전하**께!”

요명 전하라는 단어를 들은 순간 혜월의 눈이 휘둥그레졌다.

서둘러 기원하자 진우를 비치는 것과는 반대편에 있는 불길이 크게 부풀어 오르는가 싶더니――.

『――나 참.』

붉은 윤곽 안쪽에서 날카로운 남자의 모습이 나타났다.

『너희, 날 너무 오래 잊어버린 것 아니냐?』

“저……, 전하!”

영국 황태자 요명이었다.

촛대인지 횃불인지 앞에서 얼마나 오래 버티고 있었을까.

찌푸린 얼굴로 팔짱을 끼고, 소맷자락과 앞머리가 바람에 나부낀다.

“저, 전하. 지금 어디에……?”

『배다. 지금 벼락이 친 근처로군.』

『나도 있다――.』

짧게 말하는 요명의 뒤에서 고개를 빼끔 내미는 남자가 있었다.

누구인가 했더니 품에 비둘기를 안은 경행이었다. 어째서인지 전원 흠뻑 젖은 상태다.

“큰 오라버니?!”

『그래. 연락은 몇 번 받았다.』

『자인 체포 작전, 그리고 너희가 무모하게도 기루에 잠입한 일까지도.』

연달아 이어진 말에 영림과 혜월은 놀라서 얼굴을 마주보았다.

"연락을?"

"어떻게……?!"

"나야."

의문에 찬 외침은 옆에서 끼어든 목소리 덕분에 금세 해소되었다.

아무렇지 않게 자백한 사람은 경창이었다.

"아무리 그래도 추녀들에게 잠입 수사를 시켜 놓고 전하께 입 다물고 있을 수는 없잖아. 형님 비둘기를 이용해서 꾸준히 전하와 대화를 주고받고 있었지."

동생의 바람이라면 무엇이든 다 이루어주는, 언제나 동생의 편——인 척하면서 경창은 사실 뒤에서 요명과 연락하고 있었던 것이다.

"남자들도 가끔은 속임수를 써서 앞질러 가곤 하지."

"아니……. 하, 하지만 전하는 눈물을 머금고 왕도에 남으신 줄로만……."

『남았고말고. 하지만 아킴을 시켜 분명 출발한 줄 알았던 나디르 일행을 찾아보게 했더니 아무래도 그건 가짜인 것 같다지 않느냐. 그때 경창의 비둘기로 추녀가 마약에 당해 쓰러졌다느니, 기루에 잠입할 생각이라느니 하는 이야기가 적혀 있어서 나도 인내심이 완전히 바닥나고 말았지. 왜 나 혼자만 왕도에서 기다려야만 한다는 말이냐?』

영림이 드물게도 말을 더듬는 것을 들으며 요명은 박력 있는 웃음으로 대답했다.

동시에 먼 곳에서 쿠릉쿠릉……하고 위협하는 듯한 천둥소리가 들려오는 것을 보면 그 웃음이 진심에서 우러난 표정이 아니라는 사실은 명백했다.

『왕도에서 금령까지는 항로로 왔다. 게다가 나디르의 적발 계획은, 육로는 봉쇄됐지만 항로 쪽이 허술해 보였지. 그래서 막아 둬야겠다는 생각이 들더군.』

아무래도 왕도에서 황가령을 가로질러 바다로 이어지는 대운하를 단숨에 내려온 모양이었다.

배를 타고 달려오면서 스스로 항로의 앞길을 가로막아, 나디르의 계획에 도움을 줄 생각도 있었던 듯했다.

『이야— 현가 핏줄이기도 하신 전하와 강의 궁합은 정말 발군이더라고. 폭풍우를 일으켜 배를 쭉쭉 밀어붙이더니 눈 깜짝할 사이 비주로 들어왔어. 강이 그런 큰 파도를 치는 건 처음 봤다. 와하하!』

경행은 명랑하게 웃고 있었으나 그 뒤로는 본래 요명의 곁에 딱 붙어 있어야 할 시종들이 뱃전에 모여 "우웨에에엑" 하고 구토하는 모습이 보였다.

염술로도 알아차리지 못했을 만큼 희생자가 잔뜩 나온 모습을 보니 어지간한 강행군이었던가 보다.

"전하!"

간신히 놀람을 삼키고 표정을 가다듬은 영림이 불길을 향해 마구 말을 쏟아냈다.

"갑작스럽게 죄송합니다만, 힘을 빌려 주십시오. 이 사건의 흑막 자인이 지금 저희가 있는 기루에 불을 지르고, 자신은 배를 타고 도망치려 합니다. 혜월 님의 힘으로 기루에 난 불을 자인의 배로 옮기면 저희는 살고, 자인은 파멸합니다. 그러니——."

영림은 요명의 눈을 똑바로 들여다보며 호소했다.

"항구를 전하의 힘으로 밝혀 주십시오!"

『나 참.』

요명은 이번에는 마음에서 우러나는 것으로 여겨지는 쓴웃음을 지었다.

『너희는 지금껏 나를 실컷 따돌려 놓고서는 이용할 생각이 들 때만 적극적이구나.』

"저, 정말 죄송——."

『용서할 수 없다. 나는 매우 화가 났느니라.』

요명은 일부러 그러는 양 코웃음을 쳤으나, 한편으로는 자신의 오른손을 하늘 높이 치켜들었다.

『벼락을 때리지 않고는 속이 풀리지 않을 정도로 말이다!』

꽈르르르……릉!

다음 순간, 밤하늘을 하얗게 물들이는 강렬한 빛에 의해 항구 일대가 환하게 모습을 드러냈다!

"저거야! 거목과 태양…… 서국의 깃발!"

"접근하는 작은 배도 보였어요!"

배가 하얀 빛 속에 떠오른 것은 지극히 짧은 순간의 일이었다.

하지만 장소와 모양을 확인한 이상 이제 혜월에게는 거칠 것이 없었다.

"불의 기운이여, 불꽃이여……."

난간을 꽉 움켜쥐며 눈을 형형히 빛낸다.

영림은 그 손 위로 손을 겹쳐 힘을 주었고, 경창은 바닷바람에 검은 머리를 나부끼는 혜월을 경탄 어린 눈빛으로 바라보았다.

"천향각을 둘러싼 온갖 불꽃이여. 그 흔들리는 방향을 바꾸어……."

바로 등 뒤까지 닥쳐 온 불꽃의 열기 때문인지 혜월의 턱을 타고 땀방울이 흘렀다.

혜월이 손에 힘을 줄 때마다, 마치 소집을 기뻐하듯 천향각 곳곳에 있던 불길들이 격렬하게 몸을 뒤틀었다.

"비주의 바다에 떠 있는 배. 거목과 태양의 국기를 내건 서국의 배와, 죄인 자인이 탄 배를……."

늠름한 목소리가 울려 퍼졌다.

불길이 상공을 향해 거세게 솟구쳤다.

"**불태워라**!"

고오오오오오……!

천향각을 감쌌던 불길이 거대한 하나의 불기둥으로 바뀌는가 싶더니, 마치 혜성처럼 꼬리를 끌며 항구를 향해 똑바로 밤하늘을 찢어 갈랐다.

쿠우우우웅!

요란한 소리를 내며 대들보가 누각 바닥으로 떨어졌다.

하지만 그 충격으로 불꽃이 튀는 일은 없었다.

대들보를 집어삼켰던 불길이——아니, 바닥을 기어 다니던 불길도, 장막을 타고 올라 벽을 불태우던 불길도 전부 갑자기 사라졌기 때문이었다.

마치 느닷없이 조명을 끄기라도 한 것처럼.

문득 찾아든 침묵과 암흑 때문에 청가는 지금 자신의 팔에 안겨 있는 금요가 어떻게 되어 있는지 알 수가 없었다.

"금요……?"

대들보에 맞지는 않았을 거라고 생각한다.

청가가 혼신의 힘을 다해 바닥을 걷어차, 누워 있던 금요에게 몸통 박치기를 했기 때문이다.

스스로도 놀랄 정도의 힘을 발휘하여 다리가 바닥으로 부웅 뻗어가는 소리가 들릴 정도였다.

덕분에 두 사람의 몸은 낙하 궤도에서 약간 벗어났고 대들보는 지금 엎드린 청가의 다리 바로 앞에 떨어져 있었다. 정말로 아슬아슬한 순간이었다.

하지만 금요가——대답을 해 주지 않는다.

"방금 그건……?!"

굉음에 놀란 영림과 혜월이 건너편 창가 쪽에서 다급히 돌아오는지, 목소리와 발소리가 들렸다.

"갑자기 왜 그래? 자인의 말로를 지켜보지 않아도 되겠어?"

"하지만 혜월 님, 방금 안에서 불온한 소리가……."

"잠깐만. 바닥이 불타서 무너졌을지도 몰라. 신중하게 움직여."

하지만 그쪽을 돌아볼 여유조차, 지금은 없었다.

"금요……?"

청가는 목소리를 떨면서 눈앞에 있는 금요의 몸을 마구 더듬었다.

"금요! 금요……! 정신 차려!"

의식은. 호흡은. 맥은.

금요가 살아 있다고 확신할 수 있는 무언가를 한시라도 빨리 손에 넣고 싶었다.

"——……아아."

그때 정신없이 움직이던 청가의 손이 매끈한 백분의 감촉이 느껴지는 피부에 닿자 쉰 목소리가 들렸다.

금요의 목소리였다.

"금요!"

살아 있다! 진심으로 안도한 순간, 목소리가 터져나왔다.

"다행이야! 괜찮아, 이제 괜찮아. 혜월 님이 불을 없애 주셨어. 이제 천천히 아래로 내려가기만 하면——."

"……."

빠르게 말하며 몸을 일으키려 했으나, 상대가 무어라 말하고 싶어 한다는 사실을 알아차린 청가는 다급히 금요의 입가로 귀를 들이댔다.

"왜? 금요?"

"……."

몹시도 쉬고 갈라진, 작디작은 목소리.

더는 성대조차 움직일 수 없는데도 몸 속 가장 깊은 곳에 남아 있던 감정이 마지막에 문득 솟아나기라도 한 듯, 금요는 나직이 중얼거렸다.

"——고마워, 청가."

금요는 마지막으로 꺼질 듯한 목소리를 내 이름을 부른 후 작게 숨을 휴 내쉬었다.

마치 어머니 품속에서 잠든 갓난아기처럼 고요하고 안온한 숨소리였다.

"금요……?"

갑자기 힘이 빠진 몸을 믿을 수가 없어 청가는 망연자실했다.

품속으로 묵직하게 가라앉는, 마치 물건이 되어버린 듯한 육체의 무게.

지금 당장 목덜미나 입술에 손가락을 대고 맥과 호흡을 확인해야 한다.

머릿속 한구석에서는 그런 생각이 들었지만, 청가의 손가락은 굳어지기만 할 뿐 도무지 움직이질 않았다.

알고 싶지 않았다. 사실을.

불타는 대들보에서는 도망칠 수 있었지만, 이미 전신을 갉아먹어 버린 췌류에서는 도망칠 수 없었다.

몸은 아직 이렇게나 따뜻한데, 금요는 이제——.

"금, 요……?"

청가의 두 눈에서 눈물방울이 흘러넘쳤다.

사태를 눈치 챈 듯한 영림과 혜월이 숨을 헉 들이켜며 제자리에 멈추어 섰다.

그 고요함이 오히려 금요의 죽음을 더욱 직시하게 만드는 것만 같아 청가의 목구멍에서 오열이 터져 나왔다.

"으흑…… 흑, 아……."

친구의 시체를 꽉 껴안으며.

하지만 그렇게 한다고 이미 빠져나간 혼이 두 번 다시 돌아오지는 않는다.

알고 있는데도 그렇게 하지 않고는——이 소맷자락 속에 금요를 감추지 않고는 견딜 수가 없었다.

"아아아…… 아……."

마지막에 금요는 이렇게 중얼거렸던 것이다.

——이런 기분이었구나. 누군가가 날 지켜준다는 건.

아주 조금 뜻밖이라는 듯, 그리고 멋쩍다는 듯.

확실히 그렇게 말했다.

"아아아아아!"

그을음투성이가 된 뺨 위로 여러 줄기의 눈물을 흘리며 청가는 외쳤다.

'금요, 아니야. 나는 지켜주지 못했어.'

자신이 할 수 있었던 건 고작 한 번, 불타 떨어지는 대들보에서 금요를 밀어낸 일뿐.

금요는 지금껏 쭉 청가를 지켜주고 있었는데.

친족의 악의에서 청가를 감싸고, 정조의 위기에서 청가를 도망치게 해 주고, 스스로는 굴욕을 당하면서도 끝까지 운명에 저항했다. 도움을 요청하지도 않고, 청가를 끌어들이지 않기 위해 밀어내면서.

——누구보다 예쁘고 고결한, 나의 모란.

청가가 '모란'일 수 있었던 것은 금요가 악의에서 지켜 주었기 때문이었는데——.

"금요……."

천박한 남자들의 손에 너무나도 쉽게 꺾이고 짓밟힌 고결한 꽃을, 하다못해 지금만큼은 품 안에 가두고 지켜주고 싶었다.

그 누구도 보지 못하고, 건드리지 못하게.

그을음도, 재도, 악의도 없는 곳으로——.

"금요——!"

언제나 우아한 아름다움을 잊지 않고 쌀쌀맞은 표정만 유지하던 금청가는 이날 밤, 그을음으로 새까매진 얼굴을 한껏 구긴 채 눈물범벅이 되어 목이 터질 때까지 친구의 이름을 부르고 또 불렀다.

에필로그

비주의 항구를 느닷없이 습격한 벼락과 화재는 사람들을 깜짝 놀라게 만들었고, 그 소식은 순식간에 금령 전체로 퍼져나갔다.

그리고 거기에 영국 황태자 요명의 방문, 서국의 마약 확산, 비주 지사 금성화의 관여, 추녀 암살미수 사건 등의 정보가 섞이는 바람에 포고지를 집필하는 전문사들도 대혼란이었다.

대책 없이 무모한 약혼자에게 완전히 이골이 난 요명——아니, 타고난 총명함을 유감없이 발휘한 요명은 정보가 뒤섞인 상황을 파고들어 '진상'에서 추녀들의 관여 부분을 말소시키기로 했다.

즉 청가의 입김이 닿은 전문사들을 불러모아 '특별히 사정을 설명해 주겠다'면서 이번 사건을 이렇게 표현하게 만들었던 것이다.

우선 금령에 서국산 마약이 퍼졌다는 사실을 염려하던 '정의감 강한' 서국의 나디르 왕자에게서 '사전에' 극비수사를 행하고 싶다는 요청이 들어왔다.

그래서 '서국의 정의를 믿는' 황태자 요명이 이것을 승인했다.

추녀들도 '황태자의 명에 따라' 범차교 의례를 길게 끌어, 나디르 왕자의 수사에 협력했다.

그러는 사이 서국 수상 자인이 기루 '천향각'에서 마약을 제조하고 있다는 사실이 밝혀졌고, 확산에는 비주 지사 금성화도 관여하고 있다는 사실이 판명되었다.

금성화는 추녀들의 방해를 불쾌하게 여기고, 연회를 앞두고 추녀들을 창고에 가둬 암살하려 시도했다. 하지만 추녀들의 임기응변으로 그 사태는 피할 수 있었다.

약혼자들이 피해를 입었다는 사실을 알고 요명은 격노하여, 용의 기운을 써서 단 이틀 만에 비주 항구에 도착했다.

왕자의 동향을 수상쩍게 여기고 서둘러 기루에 자금을 회수하러 왔던 자인을 나디르 왕자가 육로를 막아 선박을 이용하도록 몰아넣었고 거기에 요명이 배를 타고 도착하는 바람에 도주로를 차단할 수 있었다.

그렇게 꼼짝도 하지 못하게 된 자인에게 요명이 하늘의 불벼락을 내렸다.

벼락이 자인을 직격하지는 않았으나 자인이 몸에 지니고 있던 대량의 귀금속을 통해 그 전기가 흘러들어 몸을 마비시켰다. 눈을 까뒤집고 혼절한 자인의 배는 맞닿아 있던 상선까지 포함해 모두 한꺼번에 불이 났지만, 다행히 선원들은 다급히 바다에 뛰어들어 위기를 모면했다.

순식간에 버림받은 자인을, 벼락을 뚫고 헤엄쳐 도착한 취관장이 포박했다.

출혈로 꼼짝도 하지 못하게 된 실행범 충원과 함께 셰르바로 신병을 이송했고, 그들은 거기서 대륙 그 어느 곳보다도 무섭다고 소문이 난 신문을 받게 되었다――.

이 줄거리 속에는 '「주혜월」이 마약에 당해 쓰러진' 사실도, '「황영림」이 기녀로 변장해 기루에 잠입한' 사실도, '「금청가」가 머리카락을 잘린' 사실도 등장하지 않는다.

'신의 가호를 받아 대활약한 황태자'와 '황태자를 따르는 추녀들'에게 초점을 맞춘, 적당하기 그지없는 이야기였으나 영국 백성들에게는 이 이야기가 매우 반응이 좋았다.

추녀들은 굳이 활약을 칭송받고 싶은 게 아니었으니 그걸로 충분했다.

사건의 뒤에 있었던 추녀들의 분투는 주목받지 못하지만, 대신 그녀들이 감추려 했던 악평까지도 전부 어둠 속으로 묻어버렸다.

하지만 사건의 범인을 확실하게 처벌하기로, 그리고 마약 사건에 관여했던 기녀들을 공범자가 아닌 피해자로서 대우하기로 요명이 결정했기 때문에 추녀들은 그것만으로도 이번 일에서 얻었던 피로의 대부분을 보답받은 기분이었다.

멋진 지휘를 끝낸 요명은 자인 체포 이후 사흘이 지난 오늘, 겨우 모든 관계자들의 이송 준비를 끝내고 스스로도 왕도로 돌아가려 하고 있었다.

기일이 한참 지났기에 국제회의는 처음부터 다시 시작이다.

나디르 왕자는 일단 영국과의 변함없는 우호만을 소리 높여 맹세한 뒤 일단 자국에 돌아가기로 했다. 거기서 자인 일행을 엄격하게 심판하겠다고 한다.

추녀들 중 황영림과 주혜월은 여러 증언과 뒤처리에 협력하면서 한동안 비주 땅에서 태세를 정비하고, 이날 저녁 요명과 함께 배를 타고 왕도로 출발할 예정이었다.

금청가는 남은 업무 처리를 위해 앞으로 보름간 금령에 머무르겠다고 하니 여기서 잠시 이별이다.

출항까지 몇 각이 남은 늦은 오후.

청가는 새하얀 마 옷을 입고 항구 근처의 높은 망루에 서 있었다. 전에 나디르의 배를 기다릴 때 대기하던 그 장소였다.

다소 높은 언덕 위에 세워진 망루에서는 항구가, 그리고 비주 땅이 한눈에 보였다.

때때로 불어오는 바닷바람에 짧아진 머리카락이 제멋대로 나부끼는 것을 느끼며 그저 멍하니 푸르게 빛나는 바다를 바라보았다.

청가는 손에 한 줌의 검은 머리카락과 그 새하얀 피부에 어울리지 않는 그을음투성이 천을 움켜쥐고 있었다. 드문드문 불타 구멍이 나고 방울도 몇 개 떨어진 그 얇은 천은 친구인 금요가 영무 때 썼던 피백이었다.

청가는 기루 화재 후 주위 사람들의 힘을 빌려 간신히 금요의 시신을 지상으로 옮길 수 있었다.

얼굴과 팔다리를 깨끗하게 닦고 사후 화장까지 자기 손으로 한 후, 사건 뒤처리 사이사이 짬을 내서 이 누각이 서 있는 언덕에 매장했다.

금가의 부지 안에 묻으면 보다 정비된 묘를 준비할 수 있겠지만 금요가 싫어할 거라는 생각이 들어서였다. 그래서 유곽에서도 먼, 진짜 꽃들이 자유롭게 피어나는 이 언덕에 금요를 잠들게 했다.

그리고 머리카락 한 줌과 금요가 마지막으로 사용했던 피백의 일부를 잘라 유품으로 간직하기로 했다.

지금은 언덕 중턱에 잠든 금요를 대신하여 꼭대기 누각에 올라

유품에 바람을 쐬어 주고 있다.

"……이 부근은 벽이 없어서 바람이 아주 잘 들어와. 보여?"

피백으로 감싼 머리다발을 청가는 조심스럽게 쓰다듬었다.

"보일지 모르겠네……."

울타리도 벽도 없는 장소에서 잠들었으면 했다.

이젠 그 누구도 금요를 가둘 수 없는, 투명한 바람만이 불어드는 장소에서.

"오오, 이런! 칙칙하게 풀이 죽은 여자 한 명 발견! 요명의 배를 배웅할 준비는 다 됐나?"

그때 등 뒤에서 기운찬 목소리가 들려 와서, 청가는 순간적으로 유품을 소맷자락 속에 숨겼다.

돌아보니 호화로운 정장 차림의 나디르가 서 있었다.

왕자로서 귀국하기 위해 시종 변장은 그만둔 모양이었다.

그 특유의 땋아 내린 금발도 빈틈없이 터번 속에 집어넣고 전신을 금과 은으로 치장한 나디르는 누가 봐도 위풍당당한 왕의 풍모를 지니고 있었다.

"이런, 이런. 아주 부주의하기 짝이 없어! 그런 사건이 있은 직후인데 시종 한 명 거느리지 않고 높은 곳에 서 있다니."

"……당신께 그런 말을 듣고 싶지는 않군요."

거만하고 고압적인 말투도, 온통 제멋대로인 행동도 평소와 다를 바 없다.

나디르는 허락도 없이 성큼성큼 망루 안으로 걸어 들어와서는 청가를 향해 이렇게 말을 걸었다.

"배가 출발할 때 또다시 전문사들이 항구로 쇄도할 것이다! 배웅하는 네 짧은 머리에도 당연히 주목이 모이겠지! 그래서, 짜잔! 이 나디르 님이 이런 것을 준비했다!"

그런 말과 함께 내민 것은 섬세한 금 채색이 아로새겨진 납작한 상자였다.

뚜껑을 열자 눈이 어질어질해질 정도의 빛을 내뿜는 서국산 비녀가 색색의 생화와 함께 들어 있었다.

"솔직히 말해, 나는 그 짧은 머리도 마음에 든다! 하지만 보는 눈이 없는 영국 놈들은 여자는 무조건 긴 머리여야 한다고 하겠지? 그렇다면 묶어서 비녀와 꽃으로 장식하면 그만! 실로 명안이로군……. 천재의 발상이야."

"……."

상자를 말없이 내려다보기만 하며 청가가 받아들지 않자, 나디르는 어이가 없다는 듯 어깨를 으쓱하고는 그것을 탁자에 내려놓고 이번에는 로브 소맷자락에 손을 집어넣었다.

"마음에 들지 않나? 정말이지 아주 건방진 여자야! 그렇다면 더 좋은 물건을 주지. 눈가에 바르면 확 돋보이는 먹과 눈꼬리 연지다. 그리고 절대로 지워지지 않는 볼연지와, 입을 맞춰도 빛이 바래지 않기로 유명한 입술연지가 있다!"

고기능 화장품이 차례차례 튀어나오는 것은 역시나 미의식이 대단한 서국인이라서일까, 아니면 화려한 것을 좋아하기로 정평이 난 왕자여서일까.

"모처럼 호의를 베풀어주셔서 감사합니다만, 저도 제게 어울리는 화장 한 가지쯤은 할 줄 압니다. 쓸데없는 배려이십니다."

"이거 실례했군!"

청가가 쌀쌀맞게 거절하자 나디르는 불쾌해하는 기색도 없이 양손을 벌렸다.

그리고 한 마디, 이렇게 덧붙였다.

"눈물에 지워지지 않는 화장품이 필요할까 싶어서."

"……."

청가는 순간적으로 몸을 뒤틀며 얼굴을 가렸다.

바람에 마른 줄 알았던 눈물 자국을 이 남자가 눈치챘다니, 기분이 상했다.

"정말 무신경한 사람이네……."

"뭐, 그렇지! 그게 내 장점이니까. 핫핫하!"

고개를 돌린 청가의 얼굴을 굳이 더 들여다보지는 않았으나, 나디르는 거침없이 옆으로 다가와 섰다.

함께 벽에 기대어 바다를 내려다보니 문득 옆에서 나디르가 뿌린 향수 냄새가 풍겼다.

나디르는 턱을 괴더니 고집스럽게 침묵을 지키는 청가에게 뜻밖에도 느린 말투로 말을 걸었다.

"……너는 그 여자를 아주 잘 지켜냈어."

처음 듣는 차분한 목소리에 놀라서 청가는 옆을 홱 돌아보았다.

'그 여자'란 금요를 가리키는 말이다.

나디르의 입장에서 금요는 자인의 수하가 되어 제히르를 뿌리고 다닌 악녀에 불과하다.

"셰르바의 법에 따르면 제히르에 손을 댄 자는 극형이다. 권력자라면 몰라도 아무 뒷배도 없는 기녀라면 시체에도 채찍질을 할 수 있지. 하지만 네가 애쓴 덕분에 요명은 범죄자가 아닌 피해자로서 매장까지 허락해 준 것이야."

"……."

청가는 입술을 꽉 깨물었다.

마약 제조의 실행범인 금요의 매장이 허락된 것은 황영림을 비롯한 추녀들의 진정 덕분이다. 특히 영림은 '반드시 금요를 데리고 돌아가겠다'던 청가의 맹세를 계속 마음에 두고 있었는지 이런 형태가 되어 미안하다는 듯 매장 허가를 받는 데 무척 힘써 주었다.

그리고 요명이 그것을 받아들인 것은 서류파 왕국의 왕자인 나디르가 영림의 노력에 말을 거들어 주었기 때문이다. 추녀의 호소 이상으로 당사자인 왕자의 허락은 사태에 큰 영향을 미쳤다.

그렇다면 아마도 자신은 이 남자에게 감사 인사를 건네야만 한다.

"……지켰다고는 할 수 없습니다."

하지만 이때 청가는 이렇게 대꾸하지 않고는 견딜 수 없었다.

넓은 바다를 바라볼 때마다 자신의 존재가 아주 작고 약하다는 사실에 가슴이 아파 견딜 수가 없었다.

어느 정도는 세상을 안다고 생각했지만――실은 그저 안전하게 보호를 받았을 뿐, 소꿉친구의 역경도 알지 못하고 살아 온 자신을 용서할 수가 없었다.

"긍지라느니, 그저 허울 좋은 말만 늘어놓았을 뿐 결국 저는 추녀로서의 입지가 금요의 희생 위에 성립되었다는 사실조차 알아차리지 못했습니다."

새삼 자신이 온실 속 화초라는 사실만 통감할 뿐이다.

모란이 다 뭐고, 백 가지 꽃의 왕이 다 뭐란 말인가.

온실 밖에서 고결하게 피어난 줄 알았던 들꽃이 사람들의 발에 무참히 짓밟히고 있었던 줄도 모르고.

"저만 보호를 받았어요. 소꿉친구의 편지가 끊어진 순간 수상하게 여길 줄도 모르고, 걱정된다고 하면서도 찾아 나서지도 않고, 결국 매독에서도 훼류에서도 금요를 해방시켜 주지 못했죠……."

피백과 머리카락을 움켜쥔 손에 힘이 들어갔다.

"지켜준 건 단 하나도……."

질리지도 않고 눈물이 또다시 넘쳐났다.

청가는 그것을 재빨리 닦았다.

자신은 울 자격도 없다는 생각 때문이었다.

"——뭐, 나는 언뜻 봤을 뿐이지만."

턱을 괸 나디르는 청가를 흘끔 쳐다보고는 시선을 잽싸게 바다로 돌리며 나직이 중얼거렸다.

"그 여자, 아름다운 얼굴로 죽었다고 생각해."

"네……?"

느닷없이 날아든 이야기에 청가는 미간을 좁히며 고개를 들었다.

나디르는 이번에는 벽에 아무렇게나 겨드랑이를 걸치고, 눈을 감고서 바람을 맛보기 시작했다.

"가르쳐주지! 제히르로 죽은 인간은 보통 환각과 고통에 시달리다가 아주 끔찍한 얼굴로 최후를 맞이한다. 그렇게 깨끗한 얼굴로 죽은 자는 거의 없어!"

"……."

"그런데도 아주 안심한 듯한 평온한 얼굴이지 않았더냐. 마지막에 네가 불길에서 감싸주었던 것이 금요는 그렇게나 기뻤던 거겠지. 너는 적어도 그 여자를 공포에서 지켜내 아름다운 얼굴로 죽을 수 있게 해 주었다는 뜻이다! 분명 본인에게는 그것이 가장 중요한 일이었겠지!"

"……."

청가의 눈에 또다시 눈물로 막이 끼었다.

"그런, 건……."

"억지로 기루에서 도망치게 한다 한들 중벌을 피할 수는 없지. 게다가 제히르에 잠식된 몸이 과연 열병을 이용한 매독 치료인지 뭔지를 견뎌낼 수 있을까? 차라리 그 자리에서 죽는 편이 가장 고통이 적은 길이었다. 그건 알겠지?"

벽에 턱을 괴는 나디르 앞에서 청가는 격렬하게 고개를 가로저었다.

그것은 황영림에게도 완곡한 말투로 여러 번 들은 내용이었다.

"알고는 있습니다……! 하지만 그래도 저는 금요가 살아 있기를 바랐어요……! 앞으로도 계속해서 지켜주고 싶었어요……!"

"그렇다면 너는 너 자신의 그 이기적인 소망에서도 금요를 지킨 셈이군."

나디르가 문득 뒤를 돌아보고, 청가를 똑바로 바라보았다.

"청가. 너는 금요의 아름다움과 존엄을 지켰다."

그 말에 깃든 강렬함과 박력에 청가는 아무 말도 할 수 없었다.

아름다움과 존엄.

어린 날 청가와 금요를 이어 준, 두 사람이 애타게 갈구하던 것.

「있잖아, 청가. '포서'라고 알아?」

눈물을 글썽이는 청가의 뇌리에 문득 2년 전의 풍경이 떠올랐다.

달빛이 비쳐드는 연습실. 가지고 들어온 산사자주를 실컷 마시고, 두 사람은 휘청거리며 바닥에 큰 대(大) 자로 누웠다.

「술에 손가락을 찍어서 서로의 옷에 맹세의 말을 쓰는 거야. 그걸 몸에 늘 지니고 다니다 글자가 사라지면 맹세가 영혼에 배어드는 거래. 너, 왕도에 가면 날 완전히 잊어버릴 것 같으니까 언니 제자로서 가르침을 확실히 새겨 놓아야겠어.」

「너무하네. 잊을 리가 없잖아?」

「뭐가 좋을까아.」

몸을 벌떡 일으킨 금요는 얼마 남지 않은 술병에 예의 없이 손가락을 쿡 집어넣었다.

그리고 그다지 유려하지 않은 필치로 당당하게 글자를 써내려 갔다.

「'아름다움을, 그렇지 않으면 죽음을'. 으음—— 좋은 말이네.」

「또 이렇게 과격한 소리를…….」

청가는 어이가 없어 한숨을 쉬었지만 그것은 금세 키득거리는 웃음으로 바뀌었다.

「금요다워.」

「그치? 잊어버리면 안 되니까.」

키득키득.

키득키득.

파도 같은 웃음소리와 새콤달콤한 산사자 향기.

눈을 감기 전의 금요가 마지막으로 떠올린 것은 그날의 광경이었을까.

자신은 금요와의 맹세를 과연 지켰을까——.

"오?"

눈물을 글썽이며 고개를 숙이는 청가의 옆에서 나디르가 문득 괴고 있던 손바닥에서 얼굴을 떼었다.

"봐라."

"네?"

턱짓을 하며 왕자가 짧게 말하자 청가도 덩달아 얼굴을 들었다.

손가락으로 가리킨 것으로 여겨지는 방향으로 멍하니 시선을 준 그때,

"……!"

저도 모르게 숨을 들이마셨다.

망루에서는 덤불로 가로막힌 언덕 중턱.

금요가 잠든 장소에 어느 샌가 열 명 가까이 되는 여자들이 모여 있었다.

"……니……, ——천…… 언니……."

그중 몇 명은 봉긋하게 솟은 흙, 거기에 세워진 형식적인 묘비에 매달려 있었다.

자세한 내용은 들리지 않았으나 '천화 언니'를 부르며 통곡하는

여자들의 목소리가 바람결에 실려 날아들었다.

하얀 잠옷에 어깨 부근 묶기만 했을 뿐 비녀 하나 꽂지 않은 머리.

환자 같은 그 차림은 화사함에서는 거리가 멀었으나 천향각에 있던 기녀들이 분명했다.

"어떻게……."

마약 확산에 관여했던 기녀들은 천향각이 없어짐과 동시에 강제로 손을 떼게 만들어 고향으로 돌려보냈을 터였다. 그중에서도 췌류에 중독된 자들은 처벌을 받지 않는 대신 강제로 마약을 끊게 되었기에 여기저기서 금단 증상과 싸우고 있었다.

수많은 자들이 의식을 잃을 정도의 고통에 사로잡혀 자리에서 일어나지도 못한다고 들었는데, 그런데 어떻게 금요의 묘 앞에 와 있을까.

놀라는 청가 옆에서 나디르가 어깨를 으쓱하며 간단히 사정을 밝혔다.

"혜월이 저 여자들에게 몰래 무덤 장소를 가르쳐주는 모습을 봤다. 저 기녀들, 자기 금단 증상만으로도 벅찰 텐데 성묘까지 오다니."

정말 대단하다며 혼자 중얼거리는 나디르의 말대로 기녀들은 시종 비틀거리며 제대로 걷지도 못하는 상태였다. 잘 보니 잠옷 곳곳이 더럽혀져 있었는데, 이 언덕 중턱에 도착하기까지 수도 없이 넘어진 모양이었다.

걸음조차 시원찮은 기녀들을 뒤에서 다른 여자들 몇몇이 부축하여 근처에 앉혔다.

쌀쌀맞게 턱을 치켜들고 등을 곧게 편 그녀들은 잠옷이 아니라 마을 사람 같은 옷차림을 하고 있었다.

그렇다면 중독 환자가 아닌——즉, 반금요파였던 기녀들인 모양이었다.

금요와 사이가 나빴던 여자들은 간소한 무덤을 한동안 말없이 바라보았으나, 이윽고 누가 먼저랄 것도 없이 그 자리에 무릎을 꿇기 시작했다.

"……."

깊이 고개를 숙였다.

그 입술에서 흘러나오는 말은 감사일까, 사죄일까.

어쨌거나 이들이 천화를 상대로 더 이상 응어리가 없다는 사실——자신들이 금요에게 보호받았다는 것을 잘 알고 있다는 사실이 또렷하게 전해지는 동작이었다.

"……흑."

청가의 두 눈에서 눈물이 넘쳐흘렀다.

이것이 바로 금요가 남긴 것.

이것이 바로 금요가 구한 것.

금요가 겪어야만 했던 고통은 너무나 부조리했고 청가가 내민 손은 너무 늦었다.

그래도 금요가 최선을 다해 발버둥친 손톱 흔적은 이 세상에 계속해서 남겨져 있다.

——언젠가 내가 세상에서 가장 아름다운 여자로서 모든 사람들의 기억에 아로새겨질 수 있도록.

오래된 기억 속에 얼룩처럼 남아 있던 금요의 말이 눈물의 형태가 되어 청가의 뺨을 타고 흘렀다.

훌쩍, 하고 코를 들이마시며 청가는 옆에 선 남자에게 졸랐다.

"……다시 한 번 말해 줘."

"음?"

"금요가, 아름다웠다고."

존대도 없이 갑자기 날아든 부탁에 나디르는 "……그렇게 나오는 건가?" 하고 눈을 끔뻑이더니 금세 싱긋 웃고는 양손을 벌리며 승낙했다.

"좋아, 잘 알았다. 여자를 칭찬하는 것은 내 특기지! 어디 보자——우선 한눈에 보고, 꽤나 의지가 굳어 보이는 얼굴이라고 생각했다. 그런 여자들은 셰르바에서 아주 인기가 좋아!"

"……계속해."

"계속하라고? 음, 춤도 봤다만 아주 훌륭하더군! 실로 힘찬 영무였어! 다리를 매우 열심히 단련했겠지."

"그래, 맞아."

"아——, 목소리도 아름다웠어! 자세도 좋았고! 심지가 곧은 느낌! 멋졌지!"

"맞아."

"그건 최고의 여자였어! 그렇지 않고서야 저렇게 무덤 앞에서 여럿이 울 리가 없다!"

"……더."

멀리서 파문이 반짝였다.

시선도 맞추지 않고 나란히 서서 바다를 바라보는 두 사람 사이를, 바닷바람이 장난치듯 스쳐 지나갔다.

나디르는 옆에 서 있는 요령 없는 추녀를 위해 별 면식도 없는 여자의 아름다움을 열심히 칭송했다.

* * *

"뭐야, 뜻밖의 조합이네."

망루에서 비교적 가까운 거목 그늘 아래.

여행 복장으로 갈아입은 천녀처럼 아름다운 추녀——의 몸에 들어 있는 주혜월은 시선 너머 누각에 나란히 서서 이야기에 몰두하는 청가와 나디르를 보고 신기한 듯 고개를 갸웃했다.

"네, 늘 싸움만 하는 줄 알았는데 의외로 온화한 분위기네요."

그러나 마찬가지로 여행 복장을 한 주가의 추녀——즉 황영림도 작은 목소리로 속삭이며 고개를 끄덕였다.

그리고 약간의 쓴웃음을 지었다.

"저희, 도착이 조금 늦었나 봐요."

그랬다. 두 사람은 배 시간이 가까워져 오는데도 내내 상복 차림으로 배웅 준비도 하지 않는 청가에게 어떻게든 용기를 북돋워 주기 위해 일부러 이곳을 찾아온 것이다.

게다가 몰래 전직 기녀들에게 무덤의 장소를 알려준 영림 입장에서는 그들이 무사히 성묘를 갔는지도 걱정이 되었다.

사실은 더 빨리 나와 언덕에서 대기하고 싶었지만 자신들 역시 방금 전까지 요명과 경창에게서 잔소리를 들어야만 했기에 결국 늦어지고 말았다.

"너희 말이다. 결과적으로 잘 풀렸기에 망정이지, 자기들이 무슨 짓을 저질렀는지 정말 알기는 하는 거냐? 추문 정도로 끝날 일이 아니야. 목숨이 위험했단 말이다."

"계속 위기가 이어지는 바람에 잔소리를 할 시간이 없었지만 이번에는 정말로 해야겠어. 도성으로 돌아가면 보름은 출입금지 각오해."

요명과 경창의 분노, 아니 걱정은 매우 격렬했기에 앞으로는 측간에 갈 때나 침상에 누울 때도 언제나 동설과 리리를 동반해야만 한다는 엄명이 떨어졌다.

"저, 동설과 리리에게도 사생활이 있는데 그것까지 희생시키기는——."

"아닙니다."

영림이 순간적으로 항변하려 했으나 기루 잠입 작전에서 '주인의 명령이야'라는 한 마디로 소외되고 말았던 동설과 리리는 마치 지진이라도 일으킬 듯한 미소를 지으며 그 말을 가로막았다.

"위대하신 황태자 전하의 명령이니 사생활 따위는 내던질 수 있습니다."

"맞아요. 밤낮을 가리지 않고 옆에 딱 달라붙어서 시중을 들 거예요."

요컨대 '추녀보다 상위인 황태자의 명령을 받은 이상 더는 참지 않겠다'는 뜻이다.

이 궁녀들은 비주의 여관에 남겨진 채 연락이 안 되는 것 같다, 또 창고에 갇힌 것 같다, 적발이 빨라졌다, 기루에 불이 났다는 등의 단편적인 정보밖에 듣지 못하는 바람에 내내 심장이 터질 정도로 걱정하고 속을 끓여야만 했다.

그런 연유로 사반각 정도 망루에 다녀오는 게 전부인 이 상황에서도 영림과 혜월에게서 조금 떨어진 곳에서는 동설과 리리, 취관장 진우가 눈을 빛내고 있었으며 심지어 그 뒤로는 요명이 데려온 숙련된 무관들이 줄줄이 늘어서 있다.

“국빈급 경비, 아니, 대역죄인급 감시네……. 이래서는 네가 기대하던 거리 산책도 결국 못 하고 끝나겠다, 황영림.”

등 뒤를 돌아본 혜월이 지긋지긋하다는 듯 중얼거렸다.

대인원을 줄줄이 끌고 걷는 상황에 혜월은 아직 익숙지 못하다.

그리고 ‘서로가 쓸 천을 사 주기’, ‘길거리에서 음식을 사먹기’ 등의 사소한 행위를 황영림이 진심으로 기대하고 있었으리라는 사실을 아는 지금, 그것을 이루지 못하게 되었기에 저도 모르게 초조해지는 기분이었다.

“맞아요. 하지만 거리 산책이라면 셋이서 했으니까 충분해요.”

하지만 영림은 온화하게 웃으며 소중한 추억을 간직하듯 가슴을 살짝 눌렀다.

그리고 슬픈 듯 눈을 가늘게 뜨며 망루에 선 청가를 바라보았다.

“지금은 청가 님의 마음이 회복되는 게 최우선이에요.”

그 목소리에서는 청가를 향한 위로와 영림 자신의 깊은 슬픔이 배어났다.

긍지 때문에 스스로 췌류를 끊고 목숨을 잃은 금요.

금요를 접한 시간은 얼마 되지 않지만, 영림 또한 우정과 긍지 때문이라면 목숨을 내주어도 아깝지 않다고 생각하는 여자다. 스스로가 중시하는 부분이 많이 겹쳐서인지 금요의 죽음은 영림의 마음에 짙은 그림자를 드리운 듯했다.

"……무사히 극복하면 좋겠네, 청가 님."

혜월 또한 가슴속에 스치는 여러 감정을 그런 말로 바꾸어서 작은 소리로 중얼거렸다.

"네."

영림은 천천히 고개를 끄덕인 후 지극히 자연스럽게, 이렇게 덧붙였다.

"청가 님이 추궁으로 돌아오시면…… 그때는 청가 님을 부탁할게요, 혜월 님."

"——뭐?"

혜월은 그 말을 듣고 심장에 찬물이 끼얹어진 기분을 느꼈다.

"가, 갑자기 왜 나한테 맡기는 거야? 너, 귀찮은 일을 다 나한테 떠넘기려는 속셈이구나?"

"……아마도 저는, 그때 없을 테니까요."

농담으로 얼버무리려 했으나 영림은 온화한 미소를 지으며 그것을 가로막았다.

방금 전까지 바로 옆에 서 있었던 친구가 갑자기 멀어지는 것 같았다.

황영림은 항상 이렇다.

생글생글 웃으며 온 힘을 다해 우정을 표현하지만——그 눈동자는 이미 자신이 사라진 후의 세계를 바라보고 있다.

영림은 바닷바람에 흐트러지는 머리카락을 꾹 누르며 딱 한 번 숨을 토하고는 혜월을 똑바로 바라보았다.

"저, 전하와 오라버니들, 그리고 황후 폐하께도 병에 대해 말씀드리려 해요."

"……!"

"본래 이 외유가 끝나면 이야기하려 했어요. 뜻밖에도 큰 사건들이 줄줄이 이어져서 한참 미루어졌지만…… 이 이상 비밀로 하는 건 아무리 생각해도 불성실하니까요."

전하는 말이죠, 하고 바람에 나부끼는 머리카락을 그대로 내버려둔 채 영림이 중얼거렸다.

"나는 화가 났다, 늘 무모한 짓만 저지르는 악녀 같으니, 라고 입으로는 말씀하시지만 그 태도 곳곳에서는 항상 걱정이 배어난답니다. 이만큼이나 제멋대로 일을 저질렀는데도 달려와 주시고, 부탁을 즉시 들어 주시고, 제 몸을 걱정하고 또 걱정해 주세요. 그런 자상함을 보고 있으면 아무래도……."

다소 말문이 막힌 듯했던 영림은,

"……참 이렇게 못 미더운 악녀가 다 있나 싶네요. 죽음이 가까워져 오는 걸 이기적인 이유로 비밀로 했으면서 이제 와서 마음이 아픈 거예요."

라며 난처한 듯 웃었다.

그때 떨어진 곳에 대기하고 있던 진우가 움찔했다. 우연일까.

마찬가지로 대기하고 있던 동설과 리리에게 영림의 말이 들렸을까 봐 한순간 혜월은 마음이 쓰였다.

아니, 아마도 바닷바람에 지워져서 거기까지 닿지 않았으리라.

그렇지만 지금 영림이 혜월에게 긴 이별을 고하려 한다는 사실을 아마 그쪽에서도 눈치 챘을 터였다.

혜월의 얼굴이 아주 새파랗게 질려 있을 테니.

"……그분들께 병에 대해 이야기하고 나면 너는 어쩔 생각이야?"

"모르겠어요. 저는 추궁에 남고 싶다고 말씀드릴 생각이지만, 분명히 전하는 저를 추궁에서 내보내 치료에 전념시키려고 하시겠죠. 어차피 황후 폐하께서 후임 추녀를 세우면 제가 있을 곳은 사라져요."

후임 추녀라는 말에 머리를 세게 얻어맞은 충격을 느꼈다.

혜월에게 '황가의 추녀'는 황영림 하나밖에 없다.

다른 사람을 황기궁에 거주시키다니――추궁에서 자신들과 책상을 나란히 하게끔 하다니, 말도 안 된다.

"하지만 이 모습으로 말을 꺼내는 건 성의가 부족하잖아요. 병 이야기는 제가 제 입으로 하고 싶어요. 게다가 저는 혜월 님도 그 몸속에서 언제까지 건강을 유지할 수 있을지 걱정이 돼서 견딜 수가 없어요. 그러니 기가 회복되면 한시라도 빨리 본래 몸으로 돌아가서, 그때 전하께 말씀을――."

"있잖아."

정신을 차리고 보니 혜월은 이렇게 말하고 있었다.

"만약 몸이 바뀐 한 건강하게 지낼 수 있다면, 어떻게 할래?"

"네?"

영림이 눈을 깜박였다.

"그게 무슨——."

"아니, 그렇잖아. 나, 이 몸으로 지내면서 고통스러웠던 적은 맨 처음에 바뀌었을 때를 제외하면 한 번도 없었어. 너도 내 몸에 들어가 있으면 굉장히 건강하고."

아아, 안 된다.

사실은 더 신중히 생각하고, 원인도 조사하고, 주위 사람들과 제대로 상의한 뒤에 꺼냈어야 할 이야기다.

이렇게 서로의 인생에 관한 중대한 내용을.

심지어 불확실하고 기대만 잔뜩 품게 만들었다가 나중에 절망하게 만들지도 모르는 내용을 함부로 내뱉어서는 안 된다.

자신도 정말 자신의 인생을 바칠 수 있을지 그렇게나 고민하지 않았던가.

머리로는 알고 있는데도 '후임 추녀'라는 말을 들은 순간 혜월은 더 이상 입을 멈출 수가 없었다.

싫다, 너무 싫다.

영림이 추녀 자리를 빼앗기다니.

자신의 곁에서 사라지다니.

"인과 관계는 모르겠지만 아무튼 우리, 서로의 몸에 들어가 있는 동안에는 계속 건강했잖아? 그럼 분명 앞으로도 그럴 거야. 그렇다면 이렇게, 계속 서로의 몸에서 지내면 되지 않겠어?"

"혜월 님……."

영림이 미간을 찌푸렸다.

자신의 얼굴인데도 무척이나 지적인 표정으로 보인다.

도리를 잘 아는, 잘못을 조용히 피할 것만 같은 '올바른' 표정.

"이, 이건, 나한테도 아주 좋은 이야기야. 이 미모에 이 집안. 궁녀들도 하나같이 유능하고, 평생 어리광부리면서 살 수 있다고."

"혜월 님."

"원래 난 그걸 바라고 걸교절에 널 밀쳐 떨어뜨린 거야. 그 소원을 드디어 이룰 수 있게 된 거지. 오랜 숙원이라고나 할까――."

"혜월 님."

빠른 말투로 계속해서 말을 쏟아내는 혜월의 입술에 영림이 조용히 검지를 댔다.

"안 돼요."

그러고는 다정하게 미소를 지었다.

마치 모자란 제자의 머리를 쓰다듬는 스승처럼.

"그렇게 감미로운 유혹을 부디 그 이상 말하지 말아 주세요."

"……."

거절의 말은 너무나 다정했지만, 아니, 그렇기 때문에 혜월은 저도 모르게 눈물을 글썽였다.

영림이 자신의 갈등 전부를 꿰뚫어본 것만 같아서였다.

그것을 전제로 자신보다 훨씬 어른스러운 자제심과 상냥함을 갖고 영림이 위로해준 것만 같았다.

한없이 높은 곳에 있는 사람.

혜월은 천녀처럼 미소 짓는 영림을 볼 때마다 항상 그렇게 생각했다.

"……금요 씨는 마지막 순간 자기 자신으로 죽고 싶다면서 췌류를 거부했다고 해요."

바람이 불어와 혜월의 머리카락을 흐트러뜨리자, 영림은 입술에서 손을 떼고 그 머리카락을 정돈해 주었다.

동생을 보살피는 언니처럼 혜월의 머리카락을 귀에 걸어주면서 영림은 말했다.

"그걸 마시면 황홀해진다면서. 그렇게 말하며 병을 밀어냈대요. 췌류가 가져다주는 행복, 혜월 님은 경험하셨죠?"

"……한순간이었지만, 머리가 붕붕 뜨는 기분이었고 웃음이 멈추질 않았어. 꼭 구름 위를 걷는 것 같았지."

"저는 그걸 피하고 싶어요."

영림은 머리 정돈을 마치고 혜월에게서 한 걸음 물러났다.

그러고는 혜월――아니, '황영림'의 전신을 천천히 바라보았다.

"금세 열로 붉어지는 그 얼굴도, 부러질 듯 가느다란 그 팔도, 툭하면 비틀거리는 그 다리도, 그래도 부모님께서 물려주신 제 몸이에요. 그 몸에 제 16년이 있어요. 금요 씨처럼…… 저도 '나 자신'으로 살아가야 해요."

"……."

입을 다문 혜월 앞에서 영림은 이번에는 자신――'주혜월'의 가슴에 손을 얹었다.

"혜월 님의 몸은 정말로 멋져요. 건강하고, 힘이 넘치고, 늘 뱃속 깊은 곳에서 행복한 기분이 솟구쳐요. ……후후, 이 몸에서 지

내는 시간은 그야말로 감미로운 마약과도 같아요."

영림은 그래서 지나치게 의존해버릴 것 같다고 장난스럽게 중얼거렸다.

"그렇기 때문에 끊어야 해요."

다음 순간, 표정을 바꾼 영림이 혜월을 걱정스럽게 바라보았다.

"게다가 혜월 님이 지금 건강하신 건 단순한 우연일지도 몰라요. 오늘까지는 기적적으로 건강했어도 내일부터 갑자기 병이 나 쓰러질 수도 있죠. 그렇게 생각하면 한없이 바뀐 몸으로 살아갈 수도 없어요."

"……."

혜월은 대꾸할 말을 찾지 못해서 순간적으로 고개를 돌렸다.

영림의 말은 언제나 옳다.

그에 맞바꿔 혜월의 마음은 언제나 불꽃처럼 너울너울 흔들리기만 할 뿐 도무지 진정되질 않는다.

정답의 틀이 보이는데도 그 안에 반듯하게 들어가 앉은 적이 없다.

'아아, 늘 흔들리는 나와 다르게 이 여자는 정말이지, 대지처럼 흔들림이 없어.'

영림(玲琳). 그것은 아름다운 보석을 가리키는 이름.

영림의 마음은 그 이름 그대로 땅 속에서 끊임없이 단련된 금강석처럼, 또는 직인이 갈고닦은 비취처럼 완벽하면서도 확고한 형태를 갖추고 있으리라.

지나치게 완벽하게 완성된 모습 앞에서 혜월은 더 이상 무엇을 어찌할 방법을 찾을 수가 없다——.

하지만 그때 주먹을 부르쥔 혜월의 머릿속에 어떤 남자의 목소리가 되살아났다.

——**일그러진 모양으로** 굳어버린 그 애에게 너만이 금을 내 주었어.

진혼제 당시 싸웠을 때, 자기 동생을 '일그러졌다'고 표현했던 황경창.

——너만은 항상 영림에게 화를 냈어. 넌 이상해, 더 겁먹어야 하잖아, 더 화를 내, 더 욕심을 부려! 라면서.

감정적인 혜월의 방식을 통째로 긍정해 주었다.

——혜월 님, 네 말만이 영림의 마음을 뒤흔들 수 있어.

혜월이 영림을 바꾸었다, 그것을 감사한다던 경창.

만일 정말로 혜월에게, 친구의 마음을 바꿀 힘이 있다면.

'그래.'

'있다면'이 아니다.

자신에게는 그런 힘이 있다.

영림이 마냥 옳은 게 아니다.

문제는 옳은가 그른가가 아니라 **어떻게 하고 싶은가**다.

옳은 것만을 계속해서 선택하는 것이 사람의 길이라면 왜 시조신은 인간에게 감정 따위를 심어 주었겠는가.

'나는…… 이 여자를 살리고 싶어.'

완전히 입을 다물어버린 혜월을 어떻게 받아들인 건지 영림이 "혜월 님?" 하며 미간을 좁혔다.

그러고는 거북한 침묵을 털어버리려는 듯 밝게 물었다.

"그래서, 앞으로 며칠이나 더 있으면 기가 회복될까요?"

"……."

혜월은 아주 잠깐 입을 다물었다.

그리고 다음으로 입을 열었을 때, 이미 마음은 정해져 있었다.

"——아직 한참 멀었어."

"네?"

영림이 살짝 숨을 들이켜더니 의심스럽다는 표정으로 혜월의 얼굴을 들여다보았다.

"정말인가요?"

"정말이야."

"왜죠? 건강해 보이시는데요."

"몸이 바뀐 후, 완전히 회복도 되지 않은 상태에서 대량의 불을 전이시키는 큰 술법을 쓰는 바람에 기가 완전히 고갈되고 말았어."

거짓말이다.

몸이 바뀐 후로 시간이 꽤 흘렀고, 불의 전이에는 사실 그렇게 많은 기가 필요하지 않았기 때문에 사실은 당장 오늘이라도 원래 몸으로 돌아갈 수 있다.

하지만 혜월은 시간을 벌고 싶었다.

몸을 바꿔 지내면 건강하게 살 수 있다고 증명하기 위한 시간.

그 이유를 알아내기 위한 시간.

영림이 '그렇다면 그냥 이대로 지내 볼까'라고 생각을 고치게 만들 시간을.

“사실은 지금 당장이라도 기절할 것 같지만, 어찌어찌 근성으로 견디고 서 있는 거야.”

“네?”

관심을 돌리기 위해 아무 말이나 던지자 영림은 순식간에 그것을 믿어버렸다.

무리해서 평정을 가장한다는 상황 자체를 본인이 매우 잘 알고 있기에.

“그, 그건 안 되죠! 바로 누워야…… 아, 배까지 제가 옮겨 드릴게요! 자, 이 어깨에 팔을!”

“아니, 그 정도는 걸을 수 있어.”

“앗, 그보다 가마가 좋겠네요! 동설! 리리! 어서 준비해!”

영림은 목에 손을 짚거나 손수건을 꺼내 이마를 닦아주는 등 매우 바빴다.

“이게 정말 기의 고갈에 의한 증상일까요? 설마 그 몸의 병이 드디어 발병한 건……?!”

“아니야, 난 도사니까 잘 알아. 이건 병이 아니라 명백한 기의 고갈 증상이야.”

“그런가요……?”

어쩔 줄 몰라 하는 상대에게 혜월은 단호히 말했다.

자신은 지금 거짓말을 하고 있다. 하지만 그게 무슨 문제란 말인가.

‘이대로 보내지 않겠어.’

아아, 천녀가 하늘로 돌아가지 못하도록 날개옷을 감췄다는 남자의 마음을 지금은 아주 잘 알 것 같다.

그도 갈등했을 것이다.

남의 인생에 함부로 개입해도 될지 고민하고 존엄을 해친다는 무서운 행동에 떨면서도, 그래도 도저히 상대와 헤어질 수 없어서 그만 무서운 거짓말을 하고 말았다.

끔찍한 악행——하지만 자신이 이기적이라는 사실을 알면서도 꼭 이루고 싶은 소망이 있다.

“우선 서둘러 배로 갈까요? 혜월 님, 배로 가기만 하면 계속 누워 있으면 되니까요. 네?”

“소란 좀 피우지 마.”

영림이 혜월의 팔을 잡고 항구 쪽으로 힘주어 끌고 간다.

새파란 바다의 파문이 반짝반짝 아름답게 빛난다.

쏟아지는 햇빛이 무척 눈부셔서 혜월은 잠시 눈을 가늘게 떴다.

마치 혜월을 야단치는 듯 높은 곳에서 내려오는 올곧은 빛.

‘그게 뭐 어쨌다는 거야.’

혜월은 햇빛을 똑바로 노려보았다.

하늘을 노려보는 것은 땅을 기어다니는 시궁쥐의 장기다.

‘거역하겠어.’

올바름에도, 숙명에도.

그 어떤 처벌을 받는다 해도 혜월은 자신의 소망을 이룰 것이다.

왜냐하면——주혜월은 추궁 최고의 악녀이기에.

혜월은 옆에서 난리를 피우는 친구에게는 눈길도 주지 않고 의기양양하게 고개를 쳐든 채 걸어갔다.

후기

안녕하세요, 나카무라 사츠키입니다.

이번 권은 본편의 문장량이 많아서 한껏 페이지수를 늘렸더니, 기세가 남아돌아 후기 페이지까지 늘어나고 말았습니다. 놀랍게도 제 토크가 4페이지나 이어집니다. 오 마이 갓.

제6막 '호화찬란! 금령'편은 즐겁게 읽으셨나요?

10권 초반의 코미컬한 전개에서 갑자기 바뀌어서, 후반에 해당하는 11권에서는 금령을 뿌리 깊게 갉아먹고 있던 마약 문제를 해결하는 상당히 긴박한 전개가 펼쳐졌습니다.

지난 권을 다 썼을 무렵에는 '다음 권에서 세 추녀들을 기루에 잠입시켜야지, 야호—!' 정도의 텐션이었기 때문에 '역시 기루에 갔으면 마지막에 화재를 내야지……. 아주 화려하게 간다!'라거나 '혜월은 말이야…… 선정적인 기녀 차림에 예전에는 동경심도 품었지만, 막상 그 복장을 하면 부끄러워하는 타입이란 말이지……. 이런, 이런. 이건 어떤 남자분께서 가만히 계시지 않겠는걸?' 하고 생각하거나 '청가도 이제 한 꺼풀 벗을 때가 됐어! 그리고 춤도 췄으면 좋겠다!' 등등 폭발! 유쾌! 호화! 를 집필의 맛으로 상상했거든요.

하지만 막상 쓰기 시작했더니 마약이 끼치는 피해와 기루라는 장소에서 일하는 여성들의 심경, 청가와 금요의 우정 결말 등 고민스러운 요소가 많아서 계속 심각한 얼굴로 글을 썼던 기억이 납니다. 뭐, 결국 폭발은 일으켰지만요……(매 권에서 꼭 뭔가를 폭발시키는 작가).

특히 어떤 인물이 맞이하는 결말로 말하자면 구제와 처벌이 균형을 이루는 지점은 어딘가, 그 인물의 긍지는 무엇인가, 이것을 두고 상당히 오래 고민했습니다.

여러분도 납득하실 수 있는 결말이 되었기를 바랄 뿐입니다.

이리하여 금령 사건은 이번 권으로 끝이 납니다. 시리즈 전체의 수수께끼 '영림의 건강과 몸 바꾸기 문제'의 윤곽도 차츰 드러나기 시작했습니다.

다음 권, 클라이맥스 서장으로서의 한 권을 사이에 두고 그 다음 막에서 시리즈 전체의 수수께끼에 대한 답을 낼 예정입니다.

여러 사건과 충돌, 화해를 거쳐 크게 성장한 영림과 혜월. 두 사람이 최종적으로 어떤 결말을 움켜쥘지, 부디 끝까지 지켜봐 주신다면 기쁘겠습니다. 꼭 행복하게 해 줄게!

그리고 언제나 있는 힘을 다해 발버둥 치는 여성진에게 밀려서 늘 무대 끄트머리에 서 있기 마련인 남성진. 괜찮아, 잊지 않았어……!

12권은 황가 귀향편을 예정하고 있습니다. 여기서 평소보다 많은 남성진을 등장시킬 생각이니 모쪼록 기대해 주세요. 연애 방면에서도 약간 진전이 있을지도……?!

그나저나 후기에서 이렇게까지 떠들어대도 되는 걸까요? 이야기할 공간이 넉넉하다는 건 정말 무서운 일이네요……. 어? 아직 2페이지 이상 남았다고? 맙소사…….

그렇지, 애니메이션 정보도 언급해야겠네요.

2026년을 목표로 제작이 진행되고 있는 못 미더운 애니메이션. 제작진의 기량도 열정도 엄청나서, 저는 그저 감동하면서 행복을 곱씹기만 하는 생물이 되어버렸습니다.

우선 감독님이 정말 대단하신 분이잖아요. 각본도 최고고 캐릭터 디자인도 완벽하고, 이 이상 뭘 바랄 수 있을까? 하고 생각했더니 성우 여러분까지 정말 신 그 자체여서……. 이건 정말 말도 안 돼요(이마를 치며 술을 따르는 이모티콘).

녹음 현장에도 몇 번 참석했는데 정말 연기가 훌륭합니다.

처음에는 연예인을 보는 기분으로 와— 꺄— 난리를 피웠는데(진정해), 막상 연기가 시작되니 눈앞에 있는 건 이와미 씨와 카와이다 씨가 아니라 영림과 혜월이었어요(전달되기를).

영림이 늠름하게 이야기할 때마다 저까지 등을 곧게 펴게 되고, 혜월이 절규할 때마다 히죽히죽 웃게 되더라고요.

영림이 귀엽게 들뜬 모습을 보이면 입꼬리가 힘차게 올라가고, 혜월이 소리 높여 웃을 때면 "오오……" 하는 감탄이 흘러나옵니다. 정말이지 바쁜 시간이었어요.

참고로 모니터실과 스튜디오는 유리벽으로 가로막혀 있어서 "이거, 매직미러라는 거구나!" 하고 지레짐작한 저는 연기가 일단락지어질 때마다 감격에 차서 열심히 고개를 끄덕이거나 "최고! 최고!" 하고 입으로 뻐끔거리면서 작게 박수를 치는 등 감동을 온몸으로 표현했는데, 나중에 카와이다 씨에게서 "선생님이 매번 리액션을 잘해 주셔서 정말 기뻤어요"라는 말을 듣고 얼마나 충격을 받았는지 모릅니다.

내가 그쪽을 응시하고 있을 때…… 그쪽에서도, 내가, 보였, 다고……?

모니터실과 스튜디오를 나누는 유리벽이 꼭 매직미러라고 할 수는 없습니다.

여러분, 오늘은 그것만 기억하고 돌아가세요.

덧붙이자면 녹음 중에는 아무리 절규하고 통곡해도, 커트가 떨어지면 감독님도 성우 분들도 순식간에 '방금 그건 연기였어요—' 하는 표정으로 금세 냉정해지는 모습도 충격적이었습니다.

이것이…… 프로……! 원작자와 편집자는 그저 감동하고 우느라 바빠서 코멘트를 요청받아도 "죄송해요…… 그냥…… 최고라는 말밖에 할 수가……"라면서 아무짝에도 쓸모가 없었던 일을 이곳에 기록하고 사과드립니다.

여하간 그렇게 제작진도 원작진도 하나가 되어 도전하는 애니메이션, 부디 방송을 기대해 주세요.

그리고 또 하나! 덕분에 『못 미더운 악녀』 시리즈가 누계 4백만 부를 돌파했습니다.

혼자서 쓰기 시작했던 이야기가 멋진 일러스트를 얻고, 약동감 넘치는 만화가 되고, 이렇게나 많은 독자님들께 전해졌습니다. 정말 근사한 기적 같은 일에 감사드립니다. 애니메이션화를 통해 더 많은 분들께 마음이 전달되기를 바랍니다.

새삼 이렇게 권수가 늘어났는데도 항상 신선한 최고의 캐릭터 디자인과 일러스트를 낳아 주시는 유키 카나 선생님(이번 권의 청가, 너무 아름다워서 눈물이 났어요……), 늘 재미를 갱신해 주시는 오히츠지 에이 선생님, 디테일까지 열정을 불태워주시는 디자이너님께 진심으로 감사의 말씀을 드립니다.

그리고 두 자릿수가 되도록 읽어 주시는 독자님들께도 특대 감사를!

『못 미더운 악녀』가 여기까지 올 수 있었던 건 어디까지나 여러분의 성원 덕분입니다.

이야기 완결까지 긴장을 늦추지 않고 내달리고 싶으니 부디 끝까지 함께해 주세요.

12권에서 다시 만날 수 있기를!

2025년 9월 나카무라 사츠키

2026년 2월 23일 제1판 제1쇄 인쇄
2026년 2월 28일 제1판 제1쇄 발행

지음 | Satsuki Nakamura
일러스트 | Kana Yuki
번역 | 김예진

발행인 | 오태엽
편집팀장 | 이수춘
편집담당 | 이예솔
표지 디자인 | Design Plus
라이츠사업팀 | 이은선, 박경진, 정선주, 신주은
전략마케팅팀 | 김정훈, 이강희, 정누리, 김재철
제작담당 | 박석주

발행처 | (주)서울미디어코믹스
등록일 | 2018년 3월 12일
등록번호 | 제 2018-000021
주소 | 서울 용산구 만리재로 192

인쇄처 | 코리아 피앤피

Futsutsuka na Akujo de wa gozaimasu ga
~Suuguu Chouso Torikae Den~